【典藏本】

金庸作品集 26

侠客行

上

广州出版社

图书在版编目(CIP)数据

侠客行:典藏本/金庸著. — 广州:广州出版社,2019.10(2020.2重印)
ISBN 978-7-5462-2980-5

Ⅰ.①侠… Ⅱ.①金… Ⅲ.①侠义小说—中国—当代 Ⅳ.①I247.5

中国版本图书馆CIP数据核字(2019)第238972号

朗声图书

本书版权由著作权人授权广州市朗声图书有限公司在中国大陆(不包括香港、澳门、台湾地区)专有使用

版权所有·侵权必究

侠客行

出版发行	广州出版社
	(地址:广州市天河区天润路87号广建大厦九楼、十楼 邮政编码:510635
	网址:www.gzcbs.com.cn)
策　划	欧阳群
责任编辑	何　娴　董　平
责任校对	林春光
内文插画	王司马
封面设计	@王强127
代理发行	广州市朗声图书有限公司(发行专线:020-34297719)
印　刷	深圳市贤俊龙彩印有限公司
	(地址:深圳宝安区石岩镇水田村石龙大道56号　邮编:518108)
开　本	900毫米×1280毫米　1/32
字　数	648千
印　张	25.75
版　次	2020年2月第2版
印　次	2020年2月第2次
书　号	ISBN 978-7-5462-2980-5
总定价	216.00元(全二册)

衬页印章／赵之琛「二十余年成一梦，此身虽在堪惊」「回首旧游何在，柳烟花雾迷春」：赵之琛（1780—1860），字次闲，浙江钱塘人，西泠八家之一。治印章法纯整，刀法挺捷，集浙派之大成，嘉庆、道光以后称浙派第一；兼擅书画，平生闭门诵读佛经，多写佛像。此两印为同一印之两面印。

左图／任颐《雪中送炭图》：任颐（1840—1895），字伯年，浙江山阴（绍兴）人，晚清杰出画家。人物师陈洪绶，善于传神，图中小童以手呵冻，表现风寒凛冽的气候，更显得「雪中送炭」的可贵。

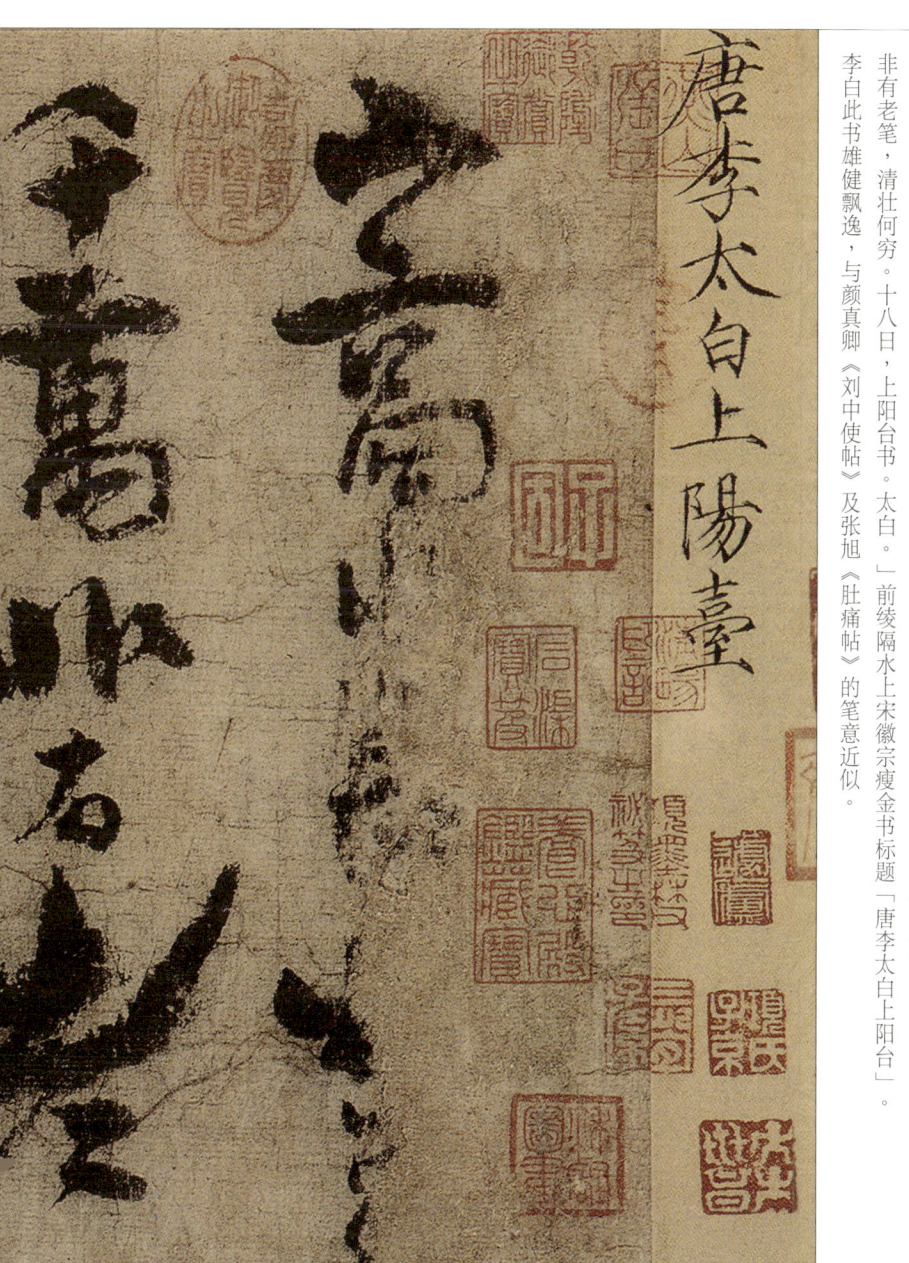

李白《上阳台帖》：此为世上所存李白书法的唯一真迹，字共五行："山高水长，物象千万，非有老笔，清壮何穷。十八日，上阳台书。太白。"前绫隔水上宋徽宗瘦金书标题"唐李太白上阳台"。

李白此书雄健飘逸，与颜真卿《刘中使帖》及张旭《肚痛帖》的笔意近似。

唐人無不能書者蓋有其源流耳嘗聞
趙文敏公之言以謂賦詩作文夜書與晝無
不用工至於名世偉後各有其品太白之
書何如長史豪然雄渾壯固不興也杜本觀

唐家公子錦袍倦文柔風
流六百年不見屋梁明月色
空餘翰墨化雲煙
　　　　　　歐陽玄觀

壬正丁亥正月乙卯金華王餘慶雅觀
于同里陳達氏京師寓舍觀志之齋

明日東陽童梓良仲携此引過余金臺
坊寓舍獲觀之起其飄然有凌雲之思
也鄰川危素識

豐城聶魯觀于危太文家

李白《上阳台帖》题跋：
第一段是清乾隆皇帝题跋，
第二段是宋徽宗题跋。
卷尾题跋的危素，是元末明初名士，《儒林外史》中曾提到他，后为朱元璋所杀。

张大千《长江万里图》（部分）：张先生此图绘长江万里，东流入海，气势雄伟。本书图中所示为镇江附近之长江形势，江边宝塔畔即金山寺。镇江为本书所叙长乐帮总舵之所在。

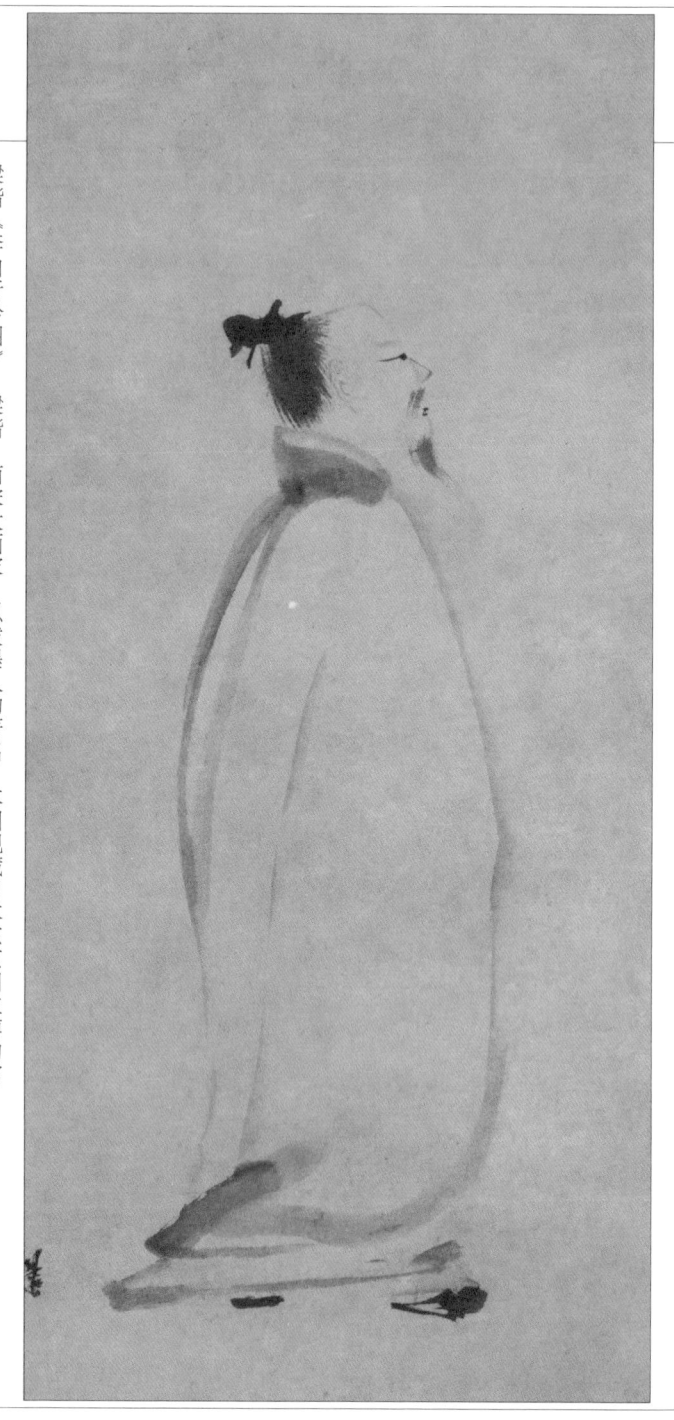

梁楷《李白行吟图》：梁楷，南宋大画家，以泼墨人物著名。本图现藏日本东京国立博物馆。

溥心畬《白云居图》：溥儒，字心畬，近代大画家。此套册页原藏故宫，共十四幅，此图为其中之一。

张大千《幽山忘言图》。

宋文治《江南春朝》：宋文治，当代国画家。图中所绘为现代人物，但江南城镇景像，当与石破天在长乐帮所居时无异。

道济「扇面」：道济（石涛），明末清初大画家，号「大涤子」。图中写「峰峭摩天」，似有谢烟客所居摩天崖的意味。

范一辛《江畔帆影移》（套色木刻）：范一辛，当代版画家。石破天和丁珰、丁不三在长江中乘船，情景或与此仿佛。

开封铁塔：北宋仁宗庆历元年（公元1041年）所建，在佑国寺，八角十三层，高57.34公尺，全部砖建，用铁色琉璃铺盖，因此称为铁塔。石破天流浪至开封而得玄铁令，或许见过此塔。

"金庸作品集"序

小说是写给人看的。小说的内容是人。

小说写一个人、几个人、一群人或成千成万人的性格和感情。他们的性格和感情从横面的环境中反映出来,从纵面的遭遇中反映出来,从人与人之间的交往与关系中反映出来。长篇小说中似乎只有《鲁滨逊飘流记》,才只写一个人,写他与自然之间的关系,但写到后来,终于也出现了一个仆人"星期五"。只写一个人的短篇小说多些,写一个人在与环境的接触中表现他外在的世界、内心的世界,尤其是内心世界。

西洋传统的小说理论分别从环境、人物、情节三个方面去分析一篇作品。由于小说作者不同的个性与才能,往往有不同的偏重。

基本上,武侠小说与别的小说一样,也是写人,只不过环境是古代的,人物是有武功的,情节偏重于激烈的斗争。任何小说都有它所特别侧重的一面。爱情小说写男女之间与性有关的感情,写实小说描绘一个特定时代的环境,《三国演义》与《水浒》一类小说叙述大群人物的斗争经历,现代小说的重点往往放在人物的心理过程上。

小说是艺术的一种,艺术的基本内容是人的感情,主要形式是美,广义的、美学上的美。在小说,那是语言文笔之美、安排结构之美，关键在于怎样将人物的内心世界通过某种形式而表现出来。什么形式都可以，或者是作者主观的剖析，或者是客观的叙述故事，从人物的行动和言语中客观的表达。

读者阅读一部小说，是将小说的内容与自己的心理状态结合起来。同样一部小说，有的人感到强烈的震动，有的人却觉得无聊厌倦。读者的个性与感情，与小说中所表现的个性与感情相接触，产生了"化学反应"。

武侠小说只是表现人情的一种特定形式。好像作曲家要表现一种情绪，用钢琴、小提琴、交响乐或歌唱的形式都可以，画家可以选择油画、水彩、水墨或漫画的形式。问题不在采取什么形式，而是表现的手法好不好，能不能和读者、听者、观赏者的心灵相沟通，能不能使他的心产生共鸣。小说是艺术形式之一，有好的艺术，也有不好的艺术。

好或者不好，在艺术上是属于美的范畴，不属于真或善的范畴。判断美的标准是美，是感情，不是科学上的真或不真，道德上的善或不善，也不是经济上的值钱不值钱，政治上对统治者的有利或有害。当然，任何艺术作品都会发生社会影响，自也可以用社会影响的价值去估量，不过那是另一种评价。

在中世纪的欧洲，基督教的势力及于一切，所以我们到欧美的博物院去参观，见到所有中世纪的绘画都以圣经为题材，表现女性的人体之美，也必须通过圣母的形象。直到文艺复兴之后，凡人的形象才在绘画和文学中表现出来，所谓文艺复兴，是在文艺上复兴希腊、罗马时代对"人"的描写，而不再集中于描写神与圣人。

中国人的文艺观，长期来是"文以载道"，那和中世纪欧洲黑暗时代的文艺思想是一致的，用"善或不善"的标准来衡量文艺。《诗经》中的情歌，要牵强附会地解释为讽刺君主或歌颂后妃。陶渊明的《闲情赋》，司马光、欧阳修、晏殊的相思爱恋之词，或者惋惜地评之为白璧之玷，或者好意地解释为另有所指。他们不相信文艺所表现的是感情，认为文字的唯一功能只是为政治或社会价值服务。

我写武侠小说，只是塑造一些人物，描写他们在特定的武侠环境（古代的、没有法治的、以武力来解决争端的社会）中的遭遇。当时的社会和现代社会已大不相同，人的性格和感情却没有多大变化。古代人的悲欢离合、喜怒哀乐，仍能在现代读者的心灵中引起相应的情绪。读者们当然可以觉得表现的手法拙劣，技巧不够成熟，描写殊不深刻，以美学观点来看是低级的艺术作品。无论如何，我不想载什么道。我在写武侠小说的同时，也写政治评论，也写与哲学、宗教有关的文字。涉及思想的文字，是诉诸读者理智的，对这些文字，才有是非、真假的判断，读者或许同意，或许只部份同意，或许完全反对。

对于小说，我希望读者们只说喜欢或不喜欢，只说受到感动或觉得厌烦。我最高兴的是读者喜爱或憎恨我小说中的某些人物，如果有了那种感情，表示我小说中的人物已和读者的心灵发生联系了。小说作者最大的企求，莫过于创造一些人物，使得他们在读者心中变成活生生的、有血有肉的人。艺术是创造，音乐创造美的声音，绘画创造美的视觉形象，小说是想创造人物。假使只求如实反映外在世界，那么有了录音机、照相机，何必再要音乐、绘画？有了报纸、历史书、记录电视片、社会调查统计、医生的病历纪录、党部与警察局的人事档案，何必再要小说？

一九八六·二·六　于香港

目 录

侠客行

一	玄铁令	1
二	少年闯大祸	33
三	摩天崖	51
四	长乐帮帮主	81
五	叮叮当当	113
六	伤疤	143
七	雪山剑法	169
八	白痴	197
九	大粽子	225
十	金乌刀法	251
十一	药酒	285
十二	两块铜牌	307
十三	舐犊之情	347
十四	关东四大门派	369

那小丐只吃了一口烧饼,忽见那死尸站了起来,两根钢钩兀自插在他腹中。那小丐大吃一惊,不敢稍动,只见那死尸弯下双腿,伸手在地下摸索,摸到一个烧饼。

一
玄铁令

赵客缦胡缨，吴钩霜雪明。银鞍照白马，飒沓如流星。
十步杀一人，千里不留行。事了拂衣去，深藏身与名。
闲过信陵饮，脱剑膝前横。将炙啖朱亥，持觞劝侯嬴。
三杯吐然诺，五岳倒为轻。眼花耳热后，意气素霓生。
救赵挥金锤，邯郸先震惊。千秋二壮士，烜赫大梁城。
纵死侠骨香，不惭世上英。谁能书阁下，白首太玄经？

　　李白这一首《侠客行》古风，写的是战国时魏国信陵君门客侯嬴和朱亥的故事，千载之下读来，英锐之气，兀自虎虎有威。那大梁城邻近黄河，后称汴梁，即今河南开封。该地虽然数为京城，却是民风质朴，古代悲歌慷慨的豪侠气概，后世迄未泯灭。

　　开封东门十二里处，有个小市镇，叫做侯监集。这小镇便因侯嬴而得名。当年侯嬴为大梁夷门监者。大梁城东有山，山势平夷，称为夷山，东城门便称为夷门。夷门监者就是大梁东门的看守小吏。

　　这一日已是傍晚时分，四处前来赶集的乡民正自挑担的挑担、提篮的提篮，纷纷归去，突然间东北角上隐隐响起了马蹄声。蹄声渐近，竟然是大队人马，少说也有二百来骑，蹄声奔腾，乘者纵马疾驰。众人相顾说道："多半是官军到了。"有的说道："快让开些，官兵马匹冲来，踢翻担子，那也罢了，便踩死了你，也是活该。"

猛听得蹄声之中夹杂着阵阵胡哨。过不多时，胡哨声东呼西应、南作北和，竟然四面八方都是哨声，似乎将侯监集团团围住了。众人骇然失色，有些见识较多之人，不免心中嘀咕："遮莫是强盗？"

镇头杂货铺中一名伙计伸了伸舌头，道："啊哟，只怕是我的妈啊那些老哥们来啦！"王掌柜脸色已然惨白，举起了一只不住发抖的肥手，作势要往那伙计头顶拍落，喝道："你奶奶的，说话也不图个利市，什么老哥小哥。当真线上的大爷们来了，哪还有你……你的小命？再说，也没听见光天化日有人干这调调儿的！啊哟，这……这可有点儿邪……"

他说到一半，口虽张着，却没了声音，只见市集东头四五匹健马直抢了过来。马上乘者一色黑衣，头戴范阳斗笠，手中各执明晃晃的钢刀，大声叫道："老乡，大伙儿各站原地，动一下子的，可别怪刀子不生眼睛。"嘴里叱喝，拍马往西驰去。马蹄铁拍打在青石板上，铮铮直响，令人心惊肉跳。

蹄声未歇，西边厢又有七八匹马冲来。马上健儿也是一色黑衣，头戴斗笠，帽檐压得低低的。这些人一般叱喝："乖乖的不动，那没事，爱吃板刀面的就出来！"

杂货铺那伙计嘿的一声笑，说道："板刀面有什么滋味……"这人贫嘴贫舌的，想要说句笑话，岂知一句话没完，马上一名大汉马鞭挥出，甩进柜台，勾着那伙计的脖子，顺手一带，砰的一声，将他重重摔在街上。那大汉的坐骑一股劲儿向前驰去，将那伙计拖着而行。后边一匹马赶将上来，前蹄踩落，那伙计哀号一声，眼见不活了。

旁人见到这伙人如此凶横，哪里还敢动弹？有的本想去上了门板,这时双脚便如钉牢在地上一般,只是全身发抖,要他当真丝毫不动,却也干不了。

离杂货铺五六间门面处有家烧饼油条店,油锅中热油滋滋价响,铁丝架上搁着七八根油条。一个花白头发的老者弯着腰,将面粉捏成一个个小球,又将小球压成圆圆的一片,对眼前惊心动魄的惨事竟如视而不见。他在面饼上洒些葱花,对角一折,捏上了边,在一只黄沙碗中抓些芝麻,洒在饼上,然后用铁钳夹起,放入烘炉之中。

这时四下里胡哨声均已止歇,马匹也不再行走,一个七八百人的市集上鸦雀无声,就是啼哭的小儿,也给父母按住了嘴巴,不令发出半点声音。各人凝气屏息之中,只听得一个人喀、喀、喀的皮靴之声,从西边沿着大街响将过来。

这人走得甚慢,沉重的脚步声一下一下,便如踏在每个人心头之上。脚步声渐渐近来,其时太阳正要下山,一个长长的人影映在大街之上,随着脚步声慢慢逼近。街上人人都似吓得呆了,只有那卖饼老者仍在做他的烧饼。皮靴声响到烧饼铺外忽而停住,那人上上下下的打量卖饼老者,突然间嘿嘿嘿的冷笑三声。

卖饼老者缓缓抬起头来,只见面前那人身材极高,一张脸孔如橘皮般凹凹凸凸,满是疙瘩。卖饼老者道:"大爷,买饼么?一文钱一个。"拿起铁钳,从烘炉中夹了个热烘烘的烧饼出来,放在白木板上。那高个儿又是一声冷笑,说道:"拿来!"伸出左手。那老者眯着眼睛道:"是!"拿起那个新焙的烧饼,放在他掌中。

那高个儿双眉竖起,大声怒喝:"到这当儿,你还在消遣大爷!"将烧饼劈面向老者掷去。卖饼老者缓缓将头一侧,烧饼从他脸畔擦过,拍的一声响,落在路边的一条泥沟之旁。

高个儿掷出烧饼,随即从腰间撤出一对双钩,钩头映着夕阳,蓝印印地寒气逼人,说道:"到这时候还不拿出来?姓吴的,你到底识不识时务？"卖饼老者道："大爷认错人啦，老汉姓王。卖饼王老汉，侯监集上人人认得。"高个儿冷笑道："他奶奶的！我们早查得清清楚楚，你乔装改扮，躲得了一年半载，可躲不得一辈子。"

卖饼老者眯着眼睛，慢条斯理的说道："素闻金刀寨安寨主劫富济贫，江湖上提起来，都是翘起大拇指，说一声：'侠盗！'怎么派出来的小喽啰，却向卖烧饼的穷老汉打起主意来啦？"他说话似乎有气无力，这几句话却说得清清楚楚。

高个儿怒喝："吴道通，你是决计不交出来的啦？"卖饼老者脸色微变，左颊上的肌肉牵动了几下，随即又是一副懒洋洋的神气，说道："你既知道吴某的名字，对我仍然这般无礼，未免太大胆了些罢？"那高个儿骂道："你老子胆大胆小，你到今天才知吗？"左钩一起，一招"手到擒来"，疾向吴道通左肩钩落。

吴道通向右略闪，高个儿钢钩落空，左腕随即内勾，钢钩拖回，便向吴道通后心钩到。吴道通矮身避开，跟着右足踢出，却是踢在那座炭火烧得正旺的烘炉之上。满炉红炭斗地向那高个儿身上飞去，同时一镬炸油条的熟油也猛向他头顶浇落。

那高个儿吃了一惊，急忙后跃，避开了红炭，却避不开满镬热油，"啊哟"一声，满锅热油已泼在他双腿之上，只痛得他哇哇怪叫。

吴道通双足力登，冲天跃起，已纵到了对面屋顶，手中兀自抓着那把烤烧饼的铁钳。猛地里青光闪动，一柄单刀迎头劈来，吴道通举铁钳挡去，当的一声响，火光四溅。他那铁钳虽是黑黝黝地毫不起眼，其实乃纯钢所铸，竟将单刀挡了回去，便在此时，左侧一根短枪、右侧双刀同时攻到。原来四周屋顶上都已布满了人。吴道通哼了一声，叫道："好不要脸，以多取胜么？"身形一长，双手分执铁钳两股，左挡短枪，右架双刀，竟将铁钳拆了开来，变成了一对判官笔。原来他这烤烧饼的铁钳,是一对判官笔所合成。

吴道通双笔使开,招招取人穴道,以一敌三,仍然占到上风。他一声猛喝:"着!"使短枪的"啊"的一声,左腿中笔,骨溜溜的从屋檐上滚了下去。

西北角屋面上站着一名矮瘦老者,双手叉在腰间,冷冷的瞧着三人相斗。

白光闪动之中,使单刀的忽被吴道通右脚踹中,一个筋斗翻落街中。那使双刀的怯意陡生,两把刀使得如同一团雪花相似,护在身前,只守不攻。

那矮瘦老者慢慢踱将过来,越走越近,右手食指陡地戳出,径取吴道通左眼。这一招迅捷无比,吴道通急忙回笔打他手指。那老者手指略歪,避过铁笔,改戳他咽喉。吴道通笔势已老,无法变招,只得退了一步。

那老者跟着上前一步,右手又是一指伸出,点向他小腹。吴道通右笔反转,砸向敌人头顶。那老者向前直冲,几欲扑入吴道通的怀里,便这么一冲,已将他一笔避过,同时双手齐出,向他胸口抓去。吴道通大惊之下,急向后退,嗤的一声,胸口已被他抓下一长条衣服。吴道通百忙中也不及察看是否已经受伤,双臂合拢,倒转铁笔,一招"环抱六合",双笔笔柄向那老者两边太阳穴中砸去。

那老者不闪不架,又是向前一冲,双掌扎扎实实的击在对方胸口。喀喇喇的一声响,也不知断了多少根肋骨,吴道通从屋顶上一交翻跌下去。

那高个儿两条大腿被热油炙得全是火泡,早在暴跳如雷,只是双腿受了重伤,无法纵上屋顶和敌人拼命,又知那矮瘦老者周牧高傲自负,他既已出手,就不喜旁人来相助,是以只仰着脖子,观看二人相斗。眼见吴道通从屋顶摔下,那高个儿大喜,急跃而前,双钩扎落,刺入吴道通的肚腹。他得意之极,仰起头来纵声长笑。

周牧急叫："留下活口！"但终于慢了一步，双钩已然入腹。

突然间那高个儿大叫："啊……"踉踉跄跄倒退几步，只见他胸口插了两枝铁笔，自前胸直透至后背，鲜血从四个伤口中直涌出来，身子晃了几晃，便即摔倒。吴道通临死时奋力一击，那高个儿猝不及防，竟被双笔插中要害。金刀寨伙伴忙伸手扶起，却已气绝。

周牧不去理会那高个儿的生死，嘴角边露出鄙夷之色，抓起吴道通的身子，见也已停了呼吸。他眉头微皱，喝道："剥了他衣服，细细搜查。"

四名下属应道："是！"立即剥去吴道通的衣衫。只见他背上长衣之下负着一个包裹。两名黑衣汉子迅速打开包裹，但见包中有包，一层层的裹着油布，每打开一层，周牧脸上的喜意便多了一分。一共解开了十来层油布，包裹越来越小，周牧脸色渐渐沮丧，眼见最后已成为一个三寸许见方、两寸来厚的小包，当即夹手攫过，捏了一捏，怒道："他奶奶的！骗人的玩意，不用看了！快到屋里搜去。"

十余名黑衣汉子应声入内。烧饼店前后不过两间房，十几人挤在里面，乒乒乓乓、呛啷呛啷，店里的碗碟、床板、桌椅、衣物一件件给摔了出来。

周牧只是叫："细细的搜，什么地方都别漏过了！"

闹了半天，已黑沉沉地难以见物，众汉子点起火把，将烧饼店墙壁、灶头也都拆烂了。呛啷一声响，一只瓦缸摔入了街心，跌成碎片，缸中面粉四散得满地都是。

暮霭苍茫中，一只污秽的小手从街角边偷偷伸过来，抓起水沟旁那烧饼，慢慢缩手。

那是个十二三岁的小叫化子。他已饿了一整天，有气没力的坐在墙角边。那高个儿接过吴道通递来的烧饼，掷在水沟之旁，小丐的一双眼睛便始终没离开过这烧饼。他早想去拿来吃了，但见到街上那些凶神恶煞般的汉子，却吓得丝毫不敢动弹。那杂货铺伙计的死尸便躺在烧饼之旁。后来，吴道通和那高个儿的两具尸首，也躺在烧饼不远的地方。

直到天色黑了，火把的亮光照不到水沟边，那小丐终于鼓起勇气，抓起了烧饼。他饥火中烧，顾不得饼上沾了臭水烂泥，轻轻咬了一口，含在口里，却不敢咀嚼，生恐咀嚼的微声给那些手执刀剑的汉子们听见了。口中衔着一块烧饼，虽未吞下，肚里似乎已舒服得多。

这时众汉子已将烧饼铺中搜了个天翻地覆，连地下的砖头也已一块块挖起来查过。周牧见再也查不到什么，喝道："收队！"

胡哨声连作，跟着马蹄声响起，金刀寨盗伙一批批出了侯监集。两名盗伙抬起那高个儿的尸身，横放马鞍之上，片刻间走了个干干净净。

直等马蹄声全然消逝，侯监集上才有些轻微人声。但镇人怕群盗去而复回，谁也不敢大声说话。杂货铺掌柜和另一个伙计抬了伙伴的尸身入店，急忙上了门板，再也不敢出来。但听得东边劈劈拍拍，西边咿咿呀呀，不是上排门，便是关门，过不多时，街上再无人影，亦无半点声息。

那小丐见吴道通的尸身兀自横卧在地，没人理睬，心下有些害怕，轻轻嚼了几口，将一小块烧饼咽下，正待再咬，忽见吴道通的尸身一动。那小丐大吃一惊，揉了揉眼睛，却见那死尸慢慢坐了起来。小丐吓得呆了，心中怦怦乱跳，但见那死尸双腿一挺，竟然站起身来。答答两声轻响，那小丐牙齿相击。

死尸回过头来，幸好那小丐缩在墙角之后，死尸见他不到。这时冷月斜照，小丐却瞧得清清楚楚，但见那死尸嘴角边流下一道鲜血，两根钢钩兀自插在他的腹中，小丐死命咬住牙齿，不使发出声响。

只见那死尸弯下双腿，伸手在地下摸索，摸到一个烧饼，捏了一捏，双手撕开，随即抛下，又摸到一个烧饼，撕开来却又抛去。小丐只吓得一颗心几乎要从口腔中跳将出来，只见那死尸不住在地下摸索，摸到任何杂物，都不理会，一摸到烧饼，便撕开抛去，一面摸，一面走近水沟。群盗搜索烧饼铺时，将木板上二十来个烧饼都扫在地下，这时那死尸拾起来一个个撕开，却又不吃，撕成两半，便往地下一丢。

小丐眼见那死尸一步步移近墙角，大骇之下，只想发足奔逃，可是全身吓得软了。一双脚哪里提得起来？那死尸行动迟缓，撕破这二十来个烧饼，足足花了一炷香时光。他在地下再也摸不到烧饼，缓缓转头，似在四处找寻。小丐转过头来，不敢瞧他，突然间吓得魂飞魄散。原来他身子虽然躲在墙角之后，但月光从身后照来，将他蓬头散发的影子映在那死尸脚旁。小丐见那死尸的脚又是一动，大叫一声，发足便跑。

那死尸嘶哑着嗓子叫道："烧饼！烧饼！"腾腾腾的追来。

小丐在地下一绊，摔了个筋斗。那死尸弯腰伸手，便来按他背心。小丐一个打滚，避在一旁，发足又奔。那死尸一时站不直身子，支撑了一会这才站起，他脚长步大，虽然行路蹒跚，摇摇摆摆的如醉汉一般，只十几步，便追到了小丐身后，一把抓住他后颈，提了起来。

只听得那死尸问道："你……你偷了我的烧饼？"在这当口，小丐如何还敢抵赖，只得点了点头。那死尸又问："你……你已经吃了？"小丐又点了点头。那死尸右手伸出，嗤的一声，扯破小丐的衣衫，露出胸口和肚腹的肌肤。那死尸道："割开你的肚子，挖出来！"小丐直吓得魂不附体，颤声道："我……我……我只咬了一口。"

原来吴道通给周牧双掌击中胸口,又给那高个儿双钩插中肚腹,一时闭气晕死,过得良久,却又悠悠醒转。肚腹虽是要害,但纵然受到重伤,一时却不便死,他心中念念不忘的只是那一件事,一经醒转,发觉金刀寨人马已然离去,竟顾不得胸腹的重伤,先要寻回藏在烧饼中的物事。

他扮作个卖饼老人,在侯监集隐居。一住三载,倒也平安无事,但设法想见那物的原主,却也始终找寻不到。待听得胡哨声响,二百余骑四下合围,他虽不知这群盗伙定是冲着自己而来,终究觉察到局面凶险,仓卒间无处可以隐藏,当即将那物放在烧饼之中。那高个儿一现身,伸手说道:"拿来!"吴道通行一着险棋,索性便将这烧饼放入他手中,果然不出所料,那高个儿大怒之下,便将烧饼掷去。

吴道通重伤之后醒转,自认不出是哪个烧饼之中藏有那物,一个个撕开来找寻,全无影踪,最后终于抓着那个小丐。他想这小叫化饿得狠了,多半是连饼带物一齐吞入腹中,当下便要剖开他肚子来取物。一时寻不到利刃,他咬一咬牙,伸手拔下自己肚上一根钢钩,倒转钩头,便往小丐肚上划去。

钢钩拔离肚腹,猛觉得一阵剧痛,伤口血如泉涌,钩头虽已碰到小丐的肚子,但左手突然间没了力气,五指松开,小丐身子落地,吴道通右手钢钩向前送出,却刺了个空。吴道通仰天摔倒,双足挺了几下,这才真的死了。

那小丐摔在他身上,拼命挣扎着爬起,转身狂奔。刚才吓得实在厉害,只奔出几步,腿膝酸软,翻了个筋斗,就此晕了过去,右手却兀自牢牢的抓着那个只咬过一口的烧饼。

淡淡的月光照上吴道通的尸身,慢慢移到那小丐身上,东南角上又隐隐传来马蹄之声。

这一次的蹄声来得好快,刚只听到声响,倏忽间已到了近处。侯监集的居民已成惊弓之鸟,静夜中又听到马蹄声,不自禁的胆战心惊,躲在被窝中只发抖。但这次来的只两匹马,也没胡哨之声。

这两匹马形相甚奇。一匹自头至尾都是黑毛,四蹄却是白色,那是"乌云盖雪"的名驹;另一匹四蹄却是黑色,通体雪白,马谱中称为"墨蹄玉兔",中土尤为罕见。

白马上骑着的是个白衣女子,若不是鬓边戴了朵红花,腰间又系着一条猩红飘带,几乎便如服丧,红带上挂了一柄白鞘长剑。黑马乘客是个中年男子,一身黑衫,腰间系着的长剑也是黑色的剑鞘。两乘马并肩疾驰而来。

顷刻间两人都看到了吴道通的尸首以及满地损毁的家生杂物,同声惊噫:"咦!"

黑衫男子马鞭挥出,卷在吴道通尸身颈项之中,拉起数尺,月光便照在尸身脸上。那女子道:"是吴道通!看来安金刀已得手了。"那男子马鞭一振,将尸身掷在道旁,道:"吴道通死去不久,伤口血迹未凝,赶得上!"那女子点了点头。

两匹马并肩向西驰去。八只铁蹄落在青石板上,蹄声答答,竟如一匹马奔驰一般。两匹马前蹄后蹄都是同起同落,整齐之极,也是美观之极,不论是谁见了,都想得到。这两匹马曾同受长期操练,是以奋蹄急驰之际,也是绝无参差。

两匹马越跑越快,一掠过汴梁城郊,道路狭窄,便不能双骑并驰。那女子微一勒马,让那男子先行。那男子侧头一笑,纵马而前,那女子跟随在后。

两匹骏马脚力非凡,按照吴道通死去的情状推想,这当儿已该当赶上金刀寨人马,但始终影踪毫无。他们不知吴道通虽气绝不久,金刀寨的人众却早去得远了。

马不停蹄的赶了一个多时辰。二人下马让坐骑稍歇,上马又行,将到天明时分,蓦见远处旷野中有几个火头升起。两人相视一笑,同时飞身下马。那女子接过那男子手中马缰,将两匹马都系在一株大树的树干上。两人展开轻身功夫,向火头奔去。

这些火头在平野之间看来似乎不远,其实相距有数里之遥。两人在草地上便如一阵风般滑行过去。将到临近,只见一大群人分别围着十几堆火,隐隐听得稀里呼噜之声此起彼应,众人捧着碗在吃面。两人本想先行窥探,但平野之地无可藏身,离这群人约十数丈,便放慢了脚步,并肩走近。

人群中有人喝问:"什么人?干什么的?"

那男子踏上一步,抱拳笑道:"安寨主不在么?是哪一位朋友在这里?"

那矮老者周牧一抬眼,火光照耀下见来人一男一女,一黑一白,并肩而立。两人都是中年,男的丰神俊朗,女的文秀清雅,衣衫飘飘,腰间都挂着一柄长剑。

周牧心中一凛,随即想起两个人来,一挺腰站了起来,抱拳说道:"原来是江南玄素庄石庄主夫妇大驾光临!"跟着大声喝道:"众兄弟,快起来行礼,这两位是威震大江南北的石庄主夫妇。"一众汉子轰然站起,微微躬身。周牧心下嘀咕:"石清、闵柔夫妇跟我们金刀寨可没纠葛梁子,大清早找将上来,不知想干什么,难道也为了这件物事?"游目往四下里一瞧,一望平野,更无旁人,心想:"虽然听说他夫妇剑术了得,终究好汉敌不过人多,又怕他何来?"

石夫人闵柔轻声说道:"师哥,这位是鹰爪门的周牧周老爷子。"

她话声虽低,周牧却也听见了,不禁微感得意:"冰雪神剑居然还知道我的名头。"忙接口道:"不敢,金刀寨周牧拜见石庄主、石夫人。"说着又弯了弯腰。

石清向着众盗伙微笑道:"众位朋友正用早膳,这可打扰了,请坐,请坐。"转头对周牧道:"周朋友不必客气,愚夫妇和贵门'一飞冲天'庄震中庄兄曾有数面之缘,说起来大家也都不是外人。"

周牧道:"'一飞冲天'是在下师叔。"暗道:"你年纪比我小着一大截,却称我庄师叔为庄兄,那不是明明以长辈自居吗?"想到此节,更觉对方此来只怕不怀好意,心下更多了一层戒备。武林中于"辈份"两字看得甚重,晚辈遇上了长辈固然必须恭敬,而长辈吩咐下来,晚辈也轻易不得违拗,否则给人说一声以下犯上,先就理亏。

石清见他脸色微微一沉,已知其意,笑道:"这可得罪了!当年嵩山一会,曾听庄兄说起贵门武功,愚夫妇佩服得紧。我忝在世交,有个不情之请,周世兄莫怪。"他一改口称之为"周世兄",更是以长辈自居了。

周牧道:"倘若是在下自己的事,冲着两位的金面,只要力所能及,两位吩咐下来,自是无有不遵。但若是敝寨的事,在下职位低微,那可做不得主了。"

石清心道:"这人老辣得紧,没听我说什么,先来推个干干净净。"说道:"那跟贵寨毫无干系。我要向周世兄打听一件事。愚夫妇追寻一个人,此人姓吴名道通,兵器使的是一对判官笔,身材甚高,听说近年来扮成了个老头儿,隐姓埋名,潜居在汴梁附近。不知周世兄可曾听到过他的讯息吗?"

他一说出吴道通的名字,金刀寨人众登时耸动,有些立时放下了手中捧着的面碗。

周牧心想:"你从东而来,当然已见到了吴道通的尸身,我若不说,反而显得不够光棍了。"当即打个哈哈,说道:"那当真好极了,石庄主、石夫人,说来也是真巧,姓周的虽然武艺低微,却碰上给贤夫妇立了一场功劳。这吴道通得罪了贤夫妇，我们金刀寨已将他料理啦。"说这几句话时，双目凝视着石清的脸，瞧他是喜是怒。

石清又是微微一笑，说道："这吴道通跟我们素不相识，说不上得罪了愚夫妇什么。我们追寻此人，说来倒教周世兄见笑，是为了此人所携带的一件物事。"

周牧脸上肌肉牵动了几下，随即镇定，笑道："贤夫妇消息也真灵通，这个讯息嘛，我们金刀寨也听到了。不瞒石庄主说，在下这番带了这些兄弟们出来，也就是为了这件物事。唉，不知是哪一个狗杂种造的谣，却累得双笔吴道通枉送了性命。我们二百多人空走一趟，那也罢了，只怕安大哥还要怪在下办事不力呢。江湖上向来谣言满天飞，倘若以为那件物事真是金刀寨得了，都向我们打起主意来，这可不冤么？张兄弟，咱们怎么打死那姓吴的，怎样搜查那间烧饼铺，你详详细细的禀告石庄主、石夫人两位。"

一个短小精悍的汉子说道："那姓吴的武功甚是了得，我们李大元李头领的性命送在他的手下。后来周头领出手，双掌将那姓吴的震下屋顶，当时便将他震得全身筋折骨断，五脏粉碎……"此人口齿极是灵便，加油添酱，将众盗伙如何撬开烧饼铺地下的砖头、如何翻倒面缸、如何拆墙翻炕，说了一大篇，可便是略去了周牧取去吴道通背上包裹一节。

石清点了点头，心道："这周牧一见我们，始终是全神戒备，惴惴不安。玄素庄和金刀寨向无过节，若不是他已得到了那物事，又何必对我们夫妇如此提防？"他知这伙人得不到此物便罢，若是得了去，定是在周牧身边，一瞥之间，但见金刀寨二百余人个个壮健剽悍，虽无一流好手，究竟人多难斗。适才周牧言语说得客气，其中所含的骨头着实不少，全无友善之意，自也是恃了人多势众，当下脸上仍是微微含笑，手指左首远处树林，说道："我有一句话，要单独和周世兄商量，请借一步到那边林中说话。"

周牧怎肯落单，立即道："我们这里都是好兄弟、好朋友，事无不可……"下面"对人言"三字尚未出口，突觉左腕一紧，已被石清伸手握住，跟着半身酸麻，右手也已毫无劲力。周牧又惊又怒，自从石清、闵柔夫妇现身，他便凝神应接，不敢有丝毫怠忽，哪知石清说动手便动手，竟然捷如闪电的抓住了自己的手腕。这等擒拿手法本是他鹰爪门的拿手本领，不料一招未交，便落入对方手中，急欲运力挣扎，但身上力气竟已无影无踪，知道要穴已为对方所制，霎时间额头便冒出了汗珠。

石清朗声说道："周世兄既允过去说话，那最好也没有了。"回头向闵柔道："师妹，我和周世兄过去说句话儿，片刻即回，请师妹在此稍候。"说着缓步而行。闵柔斯斯文文的道："师哥请便。"他两人虽是夫妇，却是师兄妹相称。

金刀寨众人见石清笑嘻嘻地与周牧同行，似无恶意，他夫人又留在当地，谁也想不到周牧如此武功，竟会不声不响的被人挟持而去。

石清抓着周牧手腕，越行越快，周牧只要脚下稍慢，立时便会摔倒，只得拼命奔跑。从火堆到树林约有里许，两人倏忽间便穿入了林中。

石清放脱了他手腕，笑道："周世兄……"周牧怒道："你这是干什么？"右手成抓，一招"搏狮手"，便往石清胸口狠抓下去。

石清左手自右而左划了过来，在他手腕上轻轻一带，已将他手臂带向左方，一把抓拢，竟是一手将他两只手腕都反抓在背后。周牧惊怒之下，右足向后力踹。

石清笑道："周世兄又何必动怒？"周牧只觉右腿"伏兔""环跳"两处穴道中一麻，踹出的一脚力道尚未使出，已软软的垂了下来。这一来，他只有一只左脚着地，若是再向后踹，身子便非向前俯跌不可,不由得满脸胀得通红,怒道:"你……你……你……"

石清道:"吴道通身上的物事,周世兄既已取到,我想借来一观。请取出来罢!"周牧道:"那东西是有的,却不在我身边。你既要看,咱们回到那边去便了。"他想骗石清回到火堆之旁,那时一声号令,众人群起而攻,石清夫妇武功再强,也难免寡不敌众。

石清笑道:"我可信不过,却要在周世兄身边搜搜!得罪莫怪。"

周牧怒道:"你要搜我?当我是什么人了?"

石清不答,一伸手便除下了他左脚的皮靴。周牧"啊"的一声,只见他已从靴筒中取了一个小包出来,正是得自吴道通身上之物。周牧又惊又怒,又是诧异:"这……这……他怎地知道?难道是见到我藏进去的?"其实石清一说要搜,便见他目光自然而然的向左脚一瞥,眼光随即转开,望向远处,猜想此物定是藏在他左足的靴内,果然一搜便着。

石清心想:"适才那人叙述大搜烧饼铺的情景,显非虚假,而此物却在你身上搜出,当然是你意图瞒过众人,私下吞没。"左手三指在那小包外捏了几下,脸色微变。

周牧急得胀红了脸,一时拿不定主意是否便要呼叫求援。石清冷冷的道:"你背叛安寨主,宁愿将此事当众抖将出来,受那斩断十指的刑罚么?"周牧大惊,情不自禁的颤声道:"你……你怎么知道?"石清道:"我自然知道。"松指放开了他双手,说道:"安金刀何等精明,你连我也瞒不过,又岂能瞒得过他?"

便在此时,只听得擦擦擦几下脚步声轻响,有人到了林外。一个粗豪的声音哈哈大笑,朗声说道:"多承石庄主夸奖,安某这里谢过了。"话声方罢,三个人闯进林来。

周牧一见,登时面如土色。这三人正是金刀寨的大寨主安奉日、二寨主冯振武、三寨主元澄道人。周牧奉命出来追寻吴道通之时,安寨主并未说到派人前来接应,不知如何,竟然亲自下寨。周牧心想自己吞没此物的图谋固然已成画饼,而且身败名裂,说不定性命也是难保,情急之下,忙道:"安大哥,那……那……东西给他抢去了。"

安奉日拱手向石清行礼,说道:"石庄主名扬天下,安某仰慕得紧,一直无缘亲近。敝寨便在左近,便请石庄主和夫人同去盘桓数日,使兄弟得以敬聆教训。"

石清见安奉日环眼虬髯,身材矮壮,一副粗豪的神色,岂知说话却甚是得体,一句不提自己抢去物事,却邀请前赴金刀寨盘桓。可是这一上寨去,哪里还能轻易脱身?拱手还礼之后,顺手便要将那小包揣入怀中,笑道:"多谢安寨主盛情……"

突然间青光闪动,元澄道人长剑出鞘,剑尖刺向石清手腕,喝道:"先放下此物!"

这一下来得好快,岂知他快石清更快,身子一侧,已欺到了元澄道人身旁,随手将那小包递出,放入他左手,笑道:"给你!"元澄道人大喜,不及细想他用意,便即拿住,不料右腕一麻,手中长剑已被对方夺去。

石清倒转长剑,斫向元澄左腕,喝道:"先放下此物!"元澄大吃一惊,眼见寒光闪闪,剑锋离左腕不及五寸,缩手退避,均已不及,只得反掌将那小包掷了回去。

冯振武叫道:"好俊功夫!"不等石清伸手去接小包,展开单刀,着地滚去,径向他腿上砍去。石清长剑嗤的一声刺落,这一招后发先至,冯振武单刀尚未砍到他右腿,他长剑其势便要将冯振武的脑袋钉在地下。

安奉日见情势危急,大叫:"剑下……"石清长剑继续前刺,冯振武心中一凉，闭目待死，只觉颊上微微一痛，石清的长剑却不再刺下，原来他剑下留情，剑尖碰到了冯振武的面颊，立刻收势，其间方位、力道，竟是半分也相差不得。跟着听得搭的一声轻响，石清长剑拍回小包，伸手接住，安奉日那"留情"两字这才出口。

石清收回长剑，说道："得罪！"退开了两步。

冯振武站起身来，倒提单刀，满脸愧色，退到了安奉日身后，口中喃喃说了两句，不知是谢石清剑下留情，还是骂他出手狠辣，那只有自己知道了。

安奉日伸手解开胸口铜扣，将单刀从背后取下，拔刀出鞘。其时朝阳初升，日光从林间空隙照射进来，金刀映日，闪闪耀眼，厚背薄刃，果然好一口利器！安奉日金刀一立，说道："石庄主技艺惊人，佩服，佩服，兄弟要讨教几招！"

石清笑道："今日得会高贤，幸也何如！"一扬手，将那小包掷了出去。四人一怔之间，只听得飕的一声，石清手中夺自元澄道人的长剑跟着掷出，那小包刚撞上对面树干，长剑已然赶上，将小包钉入树中。剑锋只穿过小包一角，却不损及包中物事，手法之快，运劲之巧，实不亚于适才连败元澄道人、冯振武的那两招。

四人的眼光从树干再回到石清身上时，只见他手中已多了一柄通体墨黑的长剑，只听他说道："墨剑会金刀，点到为止。是谁占先一招半式，便得此物如何？"

安奉日见他居然将已得之物钉在树上，再以比武较量来决定此物谁属，丝毫不占便宜，心下好生佩服，说道："石庄主请！"他早就听说玄素庄石清、闵柔夫妇剑术精绝，适才见他制服元澄道人和冯振武，当真名下无虚，心中丝毫不敢托大，刷刷刷三刀，尽是虚劈。

石清剑尖向地，全身文风不动，说道："进招罢！"

安奉日这才挥刀斜劈，招未使老，已然倒翻上来。他一出手便是生平绝技七十二路"劈卦刀",招中藏套,套中含式,变化多端。石清使开墨剑,初时见招破招,守得甚是严谨,三十余招后,一声清啸,陡地展开抢攻,那便一剑快似一剑。安奉日接了三十余招后,已全然看不清对方剑势来路,心中暗暗惊慌,只有舞刀护住要害。

两人拆了七十招,刀剑始终不交,忽听得叮的一声轻响,墨剑的剑锋已贴住了刀背,顺势滑了下去。这一招"顺流而下",原是以剑破刀的寻常招数。若是对手武功稍逊,安奉日只须刀身向外掠出,立时便将来剑荡开。但石清的墨剑来势奇快,安奉日翻刀欲荡,剑锋已凉飕飕的碰到了他的食指。安奉日大惊:"我四根手指不保!"便欲撒刀后退,也已不及。心念电转之际,石清长剑竟然硬生生的收住,非但不向前削,反而向后挪了数寸。安奉日知他手下容情,此际欲不撒刀,也不可得,只得松手放开了刀柄。

哪知墨剑一翻,转到了刀下,却将金刀托住,不令落地,只听石清说道:"你我势均力敌,难分胜败。"墨剑微微一震,金刀跃将起来。

安奉日心中好生感激,五指又握紧了刀柄,知他取胜之后,尚自给自己保存颜面,忙举刀一立,恭恭敬敬行了一礼,正是"劈卦刀"的收刀势"南海礼佛"。

他这一招使出,心下更惊,不由得脸上变色,原来他一招一式的使将下来,此时刚好将七十二路"劈卦刀"刀法使完,显是对方于自己这门拿手绝技知之已稔,直等自己的刀法使到第七十一路上,这才将自己制住,倘若他一上来便即抢攻,自己能否挡得住他十招八招,也是殊无把握。

安奉日正想说几句感谢的言语,石清还剑入鞘,抱拳说道:"姓石的交了安寨主这个朋友,咱们不用再比。何时路过敝庄,务请来盘桓几日。"安奉日脸色惨然,道:"自当过来拜访。"纵身近树,拔起元澄道人的长剑,接住小包,将一刀一剑都插在地下,双手捧了那小包,走到石清身前,说道:"石庄主请取去罢!"这件要物他虽得而复失,但石清顾全自己面子,保全了自己四根手指,却也十分承他的情。

不料石清双手一拱,说道:"后会有期!"转身便走。

安奉日叫道:"石庄主请留步。庄主顾全安某颜面,安某岂有不知?安某明明是大败亏输,此物务请石庄主取去,否则岂不是将安某当作不识好歹的无赖小人了。"石清微笑道:"安寨主,今日比武,胜败未分。安寨主的青龙刀、拦路断门刀等等精妙刀法都尚未施展,怎能便说输了?再说,这个小包中并无那物在内,只怕周世兄是上了人家的当。"

安奉日一怔,说道:"并无那物在内?"急忙打开小包,拆了一层又一层,拆了五层之后,只见包内有三个铜钱,凝神再看,外圆内方,其形扁薄,却不是三枚制钱是什么?一怔之下,不由得惊怒交集,当下强自抑制,转头向周牧道:"周兄弟,这……这到底开什么玩笑?"周牧嗫嚅道:"我……我也不知道啊。在那吴道通身上,便只搜到这个小包。"

安奉日心下雪亮,情知吴道通不是将那物藏在隐秘异常之处,便是已交给了旁人,此番不但空劳跋涉,反而大损金刀寨的威风,当下将纸包往地下一掷,向石清道:"倒教石庄主见笑了,却不知石庄主何由得知?"

石清适才夺到那个小包之时,随手一捏,便已察觉是三枚圆形之物,虽不知定是铜钱,却已确定绝非心目中欲取的物件,微笑道:"在下也只胡乱猜测而已。咱们同是受人之愚,盼安寨主大量包涵。"一抱拳,转身向冯振武、元澄道人、周牧拱了拱手,快步出林。

石清走到火堆之旁，向闵柔道："师妹，走罢！"两人上了坐骑，又向来路回去。

闵柔看了丈夫的脸色，不用多问，便知此事没有成功，心中一酸，不由得泪水一滴滴的落上衣襟。石清道："金刀寨也上了当。咱们再到吴道通尸身上去搜搜，说不定金刀寨的朋友们漏了眼。"闵柔明知无望，却不违拗丈夫之意，哽咽道："是。"

黑白双驹脚力快极，没到晌午时分，又已到了侯监集上。

镇民惊魂未定，没一家店铺开门。群盗杀人抢劫之事，已由地方保甲向汴梁官衙禀报，官老爷还在调兵遣将，不敢便来，显是打着"迟来一刻便多一分平安"的主意。

石清夫妇纵马来到吴道通尸身之旁，见墙角边坐着个十二三岁的小丐，此外四下里更无旁人。石清当即在吴道通身上细细搜寻，连他发髻也拆散了，鞋袜也除了来看过。闵柔则到烧饼铺去再查了一次。

两夫妇相对黯然，同时叹了口气。闵柔道："师哥，看来此仇已注定难报。这几日来也真累了你啦。咱们到汴梁城中散散心，看几出戏文，听几场鼓儿书。"石清知道妻子素来爱静，不喜观剧听曲，到汴梁散散心云云，那全是体贴自己，便说道："也好，既然来到了河南，总得到汴梁逛逛。听说汴梁的银匠是高手，去拣几件首饰也是好的。"闵柔素以美色驰名武林，本来就喜爱打扮，人近中年，对容止修饰更加注重。她凄然一笑，说道："自从坚儿死后，这十三年来你给我买的首饰，足够开一家珠宝铺子啦！"

她说到"自从坚儿死后"一句话，泪水又已涔涔而下，一瞥眼间，只见那小丐坐在墙角边，猥猥葸葸，污秽不堪，不禁起了怜意，问道："你妈妈呢？怎么做叫化子了？"小丐道："我……我……我妈妈不见了。"闵柔叹了口气，从怀中摸出一小锭银子，掷在他脚边，说道："买饼儿去吃罢！"提缰便行，回头问道：

"孩子,你叫什么名字?"

那小丐道:"我……我叫'狗杂种'!"

闵柔一怔,心想:"怎会叫这样的名字?"石清摇了摇头,道:"是个白痴!"闵柔道:"是,怪可怜见儿的。"两人纵马向汴梁城驰去。

那小丐自给吴道通的死尸吓得晕了过去,直到天明才醒,这一下惊吓实在厉害,睁眼见到吴道通的尸体血肉模糊的躺在自己身畔,竟不敢起身逃开,迷迷糊糊的醒了又睡,睡了又醒。石清到来之时,他神智已然清醒,正想离去,却见石清翻弄尸体,又吓得不敢动了,没想到那个美丽女子竟会给自己一锭银子。他心道:"饼儿么?我自己也有。"

他提起右手,手中兀自抓着那咬过一口的烧饼,惊慌之心渐去,登感饥饿难忍,张口往烧饼上用力咬下,只听得卜的一声响,上下门牙大痛,似是咬到了铁石。那小丐一拉烧饼,口中已多了一物,忙吐在左手掌中,见是黑黝黝的一块铁片。

那小丐看了一眼,也不去细想烧饼中何以会有铁片,也来不及抛去,见饼中再无异物,当即大嚼起来,一个烧饼顷刻即尽。他眼光转到吴道通尸体旁那十几枚撕破的烧饼上,寻思:"给鬼撕过的饼子,不知吃不吃得?"

正打不定主意,忽听得头顶有人叫道:"四面围住了!"那小丐一惊,抬起头来,只见屋顶上站着三个身穿白袍的男子,跟着身后飕飕几声,有人纵近。小丐转过身来,但见四名白袍人手中各持长剑,分从左右掩将过来。

蓦地里马蹄声响,一人飞骑而至,大声叫道:"是雪山派的好朋友么?来到河南,恕安某未曾远迎。"顷刻间一匹黄马直冲到身前,马上骑着个虬髯矮胖子,也不勒马,突然跃下鞍来。那黄马斜刺里奔了出去，兜了个圈子，便远远站住，显是教熟了的。

屋顶上的三名白袍男子同时纵下地来，都是手按剑柄。一个四十来岁的魁梧汉子说道："是金刀安寨主吗？幸会，幸会！"一面说，一面向站在安奉日身后的白袍人连使眼色。

原来安奉日为石清所败，甚是沮丧，但跟着便想："石庄主夫妇又去侯监集干什么？是了，周四弟上了当，没取到真物，他夫妇定是又去寻找。我是他手下败将，他若取到，我只有眼睁睁的瞧着。但若他寻找不到，我们难道便不能再找一次，碰碰运气？此物倘若真是曾在吴道通手中，他定是藏在隐秘万分之所，搜十次搜不到，再搜第十一次又有何妨？"当即跨黄马追赶上来。

他坐骑脚力远不及石氏夫妇的黑白双驹，又不敢过分逼近，是以直至石清、闵柔细搜过吴道通的尸身与烧饼铺后离去，这才赶到侯监集。他来到镇口，远远瞧见屋顶有人，三个人都是身穿白衣，背悬长剑，这般装束打扮，除了藏边的雪山派弟子外更无旁人，驰马稍近，更见三人全神贯注，如临大敌。他还道这三人要去偷袭石氏夫妇，念着石清适才卖的那个交情，便纵声叫了出来，要警告他夫妇留神。不料奔到近处，未见石氏夫妇影踪，雪山派七名弟子所包围的竟是个小乞儿。

安奉日大奇，见那小丐年纪幼小，满脸泥污，不似身有武功的模样，待见眼前那白衣汉子连使眼色，他又向那小丐望了一眼。

这一望之下，登时心头大震，只见那小丐左手拿着一块铁片，黑黝黝地，似乎便是传说中的那枚"玄铁令"，待见身后那四名白衣人长剑闪动，竟是要上前抢夺的模样，当下不及细想，立即反手拔出金刀，使出"八方藏刀势"，身形转动，滴溜溜地绕着那小丐转了一圈，金刀左一刀，右一刀，前一刀，后一刀，霎时之间，八方各砍三刀，三八二十四刀，刀刀不离小丐身侧半尺之外，将那小丐全罩在刀锋之下。

那小丐只觉刀光刺眼,全身凉飕飕地,哇的一声,大哭起来。

便在此时,七个白衣人各出长剑,幻成一道光网,在安奉日和小丐身周围了一圈。白光是个大圈,大圈内有个金色小圈,金色小圈内有个小叫化眼泪鼻涕的大哭。

忽听得马蹄声响,一匹黑马、一匹白马从西驰来,却是石清、闵柔夫妇去而复回。

原来他二人驰向汴梁,行出不久,便发现了雪山派弟子的踪迹,两人商量了几句,当即又策马赶回。石清望见八人刀剑挥舞,朗声叫道:"雪山派众位朋友,安寨主,大家是好朋友,有话好说,不可伤了和气。"

雪山派那魁梧汉子长剑一竖,七人同时停剑,却仍团团围在安奉日的身周。

石清与闵柔驰到近处,蓦地见到那小丐左手拿着的铁片,同时"咦"的一声,只不知是否便是心目中那物,二人心中都是怦怦而跳。石清飞身下鞍,走上几步,说道:"小兄弟,你手里拿着的是什么东西,给我瞧瞧成不成?"饶是他素来镇定,说这两句话时却语音微微发颤。他已打定主意,料想安奉日不会阻拦,只须那小丐一伸手,立时便抢入剑圈中夺将过来,谅那一众雪山派弟子也拦不住自己。

那白衣汉子道:"石庄主,这是我们先见到的。"

闵柔这时也已下马走近,说道:"耿师兄,请你问问这位小兄弟,他脚旁那锭银子,是不是我给的?"这句话甚是明白,她既已给过银子,自比那些白衣人早见到那小丐了。

那魁梧的汉子姓耿,名万锺,是当今雪山派第二代弟子中的好手,说道:"石夫人,或许是贤伉俪先见到这个小兄弟,但这枚'玄铁令'呢,却是我们兄弟先见到的了。"

一听到"玄铁令"这三字,石清、闵柔、安奉日三人心中都是一凛："果然便是'玄铁令'！"雪山派其余六人也各露出异样神色。其实他七人谁都没细看过那小丐手中拿着的铁片，只是见石氏夫妇与金刀寨寨主都如此郑重其事，料想必是此物；而石、闵、安三人也是一般的想法：雪山派耿万锺等七人并非寻常人物，既看中了这块铁片，当然不会错的了。

十个人一般的心思，忽然不约而同的一齐伸出手来，说道："小兄弟，给我！"

十个人互相牵制，谁也不敢出手抢夺，知道只要谁先用强，大利当前，旁人立即会攻己空门，只盼那小丐自愿将铁片交给自己。

那小丐又怎知道这十人所要的，便是险些儿崩坏了他牙齿的这块小铁片，这时虽已收泪止哭，却是茫然失措，泪水在眼眶中滚来滚去，随时便能又再流下。

忽听得一个低沉的声音说道："还是给我！"

一个人影闪进圈中，一伸手，便将那小丐手中的铁片拿了过去。

"放下！""干什么？""好大胆！""混蛋！"齐声喝骂声中，九柄长剑一把金刀同时向那人影招呼过去。安奉日离那小丐最近，金刀挥出，便是一招"白虹贯日"，砍向那人脑袋。雪山派弟子习练有素，同时出手，七剑分刺那人七个不同方位，叫他避得了肩头，闪不开大腿，挡得了中盘来招，卸不去攻他上盘的剑势。石清与闵柔一时看不清来人是谁，不肯便使杀手取他性命，双剑各圈了半圆，剑光霍霍，将他罩在玄素双剑之下。

却听得叮当、叮当一阵响，那人双手连振，也不知使了什么手法，霎时间竟将安奉日的金刀、雪山弟子的长剑尽数夺在手中。

石清和闵柔只觉虎口一麻，长剑便欲脱手飞出，急忙向后跃开。石清登时脸如白纸，闵柔却是满脸通红。玄素庄石庄主夫妇双剑合璧，并世能与之抗手不败的已寥寥无几，但给那人伸指在剑身上分别一弹,两柄长剑都险些脱手,那是两人临敌以来从未遇到过之事。

看那人时,只见他昂然而立,一把金刀、七柄长剑都插在他身周。那人青袍短须,约莫五十来岁年纪,容貌清癯,脸上隐隐有一层青气,目光中流露出一股说不尽的欢喜之意。石清蓦地想到一人,脱口而出:"尊驾莫非便是这玄铁令的主人么?"

那人嘿嘿一笑,说道:"玄素庄黑白双剑,江湖上都道剑术了得,果然名不虚传。老夫适才以一分力道对付这八位朋友,以九分力道对付贤伉俪,居然仍是夺不下两位手中兵刃。唉,我这'弹指神通'功夫,'弹指'是有了,'神通'二字如何当得?看来非得再下十年苦功不可。"

石清一听,更无怀疑,抱拳道:"愚夫妇此番来到河南,原是想上摩天崖来拜见尊驾。虽然所盼成空,总算有缘见到金面,却也是不虚此行了。愚夫妇这几手三脚猫的粗浅剑术,在尊驾眼中自是不值一笑。尊驾今日亲手收回玄铁令,可喜可贺。"

雪山派群弟子听了石清之言,均是暗暗嘀咕:"这青袍人便是玄铁令的主人谢烟客?他于一招之间便夺了我们手中长剑,若不是他,恐怕也没第二个了。"七人你瞧瞧我,我瞧瞧他,都是默不作声。

安奉日武功并不甚高,江湖上的阅历却远胜于雪山派七弟子,当即拱手说道:"适才多有冒犯,在下这里谨向谢前辈谢过,还盼恕过不知之罪。"

那青袍人正是摩天崖的谢烟客。他又是哈哈一笑,道:"照我平日规矩,你们这般用兵刃向我身上招呼,我是非一报还一报不可,你用金刀砍我左肩,我当然也要用这把金刀砍你左肩才合道理。"他说到这里,左手将那铁片在掌中一抛一抛,微微一笑,又道:"不过碰到今日老夫心情甚好,这一刀便寄下了。你刺我胸口,你刺我大腿环跳穴,你刺我左腰,你斩我小腿……"他口中说着,右手分指雪山派七弟子。

那七人听他将刚才自己的招数说得分毫不错,更是骇然,在这电光石火般的一瞬之间,他竟将每一人出招的方位看得明明白白,又记得清清楚楚,只听他又道:"这也通统记在帐上,几时碰到我脾气不好,便来讨债收帐。"

雪山派中一个矮个子大声道:"我们艺不如人,输了便输了,你又说这些风凉话作甚?你记什么帐?爽爽快快刺我一剑便是,谁又耐烦把这笔帐挂在心头。"此人名叫王万仞,其时他两手空空,说这几句话,摆明是要将性命交在对方手里了。他同门师兄弟齐声喝止,他却已一口气说了出来。

谢烟客点了点头,道:"好!"拔起王万仞的长剑,挺剑直刺。王万仞急向后跃,想要避开,岂知来剑快极,王万仞身在半空,剑尖已及胸口。谢烟客手腕一抖,便即收剑。

王万仞双脚落地,只觉胸口凉飕飕地,低头一看,不禁"啊"的一声,但见胸口露出一个圆孔,约有茶杯口大小,原来谢烟客手腕微转,已用剑尖在他衣服上划了个圆圈,自外而内,三层衣衫尽皆划破,露出了肌肤。他手上只须使劲稍重,一颗心早给他剜出来了。

王万仞脸如土色,惊得呆了。安奉日衷心佩服,忍不住喝采:"好剑法!"

说到出剑部位之准,劲道拿捏之巧,谢烟客适才这一招,石清夫妇勉强也能办到,但剑势之快,令对方明知刺向何处,仍是闪避不得,石清、闵柔自知便万万及不上了。二人对望一眼,均想:"此人武功精奇,果然匪夷所思。"

谢烟客哈哈大笑,拔步便行。

雪山派中一个青年女子突然叫道:"谢先生,且慢!"谢烟客回头问道:"干什么?"那女子道:"尊驾手下留情,没伤我王师哥，雪山派同感大德。请问谢先生，你拿去的那块铁片，便是玄铁令吗？"谢烟客满脸傲色，说道："是又怎样？不是又怎样？"那女子道："倘若不是玄铁令，大伙再去找找。但若当真是玄铁令，这却是尊驾的不是了。"

只见谢烟客脸上陡然青气一现，随即隐去。耿万锺喝道："花师妹，不可多口。"众人素闻谢烟客生性残忍好杀，为人忽正忽邪，行事全凭一己好恶，不论黑道或是白道，丧生于他手下的好汉指不胜屈。今日他受十人围攻而居然不伤一人，那可说破天荒的大慈悲了。不料师妹花万紫性子刚硬，又复不知轻重，居然出言冲撞，不但雪山派的同门心下震骇，石氏夫妇也不禁为她捏了一把冷汗。

谢烟客高举铁片，朗声念道："玄铁之令，有求必应。"将铁片翻了过来，又念道："摩天崖谢烟客。"顿了一顿，说道："这等玄铁刀剑不损，天下罕有。"拔起地下一柄长剑，顺手往铁片上斫去，叮的一声，长剑断为两截，上半截弹了出去，那黑黝黝的铁片竟是丝毫无损。他脸色一沉，厉声道："怎么是我的不是了？"

花万紫道："小女子听得江湖上的朋友们言道：谢先生共有三枚玄铁令，分赠三位当年于谢先生有恩的朋友，说道只须持此令来，亲手交在谢先生手中，便可令你做一件事，不论如何艰难凶险，谢先生也必代他做到。那话不错罢？"谢烟客道："不错。此事武林中人，有谁不知？"言下甚有得色。花万紫道："听说这三枚玄铁令，有两枚已归还谢先生之手，武林中也因此发生了两件惊天动地的大事。这玄铁令便是最后一枚了，不知是否？"

谢烟客听她说"武林中也因此发生了两件惊天动地的大事"，脸色便略转柔和，说道："不错。得我这枚玄铁令的朋友武功高强，没什么难办之事，这令牌于他也无用处。他没有子女，逝世之后令牌不知去向。这几年来，大家都在拼命找寻，想来令我姓谢的代他干一件大事。嘿嘿，想不到今日轻轻易易的却给我自己收回了。这样一来，江湖上朋友不免有些失望，可也反而给你们消灾免难。"一伸足将吴道通的尸身踢出数丈，又道："譬如此人罢，纵然得了令牌，要见我面却也烦难，在将令牌交到我手中之前，自己便先成众矢之的。武林中哪一个不想杀之而后快？哪一个不想夺取令牌到手？以玄素庄石庄主夫妇之贤，尚且未能免俗，何况旁人？嘿嘿！嘿嘿！"最后这几句话，已然大有讥嘲之意。

石清一听，不由得面红过耳。他虽一向对人客客气气，但武功既强，名气又大，说出话来很少有人敢予违拗，不料此番面受谢烟客的讥嘲抢白，论理论力，均无可与之抗争，他平素高傲，忽受挫折，实是无地自容。闵柔只看着石清的神色，丈夫若露拔剑齐上之意，立时便要和谢烟客拼了，虽然明知不敌，这口气却也轻易咽不下去。

却听谢烟客又道："石庄主夫妇是英雄豪杰，这玄铁令若教你们得了去，不过叫老夫做一件为难之事，奔波劳碌一番，那也罢了。但若给无耻小人得了去，竟要老夫自残肢体，逼得我不死不活，甚至于来求我自杀，我若不想便死，岂不是毁了这'有求必应'四字誓言？总算老夫运气不坏，毫不费力的便收回了。哈哈，哈哈！"纵声大笑，声震屋瓦。

花万紫朗声道："听说谢先生当年曾发下毒誓，不论从谁手中接过这块令牌，都须依彼所求，办一件事，即令对方是七世的冤家，也不能伸一指加害于他。这令牌是你从这小兄弟手中接过去的，你又怎知他不会出个难题给你？"谢烟客"呸"的一声，道："这小叫化是什么东西？我谢烟客去听这小化子的话，哈哈，那不是笑死人么？"花万紫朗声道："众位朋友听了，谢先生说小化子原来不是人，算不得数。"她说的若是旁人，余人不免便笑出声来，至少雪山派同门必当附和，但此刻四周却静无声息，只怕一枚针落地也能听见。

·30·

谢烟客脸上又是青气一闪,心道:"这丫头用言语僵住我,叫人在背后说我谢某言而无信。"突然心头一震:"啊哟,不好,莫非这小叫化是他们故意布下的圈套,我既已伸手将令牌抢到,再要退还他也不成了。"他几声冷笑,傲然道:"天下又有什么事,能难得到姓谢的了?小叫化儿,你跟我去,有什么事求我,可不与旁人相干。"携着那小丐的手拔步便行。他虽没将身前这些人放在眼里,但生怕这小丐背后有人指使,当众出个难题,要他自断双手之类,那便不知如何是好了,是以要将他带到无人之处,细加盘问。

花万紫踏上一步,柔声道:"小兄弟,你是个好孩子。这位老伯伯最爱杀人,你快求他从今以后,再也别杀——"一句话没说完,突觉一股劲风扑面而至,下面"一个人"三字登时咽入了腹中,再也说不出口。

原来花万紫知道谢烟客言出必践,自己适才挺剑向他脸上刺去,他说记下这笔帐,以后随时讨债,总有一日要被他在自己脸颊刺上一剑,何况六个师兄中,除王万仞外,谁都欠了他一剑,这笔债还起来,非有人送命不可。因此她干冒奇险,不惜触谢烟客之怒,要那小叫化求他此后不可再杀一人。只须小丐说了这句话,谢烟客不得不从,自己与五位师兄的性命便都能保全了。不料谢烟客识破她的用意,袍袖拂出,劲风逼得她难以毕辞。只听他大声怒喝:"要你这丫头啰唆什么?"又是一股劲风扑至,花万紫立足不定,便即摔倒。

花万紫背脊一着地,立即跃起,想再叫嚷时,却见谢烟客早已拉着小丐之手,转入了前面小巷之中,显然他不欲那小丐再听到旁人的教唆言语。

众人见谢烟客在丈许外只衣袖一拂,便将花万紫摔了一交,尽皆骇然,又有谁敢再追上去啰唣?

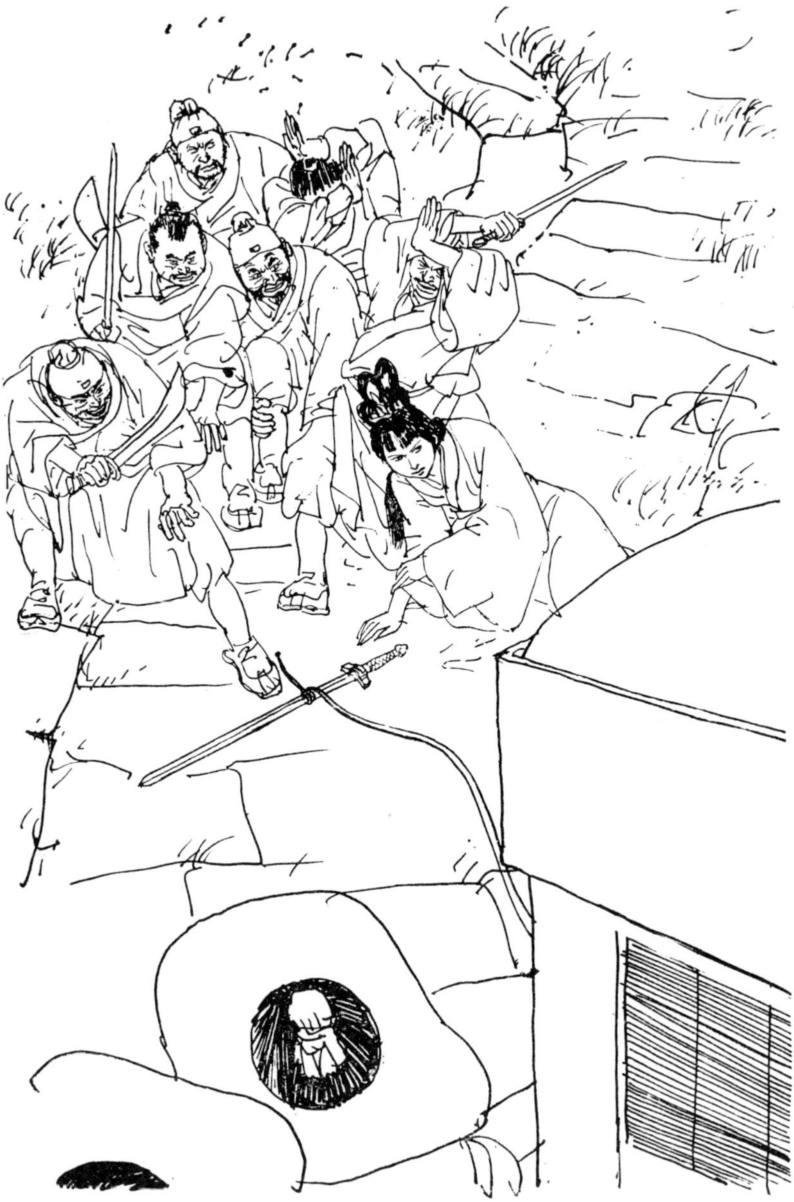

忽见一条马鞭从轿中挥将出来，卷住王万仞左腿，将他身子甩飞，夺了他手中的墨剑。花万紫白剑出鞘，往马鞭上撩去，轿中突然飞出一粒暗器，打中了她手腕。

二
少年闯大祸

石清走上两步，向耿万锺、王万仞抱拳道："耿贤弟、王贤弟，这位师妹胆识过人，胜于须眉，想必是江湖上闻名的寒梅女侠花师妹了。其余四位师兄，请耿贤弟引见。"

耿万锺板起了脸，竟不置答，说道："在这里遇上石庄主夫妇，那再好也没有了，省了我们上江南走一遭。"

石清见这七人神色颇为不善，初时只道他们在谢烟客手下栽了筋斗，深感难堪，但耿万锺与自己素来交好，异地相逢，该当欢喜才是，怎么神气如此冷漠？他一向称自己为"石大哥"，又怎么忽尔改了口？心念一动："莫非我那宝贝儿子闯了祸？"忙道："耿贤弟，我那小顽童惹得贤弟生气了么？小兄夫妇给你陪礼，来来来，小兄做个东道，请七位到汴梁城里去喝一杯。"

安奉日见石清言词之中对雪山派弟子十分亲热，而这些雪山派弟子对自己却大剌剌地，正眼也不瞧上一眼，更不用说通名招呼了，自己站在一旁无人理睬，一来没趣，二来有气，心想："哼，雪山派有什么了不起？要如石庄主这般仁义待人，那才真的让人佩服。"向石清、闵柔抱拳道："石庄主、石夫人，安某告辞了。"石清拱手道："安寨主莫怪。犬子石中玉在雪山派封师兄门下学艺，在下询及犬子，竟对安寨主失了礼数。"安奉日心道："这倒怪你不得。"说道："好说，好说！"率领盗伙，转身而去。

耿万锺等七人始终一言不发，待安奉日等走远，仍是你看看我，我看看你，脸上流露出既尴尬又为难、既气恼又鄙夷的神气，似乎谁都不愿先开口说话。

石清将儿子送到雪山派大弟子"风火神龙"封万里门下学艺，固然另有深意，却也因此子太过顽劣，闵柔又诸多回护，自己实在难以管教之故，眼看耿万锺等的模样，只怕儿子这乱子还闹得当真不小，陪笑道："白老爷子、白老太太安好，风火神龙封师兄安好。"

王万仞再也忍耐不住，大声道："我师父、师娘没给你的小……小……小……气死，总算福份不小。"他本想大骂"小杂种"，但瞥眼间见到闵柔楚楚可怜、担心关怀的脸色，连说了三个"小"字，终于悬崖勒马，硬生生将"杂种"二字咽下。但他骂人之言虽然忍住，人人都已知道他的本意，这不骂也等于已破口大骂。

闵柔眼圈一红，说道："王大哥，我那玉儿确是顽皮得紧，得罪了诸位，我……我……我先给各位陪礼了。"说着盈盈福了下去。

雪山派七弟子急忙还礼。王万仞大声道："石大嫂，你生的这小……小……家伙实在太不成话，只要有半分像你们大哥大嫂两位，那……那还有什么话说？这也不算是得罪了我，再说，得罪了我王万仞有什么打紧？冲着两位金面，我最多抓住这小子拳打足踢一顿，也就罢了。但他得罪了我师父、师娘，我那白师哥又是这等烈性子。石庄主，不是我吃里扒外，想来总得通知你一声，我白师哥要来烧你的玄素庄，你……你两位可得避避。你这杯酒，我说什么不能喝，要是给白师哥知道了，他不跟我翻脸绝交才怪。"

他唠唠叨叨的一大堆，始终没说到石中玉到底干了什么错事。石清、闵柔二人却越听越惊，心想我们跟雪山派数代交好，怎地白万剑居然恼到要来烧玄素庄？不住口的道："这孽障大胆胡闹，该死！怎么连老太爷、老太太也敢得罪了？"

耿万锤道："这里是非之地，多留不便，咱们借一步说话。"当下拔起地下的长剑，道："石庄主请，石夫人请。"

石清点了点头，与闵柔向西走去，两匹坐骑缓缓在后跟来。路上耿万锤替五个师弟妹引见，五人分别和石清夫妇说了些久仰的话。

一行人行出七八里地，见大路旁三株栗树，亭亭如盖。耿万锤道："石庄主，咱们到那边说话如何？"石清道："甚好。"九个人来到树下，在大石和树根上分别坐下。

石清夫妇心中极是焦急，却并不开口询问。

耿万锤道："石庄主，在下和你叨在交好，有一句不中听的言语，直言莫怪。依在下之见，庄主还是将令郎交给我们带去，在下竭力向师父、师母及白师兄夫妇求情，未始不能保全令郎的性命。就算是废了他的武功，也胜于两家反脸成仇，大动干戈。"

石清奇道："小儿到了贵派之后，三年来我未见过他一面，种种情由，在下确是全不知情，还盼耿兄见告，不必隐瞒。"他本来称他"耿贤弟"，眼见对方怒气冲冲，这"贤弟"二字再叫出去，只怕给他顶撞回来，立时碰上个大钉子。

耿万锤道："石庄主当真不知？"石清道："不知！"

耿万锤素知他为人，以玄素庄主如此响亮的名头，决不能谎言欺人，他说不知，那便是真的不知了，说道："原来石庄主全无所悉……"

闵柔忍不住打断他的话头，问道："玉儿不在凌霄城吗？"耿万锤点点头。王万仞道："这小……小家伙这会儿若在凌霄城，便有一百条性命，也都不在了。"

石清心下暗暗生气，寻思："我命玉儿投入你们门下学武，只因敬重白老爷子和封师兄的为人，看重雪山派的武功。就算玉儿年纪幼小，生性顽劣，犯了你们什么门规，冲着我夫妇的脸面，也不能要杀便杀。就算你雪山派武功高强，人多势众，难道江湖上真没道理讲了？"他仍是不动声色，淡淡的道："贵派门规素严，这个在下是早知道的。我送犬子到凌霄城学艺，原是想要他多学一些好规矩。"

耿万锺脸色微微一沉，道："石庄主言重了。石中玉这小子如此荒唐无耻，穷凶极恶，却不是我们雪山派教的。"石清淡淡的道："谅他小小年纪，这'荒唐无耻，穷凶极恶'八字考语，却从何说起？"

耿万锺转头向花万紫道："花师妹，请你到四下里瞧瞧，看有人来没有？"花万紫道："是！"提剑远远走开。石清夫妇对望了一眼，均知他将花万紫打发开去，是为了有些言语不便在妇女之前出口，心下不禁又多了一层忧虑。

耿万锺叹了口气，道："石庄主、石大嫂，我白师哥没有儿子，只有一个女儿，你们是知道的。我那师侄女今年还只一十三岁，聪明伶俐，天真可爱，白师哥固然爱惜之极，我师父、师嫂更是当她心肝肉一般。我这师侄女简直便是大雪山凌霄城的小公主，我们师兄姊妹们，自然也像凤凰一般捧着她了。"

石清点了点头，道："我那不肖的儿子得罪了这位小公主啦，是不是？"

耿万锺道："'得罪'二字，却是忒也轻了。他……他……他委实胆大妄为，竟将我们师侄女绑住了手足，将她剥得一丝不挂，想要强奸。"

石清和闵柔"啊"的一声，一齐站起身来。闵柔脸色惨白。石清说道："哪……哪有此事？中玉还只一十五岁，这中间必有误会。"

耿万锺道："咱们也说实在太过荒唐。可是此事千真万确，服侍我那小侄女的两个丫鬟听到争闹挣扎之声，赶进房来，便即呼救，一个给他斩了一条手臂,一个给他砍去了一条大腿,都晕了过去。幸好这么一来,这小子受了惊,没敢再侵犯我小侄女,就此逃了。"

武林之中,向以色戒为重,黑道上的好汉打家劫舍、杀人放火视为家常便饭,但若犯了这个"淫"字,便为同道众所不齿。强奸妇女之事,连绿林盗贼也不敢轻犯,何况是侠义道的人物。闵柔只急得花容失色,拉着丈夫的衣袖道:"师哥,那……那便如何是好?"

石清乍闻噩耗,也是心绪烦乱。倘若他听到儿子杀人闯祸犯了事,再大的难题也要接将下来,但这样的事却不知如何处理才是。他定了定神,说道:"如此说来,老天爷保佑,白小姑娘还是冰清玉洁之身,没让我那不肖的孽子玷污了?"

耿万锺摇头道:"没有!虽然如此,那也没多大分别。我师父他老人家的脾气你是知道的,立即命人追寻这小子,吩咐是谁见到,立即杀了,不用留活口。"王万仞接口道:"我师父言道:他老人家跟你交情不浅,倘若将这小子抓了来,他老人家冲着你的面子,倒不便取他性命,不如在外面一剑杀了,干干净净。"耿万锺横了他一眼,似嫌他多口。王万仞道:"师父确是这般吩咐的,难道我说错了么?"

耿万锺不去理他,续道:"倘若只伤了两个丫鬟,本来也不是什么大事,可是我们那小侄女年纪虽小,性子却十分刚烈,不幸遭此羞辱,自觉从此无面目见人,哭了两天,第三天晚上,竟悄悄从后窗纵了出去,跳下了万丈深谷。"

石清与闵柔又是"啊"的一声。石清颤声道:"可……可救转了没有?"

耿万锺道:"我们凌霄城外的深谷,石庄主是知道的,别说是人,就是一块石子掉了下去,也跌成了石粉。这样娇娇嫩嫩的一个小姑娘跳了下去,还不成了一团肉酱?"

一个二十七八岁的雪山派弟子名叫柯万钧的说道："最冤枉的可算是大师哥啦，无端端的给师父砍去了一条右臂。"说时气愤之极。石清惊道："风火神龙？"柯万钧道："可不是么？我师父痛惜孙女，又捉不到你儿子，在大厅上大发脾气，骂封师兄管教弟子不严，说他净吃饭不管事，当什么狗屁师父，越骂越怒，忽然抽出封师兄腰间佩剑，便砍去了他一条臂膀。我师母出言责备师父，说他不该如此暴躁，迁怒于人。两位老人家当着弟子之面吵起嘴来，越说越僵，不知又提到了什么旧事，师父竟然出手打了师母一个巴掌。我师母大怒之下，冲出门去，说道再踏进凌霄城一步便不是人。"

石清惭愧无地，心想："我钦佩封万里的武功，令独生儿子拜在他门下，哪知竟累得他成为废人。封万里剑法刚猛迅捷，如狂风，如烈火，这才得了个风火神龙的外号。此人仇家甚多，武功一失，恐怕这一生是一步不敢下大雪山了。唉，当真是愧对良友。"

却听王万仞道："柯师弟，你说大师哥冤枉，难道咱们白师哥便不冤枉吗？女儿给人害死了，白师嫂却又发了疯。"

石清、闵柔越听越惊，只盼有个地洞，就此钻了下去，真不知凌霄城经自己儿子这么一闹，更有什么惨事生了出来。石清硬起头皮问道："白夫人又怎地……怎地心神不定了？"

王万仞道："还不是给你那宝贝儿子气疯的？我们小侄女一死，白师哥不免怨责师嫂，怪她为什么不好好看住女儿，竟会给她跳出窗去。白师嫂本在自怨自艾，听丈夫这么一说，不住口的叫：'阿绣啊，是娘害死你的啊！阿绣啊，是娘害死你的啊！'从此就神智胡涂了。两位师姊寸步不离的看住她，只怕她也跳下了那深谷去。石庄主，我白师哥要来烧玄素庄，你说说该是不该？"

石清道："该烧，该烧！我夫妇惭愧无地，便走遍天涯海角，也要擒到这孽子，亲自送上凌霄城来，在白姑娘灵前凌迟处死……"闵柔听到这里，突然"嘤"的一声，晕了过去，倒在丈夫怀里。石清连连捏她人中，过了良久，闵柔才悠悠醒转。

王万仞道："石庄主，我雪山派还有两条人命，只怕也得记在你玄素庄的帐上。"

石清惊道："还有两条人命？"他一生饱经大风大浪，但遭遇之酷，实以今日为甚，当年次子中坚为仇家所杀，虽然伤心气恼到了极处，却不似今日之又是惭愧，又是惶恐，说出话来，不由得声音也哑了。

王万仞道："雪山派遭此变故，师父便派了一十八名弟子下山，一路由白师哥率领，是到江南去烧你庄子的，还说……还说要……"说到这里，吞吞吐吐的说不下去，耿万锺连使眼色阻止。

石清鉴貌辨色，已猜到王万仞想说的言语，便道："那是要擒在下夫妇到大雪山去，给白姑娘抵命了。"

耿万锺忙道："石庄主言重了。别说我们不敢，就算真有这份胆量，凭我们几手粗浅功夫，又如何请得动庄主夫妇？我师父言道：令郎是无论如何要寻到的，只是他年纪虽小，人却机灵得紧，否则凌霄城地势险峻，又有这许多人追寻，怎会给他走得无影无踪？"闵柔垂泪道："玉儿一定死了，一定也摔在谷中死了。"耿万锺摇头道："不是，他的脚印在雪地里一路下山，后来山坡上又见到雪橇的印子。说来惭愧，我们这许多大人，竟抓不到一个十五岁的少年。我师父确是想邀请两位上凌霄城去，商议善后之策。"

石清淡淡的道："说来说去，那是要我给白姑娘抵命了。王师兄说还有两条人命，却又是什么事？"

王万仞道："我刚才说一十八名弟子兵分两路，第一路九个人去江南，另一路由耿师哥率领，在中原各地寻访你儿子的下落。倒起霉来，也真会祸不单行……"耿万锺截住他的话头，道："王师弟，不必说下去了，这件事跟石庄主无关。"王万仞道："怎么无关？若不是为了那小子，孙师哥、褚师哥又怎会不明不白的送了性命？再说，到底对头是谁，咱们也不知道，回到山上，你怎生回禀师父？师父一生气，恐怕你这条手臂也保不住啦。石庄主夫妇交游广阔，跟他二位打听打听，有什么不可？"

耿万锺想起封师兄断臂之惨，自忖这件事确是无法交代，向石清夫妇打听一下，倒也不失为一条路子，便道："好罢，你爱说便说。"

王万仞道："石庄主，三日之前，我们得到讯息，说有个姓吴的人得到了玄铁令，躲在汴梁城外侯监集上卖烧饼。我师兄弟九人便悄悄商量，都觉能不能拿到石中玉那小子，也只有碰运气的了，人海茫茫，又从哪里找去？十年找不到，只怕哥儿们十年便不能回凌霄城，若是将那玄铁令得来，就算拿不到你的儿子，回去对师父也算有了交代。商议之际，不免便有人骂你儿子，说他小小年纪，如此大胆荒唐，当真该死。正在这时，忽然有个苍老的声音哈哈大笑，说道：'妙极，妙极！这样的少年天下少有，良才美质，旷世难逢！'"

石清和闵柔对瞧了一眼，别人如此夸奖自己的儿子，真比听人破口大骂还要难受。

王万仞续道："那时我们是在一家客店之中说话，那上房四壁都是砖墙，可是这声音透墙而来，十分清晰，便像是对面说话一般。我们九个人说话并不响，不知如何又都给他听了去。"

石清和闵柔心头都是一震，寻思："隔着砖墙而将旁人的说话听了下去，说不定墙上有孔有缝，说不定是在窗下偷听而得，也说不定有些人大叫大嚷，却自以为说得甚轻，倒也没什么奇怪。但隔墙说话，令人听来清晰异常，那必是内功十分深厚。这些人途中又逢高人，当真是一波未平，一波又起。"

柯万钧道："我们听到说话声音，都呆了一呆。王师哥便喝道:'是谁活得不耐烦了,却来偷听我们说话?'王师哥一喝问,那边便没声响了。可是过不了一会,听得那老贼说道:'阿㠓,这些人都是雪山派的,他们那个师父白老头儿,是你爷爷生平最讨厌的家伙。一个小娃娃居然将雪山派的老……搞得妻离子散,家破人亡,岂不有趣?嘿嘿,嘿嘿!妙极,妙极!'我们一听,立时便要发作,但耿师哥不住摇手,命大伙儿别作声。

"只听得一个小姑娘的声音笑道:'有趣,有趣,就可惜没气死了那老……还不算顶有趣。'她又说了几句什么鬼话,这女孩子的声音隔着墙壁,便听不大清楚了。那老贼咳嗽了几声,说道:'气死了老……可又不有趣了,几时爷爷有空,带你上大雪山凌霄城去,亲自把这老……气死了给你看,那才有趣呢。'"他说到"老"字,底下两字都含糊了过去,想必那人提到他师父之时,言语甚是难听,他不便复述。

石清道:"此人无礼之极,竟敢对白老爷子如此不敬,到底是仗着什么靠山?咱们可放他不过。"

王万仞道:"是啊,这老贼如此目中无人,我们便豁出了性命不要,也要跟他拼了。我们正在怒气难忍的当儿,只听'咿呀'一声响,一间客房中有人开门出来,两人走进院子之中。大伙儿都拔出剑来,便要冲进院子去。耿师哥摇摇手,叫大家别心急。却听那老贼说道:'阿㠓,今儿咱们杀过几个人哪?'那小女鬼道:'还只杀了一个。'那老贼道:'那么还可再杀两个。'"

石清"啊"的一声,说道:"'一日不过三'!"

耿万钟一直不作声,此时急问:"石庄主,你可识得这老贼么?"石清摇头道:"我不认得他,只是曾听先父说起,武林中有这么一号人物,外号叫作什么'一日不过三',自称一日之中最多只杀三人,杀了三人之后,心肠就软了,第四人便杀不下手去。"王万仞骂道:"他奶奶的,一天杀三个人还不够?这等邪恶毒辣的奸徒，居然能让他活到如今。"

石清默然，心中却想："听说这位姓丁的前辈行事在邪正之间，虽然残忍好杀，却也不听说有什么重大过恶，所杀之人往往罪有应得。"只是这句话不免得罪雪山派，是以忍住了不说出口。

耿万锺又问："不知这老贼叫什么名字？是何门何派？"石清道："听说此人姓丁，真名也不知叫什么，他外号叫'一日不过三'，老一辈的人大都叫他为丁不三。"柯万钧气愤愤的道："这老贼果然是不三不四。"

石清道："听说此人有三兄弟，他有个哥哥叫丁不二，有个弟弟叫丁不四。"王万仞骂道："他奶奶的，不二不三，不三不四，居然取这样的狗屁名字。"耿万锺道："王师弟，在石大嫂面前，不可口出粗言。"王万仞道："是。"转头对闵柔道："对不住。"闵柔微微一笑，说道："想来那三个都是外号，不会当真取这样的古怪名儿。"

石清道："本来丁氏三兄弟在武林中名头也算不小，想来白老爷子跟他们有些过节，不愿提起他们名字，是以众位师兄不知。后来怎样了？"

王万仞道："只听那老贼放屁道：'有一个叫孙万年的没有？有一个叫褚万春的没有？你们两人给我滚出来。'那时我们怎耐得住，九个人一涌而出。可是说也奇怪，院子中竟一个人也没有。大家四下找寻，我上屋顶去看，都不见人。柯师弟便闯进那间板门半掩的客房去看。只见桌上点着枝蜡烛，房里却一只鬼也没有。

"我们正觉奇怪，忽听得我们自己房中有人说话，正是那老贼的声音。听他说道：'孙万年、褚万春，你们两个在凉州道上，干么目不转睛的瞧着我小孙女，又指指点点的胡说风话，脸上色迷迷的不怀好意。我这小孙女年纪虽小，长得可美。你两个畜生，心中定是打了脏主意，那可不是冤枉你们罢？给我滚进来罢！'孙师哥、褚师哥越听越怒，双双挺剑冲入房去。耿师哥叫道：'小心！大伙儿齐上。'只见房中灯火熄了，没半点声息。我大叫：'孙师哥，褚师哥！'他二人既不答应，房中也无兵刃相斗的声音。

"我们都是心中发毛，忙晃亮火折，只见两位师哥直挺挺跪在地下，长剑放在身旁。耿师哥和我抢进房去，一拉他二人，孙师哥和褚师哥随手而倒，竟已气绝而死，周身却没半点伤痕，也不知那老贼是用什么妖法害死了他们。说来惭愧，自始至终，我们没一个见到那老贼和小女贼的影子。"

柯万钧道："在凉州道上，我们可没留神曾见过他一老一小。孙师哥、褚师哥就算瞧了他孙女儿眼，又有什么大不了啦。"

石清、闵柔夫妇都点了点头。众人半晌不语。

石清道："耿兄，小孽障在凌霄城闯下这场大祸，是哪一日的事？"

耿万锤道："十二月初十。"

石清点了点头，道："今日三月十二，白师哥离凌霄城已有三月，这会儿想来玄素庄也早让他烧了。耿兄，王兄，众位师兄，我夫妇一来须得找寻小孽障的下落，拿住了他后，绑缚了亲来凌霄城向白老爷子、封师兄、白师兄请罪；二来要打听一下那个'一日不过三'丁不三的去向，小弟夫妇纵然惹他不动，也好向白老爷子报讯，请他老人家亲自出马，料理此事。告辞了！"说着一抱拳，团团作了个揖。

柯万钧道："你……你……你交代了这两句话，就此拍手走了不成？"石清道："柯师兄更有什么说话？"柯万钧道："我们找不到你儿子，只好请你夫妻同去凌霄城，见见我师父，才好交代这件事。"石清道："凌霄城自然是要来的，却总得诸事有了些眉目再说。"

柯万钧向耿万锤看看，又向王万仞看看，气忿忿道："师父得知我们见了石庄主夫妇，却请不动你二人上山，那……那……岂不是……"

石清早知他的用意，竟想倚多为胜，硬架自己夫妇上大雪山去，捉不到儿子，便要老子抵命，说道："白老爷子德高望重，威镇西陲，在下对他老人家向来敬如师长，倘若白师哥在此，奉了白老爷子之命，要在下上凌霄城去，在下自是非遵命不可，现下呢，嗯，这样罢！"解下腰间黑鞘长剑，向闵柔道："师妹，你的剑也解下来罢。"闵柔依言解剑。石清两手横托双剑，递向耿万锺道："耿兄，请你将小弟夫妇的兵刃扣押了去。"

耿万锺素知这对黑白双剑是武林中罕见的神兵利器，他夫妇爱如性命，这时候居然解剑缴纳，可说已给雪山派极大的面子，他们为了这对宝剑，那是非上凌霄城来取回不可，便想说几句谦逊的言语，这才伸手接过。

柯万钧却大声道："我小侄女一条性命，封师哥的一条臂膀，还有师娘下山，白师嫂发疯，再加上孙师哥、褚师哥死于非命，岂是你两口铁剑便抵得过的？耿师哥跟你有交情，我姓柯的却不识得你！姓石的，你今日去凌霄城也得去，不去也得去！"

石清微笑道："小儿得罪贵派已深，在下除了陪罪致歉之外，更无话说。柯师兄是雪山派的后起之秀，武功高强，在下虽未识荆，却也是素所仰慕的。"双手仍托着双剑，等耿万锺伸手接过。

柯万钧心想："我们要拿这二人上大雪山去，不免有一场剧斗。他既自行呈上兵刃，那是再好也没有了，这真叫'自作孽，不可活'。"生怕石清忽然反悔，再将长剑收回，当即抢上两步，双手齐出，使出本门的擒拿功夫，将两柄长剑牢牢抓住，说道："那便先缴了你的兵器。"缩臂便要取过，突然之间，只觉石清掌心中似有一股强韧之极的黏力，黏住了双剑，竟然拿不过来。

柯万钧大吃一惊，劲运双臂，喝一声："起！"猛力拉扯。不料霎时间石清掌中黏力消失得无影无踪,柯万钧这数百斤向上急提的劲力登时没了着落处,尽数吃在自己的手腕之上,只听得"喀喇"一声响,双腕同时脱臼,"啊哟!"一声大叫,手指松开,双剑又跌入石清掌中。

旁观众人瞧得明明白白,石清双掌平摊,连小指头也没弯曲一下,柯万钧全是自己使力岔了,等于是以数百斤的大力折断了自己手腕一般。柯万钧又痛又怒,右腿飞出,猛向石清小腹踢去。

耿万锺急叫:"不得无礼!"伸手抓住柯万钧背心,将他向后扯开,这一脚才没踢到石清身上。

耿万锺知道石清的内力厉害,这一脚若是踢实了,柯万钧的右腿又非折断不可。他的武功见识却高得多了,当下吸一口气,内劲运到了十根手指之上,缓缓伸过去拿剑。手指尖刚触到双剑剑身,登时全身剧震,犹如触电,一阵热气直传到胸口,显然石清的内力借着双剑传了过来。耿万锺暗叫:"不好!"心想石清安下这个圈套,引诱自己和他比拼内力。练武之人比拼内力,最是凶险不过,强存弱亡,实无半分回旋余地,两人若是内力相差不远,往往要斗到至死方休,到后来即使存心罢手或是退让,也已有所不能。当其时形格势禁,已无回旋余地,只得运内劲抵御,不料自己内劲和石清的内劲一碰,立即弹了回来。

石清双掌轻翻,将双剑放入耿万锺掌中,笑道:"咱们自己兄弟,还能伤了和气不成!告辞了!"

刹那之间,耿万锺背上出了一身冷汗,知道自己功力和石清相比委实差得远了,适才自己的内劲撞到对方内劲之上,一碰即回,哪里是他对手?他不令自己受伤出丑,便是大大的手下容情。耿万锺呆呆捧着双剑,满脸羞惭,不知说什么好。

石清回头道:"师妹,咱们还是去汴梁城罢。"闵柔眼圈一红道:"师哥,孩儿……"石清摇了摇头,道:"宁可像坚儿这样,一刀给人家杀了,倒也爽快。"

闵柔泪水涔涔而下,泣道:"师哥,你……你……"石清牵了她的手,扶她到白马之旁,再扶她上马。雪山派弟子见到她这等娇怯怯的模样,真难相信她便是威震江湖的"冰雪神剑"。

花万紫见玄素双剑并骑驰去,便奔了回来,见王万仞已替柯万钧接上手腕,柯万钧却在一句"老子"、一句"妈妈"的破口大骂。花万紫问明情由,双眉微蹙,说道:"耿师哥,此事恐怕不妥。"

耿万锺道:"怎么不妥?对方武功太强,咱们便合七人之力,也留不下人家。总算扣押了他们的兵器,回凌霄城去也有了个交代。"说着拔剑出鞘,但见白剑如冰、黑剑似墨,寒气逼人,只侵得肌肤隐隐生疼,果然是两口生平罕见的宝刃,说道:"剑可不是假的!"

花万紫道:"剑自然是真的。咱们留不下人,可不知有没能耐留得下这两口宝剑?"耿万锺心头一凛,问道:"花师妹以为怎样?"花万紫道:"去年有一日,小妹曾和白师嫂闲谈,说到天下的宝刀宝剑,石中玉那小贼在旁多嘴,夸称他父母的黑白双剑乃天下一等一的利器;说他父母舍得将他送到大雪山来学艺,数年不见,倒也不怎么在乎,却不舍得有一日离开这对兵器。此刻石庄主将兵刃交在咱们手中,倘若过得几天又使什么鬼门道,将宝剑盗了回去,日后却到凌霄城来向咱们要剑,那可不易对付。"

柯万钧道:"咱们七人眼睁睁的瞧着宝剑,总不成宝剑真会通灵,插翅儿飞了去。"

耿万锺沉吟半晌,道:"花师妹这话,倒也不是过虑。石清这人实非泛泛之辈,咱们加意提防便是,莫要又在他手里摔个筋斗。"王万仞道:"小心谨慎,总是错不了。打从今儿起,咱们六个男人每晚轮班看守这对鬼剑便是。"顿了一顿,问道:"耿师哥,这姓石的这会儿正在汴梁,咱们去不去?"

耿万锺心想若说不去汴梁,未免太过怯敌,路经中州名都,居然过门不入,同门师兄弟日后说起来,大是脸上无光,但明知石清夫妇是在汴梁,自己再携剑入城,当真十分冒险,一时沉吟未决。

忽听得一阵叱喝之声,大路上来了一队官差,四名轿夫抬着一座绿呢大轿,却是官府到了。

耿万锺心想侯监集刚出了大盗行凶杀人的命案,自己七人手携兵刃聚在此处,不免引人生疑,和官府打上了交道可麻烦之极,向众人使个眼色,说道:"走罢!"

七人正要快步走开,一名官差忽然大声嚷了起来:"别走了杀人强盗,杀人强盗要逃走哪!"耿万锺不加理会,挥手催各人快走。忽听得那官差叫道:"杀人凶手名叫白自在,是雪山派的老不死掌门人。无威无德白自在,你谋财害命,好不要脸哪!"

雪山派七弟子一听,无不又惊又怒。他们师父白自在外号"威德先生",这官差直呼其名已是大大不敬,竟胆敢称之为"无威无德"。王万仞刷的一声,拔出了长剑,叫道:"狗官无礼,割去了他的舌头再说。"耿万锺道:"王师弟且慢,官府中人怎能知道师父的外号名讳?定然有人指使。"当即纵身上前,抱拳一拱,问道:"是哪一位官长驾临?"

猛听得嗤的一声响,轿中飞出一粒暗器,正好打在他腿旁的"伏兔穴"上。这粒暗器甚是细小,力道却强劲之极。耿万锺腿一软,当即摔倒,提起手中长剑,运劲向轿中掷去。他人虽摔倒,这一招"鹤飞九天"仍是使得既狠且准,飕的一声,长剑破轿帷而入,显然已刺中了轿内放射暗器之人。

他心中一喜,却见那四名轿夫仍是抬了轿子飞奔,忽见一条马鞭从轿中挥将出来,卷向王万仞左腿,一拉一挥,王万仞的身子便即飞出,他手中捧着的墨剑却给马鞭夺了过去。

花万紫叫道:"是石庄主么?"白剑出鞘,挥剑往马鞭上撩去,嗤的一声轻响,轿中又飞出一粒暗器,打在她手腕之上。她手腕剧痛,摔下白剑,旁边一名同门师兄忙伸足往白剑上踏去,突然间轿中飞出一物,已罩住了他的脑袋。那人登时眼前漆黑一团,大惊之下急忙向后纵跃,再抓住头上之物,用力向地下掷落,却是一顶官帽,只见轿中伸出的鞭子卷起白剑,正缩入轿中。

柯万钧等众人大呼追去。轿中暗器嗤嗤嗤的不绝射出,有的打中脸面,有的打中腰间,竟是谁也没能避过。这些暗器都没打中要害,但中在身上却疼痛异常,各人看那暗器时,都惊得呆了,原来只是一粒粒黄铜扣子,显是刚从衣服摘下来的。雪山派群弟子料得轿中那人必是石清,说不定他夫妇二人都坐在轿中,倘若赶上去动武,还不是闹个灰头土脸?

柯万钧气得哇哇大叫:"这姓石的一家,小的荒唐无耻,大的无耻荒唐,说将兵刃留下来,一转眼却又夺了回去。"

王万仞指着轿子背影,双脚乱跳,戟手"直娘贼,狗杂种"的乱骂。

耿万锺道:"此事宣扬出去,于咱们雪山派的声名没什么好处。大家把口收着些儿,回山去禀明师父再说。"想到此行不断碰壁,平素在大雪山凌霄城中自高自大,只觉雪山派武功天下无敌,岂知一到用上,竟然处处缚手缚脚,不由得一声长叹,心下黯然。

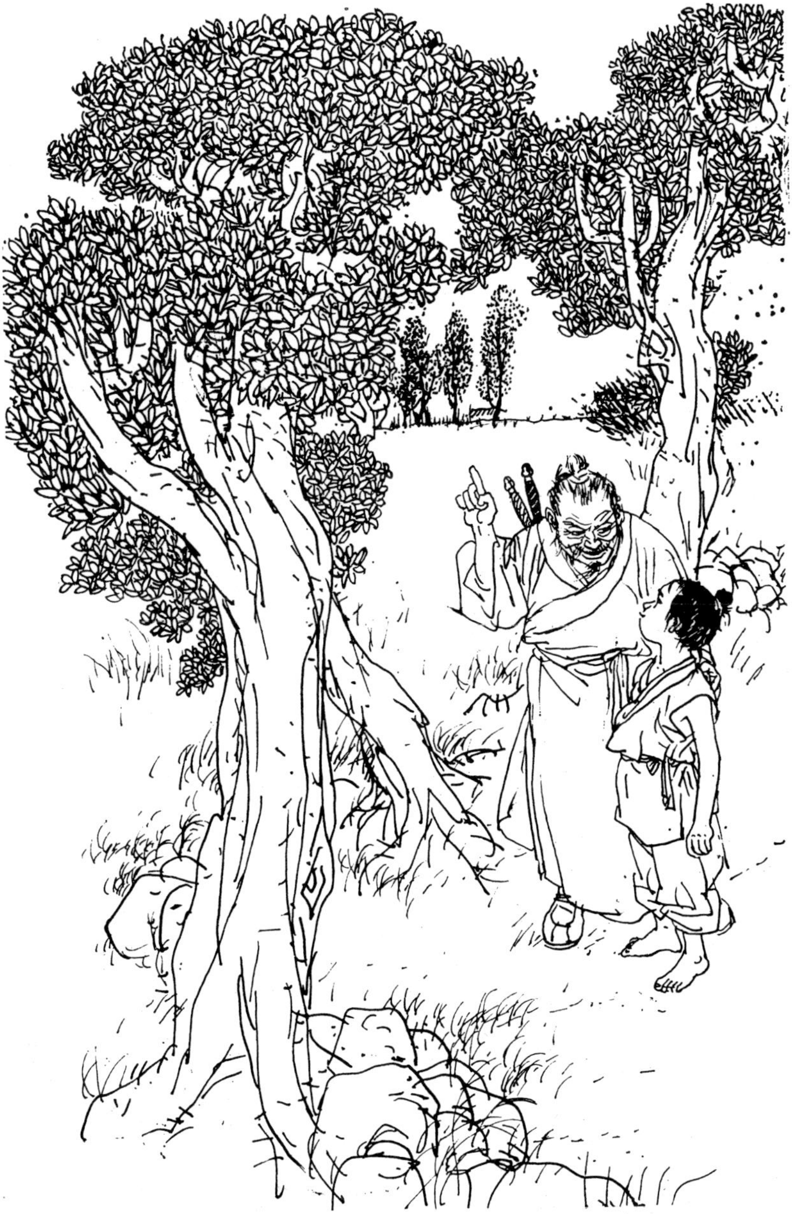

谢烟客见道旁三株枣树，结满了红红的大枣子，指着枣子说道："这里的枣子很好。"那小丐道："大好人，你想吃枣子，是么？"谢烟客奇道："什么大好人？"

三
摩天崖

那乘轿子行了数里,转入小路。抬轿之人只要脚步稍慢,轿中马鞭挥出,刷刷几下,重重打在前面的轿伕背上。在前的轿伕不敢慢步,在后的轿伕也只得跟着飞奔,几名官差跟随在后。又奔了四五里路,轿中人才道:"好啦,停下来。"四名轿伕如得大赦,气喘吁吁的放下轿来,帷子掀开,出来一个老者,左手拉着那个小丐,竟是玄铁令主人谢烟客。

他向几名官差喝道:"回去向你们的狗官说,今日之事,不得声张。我只要听到什么声息,把你们的脑袋瓜子都摘了下来,把狗官的官印拿去丢在黄河里。"

几名官差连连哈腰,道:"是,是,我们万万不敢多口,老爷慢走!"谢烟客道:"叫我慢走?你想叫官兵来捉拿我么?"一名官差忙道:"不敢,不敢。万万不敢。"谢烟客道:"我叫你去跟狗官说的话,你都记得么?"那官差道:"小人记得,小人说,我们大伙儿亲眼目睹,侯监集上那个卖烧饼的老儿,杂货铺中的伙计,都是被一个名叫白自在的老儿所杀。他是雪山派的掌门人,外号威德先生,其实无威无德。凶器是一把刀,刀上有血,人证物证俱在,谅那老儿也抵赖不了。"那官差先前被谢烟客打得怕了,为了讨好他,添上什么人证物证,至于弄一把刀来做证据,原是官府中胥吏的拿手好戏。

谢烟客一笑，说道："这白老儿使剑不用刀。"那官差道："是，是！那姓白的凶犯手持青钢剑，在那卖烧饼的老儿身上刺了进去。侯监集上，人人都是瞧得清清楚楚的。"

谢烟客暗暗好笑，心想威德先生白自在真要杀吴道通，又用得着什么兵器？当下也不再去理会官差，左手携着小丐，右手拿着石清夫妇的黑白双剑，扬长而去，心下甚是得意。

原来他带走那小丐后，总是疑心石清夫妇和雪山派弟子有什么对己不利的图谋，奔出数里，将小丐点倒后丢在草丛之中，又悄悄回来偷听，他武功比之石清等人高出甚多，伏在树后，竟连石清、闵柔这等大行家也没察觉，耿万钟他们更加不用说了。他听明原委，却与己全然无干，见石清将双剑交给了耿万钟，便决意去夺将过来。回到草丛拉起小丐，解开了他穴道，恰好在道上遇到前来侯监集查案的知县，当即揪出知县，威逼官差、轿伕，抬了他和小丐去夺到双剑。耿万钟等没见到他的面目，自然认定是石清夫妇使的手脚了。

谢烟客携着小丐，只向僻静处行去，来到一条小河边上，见四下无人，放下小丐的手，拔出闵柔的白剑在他颈中一比，厉声问道："你到底是受了谁的指使？若有半句虚言，立即把你杀了。"说着挥起白剑，擦的一声轻响，将身旁一株小树砍为两段。半截树干连枝带叶掉在河中，顺水飘去。

那小丐结结巴巴的道："我……我……什么……指使我……"谢烟客取出玄铁令，喝问："是谁交给你的？"小丐道："我……我……吃烧饼……吃出来的。"

谢烟客大怒，左掌反手便向他脸颊击了过去，手背将要碰到他的面皮，突然想起自己当年发过的毒誓，决不可以一指之力，加害于将玄铁令交在自己手中之人，当即硬生生凝住手掌，喝道："胡说八道，什么吃烧饼？我问你，这块东西是谁交给你的？"

小丐道："我在地下捡个烧饼吃，咬了一口，险……险……险些儿咬崩了我牙齿……"

谢烟客心想："莫非吴道通那厮将此令藏在烧饼之中？"但转念又想："天下有那等碰巧之事？那厮得了此令，真比自己性命还宝贵，怎肯放在烧饼里？"他却不知当时情景紧迫之极，金刀寨人马突如其来，将侯监集四面八方的围住了，吴道通更无余暇寻觅妥藏之所，无可奈何之下，便即行险，将玄铁令嵌入烧饼，递给了金刀寨的头领。那人大怒之下，果然随手丢在水沟之旁。金刀寨盗伙虽将烧饼铺搜得天翻地覆，却又怎会去地下捡一个脏烧饼撕开来瞧瞧。

谢烟客凝视小丐，问道："你叫什么名字？"小丐道："我……我叫狗杂种。"谢烟客大奇，问道："什么？你叫狗杂种？"小丐道："是啊，我妈妈叫我狗杂种。"

谢烟客一年之中也难得笑上几次，听小丐那么说，忍不住捧腹大笑，心道："世上替孩子取个贱名，盼他快高长大，以免鬼妒，那也平常，什么阿狗、阿牛、猪屎、臭猫，都不希奇，却哪里有将孩子叫为狗杂种的？是他妈妈所叫，可就更加奇了。"

那小丐见他大笑，便也跟着他嘻嘻而笑。

谢烟客忍笑又问："你爸爸叫什么名字？"小丐摇头道："我爸爸？我……我没爸爸。"谢烟客道："那你家里还有什么人？"小丐道："就是我，我妈妈，还有阿黄。"谢烟客道："阿黄是什么人？"小丐道："阿黄是一条黄狗。我妈妈不见了，我出来寻妈妈，阿黄跟在我后面，后来它肚子饿了，走开去找东西吃，也不见了，我找来找去找不到。"

谢烟客心道："原来是个傻小子。看来他得到这枚玄铁令当真全是碰巧。我叫他来求我一件小事，应了昔年此誓，那就完了。"问道："你想求我……"下面"什么事"三字还没出口，突然缩住，心想："这傻小子倘若要我替他去找妈妈，甚至要我找那只阿黄,却到哪里找去?他妈妈定是跟人跑了,那只阿黄多半给人家杀来吃了,这样的难题可千万不能惹上身来。要我去杀十个八个武林高手,可比找他那只阿黄容易得多。"微一沉吟,已有计较,说道:"很好,我对你说,不论有谁叫你向我说什么话,你都不可说,要不然我立即便砍下你的头来。知不知道?"那小丐将玄铁令交在自己手中之事,不多久便会传遍武林,只怕有人骗得小丐来向自己求恳什么事,限于当年誓言,可不能拒却。

小丐点头道:"是了。"谢烟客不放心,又问:"你记不记得?是什么了?"小丐道:"你说,有人叫我来向你说什么话,我不可开口,我说一句话,你就杀我头。"谢烟客道:"不错,傻小子倒也没傻到家,记心倒好,倘使真是个白痴,却也难弄。你跟我来。"

当下又从僻静处走上大路,来到路旁一间小面店中。谢烟客买了两个馒头,张口便吃,斜眼看那小丐。他慢慢咀嚼馒头,连声赞美:"真好吃,味道好极!"左手拿着另外那个馒头,在小丐面前晃来晃去,心想:"这小叫化向人乞食惯了的,见我吃馒头,焉有不馋涎欲滴之理?只须他出口向我乞讨,我把馒头给了他,玄铁令的诺言就算是遵守了。从此我逍遥自在,再不必为此事挂怀。"虽觉以玄铁令如此大事,而以一个馒头来了结,未免儿戏,但想应付这种小丐,原也只是一枚烧饼、一个馒头之事。

哪知小丐眼望馒头,不住的口咽唾沫,却始终不出口乞讨。谢烟客等得颇不耐烦,一个馒头已吃完了,第二个馒头又送到口边,正要再向蒸笼中去拿一个,小丐忽然向店主人道:"我也吃两个馒头。"伸手向蒸笼去拿。

店主人眼望谢烟客,瞧他是否认数,谢烟客心下一喜,点了点头,心想:"待会那店家向你要钱,瞧你求不求我?"只见小丐吃了一个,又是一个,一共吃了四个,才道:"饱了,不吃了。"

谢烟客吃了两个,便不再吃,问店主人道:"多少钱?"那店家道:"两文钱一个,六个馒头,一共十二文。"谢烟客道:"不,各人吃的,由各人给钱。我吃两个,给四文钱便是。"伸手入怀,去摸铜钱。这一摸却摸了个空,原来日间在汴梁城里喝酒,将银子和铜钱都使光了,身上虽带得不少金叶子,却忘了在汴梁兑换碎银,这路旁小店,又怎兑换得出?正感为难,那小丐忽从怀中取出一锭银子,交给店家,道:"一共十二文,都是我给。"

谢烟客一怔,道:"什么?要你请客?"那小丐笑道:"你没钱,我有钱,请你吃几个馒头,打什么紧?"那店家也大感惊奇,找了几块碎银子,几串铜钱。那小丐揣在怀里,瞧着谢烟客,等他吩咐。

谢烟客不禁苦笑,心想:"谢某狷介成性,向来一饮一饭,都不肯平白受人之惠,想不到今日反让这小叫化请我吃馒头。"问道:"你怎知我没钱?"小丐笑道:"这几天我在市上,每见人伸手入袋取钱,半天摸不出来,脸上却神气古怪,那便是没钱了。我听店里的人说道,存心吃白食之人,个个这样。"

谢烟客又不禁苦笑,心道:"你竟将我当作是吃白食之人。"问道:"你这银子是哪里偷来的?"小丐道:"怎么偷来的?刚才那个穿白衣服的观音娘娘太太给我的。"谢烟客道:"穿白衣服的观音娘娘太太?"随即明白是闵柔,心想:"这女子婆婆妈妈,可坏了我的事。"

两人并肩而行,走出数十丈,谢烟客提起闵柔的那口白剑,道:"这剑锋利得很,刚才我轻轻一剑,便将树砍断了,你喜不喜欢?你向我讨,我便给了你。"他实不愿和这肮脏的小丐多缠,只盼他快快出口求恳一件事,了此心愿。小丐摇头道:"我不要!这剑是那个观音娘娘太太的,她是好人,我不能要她的东西。"

谢烟客抽出黑剑,随手挥出,将道旁一株大树拦腰斩断,道:"好罢,那么我将这口黑剑给你。"小丐仍是摇头,道:"这是黑衣相公的。黑衣相公和观音娘娘做一道,我也不能要他的东西。"

谢烟客呸了一声,说道:"狗杂种,你倒挺讲义气哪。"小丐不懂,问道:"什么叫讲义气?"谢烟客哼了一下,不去理他,心想:"这种事你既然不懂,跟你说了也是白饶。"小丐道:"原来你不喜欢讲义气,你……你是不讲义气的。"

谢烟客大怒,脸上青气一闪,举掌便要向那小丐天灵盖击落,待见到他天真烂漫的神气,随即收掌,心想:"我怎能以一指加于他身?何况他既不懂什么是义气,便不是故意来讥刺我了。"说道:"我怎么不讲义气?我当然讲义气。"小丐问道:"讲义气好不好?"谢烟客道:"好得很啊,讲义气自然是好事。"小丐道:"我知道啦,做好事的是好人,做坏事的是坏人,你老是做好事,因此是个大大的好人。"

这句话若是出于旁人之口,谢烟客认定必是讥讽,想也不想,举掌便将他打死了。他一生之中,从来没人说过他是"好人",虽然偶尔也做几件好事,却是兴之所至,随手而为,与生平所做坏事相较,这寥寥几件好事简直微不足道,这时听那小丐说得语气真诚,不免大有啼笑皆非之感,心道:"这小家伙说话颠颠蠢蠢,既说我不讲义气,又说我是个大大的好人。这些话若给我的对头在旁听见了,岂不成为武林中的笑柄?谢某这张脸往哪里搁去?须得乘早了结此事,别再跟他胡缠。"

那小丐既不要黑白双剑,谢烟客取出一块青布包袱将双剑包了,负在背上,寻思:"引他向我求什么好?"正沉吟间,忽见道旁三株枣树,结满了红红的大枣子,指着枣子说道:"这里的枣子很好。"眼见三株枣树都高,只须那小丐求自己采枣,便算是求恳过了,不料那小丐道:"大好人,你想吃枣子,是不是?"

谢烟客奇道:"什么大好人?"小丐道:"你是大大的好人,我便叫你大好人。"谢烟客脸一沉,道:"谁说我是好人来着?"

小丐道:"不是好人,便是坏人,那么我叫你大坏人。"谢烟客道:"我也不是大坏人。"小丐道:"这倒奇了,又不是好人,又不是坏人,啊,是了,你不是人!"谢烟客大怒,喝道:"你说什么?"小丐道:"你本事很大,是不是神仙?"谢烟客道:"不是!"语气已不似先前严峻,跟着道:"胡说八道!"

小丐摇了摇头,自言自语:"这也不是,那也不是,可不知是什么。"突然奔到枣树底下,双手抱住树干,两脚撑了几下,便爬上了树。

谢烟客见他虽不会武功,爬树的身手却极灵活,只见他拣着最大的枣子,不住采着往怀中塞去,片刻间胸口便高高鼓起。他溜下树来,双手捧了一把,递给谢烟客,道:"吃枣子罢!你不是人,也不是鬼,难道是菩萨?我看却也不像。"

谢烟客不去理他,吃了几枚枣子,清甜多汁,的是上品,心想:"他没来求我,反而变成了我去求他。"说道:"你想不想知道我是谁?你只须求我一声,说:'请你跟我说,你到底是谁?你是不是神仙菩萨?'我便跟你说。"

小丐摇头道:"我不求人家的。"谢烟客心中一凛,忙问:"为什么不求人?"小丐道:"我妈妈常跟我说:'狗杂种,你这一生一世,可别去求人家什么。人家心中想给你,你不用求,人家自然会给你;人家不肯的,你便苦苦哀求也是无用,反而惹得人家讨厌。'我妈妈有时吃香的甜的东西,倘若我问她要,她非但不给,反而狠狠打我一顿,骂我:'狗杂种,你求我干什么?干么不求你那个娇滴滴的小贱人去?'因此我是决不求人家的。"

谢烟客道:"'娇滴滴的小贱人'是谁?"小丐道:"我不知道啊。"

谢烟客又是奇怪,又是失望,心想:"这小家伙倘若真是什么也不向我乞求,当年这个心愿如何完法?他的母亲只怕是个癫婆,怎么儿子向她讨食物吃便要挨打？她骂什么'娇滴滴的小贱人'，多半是她丈夫喜新弃旧，抛弃了她，于是她满心恶气都发在儿子头上。乡下愚妇，原多如此。"又问："你是个小叫化，不向人家讨饭讨钱么？"

小丐摇头道："我从来不讨，人家给我，我就拿了。有时候人家不给，他一个转身没留神，我也拿了，赶快溜走。"谢烟客淡淡一笑，道："那你不是小叫化，你是小贼！"小丐问道："什么叫小贼？"谢烟客道："你真的不懂呢，还是装傻？"小丐道："我当然真的不懂，才问你啦。什么叫装傻？"

谢烟客向他脸上瞧了几眼，见他虽满脸污泥，一双眼睛却晶亮漆黑，全无愚蠢之态，道："你又不是三岁娃娃，活到十几岁啦，怎地什么事也不懂？"

小丐道："我妈妈不爱跟我说话，她说见到了我就讨厌，常常十天八天不理我，我只好跟阿黄去说话了。阿黄只会听，不会说，它又不会跟我说什么是小贼、什么是装傻。"

谢烟客见他目光中毫无狡谲之色，心想："这小子不是绕弯子骂我罢？"又问："那你不会去和邻居说话？"小丐道："什么叫邻居？"谢烟客好生厌烦，说道："住在你家附近的人，就是邻居了。"小丐道："住在我家附近的？嗯，共有十一株大松树，树上有许多松鼠，草里有山鸡、野兔，那些是邻居么？它们只会吱吱的叫，却都不会说话。"谢烟客道："你长到这么大，难道除了你妈妈之外，没跟人说过话？"

小丐道："我一直在山上家里，走不下来，除了妈妈之外就没跟人说过话。前几天妈妈不见了，我找妈妈时从山上掉了下来，后来阿黄又不见了，我问人家，我妈妈哪里去了，阿黄哪里去了，人家说不知道。那算不算说话？"

谢烟客心道："原来你在荒山上住了一辈子，你母亲又不来睬你,难怪这也不懂,那也不懂。"便道:"那也算说话罢。那你又怎知道银子能买馒头吃?"小丐道:"我见人家买过的。你没银子,我有银子,你想要,是不是?我给你好了。"从怀中取出那几块碎银子来递给他。谢烟客摇头道:"我不要。"心想:"这小子浑浑沌沌,倒不是个小气的家伙。"说了这一阵子话,渐感放心,相信他不是别人安排了来对付自己的圈套。

只听小丐又问:"你刚才说我不是小叫化,是小贼。到底我是小叫化呢,还是小贼?"谢烟客微微一笑,道:"你向人家讨吃的,讨银子,人家肯给才给你,你便是小叫化。倘若你不理人家肯不肯给,偷偷的伸手拿了,那便是小贼了。"

那小丐侧头想了一会,道:"我从来不向人家讨东西,不管人家肯不肯给,就去拿来吃了,那么我是小贼。是了,你是老贼。"

谢烟客吃一惊,怒道:"什么?你叫我什么?"

小丐道:"你难道不是老贼?这两把剑人家明明不肯给你,你却去抢了来,你不是小孩子,自然是老贼了。"

谢烟客不怒反笑,说道:"'小贼'两个字是骂人的话,'老贼'也是骂人的话,你不能随便骂我。"小丐道:"那你怎么骂我?"谢烟客笑道:"好,我也不骂你。你不是小叫化,也不是小贼,我叫你小娃娃,你就叫我老伯伯。"小丐摇头道:"我不叫小娃娃,我叫狗杂种。"谢烟客道:"狗杂种的名字不好听,你妈妈可以叫你,别人可不能叫你。你妈妈也真奇怪,怎么叫自己的儿子做狗杂种?"

小丐道:"狗杂种为什么不好?我的阿黄就是只狗。它陪着我,我就快活,好像你陪着我一样。不过我跟阿黄说话,它只会汪汪的叫,你却也会说话。"说着便伸手在谢烟客背上抚摸几下,落手轻柔,神态和蔼,便像是抚摸狗儿的背毛一般。

谢烟客将一股内劲运到了背上,那小丐全身一震,犹似摸到了一块烧红的赤炭，急忙放开手，胸腹间说不出的难受，几欲呕吐。谢烟客似笑非笑的瞧着他，心道："谁叫你对我无礼，这一下可够你受的了！"

那小丐手抚胸口，说道："老伯伯，你在发烧，快到那边树底下休息一会，我去找些水给你喝。你什么地方不舒服？你烧得好厉害，只怕这场病不轻。"说话时满脸关切之情，伸手去扶他手臂，要他到树下休息。

这一来，谢烟客纵然乖戾，见他对自己一片真诚，便也不再运内力伤他，说道："我好端端的，生什么病？你瞧，我不是退烧了么？"说着拿过他小手来，在自己额头摸了摸。

小丐一摸之下，觉他额头凉印印地，急道："啊呀，老伯伯，你快死了！"谢烟客怒道："胡说八道，我怎么快死了？"小丐道："我妈妈有一次生病，也是这么又发烧又发冷，她不住叫：'我要死了，快死了，没良心的，我还是死了的好！'后来果然险些死了，在床上睡了两个多月才好。"谢烟客微笑道："我不会死的。"那小丐微微摇头，似乎不信。

两人向着东南方走了一阵，小丐望望天上烈日，忽然走到路旁去采了七八张大树叶。谢烟客只道他小孩喜玩，也不加理睬，哪知他将这些树叶编织成了一顶帽子，交给谢烟客，说道："太阳晒得厉害，你有病，把帽儿戴上罢。"

谢烟客给他闹得啼笑皆非，不忍拂他一番好意，便把树叶帽儿戴在头上。炎阳之下，戴上了这顶帽子，倒也凉快舒适。他向来只有人怕他恨他，从未有人如此对他这般善意关怀，不由得心中感到了一阵温暖。

不久来到一处小市镇上，那小丐道："你没钱，这病说不定是饿坏了的，咱们上饭馆子去吃个饱饱的。"拉着谢烟客之手，走进一家饭店。那小丐一生之中从没进过饭馆，也不知如何叫菜，把怀里的碎银和铜钱都掏出来放在桌上,对店小二道:"我和老伯伯要吃饭吃肉吃鱼,把钱都拿去好了。"银子足足三两有余,便整治一桌上好筵席也够了。

店小二大喜,忙吩咐厨房烹煮鸡肉鱼鸭,不久菜肴陆续端上。谢烟客叫再打两斤白酒。那小丐喝了一口酒,吐了出来,道:"辣得很,不好吃。"自管吃肉吃饭。

谢烟客心想:"这小子虽不懂事,却是天生豪爽,看来人也不蠢,若加好好调处,倒可成为武林中一把好手。"转念又想:"唉,世人忘恩负义的多,我那畜生徒弟资质之佳,世上难逢,可是他害得我还不够?怎么又生收徒之念?"一想到他那孽徒,登时怒气上冲,将两斤白酒喝干,吃了些菜肴,说道:"走罢!"

那小丐道:"老伯伯,你好了吗?"谢烟客道:"好啦!"心想:"这会儿你银子花光了,再要吃饭,非得求我不可。咱们找个大市镇,把金叶子兑了再说。"

当下两人离了市镇,又向东行。谢烟客问道:"小娃娃,你妈妈姓什么?她跟你说过没有?"小丐道:"妈妈就是妈妈了,妈妈也有姓的么?"谢烟客道:"当然啦,人人都是有姓的。"小丐道:"那么我姓什么?"谢烟客道:"我就是不知道。狗杂种太难听,要不要我给你取个姓名?"

倘若小丐说道:"请你给我取个姓名罢?"那就算求他了,随便给他取个姓名,便完心愿。不料小丐道:"你爱给我取名,那也好。不过就怕妈妈不喜欢。她叫惯我狗杂种,我换了名字,她就不高兴了。狗杂种为什么难听?"谢烟客皱了皱眉头,心想:"'狗杂种'三字为什么难听,一时倒也不易向他解说得明白。"

便在此时,只听得左首前面树林之中传来叮叮几下兵刃相交之声。心下一凛:"有人在那边交手?这几人出手甚快,武功着实不低。"当即低声向小丐道:"咱们到那边去瞧瞧,你可千万不能出声。"伸手在小丐后膊一托,展开轻功,奔向兵刃声来处,几个起落,已到了一株大树之后。那小丐身子犹似腾云驾雾一般,只觉好玩无比,想要笑出声来,想起谢烟客的嘱咐,忙伸手按住了嘴巴。

　　两人在树外瞧去,只见林中有四人纵跃起伏,恶斗方酣,乃是三人夹攻一人。被围攻的是个红面老者,白发拂胸,空着双手,一柄单刀落在远处地下,刀身曲折,显是给人击落的。谢烟客认得他是白鲸岛的大悲老人,当年曾在自己手底下输过一招,武功着实了得。夹击的三人一个是身材甚高的瘦子,一个是黄面道人,另一个相貌极怪,两条大伤疤在脸上交叉而过,划成一个十字。那瘦子使长剑,道人使链子锤,丑脸汉子则使鬼头刀。这三人谢烟客却不认得,武功均非泛泛,那瘦子尤为了得,剑法飘逸无定,轻灵沉猛。

　　谢烟客见大悲老人已然受伤,身上点点鲜血不住溅将出来,双掌翻飞,仍是十分勇猛。他绕着一株大树东闪西避,借着大树以招架三人的兵刃,左手擒拿,右手或拳或掌,运劲推带,牵引三人的兵刃自行碰撞。谢烟客不禁起了幸灾乐祸之意:"大悲老儿枉自平日称雄逞强,今日虎落平阳被犬欺,我瞧你难逃此劫。"

　　那道人的链子锤常常绕过大树,去击打大悲老人的侧面。丑汉子则膂力甚强,鬼头刀使将开来,风声呼呼。谢烟客暗暗心惊:"我许久没涉足江湖,中原武林中几时出了这几个人物?怎么这三人的招数门派我竟一个也认不出来。若非是这三把好手,大悲老人也不至败得如此狼狈。"

　　只听那道人嘶哑着嗓子道:"白鲸岛主,我们长乐帮跟你原无仇怨。我们司徒帮主仰慕你是号人物,好意以礼相聘,邀你入帮,你何必口出恶言,辱骂我们帮主?你只须答应加盟本帮,咱们立即便是好兄弟、好朋友,前事一概不究。又何必苦苦支撑,白白送了性命?咱们携手并肩,对付侠客岛的'赏善罚恶令',共渡劫难,岂不是好？"

谢烟客听到他最后这句话时，胸口一阵剧震，寻思："难道侠客岛的'赏善罚恶令'又重现江湖了？"

只听大悲老人怒道："我堂堂好男儿，岂肯与你们这些无耻之徒为伍？我宁可手接'赏善罚恶令'，去死在侠客岛上，要我加盟为非作歹的恶徒邪帮，却万万不能。"左手倏地伸出，抓向那丑汉子肩头。

谢烟客暗叫："好一招'虎爪手'！"这一招去势极快，那丑汉子沉肩相避，还是慢了少些，已被大悲老人五指抓住了肩头。只听得嗤的一声，那丑汉子右肩肩头的衣服被扯了一大块，肩头鲜血淋漓，竟被抓下了一大片肉来。那三人大怒，加紧招数。

谢烟客暗暗称异："长乐帮是什么帮会？帮中既有这样的高手在内，我怎么从没听见过它的名头？多半是新近才创立的。司徒帮主又是什么人了？难道便是'东霸天'司徒横？武林中姓司徒的好手，除司徒横之外可没第二人了。"

但见四人越斗越狠。那丑汉子狂吼一声，挥刀横扫过去。大悲老人侧身避开，向那道人打出一拳。刷的一声响，丑汉的鬼头刀已深深砍入树干之中，运力急拔，一时竟拔不出来。大悲老人右肘疾沉，向他腰间撞了下去。

大悲老人在这三名好手围攻下苦苦支撑，已知无幸，他苦斗之中，眼观八方，隐约见到树后藏得有人，料想又是敌人。眼前三人已无法打发，何况对方更来援兵？眼前三个敌手之中，以那丑脸的汉子武功最弱，唯有先行除去一人，才有脱身之机，是以这一下肘锤使足了九成力道。

但听得砰的一声，肘锤已击中那丑汉子腰间，大悲老人心中一喜，抢步便即绕到树后，便在此时，那道人的链子锤从树后飞击过来。大悲老人左掌在链子上斩落，眼前白光忽闪，急忙向右让开时，不料他年纪大了，酣战良久之后，精力已不如盛年充沛，本来脚下这一滑足可让开三尺，这一次却只滑开了二尺七八寸，嗤的一声轻响，瘦子的长剑刺入了他左肩，竟将他牢牢钉在树干之上。

这一下变起不意，那小丐忍不住"咦"的一声惊呼，当那三人围攻这老人之时，他心中已大为不平，眼见那老人受制，更是惊怒交集。

只听那瘦子冷冷的道："白鲸岛主，敬酒不吃吃罚酒，现下可降了我长乐帮罢？"大悲老人圆睁双眼，怒喝："你既知我是白鲸岛岛主，难道我白鲸岛上有屈膝投降的懦夫？"用力一挣，宁可废了左肩，也要挣脱长剑，与那瘦子拼命。

那道人右手一挥，链子锤飞出，钢链在大悲老人身上绕了数匝，砰的一响，锤头重重撞上他胸口。大悲老人长声大叫，侧过头来，口中狂喷鲜血。

那小丐再也忍不住，急冲而出，叫道："喂，你们三个坏人，怎么一起打一个好人？"

谢烟客眉头一皱，心想："这娃娃去惹事了。"随即心下欢喜："那也好，便借这三人之手将他杀了，我见死不救，不算违了誓言；要不然那小娃娃出声向我求救，我就帮他料理了那三人。"

只见那小丐奔到树旁，挡在大悲老人身前，叫道："你们可不能再难为这老伯伯。"

那瘦子先前已察觉树后有人，见这少年奔跑之时身上全无武功，却如此大胆，定是受人指使，心想："我吓吓这小鬼，谅他身后之人不会不出来。"伸手拔下了嵌在树干上的鬼头刀，喝道："小鬼头，是谁叫你来管老子的闲事？我要杀这老家伙了，你滚不滚开？"扬起大刀，作势横砍。

那小丐道："这老伯伯是好人，你们都是坏人，我一定帮好人。你砍好了，我当然不滚开。"他母亲心情较好之时，偶尔也说些故事给他听，故事中必有好人坏人，在那小孩子心中，帮好人打坏人，乃是天经地义之事。

那瘦子怒道："你认得他么？怎知他是好人？"

那小丐道："老伯伯说你们是什么恶徒邪帮，死也不肯跟你们作一道，你们自然是坏人了。"转过身去，伸手要解那根链子锤下来。

那道人反手出掌，拍的一响，只打得那小丐头昏眼花，左边脸颊登时高高肿起，五根手指的血印像一只血掌般爬在他脸上。

那小丐实不知天高地厚。昨日侯监集上金刀寨人众围攻吴道通，一来他不知吴道通是好人还是坏人，二来这几人在屋顶恶斗，吴道通从屋顶摔下便给那高个儿双钩刺入小腹，否则说不定他当时便要出来干预，至于是否会危及自身，他是压根儿便不懂。

那瘦子见这小丐有恃无恐、毫不畏惧的模样，心下登即起疑："这小鬼到底仗了什么大靠山，居然敢在长乐帮的香主面前啰唆？"侧身向大树后望去时，瞥眼见到谢烟客清癯的形相，登时想起一个人来："这人与江湖上所说的玄铁令主人、摩天居士谢烟客有些相似，莫非是他？"当下举起鬼头刀，喝道："我不知你是什么来历，不知你师长门派，你来捣乱，只当你是个无知的小叫化，一刀杀了，打什么紧？"呼的一刀，向那小丐颈中劈了下去。不料那小丐一来强项，二来不懂凶险，竟是一动也不动。那瘦子一刀劈到离他头颈数寸之处，这才收刀，赞道："好小子，胆子倒也不小！"

那道人性子暴躁，右手又是一掌，这次打在那小丐右颊之上，下手比上次更是沉重。那小丐痛得哇的一声，大哭起来。那瘦子道："你怕打，那便快些走开。"那小丐哭丧着脸道："你们先走开，不可难为这老伯伯，我便不哭。"那瘦子倒笑了起来。那道人飞脚将小丐踢倒在地。那小丐跌得鼻青目肿，爬起身来，仍是护在大悲老人身前。

大悲老人性子孤僻，生平极少知己，见这少年和自己素不相识，居然舍命相护，自是好生感激，说道："小兄弟，你跟他们斗，还不是白饶一条性命。程某垂暮之年，交了你这位小友，这一生也不枉了，你快快走罢。"什么"垂暮之年"、什么"这一生也不枉了"，那小丐全然不懂，只知他是催自己走开，大声道："你是好人，不能给他们坏人害死。"

那瘦子寻思："这小娃娃来得极是古怪，那树后之人也不知是不是谢烟客，我们犯不着多结冤家，但若给这小娃娃几句话一说便即退走，岂不是显得咱长乐帮怕了人家？"当即举起鬼头刀，说道："好，小娃娃，我来试你一试，我连砍你三十六刀，你若是一动也不动，我便算服了你。你怕不怕？"

小丐道："你接连砍我三十六刀，我自然怕。"瘦子道："你怕了便好，那么快给我走罢。"小丐道："我心里怕，可是我偏偏就不走。"瘦子大拇指一翘，道："好，有骨气，看刀！"飕的一刀从他头顶掠了过去。

谢烟客在树后看得清楚，见那瘦子这刀横砍，刀势轻灵，使的全是腕上之力，乃是以剑术运刀，虽不知他这一招什么名堂，但见一柄沉重的鬼头刀在他手中使来，轻飘飘地犹如无物，刀刃齐着那小丐的头皮贴肉掠过，登时削下他一大片头发来。那小丐竟十分硬朗，挺直了身子，居然动也不动。

但见刀光闪烁吞吐，犹似灵蛇游走，左一刀右一刀，刀刀不离那小丐的头顶，头发纷纷而下，堪堪砍到三十二刀，那瘦子一声叱喝，鬼头刀自上而下直劈，嗤的一声，将那小丐的右手衣袖削下了一片，跟着又将他左袖削下一片，接着左边裤管，右边裤管，均在转瞬之间被他两刀分别削下了一条。那瘦子一收刀，刀柄顺势在大悲老人胸腹间的"膻中穴"上重重一撞，哈哈大笑，说道："小娃娃，真有你的，真是了得！"

谢烟客见他以剑使刀，三十六招连绵圆转，竟没有半分破绽，不由得心下暗暗喝采，待见他收招时以刀柄撞了大悲老人的死穴，心道："此人下手好辣！"只见那小丐一头蓬蓬松松的乱发被他连削三十二刀，稀稀落落的更加不成模样。

适才这三十二刀在小丐头顶削过，他一半固然是竭力硬挺，以维护大悲老人，另一半可是吓得呆了，倒不是不肯动，而是不会动了，待瘦子三十六刀砍完，他伸手一摸自己脑袋，宛然完好，这才长长的喘出一口气来。

那道人和那丑脸汉子齐声喝采："米香主，好剑法！"那瘦子笑道："冲着小朋友这份肝胆，今日咱们便让他一步！两位兄弟，这便走罢！"那道人和丑脸汉子见大悲老人吃了这一刀柄后，气息奄奄，转眼便死，当下取了兵刃，迈步便行。丑脸汉子脚步蹒跚，受伤着实不轻。那瘦子伸右掌往树上推去，嚓的一响，深入树干尺许的长剑被他掌力震激，带着大悲老人肩头的鲜血跃将出来。那瘦子左手接住，长笑而去，竟没向谢烟客藏身处看上一眼。

谢烟客寻思："原来这瘦子姓米，是长乐帮的香主，他露这两手功夫，显然是要给我看的。此人剑法轻灵狠辣，兼而有之，但比之玄素庄石清夫妇尚颇不如，凭这手功夫便想在我面前逞威风吗？嘿嘿！"依着他平素脾气，这姓米的露这两手功夫，在自己面前炫耀，定要上前教训教训他，对方若是稍有不敬，便即顺手杀了，只是玄铁令的心愿未了，实不愿在此刻多惹事端，当下只是冷眼旁观，始终隐忍不出。

那小丐向大悲老人道："老伯伯，我来给你包好了伤口。"拾起自己给那瘦子削下的衣袖，要去给大悲老人包扎肩头的剑伤。

大悲老人双目紧闭，说道："不……不用了！我袋里……有些泥人儿……给了你……你罢……"一句话没说完，脑袋突然垂落，便已死去，一个高大的身子慢慢滑向树根。

小丐惊叫："老伯伯，老伯伯！"伸手去扶，却见大悲老人缩成一团，动也不动了。

谢烟客走近身来，问道："他临死时说些什么？"小丐道："他说……他说……他袋里有些什么泥人儿，都给了我。"

谢烟客心想："大悲老人是武林中一代怪杰，武学修为，跟我也差不了多少。此人身边说不定有些什么要紧物事。"但他自视甚高，决不愿在死人身边去拿什么东西，就算明知大悲老人身怀希世奇珍，他也是掉头不顾而去，说道："是他给你的，你就拿了罢。"小丐问道："是他给的，我拿了是不是小贼？"谢烟客笑道："不是小贼。"

小丐伸手到大悲老人衣袋中掏摸，取出一只木盒，还有几锭银子，七八枚生满了刺的暗器，几封书信，似乎还有一张绘着图形的地图。谢烟客很想瞧瞧书信中写什么，是幅什么样的地图，但自觉只要一沾了手，便失却武林高人的身份，是以忍手不动。

只见小丐已打开了木盒，盒中垫着棉花，并列着三排泥制玩偶，每排六个，共是一十八个。玩偶制作精巧，每个都是裸体的男人，皮肤上涂了白垩，画满了一条条红线，更有无数黑点，都是脉络和穴道的方位。谢烟客一看，便知这些玩偶身上画的是一套内功图谱，心想："大悲老儿临死时做个空头人情，你便是不送他，小孩儿在你尸身上找到，岂有不拿去玩儿的？"

那小丐见到这许多泥人儿，十分喜欢，连道："真有趣，怎么没衣服穿的，好玩得紧。要是妈妈肯做些衣服给他们穿，那就更好了。"

谢烟客心想："大悲老儿虽然和我不睦，但总也是个响当当的人物，总不能让他暴骨荒野！"说道："你的老朋友死了，不将他埋了？"小丐道："是，是。可怎么埋法？"谢烟客淡淡的道："你有力气，便给他挖个坑；没力气，将泥巴石块堆在他身上就完了。"

小丐道："这里没锄头，挖不来坑。"当下去搬些泥土石块、树枝树叶,将大悲老人的尸身盖没了。他年小力弱,勉强将尸体掩盖完毕,已累得满身大汗。

谢烟客站在一旁,始终没出手相助,待他好容易完工,便道:"走罢!"小丐道:"到哪里去?我累得很,不跟你走啦。"谢烟客道:"为什么不跟我走?"

小丐道:"我要去找妈妈,找阿黄。"

谢烟客微微心惊:"这娃娃始终还没求过我一句话,若是不肯跟我走,倒是一件为难之事,我又不能用强,硬拉着他。有了,昔年我誓言只说对交来玄铁令之人不能用强,却没说不能相欺。我只好骗他一骗。"便道:"你跟我走,我帮你找妈妈、找阿黄去。"小丐喜道:"好,我跟你去。你本事很大,一定找得到我妈妈和阿黄。"

谢烟客心道:"多说无益,好在他还没有开口正式求恳,否则要我去给他找寻母亲和那条狗子,可是件天大的难事。"握住他右手,说道:"咱们得走快些。"小丐刚应得一声:"是!"便似腾身而起,身不由主的给他拉着飞步而行,连叫:"有趣,有趣!"只觉得凉风扑面,身旁树木迅速倒退,不绝口的称赞:"老伯伯,你拉着我跑得这样快!"

走到天黑,也不知奔行了多少里路,已到了一处深山之中,谢烟客松开了手。

那小丐只觉双腿酸软,身子摇晃了两下,登时坐倒在地。只坐得片刻,两只脚板大痛起来,又过半晌,只见双脚又红又肿,他惊呼:"老伯伯,我的脚肿起来了。"

谢烟客道:"你若求我给你医,我立时使你双脚不肿不痛。"小丐道:"你如肯给我治好,我自然多谢你啦。"谢烟客眉头一皱,道:"你当真从来不肯开口向人乞求?"小丐道:"你若肯给我治,用不着我来求,否则我求也无用。"谢烟客道:"怎么无用?"小丐道:"你倘若不肯治,我心里难过,脚上又痛,说不定要哭一场。倘若你是不会治,反而让你心里难过。"谢烟客哼了一声,道:"我心里从来不难过!小叫化,便在这里睡罢!"随即心想:"这娃娃既不开口向人求乞,可不能叫他作'小叫化'。"

那少年靠在一株树上,双足虽痛,但奔跑了半日,疲累难当,不多时便即沉沉睡去,连肚饿也忘了。谢烟客却跃到树顶安睡,只盼半夜里有一只野兽过来,将这少年咬死吃了,给他解了一个难题。岂知一夜之中,连野兔也没一只经过。

次日清晨,谢烟客心道:"我只有带他到摩天崖去,他若出口求我一件轻而易举之事,那是他的运气,否则好歹也设法取了他的性命。连这样一个小娃娃也炮制不了,摩天居士还算什么人了?"携了那少年之手又行。那少年初几步着地时,脚底似有数十万根小针在刺,忍不住"哎哟"叫痛。

谢烟客道:"怎么啦?"盼他出口说:"咱们歇一会儿罢。"岂料他却道:"没什么,脚底有点儿痛,咱们走罢。"谢烟客奈何他不得,怒气渐增,拉着他急步疾行。

谢烟客不停南行,经过市镇之时,随手在饼铺饭店中抓些熟肉、面饼,一面奔跑,一面嚼吃,要是分给那少年,他便吃了,倘若不给,那少年也不乞讨。

如此数日,直到第六日,尽是在崇山峻岭中奔行,那少年虽然不会武功,在谢烟客提携之下,居然也硬撑了下来。谢烟客只盼他出口求告休息,却始终不能如愿,到得后来,心下也不禁有些佩服他的硬朗。

又奔了一日,山道愈益险陡,那少年再也攀援不上,谢烟客只得将他负在背上,在悬崖峭壁间纵跃而上。那少年只看得心惊肉跳,有时到了真正惊险之处,只有闭目不看。

这日午间,谢烟客攀到了一处笔立的山峰之下,手挽从山峰上垂下的一根铁链，爬了上去，这山峰光秃秃地，更无置手足处，若不是有这根铁链，谢烟客武功再高，也不易攀援而上。到得峰顶，谢烟客将那少年放下，说道："这里便是摩天崖了，我外号'摩天居士'，就是由此地而得名。你也在这里住下罢！"

那少年四下张望，见峰顶地势倒也广阔，但身周云雾缭绕，当真是置身云端之中，不由得心下惊惧，道："你说帮我去找妈妈和阿黄的？"

谢烟客冷冷的道："天下这么大，我怎知你母亲到了何处。咱们便在这里等着，说不定有朝一日，你母亲带了阿黄上来见你，也未可知。"

这少年虽童稚无知，却也知谢烟客是在骗他，如此险峻荒僻的处所，他母亲又怎能寻得着，爬得上？至于阿黄更是决计不能，一时之间，呆住了说不出话来。

谢烟客道："几时你要下山去，只须求我一声，我便立时送你下去。"心想："我不给你东西吃，你自己没能耐下去，终究要开口求我。"

那少年的母亲虽然待他冷漠，却是从来不曾骗过他，此时他生平首次受人欺骗，眼中泪水滚来滚去，拼命忍住了，不让眼泪流下。

只见谢烟客走进一个山洞之中，过了一会，洞中有黑烟冒出，却是在烹煮食物，又过少时，香气一阵阵的冒将出来。那少年腹中饥饿，走进洞去，见是老大一个山洞。

谢烟客故意将行灶和锅子放在洞口烹煮，要引那少年向自己讨。哪知这少年自幼只和母亲一人相依为生，从来便不知人我之分，见到东西便吃，又有什么讨不讨的？他见石桌上放着一盘腊肉，一大锅饭，当即自行拿了碗筷，盛了饭，伸筷子夹腊肉便吃。谢烟客一怔，心道："他请我吃过馒头、枣子、酒饭，我若不许他吃我食物，倒显得谢某不讲义气了。"当下也不理睬。

这等两人相对无言、埋头吃饭之事，那少年一生过惯了，吃饱之后，便去洗碗、洗筷、刷锅、砍柴。那都是往日和母亲同住时的例行之事。

他砍了一担柴，正要挑回山洞，忽听得树丛中忽喇声响，一只獐子窜了出来。那少年提起斧头，一下砍在獐子头上，登时砍死，当下在山溪里洗剥干净，拿回洞来，将大半只獐子挂在当风处风干，两条腿切碎了熬成一锅。

谢烟客闻到獐肉羹的香气，用木勺子舀起尝了一口，不由得又是欢喜，又是烦恼。这獐肉羹味道十分鲜美，比他自己所烹的高明何止十倍，心想这小娃娃居然还有这手功夫，日后口福不浅；但转念又想，他会打猎、会烧菜，倘若不求我带他下山，倒是奈何他不得。

在摩天崖上如此忽忽数日，那少年张罗、设陷、弹雀、捕兽的本事着实不差，每天均有新鲜菜肴煮来和谢烟客共食，吃不完的禽兽便风干腌起。他烹调的手段大有独到之处，虽是山乡风味，往往颇具匠心。谢烟客赞赏之余，问起每一样菜肴的来历，那少年总说是母亲所教。再盘问下去，才知这少年的母亲精擅烹调，生性却既暴躁又疏懒，十餐饭倒是有九餐叫儿子去煮，若是烹调不合，高兴时在旁指点，不高兴便打骂兼施了。谢烟客心想他母子二人都烧得如此好菜，该当均是十分聪明之人，想是乡下女子为丈夫所弃，以致养成了孤僻乖戾的性子，也说不定由于孤僻乖戾，才为丈夫所弃。

谢烟客见那少年极少和他说话，倒不由得有点暗暗发愁，心想："这件事不从速解决，总是一个心腹大患，不论哪一日这娃娃受了我对头之惑，来求我自废武功，自残肢体，那便如何是好？又如他来求我终身不下摩天崖一步，那么谢烟客便活活给囚禁在这荒山顶上了。就算他只求我去找他妈妈和那条黄狗，可也是头痛万分之事。"

饶是他聪明多智，却也想不出个善策。

这日午后，谢烟客负着双手在林中闲步，瞥眼见那少年倚在一块岩石之旁，眉花眼笑的正瞧着石上一堆东西。谢烟客凝神看去，见石上放着的正是大悲老人给他的那一十八个泥人儿。那少年将这些泥人儿东放一个，西放一个，一会儿叫他们排队，一会儿叫他们打仗，玩得兴高采烈。

谢烟客心道："当年大悲老人和我在北邙山较量，他掌法刚猛，擒拿法迅捷变幻，斗到大半个时辰之后，终于在我'控鹤功'下输了一招，当即知难而退。此人武功虽高，却只以外家功夫见长，这些绘在泥人身上的内功，多半肤浅得紧，不免贻笑大方。"

当下随手拿起一个泥人，见泥人身上绘着涌泉、然谷、照海、太溪、水泉、太钟、复溜、交信等穴道，沿足而上，至肚腹上横骨、太赫、气穴、四满、中注、肓俞、商曲而结于舌下的廉泉穴，那是"足少阴肾经"，一条红线自足底而通至咽喉，心想："这虽是练内功的正途法门，但各大门派的入门功夫都和此大同小异，何足为贵？是了，大悲老人一生专练外功，壮年时虽然纵横江湖，后来终于知道技不如人，不知从哪里去弄了这一十八个泥人儿来，便想要内外兼修。说不定还是输在我手下之后，才起了这番心愿。但练那上乘内功岂是一朝一夕之事，大悲老人年逾七十，这份内功，只好到阴世去练了，哈哈，哈哈！"想到这里，不禁笑出声来。

那少年笑道："伯伯，你瞧这些泥人儿都有胡须，又不是小孩儿，却不穿衣衫，真是好笑。"谢烟客道："是啊，可笑得紧。"他将一个个泥人都拿起来看，只见一十二个泥人身上分别绘的是手太阴肺经、手阳明大肠经、足阳明胃经、足太阴脾经、手少阴心经、手太阳小肠经、足太阳膀胱经、足少阴肾经、手厥阴心包经、手少阳三焦经、足少阳胆经、足厥阴肝经，那是正经十二脉；另外六个泥人身上绘的是任脉、督脉、阴维、阳维、阴跷、阳跷六脉；奇经八脉中最是繁复难明的冲脉、带脉两路经脉却付阙如，心道：

"这似乎是少林派的入门内功。大悲老人当作宝贝般藏在身上的东西，却是残缺不全的。其实他想学内功，这些粗浅学问，只须找内家门中一个寻常弟子指教数月，也就明白了。唉，不过他是成名的前辈英雄，又怎肯下得这口气来，去求别人指点？"想到此处，不禁微有凄凉之意。

又想起当年在北邙山上与大悲老人较技，虽然胜了一招，但实是行险侥幸而致，心想："幸好他无内功根基，倘若少年时修习过内功，只怕斗不上三百招，我便被他打入深谷。嘿嘿，死得好，死得好！"

他脸上露出笑容，缓步走开，走得几步，突然心念一动："这娃娃玩泥人玩得高兴，我何不乘机将泥人上所绘的内功教他，故意引得他走火入魔、内力冲心而死？我当年誓言只说决不以一指之力加于此人，他练内功自己练得岔气，却不能算是我杀的。就算是我立心害他性命，可也不是'以一指之力加于其身'，不算违了誓言。对了，就是这个主意。"

他行事向来只凭一己好恶，虽然言出必践，于"信"之一字看得极重，然而什么仁义道德，在他眼中却是不值一文，当下便拿起那个绘着"足少阴肾经"的泥人来，说道："小娃娃，你可知这些黑点红线，是什么东西？"

那少年想了一下，说道："这些泥人生病。"谢烟客奇道："怎么生病？"那少年道："我去年生病，全身都生了红点。"

谢烟客哑然失笑，道："那是麻疹。这些泥人身上画的，却不是麻疹，乃是学武功的秘诀。你瞧我背了你飞上峰来，武功好不好？"说到这里，为了坚那少年学武之心，突然双足一点，身子笔直拔起，飕的一声，便窜到了一株松树顶上，左足在树枝上稍行借力，身子向上弹起，便如袅袅上升一般，缓缓落下，随即又在树枝上弹起，三落三弹，便在此时，恰有两只麻雀从空中飞过，谢烟客存心卖弄，双手一伸，将两只麻雀抓在掌中，这才缓缓落下。

那少年拍手笑道："好本事，好本事！"

谢烟客张开手掌，两只麻雀振翅欲飞，但两只翅膀刚一扑动，谢烟客掌中便生出一股内力，将双雀鼓气之力抵消了。那少年见他双掌平摊，双雀羽翅扑动虽急，始终飞不离他的掌心，更是大叫："好玩，好玩！"谢烟客笑道："你来试试！"将两只麻雀放在他掌中，那少年伸指抓住，不敢松手。

谢烟客笑道："泥人儿身上所画的，乃是练功夫的法门。你拼命帮那老儿，他心中多谢你，因此送了给你。这不是玩意儿，可宝贵得很呢。你只要练成了泥人身上那些红线黑点的法道，手掌摊开，麻雀儿也就飞不走啦。"

那少年道："这倒好玩，我定要练练。怎么练的？"口中说着，张开了手掌。两只麻雀展翅一扑，便飞了上去。谢烟客哈哈大笑。那少年也跟着傻笑。

谢烟客道："你若求我教你这门本事，我就可以教你。学会之后，可好玩得很呢，你要下山上山，自己行走便了，也不用我带。"那少年脸上大有艳羡之色，谢烟客凝视着他脸，只盼他嘴里吐出"求你教我"这几个字来，情切之下，自觉气息竟也粗重了。

过了好一刻，却听那少年道："我如求你，你便要打我。我不求你。"谢烟客道："你求好了，我说过决不打你。你跟着我这许多时候，我可打过你没有？"那少年摇头道："没有。不过我不求你教。"

他自幼在母亲处吃过的苦头实是创深痛巨，不论什么事，开口求恳，必定挨打，而且母亲打了他后，她自己往往痛哭流泪，郁郁不欢者数日，不断自言自语："没良心的，我等着你来求我，可是日等夜等，一直等了几年，你始终不来，却去求那个什么也及我不上的小贱人，干么又来求我？"这些话他也不懂是什么意思，但母亲口中痛骂："你来求我？这时候可就迟了。从前为什么又不求我？"跟着棍棒便狠狠往头上招呼下来，这滋味却实在极不好受。这么挨得几顿饱打，八九岁之后就再不向母亲求恳什么。他和谢烟客荒山共居，过的日子也就如跟母亲在一起时无异，不知不觉之间，心中早就将这位老伯伯当作是母亲一般了。

谢烟客脸上青气闪过，心道："刚才你如开口求恳，完了我平生心愿，我自会教你一身足以傲视武林的本领。现下你自寻死路，这可怪我不得。"点头道："好，你不求我，我也教你。"拿起那个绘着"足少阴肾经"的泥人，将每一个穴道名称和在人身的方位详加解说指点。

那少年天资倒也不蠢，听了用心记忆，不明白处便提出询问。谢烟客毫不藏私的教导，再传了内息运行之法，命他自行修习。

过得大半年，那少年已练得内息能循"足少阴肾经"经脉而行。谢烟客见他进展甚速，心想："瞧不出你这狗杂种，倒是个大好的练武胚子。可是你练得越快，死得越早。"跟着教他"手少阴心经"的穴道经脉。如此将泥人一个个的练将下去，过得两年有余，那少年已将"足厥阴肝经"、"手厥阴心包经"、"足太阴脾经"、"手太阴肺经"的六阴经脉尽数练成，跟着便练"阴维"和"阴蹻"两脉。

这些时日之中，那少年每日里除了朝午晚三次勤练内功之外，一般的捕禽猎兽，烹肉煮饭，丝毫没疑心谢烟客每传他一分功夫，便是引得他向阴世路多跨一步。只是练到后来，时时全身寒战，冷不可耐。谢烟客说道这是练功的应有之象，他便也不放在心上，哪料得到谢烟客居心险恶，传给他的练功法门虽然不错，次序却全然颠倒了。

自来修习内功，不论是为了强身治病，还是为了作为上乘武功的根基，必当水火互济，阴阳相配，练了"足少阴肾经"之后，便当练"足少阳胆经"，少阴少阳融会调和，体力便逐步增强。可是谢烟客却一味叫他修习少阴、厥阴、太阴、阴维、阴蹻的诸路经脉,所有少阳、阳明等经脉却一概不授。这般数年下来,那少年体内阴气大盛而阳气极衰,阴寒积蓄,已然凶险之极,只要内息稍有走岔,立时无救。

谢烟客见他身受诸阴侵袭,竟然到此时尚未毙命,诧异之余,稍加思索,便即明白,知道这少年浑浑噩噩,于世务全然不知,心无杂念,这才没踏入走火入魔之途,若是换作旁人,这数年中总不免有七情六欲的侵扰,稍有胡思乱想,便早就已死去多时了,心道:"这狗杂种老是跟我耽在山上,只怕还有许多年好挨。若是放他下山,在那花花世界中过不了几天,便即送了他的小命。但放他下山,说不定便遇上了武林中人,这狗杂种只消有一口气在,旁人便能利用他来挟制于我,此险决不能冒。"

心念一转,已有了主意:"我教他再练八阳诸脉,却不教他阴阳调和的法子。待得他内息中阳气也积蓄到相当火候,那时阴阳不调而相冲相克,龙虎拼斗,不死不休,就算心中始终不起杂念,内息不岔,却也非送命不可。对,此计大妙。"

当下便传他"阳蹻脉"的练法,这次却不是自少阳、阳明、太阳、阳维而阳蹻的循序渐进,而是从次难的"阳蹻脉"起始。至于阴阳兼通的任督两脉,却非那少年此时的功力所能练,抑且也与他原意不符,便置之不理。

那少年依法修习,虽然进展甚慢,总算他生性坚毅,过得一年有余,居然将"阳蹻脉"练成了,此后便一脉易于一脉。

这数年之中,每当崖上盐米酒酱将罄,谢烟客便带同那少年下山采购,不放心将他独自留在崖上,只怕有人乘虚而上,将他劫持而去,那等于是将自己的性命交在旁人手中了。两人每年下崖数次,都是在小市集上采购完毕,立即上崖,从未多有逗留。那少年身材日高,衣服鞋袜自也是越买越大。

那少年这时已有十八九岁,身材粗壮,比之谢烟客高了半个头。谢烟客每日除了传授内功之外，闲话也不跟他多说一句。好在那少年自幼和母亲同住，他母亲也是如此冷冰冰地待他，倒也惯了。他母亲常要打骂，谢烟客却不笑不怒，更从未以一指加于其身。崖上无事分心，除了猎捕食物外，那少年唯以练功消磨时光，忽忽数载，诸阳经脉也练得快要功行圆满了。

谢烟客自三十岁上遇到了一件大失意之事之后，隐居摩天崖，本来便极少行走江湖，这数年中更是伴着那少年不敢稍离，除了勤练本门功夫之外，更新创了一路拳法、一路掌法。

这一日谢烟客清晨起来，见那少年盘膝坐在崖东的圆岩之上，迎着朝曦，正自用功，眼见他右边头顶微有白气升起，正是内力已到了火候之象，不由得点头，心道："小子，你一只脚已踏进鬼门关去啦。"知道他这般练功，须得再过一个时辰方能止歇，当即展开轻功，来到崖后的一片松林之中。

其时晨露未干，林中一片清气，谢烟客深深吸一口气，缓缓吐将出来，突然间左掌向前一探，右掌倏地拍出，身随掌行，在十余株大松树间穿插回移，越奔越快，双掌挥击，只听得擦擦轻响，双掌不住在树干上拍打，脚下奔行愈速，出掌却是愈缓。

脚下加快而出手渐慢，疾而不显急剧，舒而不减狠辣，那便是武功中的上乘境界。谢烟客打到兴发，蓦地里一声清啸，拍拍两掌，都击在松树干上，跟着便听得簌簌声响，松针如雨而落。他展开掌法，将成千成万枚松针反击上天，树上松针不断落下，他所鼓荡的掌风始终不让松针落下地来。松针尖细沉实，不如寻常树叶之能受风，他竟能以掌力带得千万松针随风而舞，内力虽非有形有质，却也已隐隐有凝聚意。

但见千千万万枚松针化成一团绿影，将他一个盘旋飞舞的人影裹在其中。

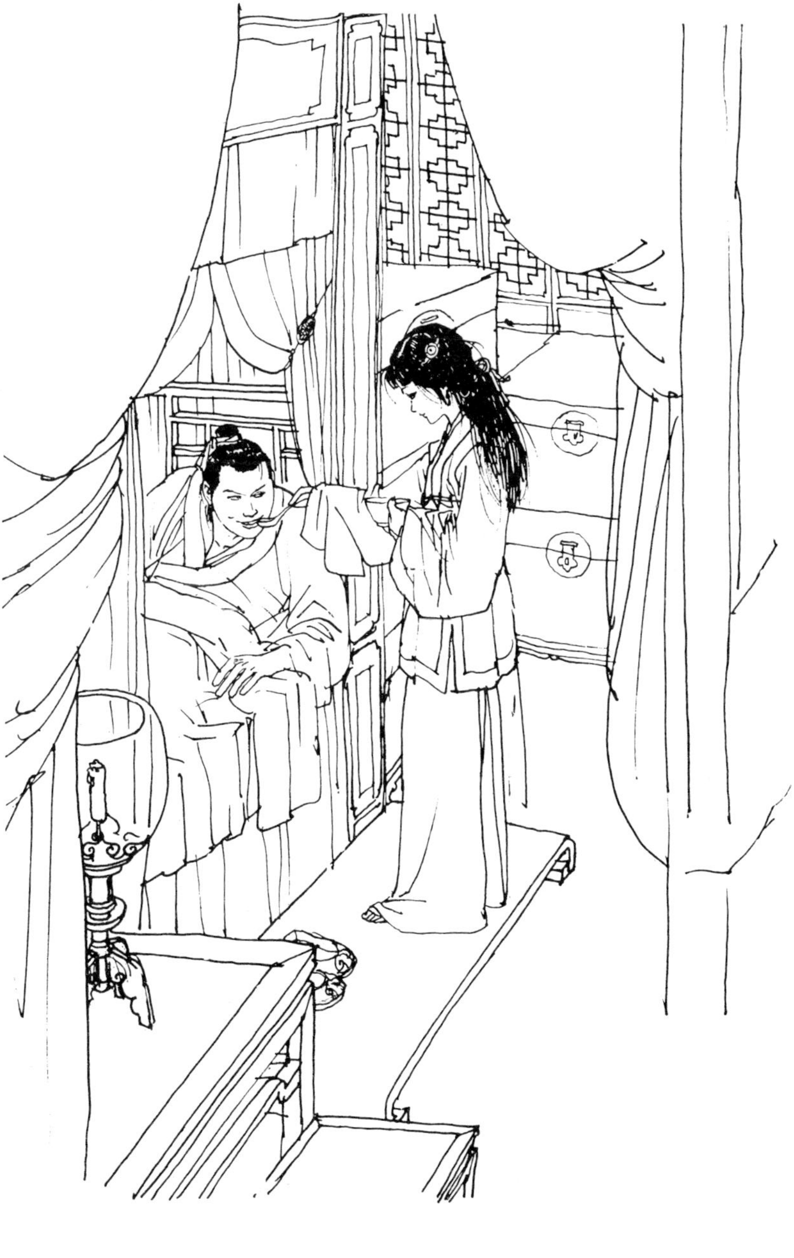

那少女拿起匙羹，在碗中舀了一匙燕窝，向他嘴中喂去。那少年张口吃了，又甜又香，说不出的受用。那少女一言不发，接连喂了他三匙，身子却站在床前离得远远地。

四

长乐帮帮主

谢烟客要试试自己数年来所勤修苦练的内功到了何等境界，不住催动内力，将松针越带越快，然后又扩大圈子，把绿色针圈逐步向外推移。圈子一大，内力照应有所不足，最外圈的松针便纷纷堕落。谢烟客吸一口气，内力疾吐，下堕的松针不再增多。他心下甚喜，不住催运内力，但觉举手抬足间说不出的舒适畅快，意与神会，渐渐到了物我两忘之境。

过了良久，自觉体内积蓄的内力垂尽，再运下去便于身子有损，当下内力徐敛，松针缓缓飘落，在他身周积成一个青色的圆圈。谢烟客展颜一笑，甚觉惬意，突然之间脸色大变，不知打从何时起始，前后左右竟团团围着九人，一言不发的望着他。

以他武功，旁人别说欺近身来，即是远在一两里之外，便已逃不过他耳目，只是适才全神贯注催动内力，试演这一路"碧针清掌"，心无旁骛，于身外之物，当真是视而不见，听而不闻，别说有人来到身旁，即令山崩海啸，他一时也未必能够知觉。

摩天崖从无外人到来，他突见有人现身，自知来者不善，再一凝神间，认得其中一个瘦子、一个道人、一个丑脸汉子，当年曾在汴梁郊外围杀大悲老人，自称是长乐帮中人物。顷刻间心中转过了无数念头："不论是谁，这般不声不响的来到摩天崖上，明着瞧我不起,不惜和我为敌。我和长乐帮素无瓜葛,他们纠众到来,是什么用意?莫非也像对付大悲老人一般,要以武力逼我入帮么?"又想:"其中三人的武功是见过的,以当年而论,我一人便可和他三人打成平手,今日自是不惧。只不知另外六人的功夫如何?"见这六人个个都是四十岁以上的年纪,看来其中至少有二人内力甚是深厚,当下冷然一笑,说道:"众位都是长乐帮的朋友么?突然光临摩天崖,谢某有失远迎,却不知有何见教?"说着微一拱手。

这九人一齐抱拳还礼,各人适才都见到他施展"碧针清掌"时的惊人内力,没想到他是心有所属,于九人到来视而不见,还道他自恃武功高强,将各人全不放在眼内,这时见他拱手,生怕他运内力伤人,各人都暗自运气护住全身要穴,其中有两人登时太阳穴高高鼓起,又有一人衣衫飘动。哪知谢烟客这一拱手,手上并未运有内力;更不知他试演"碧针清掌"时全力施为,恰如是与一位绝顶高手大战了一场,十成内力中倒已去了九成。

一个身穿黄衫的老人说道:"在下众兄弟来得冒昧,失礼之至,还望谢先生恕罪。"

谢烟客见这人脸色苍白,说话有气没力,便似身患重病的模样,陡然间想起了一人,失声道:"阁下可是'着手回春'贝大夫?"

那人正是"着手回春"贝海石,听得谢烟客知道自己名头,不禁微感得意,咳嗽两声,说道:"不敢,贱名不足以挂尊齿。'着手回春'这外号名不副实,更是贻笑大方。"

谢烟客道:"素闻贝大夫独往独来,几时也加盟长乐帮了?"贝海石道:"一人之力,甚为有限,敝帮众兄弟群策群力,大伙儿一起来办事,那就容易些。咳咳,谢先生,我们实是来得鲁莽,擅闯宝山,你大人大量,请勿见怪!咳咳,无事不登三宝殿,我们有事求见敝帮帮主,便烦谢先生引见。"谢烟客奇道:"贵帮帮主是哪一位?在下甚少涉足江湖,孤陋寡闻,连贵帮主的大名也不知道,多有失礼。却怎地要我引见了?"

他此言一出,那九人脸上都现出怫然不悦之色。贝海石左手挡住口前短髭,咳了几声,说道:"谢先生,敝帮石帮主既与阁下相交,携手同行,敝帮上下自是都对先生敬若上宾,不敢有丝毫无礼。石帮主的行止,我们身为下属,本来不敢过问,实在帮主离总舵已久,诸事待理,再加眼前有两件大事,可说急如星火,咳咳,所以嘛,我们一得讯息,知道石帮主是在摩天崖上,便匆匆忙忙的赶来了。本该先行投帖,得到谢先生允可,这才上崖,只以事在紧迫,礼数欠周,还望海涵。"说着又是深深一躬。

谢烟客见他说得诚恳,这九人虽都携带兵刃,却也没什么恶意,心道:"原来只是一场误会。"不禁一笑,说道:"摩天崖上无桌无椅,怠慢了贵客,各位随便请坐。贝大夫却听谁说在下曾与石帮主同行?贵帮人材济济,英彦毕集,石帮主自是一位了不起的英雄人物。在下闲云野鹤,隐居荒山,怎能蒙石帮主折节下交?嘿嘿,好笑,当真好笑。"

贝海石右手一伸,说道:"众兄弟,大伙儿坐下说话。"他显是这一行的首领,当下那八人便四下里坐了下来,有的坐在岩石上,有的坐在横着的树干上,贝海石则坐在一个土墩之上。九人分别坐下,但将谢烟客围在中间的形势仍是不变。

谢烟客怒气暗生:"你们如此对我,可算得无礼之极。莫说我不知你们石帮主、瓦帮主在什么地方,就算知道,你们这等模样,我本来想说的,却也不肯说了。"当下只是微微冷笑,抬头望着头顶太阳,大刺刺的对众人毫不理睬。

贝海石心想:"以我在武林中的身份地位,你对我如此傲慢,未免太也过份。素闻此人武功了得,心狠手辣,长乐帮却也不必多结这个怨家。瞧在帮主面上,让你一步便是。"于是客客气气的道:"谢先生,这本是敝帮自己的家务事,麻烦到你老人家身上,委实过意不去。请谢先生引见之后,兄弟自当再向谢先生陪不是。"

同来的八人均想:"贝大夫对此人如此客气,倒也少见。谢烟客武功再高,我们九人齐上,又何惧于他?不过他既是帮主的朋友,却也不便得罪。"

谢烟客冷冷的道:"贝大夫,你是江湖上的成名豪杰,君子一言,快马一鞭,是个响当当的脚色,是也不是?"贝海石听他语气中大有愠意,暗暗警惕,说道:"不敢。"谢烟客道:"你贝大夫的话是说话,我谢烟客说话就是放屁了?我说从来没见过你们的石帮主,阁下定然不信。难道只有你是至诚君子,谢某便是专门撒谎的小人?"

贝海石咳嗽连连,说道:"谢先生言重了。兄弟对谢先生素来十分仰慕,敝帮上下,无不心敬谢先生言出如山,岂敢有丝毫小觑了?适才见谢先生正在修习神功,当是无暇给我们引见敝帮帮主。众兄弟迫于无奈,只好大家分头去找寻找寻。谢先生莫怪。"

谢烟客登时脸色铁青,道:"贝大夫非但不信谢某的话,还要在摩天崖上肆意妄为?"

贝海石摇摇头,道:"不敢,不敢。说来惭愧,长乐帮不见了帮主,要请外人引见,传了出去,江湖上人人笑话。我们只不过找这么一找,谢先生万勿多心。摩天崖山高林密,好个所在。多半敝帮石帮主无意间上得崖来,谢先生静居清修,未曾留意。"心想:"他不让我们跟帮主相见,定是不怀好意。"

谢烟客寻思:"我这摩天崖上哪有他们的什么狗屁帮主。这伙人蛮横无礼,寻找帮主云云,显然是个借口。这般大张旗鼓的上来,还会有什么好事?凭着谢某的名头,长乐帮竟敢对我如此张狂,自然是有备而来。"他知道此刻情势凶险,素闻贝海石"五行六合掌"功夫名动武林,单是他一人,当然也不放在心上,但加上另外这八名高手,那就不易对付,何况他长乐帮的好手不知尚有多少已上得崖来,多半四下隐伏,俟机出手,心念微动之际,突然眼光转向西北角上,脸露惊异之色,口中轻轻"咦"的一声。

那九人的目光都跟着他瞧向西北方,谢烟客突然身形飘动,转向米香主身侧,伸手便去拔他腰间长剑。那米香主见西北方并无异物,但觉风声飒然,敌人已欺到身侧,右手快如闪电,竟比谢烟客的手还快,抢在头里,手搭剑柄,嗤的一声响,长剑已然出鞘。眼前青光甫展,胁下便觉微微一麻,跟着背心一阵剧痛,谢烟客左手食指已点了他穴道,右手五指抓住了他后心。

原来谢烟客眼望西北方固是诱敌之计,夺剑也是诱敌。米香主一心要争先握住剑柄,胁下与后心自然而然的露出了破绽,否则他武功虽然不及,却也无论如何不会在一招之际便被制住。谢烟客当年曾详观米香主如何激斗大悲老人、如何用鬼头刀削去那少年满头长发,熟知他的剑路,大凡出手迅疾者守御必不严固,冒险一试,果然得手。

谢烟客微微一笑,说道:"米香主,得罪了。"米香主怒容动面,却已动弹不得。

贝海石愕然道:"谢先生,你要怎地?当真便不许我们找寻敝帮帮主么?"谢烟客森然道:"你们要杀谢某,只怕也非易事,至少也得陪上几条性命。"

贝海石苦笑道:"我们和谢先生无怨无仇,岂有加害之心?何况以谢先生如此奇变横生的武功,我们纵有加害之意,那也不过是自讨苦吃而已。大家是好朋友,请你将米兄弟放下罢。"他见谢烟客一招之间擒住米香主,心下也是好生佩服。

谢烟客右手抓在米香主后心的"大椎穴"上,只须掌力一吐,立时便震断了他心脉,说道:"各位立时下我摩天崖去,谢某自然便放了米香主。"

贝海石道:"下去有何难哉?午时下去,申时又再上来了。"

谢烟客脸色一沉，说道："贝大夫，你这般阴魂不散的缠上了谢某，到底打的是什么主意？"

贝海石道："什么主意？众位兄弟，咱们打的是什么主意？"随他上山的其余七人一直没有开口，这时齐声说道："咱们要求见帮主，恭迎帮主回归总舵。"

谢烟客怒道："说来说去，你们疑心我将你们帮主藏了起来啦，是也不是？"

贝海石道："此中隐情，我们在没见到帮主之前，谁也不敢妄作推测。"向一名魁梧的中年汉子道："云香主，你和众贤弟四下里瞧瞧，一见到帮主大驾，立即告知愚兄。"

那云香主右手捧着一对烂银短戟，点头道："遵命！"大声道："众位，贝先生有令，大伙去谒见帮主。"其余六人齐声道："是。"七人倒退几步，一齐转身出林而去。

谢烟客虽制住了对方一人，但见长乐帮诸人竟丝毫没将米香主的安危放在心上，仍然自行其是，绝无半分投鼠忌器之意，只有贝海石一人留在一旁，显然是在监视自己，而不是想设法搭救米香主，寻思："那少年将玄铁令交在我手中，此事轰传江湖，长乐帮这批家伙以找帮主为名，真正用意自是来绑架这少年。此刻我失了先机，那少年势必落入他们掌握，长乐帮便有了制我的利器。哼，谢烟客是什么人，岂容你们上门欺辱？"那七人离去，正是出手杀人的良机，当即左掌伸到米香主后腰，内力疾吐。这一招"文丞武尉"，竟是以米香主的身子作为兵刃，向贝海石击去。

他素知贝海石内力精湛，只因中年时受了内伤，身上常带三分病，武功才大大打了个折扣。此人久病成医，"贝大夫"三字外号便由此而来，其实并不是真正的大夫，饶是如此，武功仍是异常厉害。九年之前，"冀中三煞"被他一晚间于相隔二百里的三地分别击毙，成为武林中一提起来便人人耸然动容的大事。因此谢烟客虽听他咳嗽连连,似乎中气虚弱,却丝毫不敢怠忽,一出手便是最阴损毒辣的险招。

贝海石见他突然出手,咳嗽道:"谢先生……却……咳,咳,却又何必伤了和气?"伸出双掌,向米香主胸口推去,突然间左膝挺出,撞在米香主小腹之上,登时将他身子撞得飞起,越过自己头顶飞向身后,这样一来,双掌便按向谢烟客胸口。

这一招变化奇怪之极,谢烟客虽见闻广博,也不知是什么名堂,一惊之下,顺势伸掌接他的掌力,突然之间,只觉自己双掌指尖之上似有千千万万根利针刺过来一般。谢烟客急运内力,要和他掌力相敌,蓦然间胸口空荡荡地,全身内力竟然无影无踪。他脑中电光石火般一闪:"啊哟不好,适才我催逼掌力,不知不觉间已将内力消耗了八九成,如何再能和他比拼真力?"立即双掌一沉,击向贝海石小腹。

贝海石右掌捺落,挡住来招,谢烟客双袖猛地挥出,以铁袖功拂他面门。贝海石心道:"来势虽狠,却露衰竭之象,他是要引我上当。"斜身闪过,让开了他衣袖。"摩天居士"四字大名,武林中提起来当真非同小可,贝海石适才见他试演"碧针清掌",掌法精奇,内力深厚,自己实是远所不及,只是帮主失踪,非寻回不可,纵然被迫与此人动手,却也是无可奈何,虽察觉他内力平平,料来必是诱敌,是以丝毫不敢轻忽。

谢烟客双袖回收,呼的一声响,已借着衣袖鼓回来的劲风向后飘出丈余,顺势转身,拱手道:"少陪,后会有期。"口中说话,身子向后急退,去势虽快,却仍潇洒有余,不露丝毫急遽之态。

谢烟客连攻三招不逞,自知今日太也不巧,强敌猝至,却适逢自己内力衰竭,便即抽身引退,却不能说已输在贝海石手下,他虽被迫退下摩天崖,但对方九人围攻,尚且在劣势之中制住对方高手米香主,大挫长乐帮的锐气。他在陡陡峭壁间纵跃而下时,心中快慰之情尚自多于气恼，蓦地里想到那少年落于敌手，自此后患无穷，登时大是烦恼，转念又想："待我内力恢复，赶上门去将长乐帮整个儿挑了，只须不见那狗杂种之面，他们便奈何我不得。但若那狗杂种受了他们挟制或是劝诱，一见我面便说：'我求你斩下自己一条手臂。'那可糟了。君子报仇，十年未晚，好在这小子八阴八阳经脉的内功不久便可练成，小命活不久了，待他死后，再去找长乐帮的晦气便是。此事不可急躁，须策万全。"

贝海石见谢烟客突然退去，大感不解："他既和石帮主交好，为什么又对米香主痛下杀手？种种蹊跷之处，实在令人难以索解。难道……难道他竟察觉了我们的计谋？不知是否已跟石帮主说起？"霎时间不由得心事重重，凝思半晌，摇了摇头，转身扶起米香主，双掌贴在他背心"魂门""魄户"两大要穴之上，传入内力。

过得片刻，米香主眼睁一线，低声道："多谢贝先生救命之恩。"

贝海石道："米兄弟安卧休息，千万不可自行运气。"

适才谢烟客这一招"文丞武尉"，既欲致米香主的死命，又是攻向贝海石的杀手。贝海石若是出掌在米香主身上一挡，米香主在前后两股内力夹击之下，非立时毙命不可，是以贝海石先以左膝撞他小腹，既将他撞到了背后，又化解了谢烟客大半内力，幸好谢烟客其时内力所剩者已不过一成，否则贝海石这一招虽然极妙，米香主还是难保性命。

贝海石将米香主轻轻平放地下，双掌在他胸口和小腹上运力按摩，猛听得有人欢呼大叫："帮主在这里，帮主在这里！"贝海石大喜，说道："米兄弟，你已无危险，我瞧瞧帮主去。"忙向声音来处快步奔去，心道："谢天谢地！若是找不到帮主，本帮只怕就此风流云散，迫在眉睫的大祸又有谁来抵挡？"

他奔行不到一里之地，便见一块岩石上坐着一人，侧面看去，赫然便是本帮的帮主石破天。云香主等七人在岩前恭恭敬敬的垂手而立。贝海石抢上前去，其时阳光从头顶直晒，照得石上之人面目清晰无比，但见他浓眉大眼，长方的脸膛，却不是石帮主是谁？贝海石喜叫："帮主，你老人家安好？"

一言出口，便见石帮主脸上露出痛楚异常的神情，左边脸上青气隐隐，右边脸上却尽是红晕，宛如饮醉了酒一般。贝海石内功既高，又是久病成医，眼见情状不对，大吃一惊，心道："他……他在捣什么鬼，难道是在修习一门高深内功。这可奇了？嗯，那定是谢烟客传他的。啊哟不好，咱们闯上崖来，只怕是打扰了他练功。这可不妙了。"

霎时之间，心中种种疑团登即尽解："帮主失踪了半年，到处寻觅他不到，原来是静悄悄的躲在这里修习高深武功。他武功越高，于本帮越是有利，那可好得很啊。谢烟客自是知道帮主练功正到紧要关头，若受外人打扰，便致分心，因此上无论如何不肯给我们引见。他一番好心，我们反而得罪了他，当真是过意不去了。其实他只须明言便是，我难道会不明白这中间的过节？素闻谢烟客此人傲慢辣手，我们这般突然闯上崖来，定是令他大大不快，这才一翻脸便出手杀人。瞧帮主这番神情，他体内阴阳二气交攻，只怕龙虎不能聚会，稍有不妥，便致走火入魔，实是凶险之极。"

当下他打手势命各人退开，直到距石帮主数十丈处，才低声说明。

众人恍然大悟，都是惊喜交集，连问："帮主不会走火入魔罢？"有的更深深自疚："我们莽莽撞撞的闯上崖来，打扰了帮主用功，惹下的乱子当真不小。"

贝海石道："米香主给谢先生打伤了，哪一位兄弟过去照料一下。我在帮主身旁守候，或许在危急时能助他一臂之力。其余各位便都在此守候，切忌喧哗出声。若有外敌上崖，须得静悄悄的打发了，决不可惊动帮主。"

各人均是武学中的大行家，都知修习内功之时若有外敌来侵，扰乱了心神，最是凶险不过，当下连声称是，各趋摩天崖四周险要所在，分路把守。

贝海石悄悄回到石帮主身前，只见他脸上肌肉扭曲，全身抽搐，张大了嘴想要叫喊，却发不出半点声息，显然内息走岔了道，性命已危在顷刻。贝海石大惊，待要上前救援，却不知他练的是何等内功，这中间阴阳坎离，弄错不得半点，否则只有加速对方死亡。

但见石帮主全身衣衫已被他抓得粉碎，肌肤上满是血痕，头顶处白雾弥漫，凝聚不散，心想："他武功平平，内力不强，可是瞧他头顶白气，内功实已练到极高境界，如何在半年之内，竟有这等神速的进境？"

突然间闻到一阵焦臭，石帮主右肩处衣衫有白烟冒出，那当真是练功走火、转眼立毙之象。贝海石一惊，伸掌去按他左手肘的"清冷渊"，要令他暂且宁静片刻，不料手指碰到他手肘，着手如冰，不由得全身剧烈一震，不敢运力抵御，当即缩手，心道："那是什么奇门内功？怎地半边身子寒冷彻骨，半边身子却又烫若火炭？"

正没做理会处，忽见帮主缩成一团，从岩上滚了下来，几下痉挛，就此不动。

贝海石惊呼："帮主，帮主！"探他鼻息，幸喜尚有呼吸，只是气若游丝，显然随时都会断绝。他皱起眉头，纵声呼啸，将石帮主身子扶起，倚在岩上，眼见局面危急之极，当下盘膝坐在帮主身侧，左掌按在他心口，右掌按住他背心，运起内劲，护住他心脉。

过不多时，那七人先后到来，见到帮主脸上忽而红如中酒，忽而青若冻僵，身子不住颤抖，各人无不失色，眼光中充满疑虑，都瞧着贝海石,但见他额头黄豆大的汗珠不住渗出,全身颤动,显已竭尽全力。

过了良久,贝海石才缓缓放下了双手,站起身来,说道:"帮主显是在修习一门上乘内功,是否走火,本座一时也难以决断。此刻幸得暂且助他渡过了一重难关,此后如何,实难逆料。这件事非同小可,请众兄弟共同想个计较。"

各人你瞧瞧我,我瞧瞧你,均想:"连你贝大夫也没了主意,我们还能有什么法子?"霎时之间,谁也没有话说。

米香主由人携扶着,倚在一株柏树之上,低声道:"贝……贝先生,你说怎么办,便是怎么。你……你的主意,总比我们高明些。"

贝海石向石帮主瞧了一眼,说道:"关东四大门派约定重阳节来本帮总舵拜山,时日已颇为迫促。此事是本帮存亡荣辱的大关键,众位兄弟大家都十分明白。关东四大门派的底,咱们已摸得清清楚楚,软鞭、铁戟、一柄鬼头刀,几十把飞刀,那也够不上来跟长乐帮为难啊。司徒帮主的事,是咱们自己帮里家务,要他们来管什么闲事?只不过这件事在江湖上张扬出去,可就十分不妥。咳,咳……真正的大事,大伙儿都明白,却是侠客岛的'赏善罚恶令',那非帮主亲自来接不可,否则……否则人人难逃这个大劫。"

云香主道:"贝先生说得是。长乐帮平日行事如何,大家都心里有数。咱们弟兄个个爽快,不喜学那伪君子的行径。人家要来'赏善',是没什么善事好赏的,说到'罚恶',那笔帐就难算得很了。这件事若无帮主主持大局,只怕……只怕……唉……"

贝海石道:"因此事不宜迟,依我之见,咱们须得急速将帮主请回总舵。帮主眼前这……这一场病,恐怕不轻,倘若吉人天相,他在十天半月中能回复原状,那是再好不过。否则的话,有帮主坐镇总舵,纵然未曾康复,大伙儿抵御外敌之时,心中总也是定些,可……可是不是？"众人都点头道："贝先生所言甚是。"

贝海石道："既是如此，咱们做个担架，将帮主和米香主两位护送回归总舵。"

当下各人砍下树枝，以树皮搓索，结成两具担架，再将石帮主和米香主二人牢牢缚在担架之上，以防下崖时滑跌。八人轮流抬架，下摩天崖而去。

那少年这日依着谢烟客所授的法门修习，将到午时，只觉手阳明大肠经、足阳明胃经、手太阳小肠经、足太阳膀胱经、手少阳三焦经、足少阳胆经六处经脉中热气斗盛，竟是难以抑制，便在此时，各处太阴、少阴、厥阴的经脉之中却陡如寒冰侵蚀。热的极热而寒的至寒，两者不能交融。他数年勤练，功力大进，到了这日午时，除了冲脉、带脉两脉之外，八阴八阳的经脉突然间相互激烈冲撞起来。

他撑持不到大半个时辰，便即昏迷过去，此后始终昏昏沉沉，一时似乎全身在火炉中烘焙，汗出如浦，口干唇焦，一时又似堕入了冰窖，周身血液都似凝结成冰。如此热而复寒，寒而复热，眼前时时晃过各种各样人影，有男有女，丑的俊的，纷至沓来，这些人不住在跟他说话，可是一句也听不见，只想大声叫喊，偏又说不出半点声音。眼前有时光亮，有时黑暗，似乎有人时时喂他喝汤饮酒，有时甜蜜可口，有时辛辣刺鼻，却不知是什么汤水。

如此胡里胡涂的也不知过了多少时候，一日额上忽然感到一阵凉意，鼻中又闻到隐隐香气，慢慢睁开眼来，首先看到的是一根点燃着的红烛，烛火微微跳动，跟着听得一个清脆柔和的声音低声说道："天哥，你终于醒过来了！"语音中充满了喜悦之情。

那少年转睛向声音来处瞧去，只见说话的是个十七八岁少女，身穿淡绿衫子，一张瓜子脸儿，秀丽美艳，一双清澈的眼睛凝视着他，嘴角边微含笑容，轻声问道："什么地方不舒服啦？"

那少年脑中一片茫然，只记得自己坐在岩石上练功，突然间全身半边冰冷，半边火热，惊惶之下，就此晕了过去，怎么眼前忽然来了这个少女？他喃喃的道："我……我……"发觉自身是睡在一张柔软的床上，身上盖了被子，当即便欲坐起，但身子只一动，四肢百骸中便如万针齐刺，痛楚难当，忍不住"啊"的一声叫了出来。

那少女道："你刚醒转，可不能动，谢天谢地，这条小命儿是捡回来啦。"低下头在他脸颊上轻轻一吻，站直身子时但见她满脸红晕。

那少年也不明白这是少女的娇羞，只觉她更是说不出的好看，便微微一笑，嗫嚅着道："我……我在哪里啊？"

那少女浅笑嫣然，正要回答，忽听得门外脚步声响，当即将左手食指竖在口唇之前，作个禁声的姿式，低声道："有人来啦，我要去了。"身子一晃，便从窗口中翻了出去。那少年眼睛一花，便不见了那姑娘，只听得屋顶微有脚步细碎之声，迅速远去。

那少年心下茫然，只想："她是谁？她还来不来看我？"过了片刻，只听得脚步声来到门外，有人咳嗽了两声，呀的一声，房门推开，两人走了进来。一个是脸有病容的老者，另一个是个瘦子，面貌有些熟悉，依稀似乎见过。

那老者见那少年睁大了眼望着他，登时脸露喜色，抢上一步，说道："帮主，你觉得怎样？今日你脸色可好得多了。"那少年道："你……你叫我什么？我……我……在什么地方？"那老者脸上闪过了一丝忧色，但随即满面喜悦之容，笑道："帮主大病了七八天，此刻神智已复，可喜可贺，请帮主安睡养神。属下明日再来请安。"说着伸出手指，在那少年两手腕脉上分别搭了片刻，不住点头，笑道："帮主脉象沉稳厚实，已无凶险，当真是吉人天相，实乃我帮上下之福。"

那少年愕然道："我……我……名叫'狗杂种'，不是'帮主'。"

那老者和那瘦子一听此言，登时呆了，两人对望了一眼，低声道："请帮主安息。"倒退几步，转身出房而去。

那老者便是"着手回春"贝海石，那瘦子则是米香主米横野。

米横野在摩天崖上为谢烟客内劲所伤，幸喜谢烟客其时内力所剩无几，再得贝海石及时救援，回到长乐帮总舵休养数日，便逐渐痊愈了，只是想到一世英名，竟被谢烟客一招之间擒获，不免甚是郁郁。

贝海石劝道："米贤弟，这事说来都是咱们行事莽撞的不是，此刻回想，我倒盼当时谢烟客将咱们九人一古脑儿的都制服了，那便不致冲撞了帮主，引得他走火入魔。帮主一直昏迷不醒，能否痊可，实在难说，就算身子好了，这门阴阳交攻的神奇内功，却无论如何是练不成了。万一他有什么三长两短，唉，米贤弟，咱们九人中，倒是你罪名最轻。你虽然也上了摩天崖，但在见到帮主之前，便已先行失了手。"米横野道："那又有什么分别？要是帮主有什么不测，大伙儿都是大祸临头，也不分什么罪轻罪重了。"

岂知到得第八天晚间，贝海石和米横野到帮主的卧室中去探病，竟见石帮主已能睁眼视物、张口说话，两人自是欣慰无比。贝海石按他脉搏，觉到颇为沉稳，正欢喜间，不料他突然说了一句莫名其妙的言语，说什么自己不是帮主，乃是"狗杂种"。贝米二人骇然失色，不敢多言，立时退出。

到了房外，米横野低声问道："怎样？"贝海石沉吟半响，说道："帮主眼下心智未曾明白，但总胜于昏迷不醒。愚兄尽心竭力为帮主医治，假以时日，必可复原。"说到这里，顿了一顿，道："只是那件事说来便来，神出鬼没，帮主却不知何时方能全然痊可。"过了一会，说道："只消有帮主在这里，天塌下来，也有人承当。"轻拍米横野的肩头，微笑道："米贤弟，你不用担心，一切我理会得，自当妥为安排。"

那少年见二人退出房去，这才迷迷糊糊的打量房中情景，只见自身是睡在一张极大的床上，床前一张朱漆书桌，桌旁两张椅子，上铺锦垫。房中到处陈设得花团锦簇，绣被罗帐，兽香袅袅，但觉置身于一个香喷喷、软绵绵的神仙洞府，眼花缭乱，瞧出来没一件东西是识得的。他叹了一口长气，心想："多半我是在做梦。"

但想到适才那个绿衫少女软语腼腆的可喜模样，连秀眉绿鬓也记得清清楚楚，她跃了出去的窗子兀自半开半掩，却也不像是在做梦。他伸起右手，想摸一摸自己的头，但手只这么轻轻一抬，全身又是如针刺般剧痛，忍不住"哎哟"一声，叫了出来。

忽听得房角落里有人打了个呵欠，说道："少爷，你醒了……"那是个女子声音，似是刚从梦中醒觉，突然之间，她"啊"的一声惊呼，说道："你……你醒了？"一个黄衫少女从房角里跃了出来，抢到他床前。

那少年初时还道先前从窗中跃出的少女又再回来，心喜之下，定睛看时，却见这少女身穿鹅黄短袄，服色固自不同，形颜亦是大异，她面庞略作圆形，眼睛睁得大大地，虽不若那绿衫少女那般明艳绝伦，但神色间多了一份温柔，却也妩媚可喜。那少年生平直至此日，才首次与他年纪相若的两个女郎面对面的说话，自是分辨不出其间的细致差别。只听她又惊又喜的道："少爷，你醒转来啦？"

那少年道："我醒转来了，我……我现下不是做梦了么？"

那少女格格一笑，道："只怕你还是在做梦也说不定。"她一笑之后，立即收敛笑容，一副凛然不可侵犯的模样，问道："少爷，你有什么吩咐？"

那少年奇道："你叫我什么？什么少……少爷？"那少女眉目间隐隐含有怒色，道："我早跟你说过，我们是低三下四之人，不叫你少爷，又叫什么？"那少年喃喃自语："一个叫我帮……什么'帮主'，一个却又叫我'少爷'，我到底是谁？怎么在这里了？"

那少女神色略和，道："少爷，你身子尚未复原，别说这些了。吃些燕窝好不好？"

那少年道："燕窝？"他不知燕窝是什么东西，但觉肚中十分饥饿，不管吃什么都是好的，便点了点头。

那少女走到邻房之中，不久便捧了一只托盘进来，盘中放着一只青花瓷碗，热气腾腾地喷发甜香。那少年一闻到，不由得馋涎欲滴，肚中登时咕咕咕的响了起来。那少女微微一笑，说道："七八天中只净喝参汤吊命，可真饿得狠啦。"将托盘端到他面前。

那少年就着烛火看去，见是雪白一碗粥不像粥的东西，上面飘着些干玫瑰花瓣，散发着微微清香，问道："这样好东西，是给我吃的么？"那少女笑道："是啊，还客气么？"那少年心想："这样的好东西，却不知道要多少钱，我没银子，还是先说明白的好。"便道："我身边一个钱也没有，可……可没银子给你。"那少女先是一怔，跟着忍不住噗哧一笑，说道："生了这场大病，性格儿可一点也不改，刚会开口说话，便又这么贫嘴贫舌的。既然饿了，便快吃罢。"说着将那托盘又移近了一些。

那少年大喜，问道："我吃了不用给钱？"

那少女见他仍是说笑，有些厌烦了，沉着脸道："不用给钱，你到底吃不吃？"

那少年忙道："我吃，我吃！"伸手便去拿盘中的匙羹，右手只这么一抬，登时全身刺痛，哼了两声，咬紧牙齿，慢慢提手，却不住发颤。

那少女寒着脸问道："少爷，你这是真痛还是假痛？"那少年奇道："自然是真痛，为什么要装假？"那少女道："好，瞧在你这场大病生得半死不活的份上，我便破例再喂你一次。你若是乘机又来毛手毛脚、不三不四，我可再也不理你了。"那少年问道："什么叫毛手毛脚，不三不四？"

那少女脸上微微一红，横了他一眼，哼了一声，拿起匙羹，在碗中舀了一匙燕窝，往他嘴中喂去。

那少年登时傻了，想不到世上竟有这等好人，张口将这匙燕窝吃了，当真是又甜又香，吃在嘴里说不出的受用。

那少女一言不发，接连喂了他三匙，身子却站在床前离得远远地，伸长了手臂去喂他，唯恐他突然有非礼的行动。

那少年吃得咂嘴舐唇，连称："好吃，好味道！唉，真是多谢你了。"那少女冷笑道："你别想使什么诡计骗我上当！燕窝便是燕窝罢啦，你几千碗也吃过了，几时又曾赞过一声'好吃'？"那少年心下茫然，寻思："这种东西，我几时吃过了？"问道："这……这便是燕窝么？"那少女哼的一声，道："你也真会装傻。"说这句话时，同时退后了一步，脸上满是戒备之意。

那少年见她一身鹅黄短袄和裤子，头上梳着双鬟，新睡初起，头发颇见蓬松，脚上未穿袜子，雪白赤足踏在一对绣花拖鞋之中，那是生平从所未见的美丽情景，母亲脚上始终穿着袜子，却又不许自己进她的房，当下赞道："你……你的脚真好看！"

那少女脸上微微一红，随即现出怒色，将瓷碗往桌上一放，转过身去，把铺在房角里的席子、薄被和枕头拿了起来，向房门走去。

那少年心下惶恐，道："你……你到哪里去？你不睬我了么？"语气中颇有哀恳之意。那少女道："你病得死去活来，刚刚知了点人事，口中便又不干不净起来啦。我又能到哪里去？你是主子，我们低三下四之人，怎说得上睬不睬的？"说着径自出门去了。

那少年见她发怒而去，不知如何得罪了她，心想："一个姑娘跳窗走了，一个姑娘从门中走了，她们说的话我一句也不懂。唉，真不知道是怎么一回事。"

他正自怔怔的出神，听得脚步声细碎，那少女又走进房来，脸上犹带怒色，手中捧着脸盆。那少年心中欢喜，只见她将脸盆放在桌上，从脸盆中提出一块热腾腾的面巾来，绞得干了，递到那少年面前，冷冰冰的道："擦面罢！"

那少年道："是，是！"忙伸手去接，双手一动，登时全身刺痛，他咬紧牙关，伸手接了过来，欲待擦面，却双手发颤，那面巾离脸尺许，说什么也凑不过去。

那少女将信将疑，冷笑道："装得真像。"接过面巾，说道："要我给你擦面，那也可以。可是你若伸手胡闹，只要是碰到我一根头发，我也永远不走进房里来了。"那少年道："我不敢，姑娘，你不用给我擦面。这块布雪白雪白的，我的脸脏得很，别弄脏了这布。"

那少女听他语音低沉，咬字吐声也与以前颇有不同，所说的话更是不伦不类，不禁起疑："莫非他这场大病当真伤了脑子。听贝先生他们谈论，说他练功时走火入魔，损伤了五脏六腑，性命能不能保也难说得很。否则怎么说话总是这般颠三倒四的？"便问："少爷，你记得我的名字么？"

那少年道："你从来没跟我说过，我不知道你叫什么？"笑了笑又道："我不叫少爷，叫做狗杂种，那是我娘这么叫的。老伯伯说这是骂人的话，不好听。你叫什么？"

那少女越听越是皱眉，心道："瞧他说话的模样，全无轻佻玩笑之意，看来他当真是胡涂啦。"不由得心下难过，问道："少爷，你真的不认得我了？不认得我侍剑了？"那少年道："你叫侍剑么？好，以后我叫你侍剑……不，侍剑姊姊。我妈说，女人年纪比我大得多的,叫她阿婆、阿姨,和我差不多的,叫她姊姊。"侍剑头一低,突然眼泪滚了出来,泣道:"少爷,你……你不是装假骗我,真的忘了我么?"

那少年摇头道:"你说的话我不明白。侍剑姊姊,你为什么哭了?为什么不高兴了?是我得罪了你么?我妈妈不高兴时便打我骂我,你也打我骂我好了。"

侍剑更是心酸,慢慢拿起那块面巾,替他擦面,低声道:"我是你的丫鬟,怎能打你骂你?少爷,但盼老天爷保佑你的病快快好了。要是你当真什么都忘了,那可怎么办啦?"

擦完了面,那少年见雪白的面巾上倒也不怎么脏,他可不知自己昏迷之际,侍剑每天都给他擦几次脸,不住口的连声称谢。

侍剑低声问道:"少爷,你忘了我的名字,其他的事情可还记得么?比如说,你是什么帮的帮主?"那少年摇了摇头道:"我不是什么帮主。老伯伯教我练功夫,突然之间,我半边身子热得发滚,半边身子却又冷得不得了,我……我……难过得抵受不住,便晕了过去。侍剑姊姊,我怎么到了这里?是你带我来的么?"侍剑心中又是一酸,寻思:"这么说来,他……他当真是什么都记不得了。"

那少年又问:"老伯伯呢?他教我照泥人儿身上的线路练功,怎么会练到全身发滚又发冷,我想问问他。"

侍剑听他说到"泥人儿",心念一动,七天前替他换衣之时,从他怀中跌了一只木盒出来,好奇心起,曾打开来瞧瞧,见是一十八个裸体的男形泥人。她一见之下,脸就红了,素知这位少主风流成性,极不正经,这些不穿衣衫的泥人儿决计不是什么好东西,当即合上盒盖,藏入抽屉之中,这时心想:"我把这些泥人儿给他瞧瞧,说不定能助他记起走火入魔之前的事情。"于是拉开抽屉,取了那盒子出来,道:"是这些泥人儿么?"

那少年喜道："是啊，泥人儿在这里。老伯伯呢？老伯伯到哪里去了？"侍剑道："哪一个老伯伯？"那少年道："老伯伯便是老伯伯了。他名叫摩天居士。"

侍剑于武林中的成名人物极少知闻，从来没听见过摩天居士谢烟客的名头，说道："你醒转了就好，从前的事一时记不起，也没什么。天还没亮，你好好再睡一会，唉，其实从前的什么都记不起，说不定还更好些呢。"说着给他笼了笼被子，拿起托盘，便要出房。

那少年问道："侍剑姊姊，为什么我记不起从前的事还更好些？"

侍剑道："你从前所做的事……"说了这半句话，突然住口，转头急步出房而去。

那少年心下茫然，只觉种种情事全都无法索解，耳听得屋外笃笃笃的敲着竹梆，跟着当当当锣声三响，他也不知这是敲更，只想："午夜里，居然还有人打竹梆、打锣玩儿。"突然之间，右手食指的"商阳穴"上一热，一股热气沿着手指、手腕、手臂直走上来。那少年一惊，暗叫："不好！"跟着左足足心的"涌泉穴"中已是彻骨之寒。

这寒热交攻之苦他已经历多次，知道每次发作都是势不可当，疼痛到了极处，便会神智不觉。已往几次都是在迷迷糊糊之中发作，这次却是清醒之中突然来袭，更是惊心动魄。只觉一股热气、一股寒气分从左右上下，慢慢汇到心肺之间。

那少年暗想："这一回我定要死了！"过去寒热两气不是汇于小腹，便是聚于脊梁，这次竟向心肺要害间聚集，却如何抵受得住？他知情势不妙，强行挣扎，坐起身来，想要盘膝坐好，一双腿却无论如何弯不拢来，极度难当之际，忽然心想："老伯伯当年练这功夫，难道也吃过这般苦头？将两只麻雀儿放在掌心中令它们飞不走，也不是当真十分好玩之事。早知如此，这功夫我也不练啦。"

忽听得窗外有个男子声音低声道："启禀帮主，属下豹捷堂展飞，有机密大事禀报。"

那少年半点声息也发不出来，过了半晌，只见窗子缓缓开了，人影一闪，跃进一个身披斑衣的汉子。这人抢近前来，见那少年坐在床上，不由得吃了一惊，眼前情景大出他意料之外，当即急退了两步。

这时那少年体内寒热内息正在心肺之间交互激荡，心跳剧烈，只觉随时都能心停而死，但极度疼痛之际，神智却是异乎寻常的清明，听得这斑衣汉子自报姓名为"豹捷堂展飞"，眼见他越窗进来，不知他要干什么，只是睁大了眼凝视着他。

展飞见那少年并无动静，低声道："帮主，听说你老人家练功走火，身子不适，现下可大好了？"那少年身子颤动了几下，说不出话来。展飞脸现喜色，又道："帮主，你眼下未曾复原，不能动弹，是不是？"

他说话虽轻，但侍剑在隔房已听到房中异声，走将进来，见展飞脸上露出狰狞凶恶的神色，惊道："你干什么？不经传呼，擅自来到帮主房中，想犯上作乱么？"

展飞身形一晃，突然抢到侍剑身畔，右肘在她腰间一撞，右指又在她肩头加上了一指。侍剑登时被他封住了穴道，斜倚在一张椅上，登时动弹不得。展飞练的是外家功夫，手闭穴道只能制人手足，却不能令人说不得话，当下取出一块帕子，塞入她口中。侍剑心中大急，知他意欲不利于帮主，却无法唤人来救。

展飞对帮主仍是十分忌惮，提掌作势，低声道："我这铁沙掌功夫，一掌打死你这小丫头，想也不难！"呼的一掌，向侍剑的天灵盖击去，心想："这小子若是武功未失，定会出手相救。"手掌离侍剑头顶不到半尺，见帮主仍是坐着不动，心中一喜，立即收掌，转头向那少年狞笑道："小淫贼，你生平作恶多端，今日却死在我的手里。"向床前走近两步，低声道："你此刻无力抗御，我下手杀你，非英雄好汉的行径。可是老子跟你仇深似海，已说不上讲什么江湖规矩。你若懂江湖义气，也不会来勾引我妻子了！"

那少年和侍剑身子虽不能动，这几句话却听得清清楚楚。那少年心想："他为什么跟我仇深似海，又什么叫做勾引他的妻子？"侍剑却想："少爷不知欠下了多少风流孽债，今日终于遭到报应。唉，这人真的要杀死少爷了。"心下惶急，极力挣扎，但手足酸软，一倾侧间，砰的一声，倒在地下。

展飞恶狠狠的道："我妻子失身于你，哼，你只道我闭了眼睛做王八，半点不知？可是以前虽然知道，却也奈何你不得，只有忍气低声，哑子吃黄连，有苦说不出。哪想到老天有眼，你这小淫贼作恶多端，终会落入我手里。"说着双足摆定马步，吸气运功，右臂格格作响，呼的一掌拍出，直击在那少年心口。

展飞是长乐帮外五堂中豹捷堂香主，他这铁沙掌已有二十余年深厚功力，实非泛泛，这一掌使足了十成力，正打在那少年两乳之间的"膻中穴"上。但听得喀喇一声响，展飞右臂折断，身子向后直飞出去，撞破窗格，摔出房外，登时全身气闭，晕了过去。

房外是座花园，园中有人巡逻。这一晚轮到豹捷堂的帮众当值，因此展飞能进入帮主的内寝。他破窗而出，摔入玫瑰花丛，压断了不少枝干，登时惊动了巡逻的帮众，便有人提着火把抢过来。眼见展飞一动不动的躺在地下，不知死活，只道有强敌侵入帮主房中，那人大惊之下，当即吹起竹哨报警，同时拔出单刀，探头从窗中向房内望去，只见房内漆黑一团，更无半点声息，左手忙举火把去照，右手舞动单刀护住面门。从刀光的缝隙中望过去，只见帮主盘膝坐在床上,床前滚倒了一个女子,似是帮主的侍女,此外更无别人。

便在此时,听到了示警哨声的帮众先后赶到。

虎猛堂香主邱山风手执铁锏,大声叫道:"帮主,你老人家安好么?"揭帷走进房内,只见帮主全身不住的颤动,突然间"哇"的一声,张口喷出无数紫血,足足有数碗之多。

邱山风忙向旁急闪,才避开了这股腥气甚烈的紫血,正惊疑间,却见帮主已跨下床来,扶起地下的侍女,说道:"侍剑姊姊,他……他伤到了你吗?"跟着掏出了她口中塞着的帕子。

侍剑急呼了一口气,道:"少爷,你……你可给他打伤了,你觉得怎……怎样?"惊惶之下,话也说不清楚了。那少年微笑道:"他打了我一掌,我反而舒服之极。"

只听得门外脚步声响,许多人奔到。贝海石、米横野等快步进房,有些人身份较低,只在门外守候。贝海石抢上前来,问那少年道:"帮主,刺客惊动了你吗?"

那少年茫然道:"什么刺客?我没瞧见啊。"

这时已有帮中好手救醒了展飞,扶进房来。展飞知道本帮帮规于犯上作乱的叛徒惩罚最严,往往剥光了衣衫,绑在后山"刑台石"上,任由地下虫蚁咬啮,天空兀鹰啄食,折磨八九日方死。他适才倾尽全力的一击没打死帮主,反被他以浑厚内力反弹出来,右臂既断,又受了内伤,只盼速死,却又被人扶进房来,当下凝聚一口内息,只要听得帮主说一声:"送刑台石受长乐天刑",立时便举头往墙上撞去。

贝海石问道:"刺客是从窗中进来的么?"那少年道:"我迷迷糊糊的,身上难受得要命,只道此番心跳定要跳死我了。似乎没人进来过啊。"展飞大是奇怪:"难道他当真的神智未清,不知是我打他么?可是这个丫头却知是我下的手,她终究会吐露真相。"

果然贝海石伸手在侍剑腰间和肩头捏了几下，运内力解开她穴道，问道："是谁封了你的穴道？"侍剑指着展飞，说道："是他！"贝海石眼望展飞，皱起了眉头。

展飞冷笑一声，正想痛骂几句才死，忽听得帮主说道："是我……是我叫他干的。"

侍剑和展飞都是几乎不相信自己的耳朵。两人怔怔的瞧着那少年，不明白他这句话是何用意。那少年于种种事情全不了然，但已体会到情势严重，各人对自己极是尊敬，若知展飞制住了侍剑，又曾发掌击打自己，定然对他大大的不利，当即随口撒了句谎，意欲帮他一个忙。至于为什么要为他隐瞒，其中原因可半点也说不出来。

他只隐约觉得，展飞击打自己乃是激于一股极大的怨愤，实有不得已处。再加当时他体内寒热内息交攻，难过之极，展飞这一掌正好打在他膻中穴上。那膻中穴乃人身气海，展飞掌力奇劲，时刻又凑得极巧，一掌击到，刚好将他八阴经脉与八阳经脉中所练成的阴阳劲力打成一片，水乳交融，再无寒息和炎息之分。当时他内力突然之间增强，以致将展飞震出窗外，心中全然不知，但觉体内彻骨之寒变为一片清凉，如烤如焙的炎热化成融融阳和，四肢百骸间说不出的舒服，又过半晌，连清凉、暖和之感也已不觉，只是全身精力弥漫，忍不住要大叫大喊。当虎猛堂香主邱山风进房之时，他一口喷出了体内郁积的瘀血，登时神气清爽，不但体力旺盛，连脑子也加倍灵敏起来。

贝海石等见侍剑衣衫不整，头发蓬乱，神情惶急，心下都已了然，知道帮主向来好色贪淫，定是大病稍有转机，便起邪念，意图对她非礼，适逢展飞在外巡视，帮主便将他呼了进来，命他点了侍剑的穴道，只是不知展飞如何又得罪了帮主，以致被他击出窗外，多半是展飞又奉命剥光侍剑的衣衫，行动却稍有迟疑。只是展飞武功远较帮主为强，所谓"被他击出窗外"，也必是展飞装腔作势，想平息他怒气,十之八九,还是自行借势窜出去的。众人见展飞伤势不轻,头脸手臂又被玫瑰花丛刺得斑斑血痕,均有狐悲之意,只是碍于帮主脸面,谁也不敢对展飞稍示慰问。

众人既这么想,无人敢再提刺客之事。虎猛堂香主邱山风想起自己阻了帮主的兴头,有展飞的例子在前,帮主说不定立时便会反脸怪责,做人以识趣为先,当即躬身说道:"帮主休息,属下告退。"余人纷纷告辞。

贝海石见帮主脸上神色怪异,终是关心他的身子,伸手出去,说道:"我再搭搭帮主的脉搏。"那少年提起手来,任他搭脉。贝海石三根手指按到了那少年的手腕之上,蓦地里手臂剧震,半边身子一麻,三根手指竟被他脉搏震了下来。

贝海石大吃一惊,脸现喜色,大声道:"恭喜帮主,贺喜帮主,这盖世神功,终究是练成了。"那少年莫名其妙,问道:"什……什么盖世神功?"贝海石料想他不愿旁人知晓,当下不敢再提,说道:"是,是属下胡说八道,帮主请勿见怪。"微微躬身,出房而去。

顷刻间群雄退尽,房中又只剩下展飞和侍剑二人。展飞身负重伤,但众人不知帮主要如何处置他,既无帮主号令,只得任由他留在房中,无人敢扶他出去医治。

展飞手臂折断,痛得额头全是冷汗,听得众人走远,咬牙怒道:"你要折磨我,便赶快下手罢,姓展的求一句饶,不是好汉。"那少年奇道:"我为什么要折磨你?嗯,你手臂断了,须得接起来才成。从前阿黄从山边滚下坑去跌断了腿,是我给它接上的。"

那少年与母亲二人僻居荒山,什么事情都得自己动手,虽然年幼,一应种菜、打猎、煮饭、修屋都干得井井有条。狗儿阿黄断腿,他用木棍给绑上了,居然过不了十多天便即痊愈。他说罢便东张西望,要找根木棍来给展飞接骨。

侍剑问道："少爷，你找什么？"那少年道："我找根木棍。"侍剑突然走上两步，跪倒在地，道："少爷，求求你，饶了他罢。你……你骗了他妻子到手，也难怪他恼恨，他又没伤到你。少爷，你真要杀他，那也一刀了断便是，求求你别折磨他啦。"她想以木棍将人活活打死，可比一刀杀了痛苦得多，不由得心下不忍。

那少年道："什么骗了他妻子到手？我为什么要杀他？你说我要杀人？人都杀得的？"见卧室中没有木棍，便提起一张椅子，用力一扳椅脚。他此刻水火既济，阴阳调合，神功初成，力道大得出奇，手上使力轻重却全然没有分寸，这一扳之下，只听得喀的一声响，椅脚便折断了。那少年不知自己力大，喃喃的道："这椅子这般不牢，坐上去岂不摔个大交？侍剑姊姊，你跪着干什么？快起来啊。"走到展飞身前，说道："你别动！"

展飞口中虽硬，眼见他这么一下便折断了椅脚，又想到自己奋力一掌竟被他震断手臂，身子立即破窗而出，此人内力实是雄浑无比，不由自主的全身颤栗，双眼钉住了他手中的椅脚，心想："他当然不会用椅脚来打我，啊哟，定是要将这椅脚塞入我嘴里，从喉至胃，叫我死不去，活不得。"长乐帮中酷刑甚多，有一项刑罚正是用一根木棍撑入犯人口中，自咽喉直塞至胃，却一时不得便死，苦楚难当，称为"开口笑"。展飞想起了这项酷刑，只吓得魂飞魄散，见帮主走到身前，举起左掌，便向他猛击过去。

那少年却不知他意欲伤人，说道："别动，别动！"伸手便抓住他左腕。展飞只觉半身酸麻，挣扎不得。那少年将那半截椅脚放在他断臂之旁，向侍剑道："侍剑姊姊，有什么带子没有？给他绑一绑！"

侍剑大奇，问道："你真的给他接骨？"那少年笑道："接骨便接骨了，难道还有什么真的假的？你瞧他痛成这么模样，怎么还能闹着玩？"侍剑将信将疑，还是去找了一根带子来，走到两人身旁,向那少年看了一眼,惴惴然的将带子替展飞缚上断臂。那少年微笑道:"好极,你绑得十分妥贴,比我绑阿黄的断腿时好得多了。"

展飞心想:"这贼帮主凶淫毒辣,不知要想什么新鲜古怪的花样来折磨我?"听他一再提到"阿黄断腿",忍不住问道:"阿黄是谁?"那少年道:"阿黄是我养的狗儿,可惜不见了。"展飞大怒,厉声道:"好汉子可杀不可辱,你要杀便杀,如何将展某当作畜生?"那少年忙道:"不,不!我只是这么提一句,大哥别恼,我说错了话,给你陪不是啦。"说着抱拳拱了拱手。

展飞知他内功厉害,只道他假意陪罪,实欲以内力伤人,否则这人素来踞傲无礼,跟下属和颜悦色的说几句话已是十分难得,岂能给人陪什么不是?当即侧身避开了这一拱,双目炯炯的瞪视,瞧他更有什么恶毒花样。那少年道:"大哥是姓展的么?展大哥,你请回去休息罢。我狗杂种不会说话,得罪了你,展大哥别见怪。"展飞大吃一惊,心道:"什……什……他说什么'我狗杂种'?那又是一句绕了弯子来骂人的新鲜话儿?"

侍剑心想:"少爷神智清楚了一会儿,转眼又胡涂啦。"但见那少年双目发直,皱眉思索,便向展飞使个眼色,叫他乘机快走。

展飞大声道:"姓石的小子,我也不要你卖好。你要杀我,我本来便逃不了,老子早认命啦,也不想多活一时三刻。你还不快快杀我?"那少年奇道:"你这人的胡涂劲儿,可真叫人好笑,我干么要杀你?我妈妈讲故事时总是说:坏人才杀人,好人是不杀人的。我当然不做坏人。你这么一个大个儿,虽然断了一条手臂,我又怎杀得了你?"侍剑忍不住接口道:"展香主,帮主已饶了你啦,你还不快去?"展飞提起左手摸了摸头,心道:"到底是小贼胡涂了,还是我自己胡涂了?"侍剑顿足道:"快去,快去!"伸手将他推出了房外。

那少年哈哈一笑，说道："这人倒也有趣，口口声声的说我要杀他，倒像我最爱杀人、是个大大的坏人一般。"

侍剑自从服侍帮主以来，第一次见他忽发善心，饶了一个得罪他的下属，何况展飞犯上行刺，实是罪不可赦，不禁心中欢喜，微笑道："你当然是好人哪，是个大大的好人。是好人才抢了人家的妻子，拆散人家夫妻……"说到后来，语气颇有些辛酸，但帮主积威之下，究是不敢太过放肆，说到这里便住口了。

那少年奇道："你说我抢了人家的妻子？怎样抢法的？我抢来干什么了？"

侍剑嗔道："是好人也说这些下流话？装不了片刻正经，转眼间狐狸尾巴就露出来了。我说呢，好少爷，你便要扮好人，谢谢你也多扮一会儿。"

那少年对她的话全然不懂，问道："你……你说什么？我抢他妻子来干什么，我就是不懂，你教我罢！"这时只觉全身似有无穷精力要发散出来，眼中精光大盛。

侍剑听他越说越不成话，心中怕极，不住倒退，几步便退到了房门口，若是帮主扑将过来，立时便可逃了出去，其实她知道他当真要逞强暴，又怎能得脱毒手？以往数次危难，全仗自己以死相胁，坚决不从，这才保得了女儿躯体的清白。这时见他眼光中又露出野兽一般横暴神情，不敢再出言讥刺，心中怦怦乱跳，颤声道："少爷，你身子没……没有复原，还是……还是多休息一会罢。"

那少年道："我多休息一会，身子复原之后，那又怎样？"侍剑满脸通红，左足跨出房门，只听他喃喃的道："这许多事情，我当真是一点也不懂，唉，你好像很怕我似的。"双手抓住椅背，忍不住手掌微微使劲。那椅子是紫檀木所制，坚硬之极，哪知他内劲到处，喀喇一响，椅背登时便断了。那少年奇道："这里什么东西都像是面粉做的。"

谢烟客居心险毒,将上乘内功颠倒了次序传授,只待那少年火候到时,阴阳交攻,死得惨酷无比,便算不得是自己"以一指之力相加"。那少年修习数年,这日果然阴阳交迫,本来非死不可,说来也真凑巧,恰好贝海石在旁。贝大夫既精医道,又内力深湛,替他护住了心脉,暂且保住了一口气息。来到长乐帮总舵后,每晚有人前来探访,盗得了武林中珍奇之极的"玄冰碧火酒"相喂,压住了他体内阴阳二息的交拼,但这药酒性子猛烈,更增他内息力道,到这日刚好展飞在"膻中穴"上一击,硬生生的逼得他内息龙虎交会,又震得他吐出丹田内郁积的毒血,水火既济,这两门纯阴纯阳的内功非但不再损及他身子,反而化成了一门亘古以来从未有的古怪内力。

自来武功中练功,如此险径,从未有人胆敢想到。纵令谢烟客忽然心生悔意,贝海石一心要救他性命,也决计不敢以刚猛掌力震他心口。但这古怪内力是误打误撞而得,毕竟不按理路,这时也未全然融会,偶尔在体内胡冲乱闯,又激得他气血翻涌,一时似欲呕吐,一时又想跳跃,难以定心。其中缘由,这少年自是一无所知。本来已是胡里胡涂的如在梦境,这时更似梦中有梦。是真是幻,再也摸不着半点头脑。

侍剑低声道:"你既饶了展香主性命,又替他接骨,却又何苦再骂他畜生?这么一来,他又要恨你切骨了。"见他神色怪异,目光炯炯,古里古怪的瞧着自己,手足跃跃欲动,显是立时便要扑将过来,再也不敢在房中稍有停留,立即退了出去。

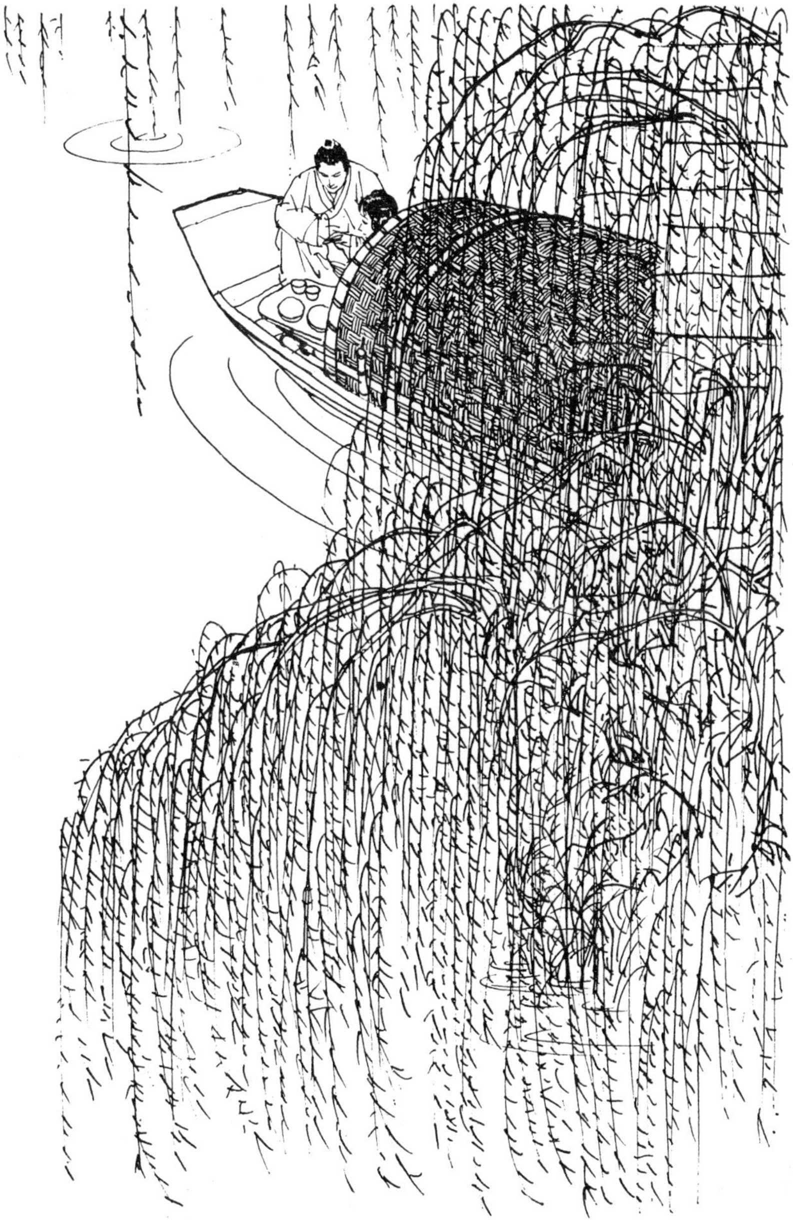

水畔杨柳茂密,将一座小桥几乎遮满了,小船停在桥下,像是间天然的小屋一般。丁珰钻入船舱,取出两副杯筷,一把酒壶,再取几盘花生、蚕豆、干肉,放在石破天面前。

五

叮叮当当

那少年心中一片迷惘,搔了搔头,说道:"奇怪,奇怪!"见到桌上那盒泥人儿,自言自语:"泥人儿却在这里,那么我又不是做梦了。"打开盒盖,拿了泥人出来。

其时他神功初成,既不会收劲内敛,亦不知自己力大,就如平时这般轻轻一捏,刷刷刷几声,裹在泥人外面的粉饰、油彩和泥底纷纷掉落。那少年一声"啊哟",心感可惜,却见泥粉褪落处里面又有一层油漆的木面。索性再将泥粉剥落一些,里面依稀现出人形,当下将泥人身上泥粉尽数剥去,露出一个裸体的木偶来。

木偶身上油着一层桐油,绘满了黑线,却无穴道位置。木偶刻工精巧,面目栩栩如生,张嘴作大笑之状,双手捧腹,神态滑稽之极,相貌和本来的泥人截然不同。

那少年大喜,心想:"原来泥人儿里面尚有木偶,不知另外那些木偶又是怎生模样?"反正这些泥人身上的穴道经脉早已记熟,当下将每个泥人身外的泥粉油彩逐一剥落。果然每个泥人内都藏有一个木偶,神情或喜悦不禁,或痛哭流泪,或裂眦大怒,或慈和可亲,无一相同。木偶身上的运功线路,与泥人身上所绘全然有异。

那少年心想:"这些木偶如此有趣,我且照他们身上的线路练练功看。这个哭脸别练,似他这般哭哭啼啼的岂不难看?裂着嘴傻笑的也不好看，我照这个笑嘻嘻的木人儿来练。"当下盘膝坐定，将微笑的木偶放在面前几上，丹田中微微运气，便有一股暖洋洋的内息缓缓上升，他依着木偶身上所绘线路，引导内息通向各处穴道。

他却哪里知道，这些木偶身上所绘，是少林派前辈神僧所创的一套"罗汉伏魔神功"。每个木偶是一尊罗汉。这门神功集佛家内功之大成，深奥精微之极。单是第一步摄心归元，须得摒绝一切俗虑杂念，十万人中便未必有一人能做到。聪明伶俐之人总是思虑繁多，但若资质鲁钝，又弄不清其中千头万绪的诸种变化。

当年创拟这套神功的高僧深知世间罕有聪明、纯朴两兼其美的才士。空门中虽然颇有根器既利，又已修到不染于物欲的僧侣，但如去修练这门神功，势不免全心全意的"着于武功"，成为实证佛道的大障。佛法称"贪、瞋、痴"为三毒，贪财贪色固是贪，耽于禅悦、武功亦是贪。因此在木罗汉外敷以泥粉，涂以油彩，绘上了少林正宗的内功入门之道，以免后世之人见到木罗汉后不自量力的妄加修习，枉自送了性命，或者离开了佛法正道。

大悲老人知道这一十八个泥人是武林异宝，花尽心血方始到手，但眼见泥人身上所绘的内功法门平平无奇，虽经穷年累月的钻研，也找不到有甚宝贵之处。他既认定这是异宝，自然小心翼翼，不敢有半点损毁，可是泥人不损，木罗汉不现，一直至死也不明其中秘奥的所在。其实岂止大悲老人而已，自那位少林神僧以降，这套泥人已在十一个人手中流转过，个个战战兢兢，对十八个泥人周全保护，思索推敲，尽属徒劳。这十一人都是遗恨而终，将心中一个大疑团带入了黄土之中。

那少年天资聪颖，年纪尚轻，一生居于深山，世务一概不通，非纯朴不可，恰好合式。也幸好他清醒之后的当天，便即发现了神功秘要。否则帮主做得久了，耳濡目染，无非娱人声色，所作所为，尽是凶杀争夺，纵然天性良善，出污泥而不染，但心中思虑必多,那时再见到这一十八尊木罗汉,练这神功便非但无益,且是大大的有害了。

那少年体内水火相济,阴阳调合,内力已十分深厚,将这股内力依照木罗汉身上线路运行,一切窒滞处无不豁然而解。照着线路运行三遍,然后闭起眼睛,不看木偶而运功,只觉舒畅之极,又换了一个木偶练功。

他全心全意的沉浸其中,练完一个木偶,又是一个,于外界事物,全然的不闻不见,从天明到中午,从中午到黄昏,又从黄昏到次日天明。

侍剑初时怕他侵犯,只探头在房门口偷看,见他凝神练功,一会儿嘻嘻傻笑,过了一会却又愁眉苦脸,显是神智胡涂了,不禁担心,便蹑足进房。待见他接连一日一晚的练功,无止无休,心中早已忘了害怕,只是满心挂怀,出去睡上一两个时辰,又进来看他。

贝海石也在房外探视了数次,见他头顶白气氤氲,知他内功又练到了紧要关头,便吩咐下属在帮主房外加紧守备,谁也不可进去打扰。

待得那少年练完了十八尊木罗汉身上所绘的伏魔神功,已是第三日晨光熹微。他长长的舒了口气,将木偶放入盒中,合上盒盖,只觉神清气爽,内力运转,无不如意,却不知武林中一门希世得见的"罗汉伏魔神功"已有初步小成。本来练到这境界,少则五六年,多则数十年,决无一日一夜间便一蹴可至之理。只是他体内阴阳二气自然融合,根基早已培好,有如上游万顷大湖早积蓄了汪洋巨浸,这"罗汉伏魔神功"只不过将之导入正流而已。正所谓"水到渠成",他数年来苦练纯阴纯阳内力乃是贮水,此刻则是"渠成"了。

一瞥眼间,见侍剑伏在床沿之上,已然睡着了,于是跨下床来，其时中秋已过，八月下旬的天气，颇有凉意，见侍剑衣衫单薄，便将床上的一条锦被取过，轻轻盖在她身上。走到窗前，但觉一股清气，夹着园中花香扑面而来。忽听得侍剑低声道："少爷，少爷你……你别杀人了！"那少年回过头来，问道："你怎么老是叫我少爷？又叫我别杀人？"

侍剑睡得虽熟，但一颗心始终吊着，听得那少年说话，便即醒觉，拍拍自己心口，道："我……我好怕！"眼见床上没了人，回过头来，却见那少年立在窗口，不禁又惊又喜，笑道："少爷，你起来啦！你瞧，我……我竟睡着了。"站起身来，披在她肩头的锦被便即滑落。她大惊失色，只道睡梦中已被这轻薄无行的主人玷污了，低头看自身衣衫，却是穿得好好地，霎时间惊疑交集，颤声道："你……你……我……我……"

那少年笑道："你刚才说梦话，又叫我别杀人。难道你在梦中，也见到我杀人吗？"

侍剑听他不涉游词，心中略定，又觉自身一无异状，心道："是我错怪了他么？谢天谢地……"便道："是啊，我刚才做梦，见到你双手拿了刀子乱杀，杀得地下横七竖八的都是尸首，一个个都不……不……"说到这里，脸上一红，便即住口。她日有所见，夜有所梦，这一日两晚之中，在那少年床前所见的只是那一十八具裸身木偶，于是梦中见到的也是大批裸体男尸。那少年怎知情由，问道："一个个都不什么？"侍剑脸上又是一红，道："一个个都不……不是坏人。"

那少年问道："侍剑姊姊，我心中有许多事不明白，你跟我说，行不行？"侍剑微笑道："啊哟，怎地一场大病，把性格儿都病得变了？跟我们底下人奴才说话，也有什么姊姊、妹妹的。"那少年道："我便是不懂，怎么你叫我少爷，又说什么是奴才。那些老伯伯又叫我帮主。那位展大哥，却说我抢了他的妻子，到底是怎么一回事?"

侍剑向他凝视片刻,见他脸色诚挚,绝无开玩笑的神情,便道:"你有一日一夜没吃东西了,外边熬得有人参小米粥,我先装一碗给你吃。"

那少年给她一提,登觉腹中饥不可忍,道:"我自己去装好了,怎敢劳动姊姊?小米粥在哪里?"一嗅之下,笑道:"我知道啦。"大步走出房外。

他卧室之外又是一间大房,房角里一只小炭炉,炖得小米粥波波波的直响。那少年向侍剑瞧了一眼。侍剑满脸通红,叫道:"啊哟,小米粥炖糊啦。少爷,你先用些点心,我马上给你炖过。真糟糕,我睡得像死人一样。"

那少年笑道:"糊的也好吃,怕什么?"揭开锅盖,焦臭刺鼻,半锅粥已熬得快成焦饭了,拿起匙羹抄了一匙焦粥,便往口中送去。这人参小米粥本有苦涩之味,既未加糖,又煮糊了,自是苦上加苦。那少年皱一皱眉头,一口吞下,伸伸舌头,说道:"好苦!"却又抄了一匙羹送入口中,吞下之后,又道:"好苦!"

侍剑伸手去夺他匙羹,红着脸道:"糊得这样子,亏你还吃?"手指碰到他手背,那少年不肯将匙羹放手,手背肌肤上自然而然生出一股反弹之力。侍剑手指一震,急忙缩手。那少年却毫不知情,又吃了一匙苦粥。侍剑侧头相看,见他狼吞虎咽,神色滑稽古怪,显是吃得又苦涩,又香甜,忍不住抿嘴而笑,说道:"这也难怪,这些日子来,可真饿坏你啦。"

那少年将半锅焦粥吃了个锅底朝天。这人参小米粥虽煮得糊了,但粥中人参是上品老山参,实具大补之功,他不多时更是精神奕奕。

侍剑见他脸色红艳艳地,笑道:"少爷,你练的是什么功夫?我手指一碰到你手背,你便把人家弹了开去,脸色又变得这么好。"那少年道："我也不知是什么功夫,我是照着那些木人儿身上的线路练的。侍剑姊姊,我……我到底是谁？"侍剑又是一笑,道："你是真的记不起了,还是在说笑话？"

那少年搔了搔头,突然问："你见到我妈妈没有？"侍剑奇道："没有啊。少爷,我从来没听说你还有一位老太太。啊,是了,你一定很听老太太的话,因此近来性格儿也有些儿改了。"说着向他瞧了一眼,生怕他旧脾气突然发作,幸好一无动静。那少年道："妈妈的话自然要听。"叹了口气,道："不知道我妈妈到哪里去了。"侍剑道："谢天谢地,世界上总算还有人能管你。"

忽听门外有人朗声说道："帮主醒了么？属下有事启禀。"

那少年愕然不答,向侍剑低声问道："他是不是跟我说话？"侍剑道："当然是了,他说有事向你禀告。"那少年急道："你请他等一等。侍剑姊姊,你得先教教我才行。"

侍剑向他瞧了一眼,提高声音说道："外面是哪一位？"那人道："属下狮威堂陈冲之。"侍剑道："帮主吩咐,命陈香主暂候。"陈冲之在外应道："是。"

那少年向侍剑招招手,走进房内,低声问道："我到底是谁？"侍剑双眉微蹙,心间增忧,说道："你是长乐帮的帮主,姓石,名字叫破天。"那少年喃喃的道："石破天,石破天,原来我叫做石破天,那么我的名字不是狗杂种了。"

侍剑见他颇有忧色,安慰他道："少爷,你也不须烦恼。慢慢儿的,你会都记起来的。你是石破天石帮主,长乐帮的帮主,自然不是狗……自然不是！"

那少年石破天悄声问道："长乐帮是什么东西？帮主是干什么的？"

侍剑心道："长乐帮是什么东西,这句话倒不易回答。"沉吟道："长乐帮的人很多,像贝先生啦,外面那个陈香主啦,都是有大本领的人。你是帮主,大伙儿都要听你的话。"

石破天道:"那我跟他们说些什么话好?"侍剑道:"我是个小丫头,又懂得什么?少爷,你若是拿不定主意,不妨便问贝先生。他是帮里的军师,最是聪明不过的。"石破天道:"贝先生又不在这里。侍剑姊姊,你想那个陈香主有什么话跟我说?他问我什么,我一定回答不出。你……你还是叫他去罢。"侍剑道:"叫他回去,恐怕不大好。他说什么,你只须点点头就是了。"石破天喜道:"那倒不难。"

当下侍剑在前引路,石破天跟着她来到外面的一间小客厅中。只见一名身材极高的汉子倏地从椅上站了起来,躬身行礼,道:"帮主大好了!属下陈冲之问安。"

石破天躬身还了一礼,道:"陈……陈香主也大好了,我也向你问安。"

陈冲之脸色大变,向后连退了两步。他素知帮主倨傲无礼、残忍好杀,自己向他行礼问安,他居然也向自己行礼问安,显是杀心已动,要向自己下毒手了。陈冲之心中虽惊,但他是个武功高强、桀傲不驯的草莽豪杰,岂肯就此束手待毙?当下双掌暗运功力,沉声说道:"不知属下犯了第几条帮规?帮主若要处罚,也须大开香堂,当众宣告才成。"

石破天不明白他说些什么,惊讶道:"处罚?处罚什么?陈香主你说要处罚?"陈冲之气愤愤的道:"陈冲之对本帮和帮主忠心不贰,并无过犯,帮主何以累出讥刺之言?"石破天记起侍剑叫他遇到不明白时只管点头,慢慢再问贝海石不迟,当下便连连点头,"嗯"了几声,道:"陈香主请坐,不用客气。"陈冲之道:"帮主之前,焉有属下的坐位?"石破天又接连点头,说道:"是,是!"

两个人相对而立,登时僵着不语,你瞧着我,我瞧着你。陈冲之脸色是全神戒备而兼愤怒惶惧，石破天则是茫然而有困惑，却又带着温和的微笑。

按照长乐帮规矩，下属向帮主面陈机密之时，旁人不得在场，是以侍剑早已退出客厅，否则有她在旁，便可向陈冲之解释几句，说明帮主大病初愈，精神不振，陈香主不必疑虑。

石破天见茶几上放着两碗清茶，便自己左手取了一碗，右手将另一碗递过去。陈冲之既怕茶中有毒，又怕石破天乘机出手，不敢伸手去接，反退了一步，呛啷一声，一只瓷碗在地下摔得粉碎。石破天"啊哟"一声，微笑道："对不住，对不住！"将自己没喝过的茶又递给他，道："你喝这一碗罢！"

陈冲之双眉一竖，心道："反正逃不脱你的毒手，大丈夫死就死，又何必提心吊胆？"他知道帮主武功虽然不及自己，但若出手伤了他，万万逃不出长乐帮这龙潭虎穴，在贝大夫手下只怕走不上十招，那时死起来势必惨不可言，当下接过碗来，骨嘟嘟的喝干，将茶碗重重在茶几上一放，惨然说道："帮主如此对待忠心的下属，但愿长乐帮千秋长乐，石帮主长命百岁。"

石破天对"但愿石帮主长命百岁"这句话倒是懂的，只不知陈冲之这么说，乃是一句反话，也道："但愿陈香主也长命百岁。"

这句话听在陈冲之耳中，又变成了一句刻毒的讥刺。他嘿嘿冷笑，心道："我已命在顷刻，你却还说祝我长命百岁。"朗声道："属下不知何事得罪了帮主，既是命该如此，那也不必多说了。属下今日是来向帮主禀告：昨晚有两人擅闯总坛狮威堂，一个是四十来岁的中年汉子，另一个是二十七八岁的女子。两人都使长剑，武功似是凌霄城雪山派一路。属下率同部属出手擒拿，但两人剑法高明，给他们杀了三名兄弟。那年轻女子后来腿上中了一刀，这才被擒，那汉子却给逃走了，特向帮主领罪。"

石破天道："嗯，捉了个女的，逃了个男的。不知这两人来干什么?是来偷东西吗?"陈冲之道:"狮威堂倒没少了什么物事。"石破天皱眉道:"那两人凶恶得紧,怎地动不动便杀了三个人。"他好奇心起,道:"陈香主,你带我去瞧瞧那女子,好么?"

陈冲之躬身道:"遵命。"转身出厅,斗地动念:"我擒获的这女子相貌很美,年纪虽然大了几岁,容貌可真不错,帮主若是看上了,心中一喜,说不定便能把解药给我。"又想:"陈冲之啊陈冲之,石帮主喜怒无常,待人无礼,这长乐帮非你安身之所。今日若得侥幸活命,从此远走高飞,隐姓埋名,再也不来赶这趟浑水了。可是……可是脱帮私逃,那是本帮不赦的大罪,长乐帮便追到天涯海角,也放我不过,这便如何是好?"

石破天随着陈冲之穿房过户,经过了两座花园,来到一扇大石门前,见四名汉子手执兵刃,分站石门之旁。四名汉子抢步过来,躬身行礼,神色于恭谨之中带着惶恐。

陈冲之一摆手,两名汉子当即推开石门。石门之内另有一道铁栅栏,一把大铁锁锁着。陈冲之从身边取出钥匙亲自打开。进去后是一条长长的甬道,里面点着巨烛,甬道尽处又有四名汉子把守,再是一道铁栅。过了铁栅是一扇厚厚的石门,陈冲之开锁打开铁门,里面是间两丈见方的石室。

一个白衣女子背坐,听得开门之声,转过脸来。陈冲之将从甬道中取来的烛台放在进门处的几上,烛光照射到那女子脸上。

石破天"啊"的一声轻呼,说道:"姑娘是雪山派的寒梅女侠花万紫。"

那日侯监集上,花万紫一再以言语相激谢烟客。当时各人的言语石破天一概不懂,也不知"雪山派"、"寒梅女侠"等等是什么意思,只是他记心甚好,听人说过的话自然而然的便不会忘记。此刻相距侯监集之会已有七八年,花万紫面貌并无多大变化,石破天一见便即识得。

但石破天当时是个满脸泥污的小丐,今日服饰华丽,变成了个神采奕奕的高大青年,花万紫自然不识。她气愤愤的道:"你怎认得我?"

陈冲之听石破天一见到这女子立即便道出她的门派、外号、名字,不禁佩服:"这小子眼力过人,倒也有他的本事。"当即喝道:"这位是我们帮主,你说话恭敬些。"

花万紫吃了一惊,没想在牢狱之中竟会和这个恶名昭彰的长乐帮帮主石破天相遇。她和师哥耿万锺夜入长乐帮,为的是要查察石破天的身份来历。她素闻石破天好色贪淫,败坏过不少女子的名节,今日落入他手中,不免凶多吉少,不敢让他多见自己的容色,立即转头,面朝里壁,呛啷啷几下,发出铁器碰撞之声,原来她手上、脚上都戴了铐镣。

石破天只在母亲说故事之时听她说起过脚镣手铐,直至今日,方得亲见,问陈冲之道:"陈香主,这位花姑娘手上脚上那些东西,便是脚镣手铐么?"陈冲之不知这句问话是何用意,只得应道:"是。"石破天又问:"她犯了什么罪,要给她戴上脚镣手铐?"

陈冲之恍然大悟,心道:"原来帮主怪我得罪了花姑娘,是以才向我痛下毒手。可须得赶快设法补救才是。男子汉大丈夫,为一个女子而枉送性命,可真是冤了。"忙道:"是,是,属下知罪。"忙从衣袋中取出钥匙,替花万紫打开了铐镣。

花万紫手足虽获自由,只有更增惊惶,一时间手足颤抖。她武功固然不弱,智谋胆识亦殊不在一般武林豪士之下,倘若石破天以死相胁,她非但不会皱一皱眉头,还会侃侃而言,直斥其非,可是耳听得他反而出言责备擒住自己的陈香主,显然在向自己卖好,意存不轨。她一生守身如玉,想到石破天的恶名,当真是不寒而栗,拼命将面庞挨在冰冷的石壁之上,心中只是想:"不知是不是那小子？我只须仔细瞧他几眼，定能认得出来。"但说什么也不敢转头向石破天脸上瞧去。

陈冲之暗自调息，察觉喝了"毒茶"之后体内并无异样，料来此毒并非十分厉害，当可有救，自须更进一步向帮主讨好，说道："咱们便请花姑娘同到帮主房中谈谈如何？这里地方又黑又小，无茶无酒，不是款待贵客的所在。"

石破天喜道："好啊，花姑娘，我房里有燕窝吃，味道好得很，你去吃一碗罢。"花万紫颤声道："不去！不去吃！"石破天道："味道好得很呢，去吃一碗罢！"花万紫怒道："你要杀便杀，姑娘是堂堂雪山派的传人，决不向你求饶。你这恶徒无耻已极，竟敢有非份之想，我宁可一头撞死在这石屋之中，也决不……决不到你房中。"

石破天奇道："倒像我最爱杀人一般，真是奇怪，好端端地，我又怎敢杀你了？你不爱吃燕窝也就罢了。想来你爱吃鸡鸭鱼肉什么的。陈香主，咱们有没有？"陈冲之道："有，有，有！花姑娘爱吃什么，只要是世上有的，咱们厨房里都有。"花万紫"呸"了一声，厉声道："姑娘宁死也不吃长乐帮中的食物，没的玷污了嘴。"石破天道："那么花姑娘喜欢自己上街去买来吃的了？你有银子没有？若是没有，陈香主你有没有，送些给她好不好？"

陈冲之和花万紫同时开口说话，一个道："有，有，我这便去取。"一个道："不要，不要，死也不要。"

石破天道："想来你自己有银子。陈香主说你腿上受了伤，本来我们可以请贝先生给你瞧瞧，你既然这么讨厌长乐帮，那么你到街上找个医生治治罢，流多了血，恐怕不好。"

花万紫决不信他真有释放自己之意，只道他是猫玩耗子，故意戏弄，气愤愤的道："不论你使什么诡计，我才不上你的当呢。"

石破天大感奇怪，道："这间石屋子好像监牢一样，在这里有什么好玩？我虽没见过监牢，我妈妈讲故事时说的监牢，就跟这间屋子差不多。花姑娘，你还是快出去罢。"

花万紫听他这几句话不伦不类，什么"我妈妈讲故事"云云，不知是何意思，但释放自己之意倒似不假，哼了一声，说道："我的剑呢，还我不还？"心想："若有兵刃在手，这石破天如对我无礼，纵然斗他不过，总也可以横剑自刎。"

陈冲之转头瞧帮主的脸色。石破天道："花姑娘是使剑的，陈香主，请你还了她，好不好？"陈冲之道："是，是，剑在外面，姑娘出去，便即奉上。"

花万紫心想总不能在这石牢中耗一辈子，只有随机应变，既存了必死之心，什么也不怕了，当下霍地立起，大踏步走了出去。石陈二人跟在其后。穿过甬道、石门，出了石牢。

陈冲之要讨好帮主，亲自快步去将花万紫的长剑取了来，递给帮主。石破天接过后，转递给花万紫。花万紫防他递剑之时乘机下手，当下气凝双臂，两手倏地探出，连鞘带剑，呼的一声抓了过去。她取剑之时，右手搭住了剑柄，长剑抓过，剑锋同时出鞘五寸，凝目向石破天脸上瞧去，突然心头一震："是他，便是这小子，决计错不了！"

陈冲之知她剑法精奇，恐她出剑伤人，忙回手从身后一名帮众手中抢过一柄单刀。

石破天道："花姑娘，你腿上的伤不碍事罢？若是断了骨头，我倒会给你接骨，就像给阿黄接好断腿一样。"

这句话言者无心，听者有意，花万紫见他目光向自己腿上射来，登时脸上一红，斥道："轻薄无赖，说话下流。"石破天奇道："怎么？这句话说不得么？我瞧瞧你的伤口。"他一派天真烂漫，全无机心，花万紫却认定他在调戏自己，刷的一声，长剑出鞘，喝道："姓石的，你敢走上一步，姑娘跟你拼了。"剑尖上青光闪闪,对准了石破天的胸膛。

陈冲之笑道:"花姑娘,我帮主年少英俊,他瞧中了你,是你大大的福份。天下也不知有多少年青美貌的姑娘,想陪我帮主一宵也不可得呢。"

花万紫脸色惨白,一招"大漠飞沙",剑挟劲风,向石破天胸口刺去。

石破天此时虽然内力浑厚,于临敌交手的武功却从来没学过,眼见花万紫利剑刺到,心慌意乱之下,立即转身便逃。幸好他内功极精,虽是笨手笨脚的逃跑,却也自然而然的快得出奇,呼的一声,已逃出了数丈以外。

花万紫没料到他竟会转身逃走,而瞧他几个起落,便如飞鸟急逝,姿式虽然十分难看,但轻功之佳,实是生平所未睹,一时不由得呆了,怔怔的站在当地,说不出话来。

石破天站在远处,双手乱摇,道:"花姑娘,我怕了你啦,你怎么动不动便出剑杀人?好啦,你爱走便走,爱留便留,我……我不跟你说话了。"他猜想花万紫要杀自己,必有重大原由,自己不明其中关键,还是去问侍剑的为是,当下转身便走。

花万紫更是奇怪,朗声道:"姓石的,你放我出去,是不是?是否又在外伏人阻拦?"石破天停步转身,奇道:"我拦你干什么?一个不小心,给你刺上一剑,那可糟了。"

花万紫听他这么说,心下将信将疑,兀自不信他真的不再留难自己,心想:"且不理他有何诡计,只有走一步,算一步了。"向他狠狠瞪了一眼,心中又道:"果然是你!你这小子对雪山派胆敢如此无礼。"转身便行,腿上伤了,走起来一跛一拐,但想跟这恶贼远离一步,便多一分安全,当下强忍腿伤疼痛,走得甚快。

陈冲之笑道:"长乐帮总舵虽不成话,好歹也有几个人看守门户,花姑娘说来便来,说去便去,难道当我们都是酒囊饭袋么?"

花万紫止步回身,柳眉一竖,长剑当胸,道:"依你说便怎地?"陈冲之笑道:"依我说啊,还是由陈某护送姑娘出去为妙。"花万紫寻思:"在他檐下过,不得不低头。这次只怪自己太过莽撞,将对方瞧得忒也小了,以致失手。当真要独自闯出这长乐帮总舵去,只怕确实不大容易。眼下暂且忍了这口气,日后邀集师兄弟们大举来攻,再雪今日之辱。"低声道:"如此有劳了。"

陈冲之向石破天道:"帮主,属下将花姑娘送出去。"低声道:"当真是让她走,还是到了外面之后,再擒她回来?"石破天奇道:"自然当真送她走。再擒回来干什么?"陈冲之道:"是,是。"心道:"准是帮主嫌她年纪大了,瞧不上眼。其实这姑娘雪白粉嫩,倒挺不错哪!帮主既看不中,便也不用跟她太客气了。"对花万紫道:"走罢!"

石破天见花万紫手中利剑青光闪闪,有些害怕,不敢多和她说话,陈冲之愿送她出门,那是再好不过,当即觅路自行回房。一路上遇到的人个个闪身让在一旁,神态十分恭谨。

石破天回到房中,正要向侍剑询问花万紫何以被陈香主关在牢里,何以她又要挺剑击刺自己,忽听得门外守卫的帮众传呼:"贝先生到。"

石破天大喜,快步走到客厅,向贝海石道:"贝先生,刚才遇到了一件奇事。"当下将见到花万紫的情形说了一遍。

贝海石点点头,脸色郑重,说道:"帮主,属下向你求个情。狮威堂陈香主向来对帮主恭顺,于本帮又有大功,请帮主饶了他性命。"石破天奇道:"饶他性命?为什么不饶他性命?他人很好啊,贝先生,要是他生了什么病,你就想法子救他一救。"贝海石大喜,深深一揖,道:"多谢帮主开恩。"当即匆匆而去。

原来陈冲之送走花万紫后,即去请贝海石向帮主求情,赐给解药。贝海石翻开他眼皮察看,又搭他脉搏,知他中毒不深,心想:"只须帮主点头,解他这毒易如反掌。"他本来想石帮主既已下毒,自不允轻易宽恕,此人年纪轻轻,出手如此毒辣,倒是一层隐忧,不料一开口就求得了赦令,既救了朋友,又替帮中保留一份实力。这石帮主对自己言听计从,不难对付,日后大事到来,当可依计而行,谅无变故,其喜可知。

贝海石走后,石破天便向侍剑问起种种情由,才知当地名叫镇江,地当南北要冲,是长乐帮总舵的所在。他石破天是长乐帮的帮主,下分内三堂、外五堂,统率各路帮众。帮中高手如云,近年来好生兴旺,如贝海石这等大本领的人物都投身帮中,可见得长乐帮的声势实力当真非同小可。至于长乐帮在江湖上到底干些什么事,跟雪山派有什么仇嫌,侍剑只是个妙龄丫鬟,却也说不上来。

石破天只听得一知半解,他人虽聪明,究竟所知世务太少,于这中间的种种关键过节,无法串连得起来,沉吟半晌,说道:"侍剑姊姊,你们定是认错人了。我既然不是做梦,那个帮主便一定另外有个人。我只是个山中少年,哪里是什么帮主了。"

侍剑笑道:"天下就算有容貌相同之人,也没像到这样子的。少爷,你最近练功夫,恐怕是震……震动了头脑,我不跟你多说啦,你休息一会儿,慢慢的便都记得起来了。"

石破天道:"不,不!我心中有许多疑惑不解之事,都要问你。侍剑姊姊,你为什么要做丫鬟?"侍剑眼圈儿一红,道:"做丫鬟,难道也有人情愿的么?我自幼父母都去世了,无依无靠,有人收留了我,过了几年,将我卖到长乐帮来。窦总管要我服侍你,我只好服侍你啦。"石破天道:"如此说来,你是不愿意的了。那你去罢,我也不用人服侍,什么事我自己都会做。"

侍剑急道:"我举目无亲的,叫我到哪里去?窦总管知道你不要我服侍,一定怪我不尽心,非将我打死不可。"石破天道:"我叫他不打你便是。"侍剑道："你病还没好，我也不能就这么走了。再说，只要你不欺侮我，少爷，我是情愿服侍你的。"石破天道："你不愿走，那也很好，其实我心里也盼望你别走。我怎会欺侮你？我是从来不欺侮人的。"

侍剑又是好气，又是好笑，抿嘴说："你这么说，人家还道咱们的石大帮主当真改邪归正了。"见他一本正经的全无轻薄油滑之态，虽想这多半是他一时高兴，故意做作，但瞧着终究欢喜。

石破天沉吟不语，心想："那个真的石帮主看来是挺凶恶的，既爱杀人，又爱欺侮人，个个见了他害怕。他还去抢人家妻子，可不知抢来干什么？要她煮饭洗衣吗？我……我可到底怎么办呢？唉，明天还是向贝先生说个明白，他们定是认错人了。"心中思潮起伏，一时觉得做这帮主，人人都听自己的话，倒也好玩；一时又觉冒充别人，当那帮主回来之后，一定大发脾气，说不定便将自己杀了，可又危险得紧。

傍晚时分，厨房中送来八色精致菜肴，侍剑服侍他吃饭。石破天要她坐下来一起吃，侍剑胀红了脸，说什么也不肯。石破天只索罢了，津津有味的直吃了四大碗饭。

他用过晚膳，又与侍剑聊了一阵，问东问西，问这问那，几乎没一样事物不透着新奇。眼见天色全黑，仍无放侍剑出房之意。侍剑心想这少爷不要故态复萌，又起不轨之意，便即告别出房，顺手带上了房门。

石破天坐在床上，左右无事，便照十八个木偶身上的线路经脉又练了一遍功夫。

万籁俱寂之中，忽听得窗格上得得得响了三下。石破天睁开眼来，只见窗格缓缓推起，一只纤纤素手伸了进来，向他招了两招，依稀看到皓腕尽处的淡绿衣袖。

石破天心中一动,记起那晚这个瓜子脸儿、淡绿衣衫的少女,一跃下床,奔到窗前,叫道:"姊姊!"窗外一个清脆的声音啐了一口,道:"怎么叫起姊姊啦,快出来罢!"

石破天推开窗子,跨了出去,眼前却无人影,正诧异间,突然眼前一黑,只觉一双温软的手掌蒙住了自己眼睛,背后有人格格一笑,跟着鼻中闻到一阵兰花般的香气。

石破天又惊又喜,知道那少女在和他闹着玩,他自幼在荒山之中,枯寂无伴,只有一条黄狗作他的游侣,此刻突然有个年轻人和他闹玩,自是十分开心。他反手抱去,道:"瞧我不捉住了你。"哪知他反手虽快,那少女却滑溜异常,这一下竟抱了个空。只见花丛中绿衫闪动,石破天抢上去伸手抓出,却抓到了满手玫瑰花刺,忍不住"啊"的一声叫了出来。

那少女从前面紫荆花树下探头出来,低声笑道:"傻瓜,别作声,快跟我来。"石破天见她身形一动,便也跟随在后。

那少女奔到围墙脚边,正要涌身上跃,黑暗中忽有两人闻声奔到,一个手持单刀,一个拿着两柄短斧,在那少女身前一挡,喝道:"站住!什么人?"便在这时,石破天已跟着过来。那二人是在花园中巡逻的帮众,一见到石破天和她笑嘻嘻的神情,忙分两边退下,躬身说道:"属下不知是帮主的朋友,得罪莫怪。"跟着向那少女微微欠身,表示陪礼之意。那少女向他们伸了伸舌头,向石破天一招手,飞身跳上了围墙。

石破天知道这么高的围墙自己可万万跳不上去,但见那少女招手,两个帮众又是眼睁睁的瞧着自己,总不能叫人端架梯子来爬将上去,当下硬了头皮,双脚一登,往上便跳,说也奇怪,脚底居然生出一股不知从何而来的力道,呼的一声,身子竟没在墙头停留,轻轻巧巧的便越墙而过。

那两名帮众吓了一跳,大声赞道:"好功夫!"跟着听得墙外砰的一声，有什么重物落地，却原来石破天不知落地之法，竟然摔了一交。那两名帮众相顾愕然，不知其故，自然万万想不到帮主轻功如此神妙，竟会摔了个姿势难看之极的仰八叉。

那少女却在墙头看得清清楚楚，吃了一惊，见他摔倒后一时竟不爬起，忙纵身下墙，伸手去扶，柔声道："天哥，怎么啦？你病没好全，别逞强使功。"伸手在他胁下，将他扶了起来。石破天这一交摔得屁股好不疼痛，在那少女扶持之下，终于站起。那少女道："咱们到老地方去，好不好？你摔痛了么？能不能走？"

石破天内功深湛，刚才这一交摔得虽重，片刻间也就不痛了，说道："好！我不痛啦，当然能走！"

那少女拉着他的右手，问道："这么多天没见到你，你想我不想？"微微仰起了头，望着石破天的眼睛。

石破天眼前出现了一张清丽白腻的脸庞，小嘴边带着俏皮的微笑，月光照射在她明澈的眼睛之中，宛然便是两点明星，鼻中闻到那少女身上发出的香气，不由得心中一荡，他虽于男女之事全然不懂，但一个二十岁的青年，就算再傻，身当此情此景，对一个美丽的少女自然而然会起爱慕之心。他呆了一呆，说道："那天晚上你来看我，可是随即就走了。我时时想起你。"

那少女嫣然一笑，道："你失踪这么久，又昏迷了这许多天，可不知人家心中多急。这两天来，每天晚上我仍是来瞧你，你不知道？我见你练功练得起劲，生怕打扰了你的疗伤功课，没敢叫你。"

石破天喜道："真的么？我可一点不知道。好姊姊，你……你为什么对我这样好？"

那少女突然间脸色一变，摔脱了他的手，嗔道："你叫我什么？我……我早猜到你这么久不回来，定在外边跟什么……什么……坏女人在一起，哼！你叫人家'好姊姊'叫惯了，顺口便叫到我身上来啦！"她片刻之前还是言笑晏晏，突然间变得气恼异常，石破天愕然不解，道："我……我……"

那少女听他不自辩解，更加恼了，一伸手便扯住了他右耳，怒道："这些日子中，你到底和哪个贱女人在一起？你是不是叫她作'好姊姊'？快说！快说！"她问一句"快说"，便用力扯他一下耳朵，连问三句，手上连扯三下。

石破天痛得大叫"啊哟"，道："你这么凶，我不跟你玩啦！"那少女又是用力扯他的耳朵，道："你想撇下我不理么？可没这么容易。你跟哪个女人在一起？快说！"石破天苦着脸道："我是跟一个女人在一起啊，她睡在我的房里……"那少女大怒，手中使劲，登时将石破天的耳朵扯出血来，尖声道："我这就去杀死她。"

石破天惊道："哎，哎，那是侍剑姊姊，她煮燕窝、煮人参小米粥给我吃，虽然小米粥煮得糊了，苦得很，可是她人很好啊，你……你可不能杀她。"

那少女两行眼泪本已从脸颊上流了下来，突然破涕为笑，"呸"的一声，用力又将他的耳朵一扯，说道："我道是哪个好姊姊，原来你说的是这个臭丫头。你骗我，油嘴滑舌的，我才不信呢。这几日每天晚上我都在窗外看你，你跟这臭丫头倒是规规矩矩的，算你乖！"伸过手去，又去碰他的耳朵。

石破天吓了一跳，侧头想避，那少女却用手掌在他耳朵上轻轻的揉了几下，笑问："天哥，你痛不痛？"石破天道："自然痛的。"那少女笑道："活该你痛，谁叫你骗人？又古里古怪的叫我什么'好姊姊'！"石破天道："我听妈说，叫人家姊姊是客气，难道我叫错你了么？"

那少女横了他一眼道："几时要你跟我客气了？好罢，你心中不服气，我也把耳朵给你扯还就是了。"说着侧过了头，将半边脸凑了过去。石破天闻到她脸上幽幽的香气，提起手来在她耳朵上捏了几下，摇头道："我不扯。"问道："那么我叫你什么才是？"那少女嗔道："你从前叫我什么？难道连我名字也忘了？"

石破天定了定神，正色道："姑娘，我跟你说，你认错了人，我不是你的什么天哥。我不是石破天，我是狗杂种。"

那少女一呆，双手按住了他的肩头，将他身子扳转了半个圈，让月光照在他的脸上，向他凝神瞧了一会，哈哈大笑，道："天哥，你真会开玩笑，刚才你说得真像，可给你吓了一大跳，还道真的认错人。咱们走罢！"说着拉了他手，拔步便行。石破天急道："我不是开玩笑，你真的认错了人。你瞧，我连叫你什么也不知道。"

那少女止步回身，右手拉住了他的左手，笑靥如花，说道："好啦，你定要扯足了顺风旗才肯罢休，我便依了你。我姓丁名珰，你一直便叫我'叮叮当当'。你记起来了吗？"几句话说完，蓦地转身，飞步向前急奔。

石破天被她一扯之下，身子向前疾冲，脚下几个踉跄，只得放开脚步，随她狂奔，初时气喘吁吁的十分吃力，但急跑了一阵，内力调匀，脚下越来越轻，竟似全然不用费力。

也不知奔出了多少路，只见眼前水光浮动，已到了河边，丁珰拉着他手，轻轻一纵，跃上泊在河边的一艘小船船头。石破天还不会运内力化为轻功，砰的一声，重重落在船头，船旁登时水花四溅，小船不住摇晃。

丁珰"啊"的一声叫，笑道："瞧你的，想弄个船底朝天么？"提起船头竹篙，轻轻一点，便将小船荡到河心。

月光照射河上，在河心映出个缺了一半的月亮。丁珰的竹篙在河中一点，河中的月亮便碎了，化成一道道的银光，小船向前荡了出去。

石破天见两岸都是杨柳，远远望出去才有疏疏落落的几家人家，夜深人静，只觉一阵阵淡淡香气不住送来，是岸上的花香？还是丁珰身上的芬芳？

小船在河中转了几个弯，进了一条小港，来到一座石桥之下，丁珰将小船缆索系在桥旁杨柳枝上。水畔杨柳茂密，将一座小桥几乎遮满了，月亮从柳枝的缝隙中透进少许，小船停在桥下，真像是间天然的小屋一般。

石破天赞道："这地方真好，就算是白天，恐怕人家也不知道这里有一艘船停着。"丁珰笑道："怎么到今天才赞好？"钻入船舱取出一张草席，放在船头，又取两副杯筷，一把酒壶，笑道："请坐，喝酒罢！"再取几盘花生、蚕豆、干肉，放在石破天面前。

石破天见丁珰在杯中斟满了酒，登时酒香扑鼻。谢烟客并不如何爱饮酒，只偶尔饮上几杯，石破天有时也陪着他喝些，但喝的都是白酒，这时取了丁珰所斟的那杯酒来，月光下但见黄澄澄、红艳艳地，一口饮下，一股暖气直冲入肚，口中有些辛辣，有些苦涩。丁珰笑道："这是二十年的绍兴女儿红，味道可还好么？"

石破天正待回答，忽听得头顶一个苍老的声音说道："二十年的绍兴女儿红，味儿岂还有不好的？"

拍的一声，丁珰手中酒杯掉上船板，酒水溅得满裙都是。酒杯骨溜溜滚开，咚的一响，掉入了河中。她花容失色，全身发颤，拉住了石破天的手，低声道："我爷爷来啦！"

石破天抬头向声音来处瞧去，只见一双脚垂在头顶，不住晃啊晃的，显然那人是坐在桥上，双脚从杨枝中穿下，只须再垂下尺许，便踏到了石破天头上。那双脚上穿着白布袜子，绣着寿字的双梁紫缎面鞋子。鞋袜都十分干净。

只听头顶那苍老的声音道："不错，是你爷爷来啦。死丫头，你私会情郎，也就罢了。怎么将我辛辛苦苦弄来的二十年的女贞陈绍，也偷出来给情郎喝？"丁珰强作笑容，说道："他……他不是什么情郎,只不过是个……是个寻常朋友。"那老者怒道:"呸,寻常朋友,也抵得你待他这么好?连爷爷的命根子也敢偷?小贼,你给我滚出来,让老头儿瞧瞧,我孙女儿的情郎是怎么一个丑八怪。"

丁珰左手捏住石破天右手手掌,右手食指在他掌心写字,嘴里说道:"爷爷,这个朋友又蠢又丑,爷爷见了包不喜欢。我偷的酒,又不是特地给他喝的,哼,他才不配呢,我是自己爱喝酒,随手抓了一个人来陪陪。"

她在石破天掌心中划的是"千万别说是长乐帮主"九个字,可是石破天的母亲没教他识字读书,谢烟客更没教他识字读书,他连一个"一"字也不识得,但觉到她在自己掌心中乱搔乱划,不知她搞什么花样,痒痒的倒也好玩,听到她说自己"又蠢又丑",又是不配喝她的酒,不由得有气,将她的手一摔,便摔开了。

丁珰立即又伸手抓住了他手掌,写道:"有性命之忧,一定要听话",随即用力在他掌上捏了几下,像是示意亲热,又像是密密叮嘱。

石破天只道她跟自己亲热,心下只是欢喜,自是不明所以,只听头顶的老者说道:"两个小家伙都给我滚上来。阿珰,爷爷今天杀了几个人啦?"

丁珰颤声道:"好像……好像只杀了一个。"

石破天心想:"我撞来撞去这些人,怎么口口声声的总是将'杀人'两字挂在嘴边?"

只听得头顶桥上那老者说道:"好啊,今天我还只杀了一个,那么还可再杀两人。再杀两个人来下酒,倒也不错。"

石破天心想:"杀人下酒,这老公公倒会说笑话?"突觉丁珰握着自己的手松了,眼前一花,船头上已多了一个人。

只见这人须发皓然,眉花眼笑,是个面目慈祥的老头儿,但与他目光一触,登时不由自主的机伶伶打个冷战,这人眼中射出一股难以形容的凶狠之意,叫人一见之下,便浑身感到一阵寒意,几乎要冷到骨髓中去。

这老人嘻嘻一笑,伸手在石破天肩头一拍,说道:"好小子,你口福不小,喝了爷爷的二十年女贞陈绍!"他只这么轻轻一拍,石破天肩头的骨骼登时格格的响了好一阵,便似已尽数碎裂一般。

丁珰大惊,伸手攀住了那老人的臂膀,求道:"爷爷,你……你别伤他。"

那老人这么随手一拍,其实掌上已使了七成力道,本拟这一拍便将石破天连肩带臂、骨骼尽数拍碎,哪知手掌和他肩膀相触,立觉他肩上生出一股浑厚沉稳的内力,不但护住了自身,还将手掌向上一震,自己若不是立时加催内力,手掌便会向上弹起,当场便要出丑。那老人心中的惊讶实不在丁珰之下,又是嘻嘻一笑,说道:"好,好,好小子,倒也配喝我的好酒。阿珰,斟几杯酒上来,是爷爷请他喝的,不怪你偷酒。"

丁珰大喜,素知爷爷目中无人,对一般武林高手向来都殊少许可,居然一见石破天便请他喝酒,实是大出意料之外。她对石破天情意缠绵,原认定他英雄年少,世间无双,爷爷垂青赏识,倒也丝毫不奇,只是听爷爷刚才的口气,出手便欲杀人,怎么一见面便转了口气,可见石郎英俊潇洒,连爷爷也为之倾倒。她一厢情愿,全不想到石破天适才其实已然身遭大难,她爷爷所以改态,全因察觉了对方内力惊人之故,他于这小子的什么"英俊潇洒",那是丝毫没放在心上。何况石破天相貌虽然不丑,也不见得如何英俊,"潇洒"二字,更跟他沾不上半点边儿。当下丁珰喜孜孜的走进船舱,又取出两只酒杯,先斟了一杯给爷爷,再给石破天斟上一杯,然后自己斟了一杯。

那老人道:"很好,很好!你这娃娃既然给我阿珰瞧上了,定然有点来历。你叫什么名字？"石破天道："我……我……我……"这时他已知"狗杂种"三字是骂人的言语，对熟人说了倒也不妨，跟陌生人说起来却有些不雅，但除此之外更无旁的名字，因此连说三个"我"字，竟不能再接下去。那老人怫然不悦，道："你不敢跟爷爷说么？"石破天昂然道："那又有什么不敢？只不过我的名字不大好听而已。我名叫狗杂种。"

那老人一怔，突然间哈哈大笑，声音远远传了出去，笑得白胡子四散飞动，笑了好半晌，才道："好，好，好，小娃娃的名字很好。狗杂种！"

石破天应道："嗯，爷爷叫我什么事？"

丁珰启齿微笑，瞧瞧爷爷，又瞧瞧石破天，秋波流转，妩媚不胜。她听到石破天自然而然的叫她的爷爷为"爷爷"，那是承认和她再也不分彼此；又想："我在他掌中写字，要他不可吐露身份，他居然全听了我的。以他堂堂帮主之尊，竟肯自认'狗杂种'，为了我如此委屈，对我钟情之深，实已到了极处。"

那老人也是心中大喜，连呼："好，好！"自己一叫"狗杂种"，石破天便即答应，这么一个身负绝技的少年居然在自己面前服服贴贴，不敢有丝毫倔强，自是令他大为得意。

那老人道："阿珰，爷爷的名字，你早已跟你情郎说了罢？"

丁珰摇摇头，神态甚是忸怩，道："我还没说。"

那老人脸一沉，说道："你对他到底是真好还是假好，为什么连自己的身份来历也不跟他说？说是假好罢，为什么偷了爷爷二十年陈绍给他喝不算，接连几天晚上，将爷爷留作救命之用的'玄冰碧火酒'，也拿去灌在这小子的口里？"越说语气越严峻，到后来已是声色俱厉，那"玄冰碧火酒"五字，说来更是一字一顿，同时眼中凶光大盛。石破天在旁看着，也不禁栗栗危惧。

丁珰身子一侧，滚在那老人的怀里，求道："爷爷，你什么都知道了,饶了阿珰罢。"那老人冷笑道:"饶了阿珰?你说说倒容易。你可知道'玄冰碧火酒'效用何等神妙,给你这么胡乱糟蹋了,可惜不可惜?"

丁珰道:"阿珰给爷爷设法重行配制就是了。"那老人道:"说来倒稀松平常。倘若说配制便能配制,爷爷也不放在心上了。"丁珰道:"我见他一会儿全身火烫,一会儿冷得发颤,想起爷爷的神酒兼具阴阳调合之功,才偷来给他喝了些,果然很有些效验。这么一喝再喝,不知不觉间竟让他喝光了。爷爷将配制的法门说给阿珰听,我偷也好,抢也好,定去给爷爷再配几瓶。"那老人道:"几瓶?哈哈,几瓶?等你头发白了,也不知是否能找齐这许多珍贵药材,给我配上一瓶半瓶。"

石破天听着他祖孙二人的对答,这才恍然,原来自己体内寒热交攻、昏迷不醒之际,丁珰竟然每晚偷了她爷爷珍贵之极的什么"玄冰碧火酒"来喂给自己服食,自己所以得能不死,多半还是她喂酒之功,那么她于自己实有救命的大恩,耳听得那老人逼迫甚紧,便道:"爷爷,这酒既是我喝的,爷爷便可着落在我身上讨还。我一定去想法子弄来还你,若是弄不到,只好听凭你处置了。你可别难为叮叮当当。"

那老人嘻嘻一笑,道:"很好,很好!有骨气。这么说,倒还有点意思。阿珰,你为什么不将自己的身份说给他听。"丁珰脸现尴尬之色,道:"他……他一直没问我,我也就没说。爷爷不必疑心,这中间并无他意。"那老人道:"没有他意吗?我看不见得。只怕这中间大有他意,有些大大的他意。小丫头的心事,爷爷岂有不知?你是真心真意的爱上了他,只盼这小子娶你为妻,但若将自己的姓名说了出来啊,哼哼,那就非将这小子吓得魂飞魄散不可,因此上你只要能瞒得一时,便是一时。哼,你说是也不是?"

那老人这番话,确是猜中了丁珰的心事。他武功高强,杀人不眨眼，江湖上人物闻名丧胆，个个敬而远之，不愿跟他打什么交道，他却偏偏要人家对他亲热，只要对方稍现畏惧或是厌恶，他便立下杀手。丁珰好生为难，心想自己的心事爷爷早已一清二楚，若是说谎，只有更惹他恼怒，将事情弄到不可收拾。但若把爷爷的姓名说了出来，十九会将石郎吓得从此不敢再与自己见面，那又怎生是好？霎时间忧惧交集，既怕爷爷一怒之下杀了石郎，又怕石郎知道了自己来历，这份缠绵的情爱就此化作流水，不论石郎或死或去，自己都不想活了，颤声道："爷爷，我……我……"

那老人哈哈大笑，说道："你怕人家瞧咱们不起，是不是？哈哈，丁老头威震江湖，我孙女儿居然不敢提她祖父名字，非但不以爷爷为荣，反以爷爷为耻，哈哈，好笑之极。"双手捧腹，笑得极是舒畅。

丁珰知道危机已在顷刻，素知爷爷对这"玄冰碧火酒"看得极重，自己既将这酒偷去救石郎的性命，又不敢提爷爷名字，他如此大笑，心中实已恼怒到了极点，当下咬了咬唇皮，向石破天道："天哥，我爷爷姓丁。"

石破天道："嗯，你姓丁，爷爷也姓丁。大家都姓丁，丁丁丁的，倒也好听。"

丁珰道："他老人家的名讳上'不'下'三'，外号叫做那个……那个……'一日不过三'！"

她只道"一日不过三"丁不三的名号一出口，石破天定然大惊失色，一颗心卜卜的跳个不住，目不转睛的瞧着他。

哪知石破天神色自若，微微一笑，道："爷爷的外号很好听啊。"

丁珰心头一震，登时大喜，却兀自不放心，只怕他说的是反话，问道："为什么你说很好听？"

石破天道："我也说不上为什么，只觉得好听。'一日不过三',有趣得很。"

丁珰斜眼看爷爷时,只见他捋胡大乐,伸手在石破天肩头又是一掌,这一掌中却丝毫未用内力,摇头晃脑的道:"你是我生平的知己,好得很。旁人听到了我'一日不过三'的名头,卑鄙的便歌功颂德,胆小的则心惊胆战,向我戟指大骂的狂徒倒也有几个,只有你这小娃娃不动声色,反而赞我外号好听。很好,小娃娃,爷爷要赏你一件东西。让我想想看,赏你什么最好。"

他抱着膝头,呆呆出神,心想:"老子当年杀人太多,后来改过自新,定下了规矩,一日之中杀人不得超过三名。这样一来便有了节制,就算日日都杀三名,一年也不过一千,何况往往数日不杀,杀起来或许也只一人二人。好比那日杀雪山派弟子孙万年、褚万春,就只两个而已。这'一日不过三'的外号自然大有道理,只可惜江湖上的家伙都不明白其中的妙处。这少年对我不摆架子,不拍马屁,已然十分难得,那也罢了,而他听到了老子的名号之后,居然十分欢喜。老子年逾六十,什么人没见过?是真是假,一眼便知,这小子说我名号好听,可半点不假。"沉吟半晌,说道:"爷爷有三件宝贝,一是'玄冰碧火酒',已经给你喝了,那是要还的,不算给你。第二宝是爷爷的一身武功。娃娃学了自然大有好处。第三宝呢,就是我这个孙女儿阿珰了。这两件宝物可只能给一件。你是要学我武功呢,还是要我的阿珰?"

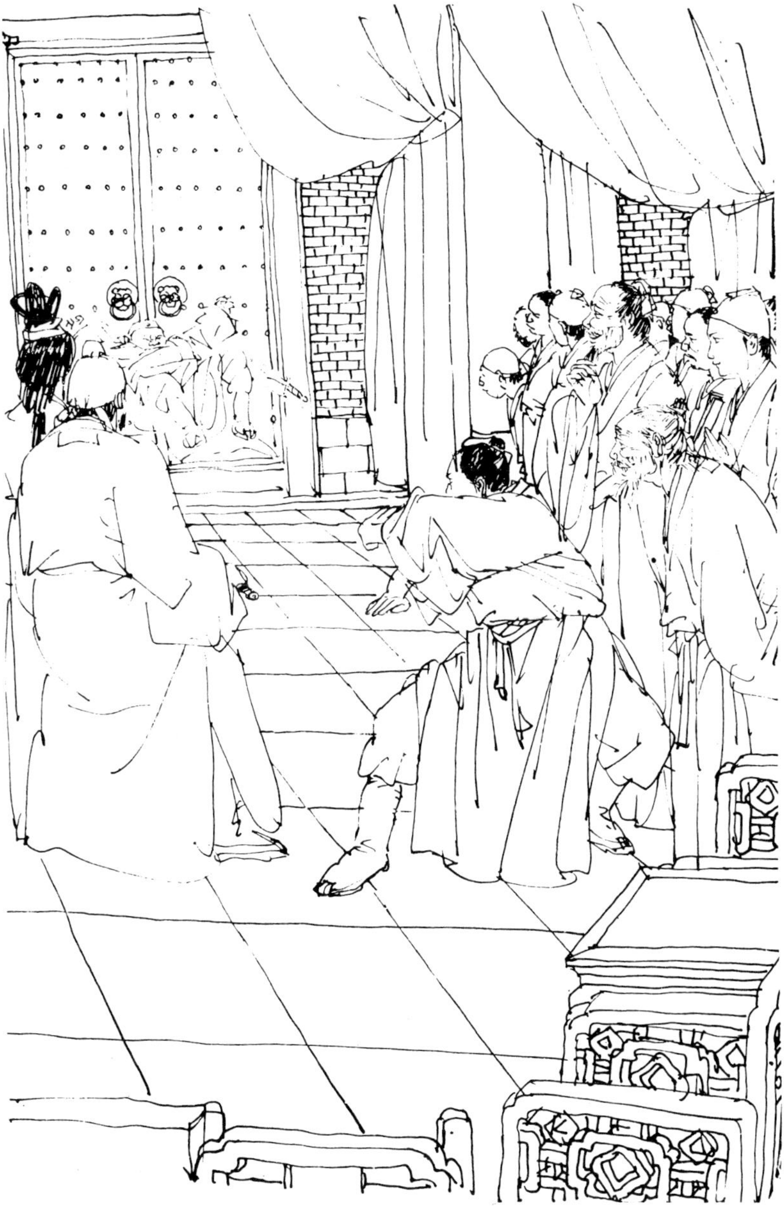

石破天两只长袖向长剑上挥了出去。只听得喀喇一响，呼的一声，王万仞突然向后直飞出去，砰的一声，重重撞在大门之上。

六

伤痕

丁不三这么一问，丁珰和石破天登时都呆了。

丁珰心头如小鹿乱撞，寻思："爷爷一身武功当世少有敌手，石郎若得爷爷传授神功，此后纵横江湖，更加声威大震了。先前他说，他们长乐帮不久便有一场大难，十分棘手，他要是能学到我爷爷的武功，多半便能化险为夷。他是男子汉大丈夫，江湖上大帮会的帮主，自是以功业为重，儿女私情为轻。"偷眼瞧石破天时，只见他满脸迷惘，显是拿不定主意。丁珰一颗心不由得沉了下去："石郎素来风流倜傥，一生之中不知有过多少相好。这半年虽对我透着特别亲热些，其实于我毕竟终也如过眼云烟。何况我爷爷在武林中名声如此之坏，他长乐帮和石破天虽然名声也是不佳，跟我爷爷总还差着老大一截。他既知我身份来历，又怎能要我？"心里酸痛，眼中泪珠已是滚来滚去。

丁不三催道："快说！你别想捡便宜，想先学我功夫，再娶阿珰；要不然娶了阿珰，料想老子瞧着你是我孙女婿，自然会传武功给你。那决计不成。我跟你说，天下没一人能在丁不三面前弄鬼。你要了这样，不能再要那样，否则小命儿难保，快说！"

丁珰眼见事机紧迫，石郎只须说一句"我要学爷爷的武功"，自己的终身就此断送，忙道："爷爷，我跟你实说了，他是长乐帮的帮主石破天，武林中也是大有名头的人物……"丁不三奇道："什么？他是长乐帮帮主？这小子不像罢？"丁当道："像的，像的。他年纪虽轻，但长乐帮中的众英雄都服了他的，好像他们帮中那个'着手回春'贝大夫，武功就很了不起，可也听奉他的号令。"丁不三道："贝大夫也听他的话？不会罢？"丁当道："会的，会的。我亲眼瞧见的，那还会有假？爷爷武功虽然高强，但要长乐帮的一帮之主跟着你学武，这个……这个……"言下之意显然是说："贝大夫的武功就不在你下。石帮主可不能跟你学武功，还是让他要了我罢。"

石破天忽道："爷爷，叮叮当当认错人啦，我不是石破天。"丁不三道："你不是石破天，那么你是谁？"石破天道："我不是什么帮主，不是叮叮当当的'天哥'。我是狗杂种，狗杂种便是狗杂种。这名字虽然难听，可是，我的的确确是狗杂种。"

丁不三捧腹大笑，良久不绝，笑道："很好。我要赏你一宝，既不是为了你是什么瓦帮主、石帮主，也不是为了阿当喜欢你还是不喜欢。那是丁不三看中了你！你是狗杂种也好、臭小子也好、乌龟王八蛋也好，丁不三看中了你，你就非要我的一宝不可。"

石破天向丁不三看看，又向丁当看看，心想："这叮叮当当把我认作她的天哥，那个真的天哥不久定会回来，我岂不是骗了她，又骗了她的天哥？但说不要她而要学武功，又伤了她的心。我还是一样都不要的好。"当下摇了摇头，说道："爷爷，我已喝了你的'玄冰碧火酒'，一时也难以还你，不如便算你老人家给我的一宝罢！"

丁不三脸一沉，道："不成，不成，那'玄冰碧火酒'说过是要还的，你想赖皮，那可不成。你选好了没有，要阿当呢，还是要武功？"

石破天向丁当偷瞧一眼，丁当也正在偷眼看他，两人目光相触，急忙都转头避开。丁当脸色惨白，泪珠终于夺眶而出，依着她平时骄纵的脾气，不是伸手大扭石破天耳朵，也必顿足而去，但在爷爷跟前，却半点威风也施展不出来，何况在这紧急当口，扭耳顿足，都适足以促使石破天选择学武，更是万万不可，心头当真说不出的气苦。

石破天又向她一瞥，见她泪水滚滚而下，大是不忍，柔声道："叮叮当当，我跟你说，你的确是认错了人。倘若我真是你的天哥，那还用得着挑选？自然是要……要你，不要学武功！"

丁珰眼泪仍如珍珠断线般在脸颊上不绝流下，但嘴角边已露出了笑容，说道："你不是天哥？天下哪里还有第二个天哥？"石破天道："或许我跟你天哥的相貌，当真十分相像，以致大家都认错了。"丁珰笑道："你还不认？好罢，容貌相似，天下本来也有的。今年年头，我跟你初相识时，你粗粗鲁鲁的抓住我手，我那时又不识你，反手便打，是不是了？"

石破天傻傻的向她瞪视，无从回答。

丁珰脸上又现不悦之色，嗔道："你当真是一场大病之后全忘了呢，还是假痴假呆的混赖？"石破天搔了搔头皮，道："你明明是认错了人，我怎知那个天哥跟你之间的事？"丁珰道："你想赖，也赖不掉的。那日我双手都给你抓住了，心中急得很。你还嘻嘻的笑，伸过嘴……伸过嘴来想……想香我的脸孔。我侧过头来，在你肩头狠狠的咬了一口，咬得鲜血淋漓，你才放了我。你……你……解开衣服来看看，左肩上是不是有这伤疤？就算我真的认错了人，这个我……我口咬的伤疤，你总抹不掉的。"

石破天点头道："不错，你没咬过我，我肩上自然不会有伤疤……"说着便解开衣衫，露了左肩出来。"咦！这……这……"突然间身子剧震，大声惊呼："这可奇了！"

三个人都看得清清楚楚，他左肩上果然有两排弯弯的齿痕，合成一张樱桃小口的模样。齿印结成了疤，反而凸了出来，显是人口所咬，其他创伤决不会结成这般形状的伤疤。

丁不三冷冷一笑，道："小娃娃想赖，终于赖不掉了。我跟你说，上得山多终遇虎，你到处招惹风流，总有一天会给一个女人抓住，甩不了身。这种事情，爷爷少年时候也上过大当。要不然这世上怎会有阿珰的爹爹，又怎会有阿珰？只有我那不成器的兄弟丁不四，一生娶不到老婆，到老还是痴痴迷迷的，整日哭丧着脸，一副狗熊模样。好了，这些闲话也不用说你，如此说来，你是要阿珰了？"

石破天心下正自大奇，想不起什么时候曾给人在肩头咬了一口，瞧那齿痕，显而易见这一口咬得十分厉害，这等创伤留在身上，岂有忘记之理？这些日子来他遇到了无数奇事，但心中知道一切全因"认错了人"，唯独这一件事却实在难以索解。他呆呆出神，丁不三问他的话，竟一句也没听进耳里。

丁不三见他不作一声，脸上神色十分古怪，只道少年脸皮薄，不好意思直承其事，哈哈一笑，便道："阿珰，撑船回家去！"

丁珰又惊又喜，道："爷爷，你说带他回咱们家去？"丁不三道："他是我孙女婿儿，怎不带回家去？要是冷不防给他溜之大吉，丁不三今后还有脸做人么？你说他帮里有什么'着手回春'贝大夫这些人，这小子倘若缩在窝里不出头，去抓他出来就不大容易了。"

丁珰笑咪咪的向石破天横了一眼，突然满脸红晕，提起竹篙，在桥墩上轻轻一点，小船穿过桥洞，直荡了出去。

石破天想问："到你家里去？"但心中疑团实在太多，话到口边，又缩了回去。

小河如青缎带子般，在月色下闪闪发光，丁珰竹篙刺入水中，激起一圈圈漪涟，小船在青缎上平平滑了过去。有时河旁水草擦上船舷，发出低语般的沙沙声，岸上柳枝垂了下来，拂了丁珰和石破天的头发，像是柔软的手掌抚摸他二人头顶。良夜寂寂，花香幽幽，石破天只当是又入了梦境。

小船穿过一个桥洞，又是一个桥洞，曲曲折折的行了良久，来到一处白石砌成的石级之旁。丁珰拾起船缆抛出，缆上绳圈套住了石级上的一根木桩。她掩嘴向石破天一笑，纵身上了石级。

丁不三笑道："今日你是娇客，请，请！"

石破天不知说什么好，迷迷糊糊的跟在丁珰身后，跟着她走进一扇黑漆小门，跟着她踏过一条鹅卵石铺成的长长石路，跟着她走进了一个月洞门，跟着她走进一座花园，跟着她来到一个八角亭子之中。

丁不三走进亭中，笑道："娇客，请坐！"

石破天不知"娇客"二字是何意义，见丁不三叫他坐，只得坐下。丁不三却携着孙女之手，穿过花园，远远的去了。

明月西斜，凉亭外的花影拖得长长地，微风动树，凉亭畔的一架秋千一晃一晃的颤抖。石破天抚着左肩上的疤痕，心下一片迷惘。

过了好一会，只听得脚步细碎，两个中年妇人从花径上走到凉亭外，略略躬身，微笑道："请新官人进内堂更衣。"石破天不知是什么意思，猜测要他进内堂去，便随着二人向内走去。

经过一处荷花池子，绕过一道回廊，随着两个妇人进了一间厢房。只见房里放着一大盆热水，旁边悬着两条布巾。一个妇人笑道："请新官人沐浴。老爷说，时刻匆忙，没预备新衣，请新官人将就些，仍是穿自己的衣服罢。"二人吃吃而笑，退出房去，掩上了房门。

石破天心想："我明明叫狗杂种，怎么一会儿变成帮主，一会儿成了天哥，叫作石破天也就罢了，这时候又给我改名叫什么'娇客'、'新官人'？"

他存着既来之则安之的心情，看来丁不三和丁珰对自己并无恶意，一盆热汤中散发着香气，不管三七二十一，除了衣衫，便在盆中洗了个浴，精神为之一爽。

刚穿好衣衫，听得门外一个男子声音朗声说道："请新官人到堂上拜天地。"石破天吃了一惊，"拜天地"三字他是懂的，一经联想，"新官人"三字登时也想起来了，小时候曾听母亲讲过新官人、新娘子拜天地的事。他怔怔的不语，只听那男子又问："新官人穿好衣衫了罢？"石破天道："是。"

那人推开房门，走了进来，将一条红绸挂在他颈中，另一朵红绸花扣在他的襟前，笑道："大喜，大喜。"扶着他手臂便向外走去。

石破天手足无措，跟着他穿廊过户，到了大厅上。只见明晃晃地点着八根巨烛，居中一张八仙桌上披了红色桌帏。丁不三笑吟吟的向外而立。石破天一踏进厅，廊下三名男子便齐声吹起笛子来。扶着石破天的那男子朗声道："请新娘子出堂。"

只听得环珮丁冬，先前那两个中年女子扶着一个头兜红绸、身穿红衫的女子，瞧这身形正是丁珰。那三个女子站在石破天右侧。烛光耀眼，兰麝飘香，石破天心中又是胡涂，又是害怕，却又是欢喜。

那男子朗声赞道："拜天！"

石破天见了丁珰已向中庭盈盈拜倒，正犹豫间，那男子在他耳边轻声说道："跪下来叩头。"又在他背上轻轻推了推。石破天心想："看来是非拜不可。"当即跪下，胡乱叩了几个头。扶着丁珰的一个女子见他拜得慌乱，忍不住噗哧一声，笑了出来。

那男子赞道："拜地！"石破天和丁珰转过身来，一齐向内叩头。那男子又赞道："拜爷爷。"丁不三居中一站，丁珰先拜了下去，石破天微一犹豫，跟着便也拜倒。

那男子赞道："夫妇交拜。"

石破天见丁珰侧身向自己跪下，脑子中突然清醒，大声说道："爷爷，叮叮当当，我可真的不是什么石帮主，不是你的天哥。你们认错了人，将来可别……可别怪我。"

丁不三哈哈大笑，说道："这浑小子，这当儿还在说这些笑话！将来不怪，永远也不怪你！"

石破天道："叮叮当当，咱们话说在头里，咱们拜天地，是闹着玩呢，还是当真的？"丁珰已跪在地下，头上罩着红绸，突然听他问这句话，笑道："自然是当真的。这种事……哪有……哪有闹着玩的？"石破天大声道："今日你认错了人，可不管我事啊。将来你反悔起来，又来扭我耳朵，咬我肩膀，那可不成！"

一时之间，堂上堂下，尽皆粲然。

丁珰忍俊不禁，格格一声，也笑了出来，低声道："我永不反悔，只要你待我好，对我真心，我……我自然不会扭你耳朵，咬你肩头。"

丁不三大声道："老婆扭耳，天经地义，自盘古氏开天辟地以来，就是如此。有什么成不成的？我的乖孙女婿儿，阿珰向你跪了这么久，你怎不还礼？"

石破天道："是，是！"当即跪下还礼，两人在红毡之上交拜了几拜。

那赞礼男子大声道："夫妻交拜成礼，送入洞房。新郎新娘，百年好合，多子多孙，五世其昌。"登时笛声大作。一名中年妇人手持一对红烛，在前引路，另一妇人扶着丁珰，那赞礼男子扶着石破天，一条红绸系在两人之间，拥着走进了一间房中。

这房比之石破天在长乐帮总舵中所居要小得多，陈设也不如何华丽，只是红烛高烧，东挂一块红绸，西贴一张红纸，虽是匆匆忙忙间胡乱凑起来的，却也平添不少喜气。几个人扶着石破天和丁珰坐在床沿之上，在桌上斟了两杯酒，齐声道："恭喜姑爷小姐，喝杯交杯酒儿。"嘻嘻哈哈的退了出去，将房门掩上了。

石破天心中怦怦乱跳，他虽不懂世务，却也知这么一来，自己和丁珰已拜了天地，成了夫妻。他见丁珰端端正正的坐着，头上罩了那块红绸，一动也不动，隔了半响，想不出什么话说，便道："叮叮当当，你头上盖了这块东西，不气闷么？"

丁珰笑道："气闷得紧，你把它揭了去罢！"

石破天伸两根手指捏住红绸一角，轻轻揭了下来，烛光之下，只见丁珰脸上、唇上胭脂搽得红扑扑地，明艳端丽，嫣然腼腆。石破天惊喜交集，目不转睛的向她呆呆凝视，说道："你……你真好看。"

丁珰微微一笑，左颊上出现个小小的酒窝，慢慢把头低了下去。

正在此时，忽听得丁不三在房外高处朗声说道："今宵是小孙女于归的吉期，何方朋友光临，不妨下来喝杯喜酒。"

另一边高处有人说道："长乐帮主座下贝海石，谨向丁三爷道安问好，深夜滋扰，甚是不当。丁三爷恕罪。"

石破天低声道："啊，是贝先生来啦。"丁珰秀眉微蹙，竖食指搁在嘴唇正中，示意他不可作声。

只听丁不三哈哈一笑，说道："我道是哪一路偷鸡摸狗的朋友，却原来是长乐帮的人。你们喝喜酒不喝？可别大声嚷嚷的，打扰了我孙女婿、孙女儿的洞房花烛，要闹新房，可就来得迟了。"言语之中，好生无礼。

贝海石却并不生气，咳嗽了几声，说道："原来今日是丁三爷令孙千金出阁的好日子。我们兄弟来得鲁莽，没携礼物，失了礼数，改日登门道贺，再叨扰喜酒。敝帮眼下有一件急事，要亲见敝帮石帮主，烦请丁三爷引见，感激不尽。若非为此，深更半夜的，我们便有天大胆子，也不敢贸然闯进丁三爷的歇驾之所。"

丁不三道："贝大夫，你也是武林中的前辈高人了，不用跟丁老三这般客气。你说什么石帮主，便是我的新孙女婿狗杂种了，是不是？他说你们认错了人，不用见了。"

随伴贝海石而来的共有帮中八名高手，米横野、陈冲之等均在其内,听丁不三骂他们帮主为狗杂种,有几人喉头已发出怒声。贝海石却曾听石破天自己亲口说过几次,知道丁不三之言倒不含侮辱之意,只是帮主竟做了丁不三这老魔头的孙女婿,不由得暗暗担忧,说道:"丁三爷,敝帮此事紧急,必须请示帮主。我们帮主爱说几句笑话,那也是常有的。"

石破天听得贝海石语意甚是焦急,想起自己当日在摩天崖上寒热交困,幸得他救命,此后他又日夜探视,十分关心,此刻实不能任他忧急,置之不理,当即走到窗前,推开窗子,大声叫道:"贝先生,我在这里,你们是不是找我?"

贝海石大喜,道:"正是。属下有紧急事务禀告帮主。"石破天道:"我是狗杂种,可不是你们的什么帮主。你要找我,是找着了。要找你们帮主,却没找着。"贝海石脸上闪过一缕尴尬的神色,道:"帮主又说笑话了。帮主请移驾出来,咱们借一步说话。"石破天道:"你要我出来?"贝海石道:"正是!"

丁珰走到石破天身后,拉住他衣袖,低声说道:"天哥,别出去。"石破天道:"我跟他说个明白,立刻就回来。"从窗子中毛手毛脚的爬了出去。

只见院子中西边墙上站着贝海石,他身后屋瓦上一列站着八人,东边一株栗子树的树干上坐着一人,却是丁不三,树干一起一伏,缓缓的抖动。

丁不三道:"贝大夫,你有话要跟我孙女婿说,我在旁听听成不成?"贝海石沉吟道:"这个……"心想:"你是武林中的前辈高人,岂不明白江湖上的规矩?我黉夜来见帮主,说的自是本帮机密,外人怎可与闻?早就听说此人行事乱七八糟,果然名不虚传。"便道:"此事在下不便擅专,帮主在此,一切自当由帮主裁定。"

丁不三道:"很好,很好,你把事情推到我孙女婿头上。喂,狗杂种,贝大夫有话跟你说,我想在旁听听。"石破天道:"爷爷要听，打什么紧？"丁不三哈哈大笑，道："乖孩子，孝顺孙儿。贝大夫，有话便请快说，春宵一刻值千金，我孙女儿洞房花烛，你这老儿在这里啰唆不停，岂不是大煞风景？"

贝海石没料到石破天竟会如此回答，一言既出，势难挽回，心下老大不快，说道："帮主，总舵有雪山派的客人来访。"

石破天还没答话，丁不三已插口道："雪山派没什么了不起。"

石破天道："雪山派？是花万紫花姑娘他们这批人么？"

武林中门派千百，石破天所知者只一个雪山派，雪山派中门人千百，他所熟识的又只花万紫一人，因此冲口而出便提她的名字。

随贝海石而来的八名长乐帮好手不约而同的脸上现出微笑，均想："咱们帮主当真风流好色，今晚在这里娶新媳妇，却还是念念不忘的记着雪山派中的美貌姑娘。"

贝海石道："有花万紫花姑娘在内，另外却还有好几个人。领头的是'气寒西北'白万剑。此外还有八九个他的师弟，看来都是雪山派中的好手。"

丁不三插口道："白万剑有什么了不起？就算白自在这老匹夫自己亲来，却又怎地？贝大夫，老夫听说你的'五行六合掌'功夫着实不坏，为什么一见白万剑这小子到来，便慌慌张张、大惊小怪起来？"

贝海石听他称赞自己的"五行六合掌"，心下不禁得意："这老魔头向来十分自负，居然还将我的五行六合掌放在心上。"微微一笑，说道："在下这点儿微末武功，何足挂齿？我们长乐帮虽是小小帮会，却也不惧武林中哪一门、哪一派的欺压。只是我们和雪山派素无纠葛，'气寒西北'却声势汹汹的找上门来，要立时会见帮主，请他等到明天，却也万万等不得，这中间多半有什么误会，因此我们要向帮主讨个主意。"

石破天道："昨天花姑娘闯进总舵来，给陈香主擒住了，今天早晨已放了她出去。他们雪山派为这件事生气了？"贝海石道："这件事或者也有点干系。但属下已问过了陈香主，他说帮主始终待花姑娘客客气气，连头发也没碰到她一根，也没追究她擅闯总舵之罪，临别之时还要请她吃燕窝，送银子，实在是给足雪山派面子了。但瞧'气寒西北'的神色，只怕中间另有别情。"石破天道："你要我怎么样？"贝海石道："全凭帮主号令。帮主说'文对'，我们回去好言相对，给他们个软钉子碰碰；若说'武对'，就打他们个来得去不得，谁教他们肆无忌惮的到长乐帮来撒野？要不然，帮主亲自去瞧瞧，随机应变，那就更好。"

石破天和丁珰同处一室，虽然欢喜，却也是惶恐之极，心下惴惴不安，不知洞房花烛之后，下一步将是如何，暗思自己不是她的真"天哥"，这场"拜天地成亲"，到头来终不免拆穿西洋镜，弄得尴尬万分，幸好贝海石到来，正好乘机脱身，便道："既是如此，我便回去瞧瞧。他们如有什么误会，我老老实实跟他们说个明白便了。"回头说道："爷爷、叮叮当当，我要去了。"

丁不三搔了搔头皮，道："这个不大妙。雪山派的小子们来搅局，我去打发好了，反正我杀过他们两个弟子，和白老儿早结了怨，再杀几个，这笔帐还是一般算。"

丁不三杀了孙万年、褚万春二人之事，雪山派引为奇耻大辱，秘而不宣；石清、闵柔夫妇得知后也从未对人说起，因此江湖上全无知闻。贝海石一听之下，心想："雪山派势力甚盛，不但本门师徒武功高强，且与中原各门派素有交情，我们犯不着无缘无故的树此强敌。长乐帮自己的大麻烦事转眼就到，实不宜另生枝节。"当即说道："帮主要亲自去会会雪山派人物，那是再好也没有了。丁三爷，敝帮的小事，不敢劳动你老人家的大驾。我们了结此事之后，再来拜访如何？"他绝口不提"喝喜酒"三字，只盼石破天回总舵之后，劝得他打消与丁家结亲之意。

丁不三怒道："胡说八道，我说过要去，那便一定要去。我老人家的大驾，是非劳动不可的。长乐帮这件事，丁老三是管定了。"

丁珰在房内听着各人说话，猜想雪山派所以大兴问罪之师，定是自己这个风流夫婿见花万紫生得美貌，轻薄于她，十之八九还对她横施强暴，至于陈香主说什么"连头发也没有碰到她一根"，多半是在为帮主掩饰，否则送银子也还罢了，怎地要请人家姑娘吃燕窝补身？又想今宵洞房花烛，他居然要赶去跟花万紫相会，将自己弃之不顾，这口气如何咽得下去？又听爷爷和贝海石斗口，渐渐说僵，当即纵身跃入院子，说道："爷爷，石郎帮中有事，要回总舵，咱们可不能以儿女之私，误他正事。这样罢，咱祖孙二人便跟随石郎同去，瞧瞧雪山派中到底有什么了不起的人物。"

石破天虽要避开洞房中的尴尬，却也不愿和丁珰分离，听她这么说，登时大喜，笑道："好极，好极！叮叮当当，你和我一起去，爷爷也去。"

他既这么说，贝海石等自不便再生异议。各人来到河畔，坐上长乐帮驶来的大船，回归总舵。

贝海石在船上低声对石破天道："帮主，你劝劝丁三爷，千万不可出手杀伤雪山派的来人，多结冤家，殊是无谓。"石破天点头道："是啊，好端端地怎可随便杀人，那不是成了坏人么？"

一行来到长乐帮总舵。丁珰说道："天哥，我到你房中去换一套男子衣衫，这才跟你一起，去见见那位花容月貌的花姑娘。"石破天大感兴趣，问道："那为什么？"丁珰笑道："我不让她知道我是你的娘子，说起话来方便些。"石破天听到她说"我是你的娘子"这六个字时，脸上神情又是娇羞，又是得意，不由得胸口为之一热，道："很好，我同你换衣服去。"

丁不三道："我也去装扮装扮，我扮作贵帮的一个小头目可好?"贝海石本不愿让雪山派中人知道丁不三与本帮混在一起,听他说愿意化装,正合心意,却不动声色,说道:"丁三爷爱怎样着,可请自便。"

丁不三祖孙二人随着石破天来到他卧室之中。推门进去时侍剑兀自睡着,她听到门响,"啊"的一声,从床上跳将起来,见到丁不三祖孙,大为惊讶。石破天一时难以跟她说明,只道:"侍剑姊姊,这两位要装扮装扮,你……帮帮他们罢。"深恐侍剑问东问西,这拜天地之事可不便启齿,说了这句话,便走到房外的花厅之中。

过得一顿饭时分,陈冲之来到厅外,朗声道:"启禀帮主,众兄弟已在虎猛堂中伺候帮主大驾。"

便在此时,丁珰掀开门帷,走了出来,笑道:"好啦,咱们去罢。"石破天眼前突然多了一个粉装玉琢般的少年男子,不由得一怔,只见丁珰穿了一袭青衫,头带书生巾,手中拿着一柄折扇。石破天虽不知什么叫做"风流儒雅",却也觉得她这般打扮,较之适才的新娘子服饰另有一番妩媚。丁不三却穿了一套粗布短衣,脸上搽满了淡墨,足下一双麻鞋,左肩高,右肩低,走路一跛一拐,神情十分猥琐。石破天乍看之下,几乎认不出来,隔了半晌,这才哈哈大笑,说道:"爷爷,你样子可全变啦。"

陈冲之低声道:"帮主,要不要携带兵刃?"石破天睁大了眼睛问道:"带什么兵刃,为什么要带兵刃?"陈冲之只道他问的是反话,忙道:"是!是!"当下当先引路,四个人来到虎猛堂中。

陈冲之推门进去,堂中数十人倏地站起,齐声说道:"参见帮主!"石破天万没料到厅门开处,厅堂竟是如此宏大,堂中又有这许多人等着,不由得吓了一跳,见各人躬身行礼,既不知如何答礼,又不知说什么好,登时呆在门口,不由得手足无措。但见四周几桌上点着明晃晃的巨烛,数十名高高矮矮的汉子分两旁站立,居中空着一张虎皮交椅。大厅中这一股威严之气,登时将他这个从未见过世面的乡下少年慑住了,连大气也不敢喘一口,双眼望着贝海石求援,只盼他指示如何应对。

贝海石抢到门边,扶着石破天的手臂,低声道:"帮主,咱们先坐定了,才请雪山派的朋友们进来。"石破天自是一切都听由他的摆布,在贝海石扶持下走到虎皮交椅前。贝海石低声道:"请坐!"

石破天茫然道:"我……坐在哪里?"心里说不出的害怕,眼光不由自主的向丁珰望去,最好丁珰能拉着他手逃出大厅,逃得远远地,到什么深山野岭之中,再也别回到这地方来。丁珰却向他微微一笑。石破天从她眼色中感到一阵亲切之意,似乎听她在说:"天哥,不用怕,我便在你身边,若有什么难事,我总是帮你。"他登时精神一振,心下又是感激,又是安慰,当下便在居中那张虎皮大椅上坐了下去。

石破天坐下后,丁不三和丁珰站在虎皮交椅之后,堂上数十条汉子一一按座次就座。

贝海石道:"众家兄弟,帮主这些日子中病得甚是沉重,幸得吉人天相,已大好了,只是精神尚未全然复元。本来帮主还应安安静静的休养多日,方能亲理帮务,不料雪山派的朋友们却非见帮主不可,倒似乎帮主若不接见,便表明帮主已然一病不起了似的。嘿嘿,帮主内功深湛,小小病魔岂能奈何得了他?帮主,咱们便请雪山派的朋友们进来如何?"

石破天"嗯"了一声,也不知该说"好"还是"不好"。

贝海石道:"安排座位!西边的兄弟们都坐到东边来。"众人当即移动座位,坐到了东首。在堂下侍候的帮众上来,在西首摆开一排九张椅子。

贝海石道:"米香主,请客人来会帮主。"米横野应道:"是。"转身出去。

过不多时,听得厅堂外脚步声响。四名帮众打开大门。米横野侧身在旁，朗声道："启禀帮主，雪山派众位朋友到来！"

贝海石低声道："咱们出去迎接！"轻轻扯了扯石破天的衣袖。石破天道："是么？"迟迟疑疑的站起身来，跟着贝海石走向厅口。

雪山派九人走进厅来，都穿着白色长衫，当先一人身材甚高，四十二三岁年纪，一脸英悍之色，走到离石破天丈许之地，突然站住，双目向他射来，眼中精光大盛，似乎要直看到他心中一般。石破天向他傻傻一笑，算是招呼。

贝海石道："启禀帮主，这位是威震西陲、剑法无双，武林中大大有名的'气寒西北'白万剑白大哥。"

石破天点点头，又傻里傻气的一笑，他只认得跟在白万剑身后最末一个的花万紫，笑道："花姑娘，你又来了。"

此言一出，雪山派九人登时尽皆变色。花万紫更是尴尬，哼的一声，转过了头去。

白万剑是雪山派掌门人威德先生白自在的长子，他们师兄弟均以"万"字排行，他名字居然叫到白万剑，足见剑法固然高出侪辈，而白自在对儿子的武功也确是着实得意，才以此命名。他与"风火神龙"封万里合称"雪山双杰"，在武林中当真是好大的威名，这次若不是他亲来，贝海石也决不会贪夜赶到丁不三家中去将石破天请来。白万剑在外边客厅中等候石破天延见，足足等了两个时辰，心头已是老大一股怒火，一碗茶冲了喝，喝了冲，已喝得与白水无异，早没半点茶味，好容易进得虎猛堂来，那帮主还是大模大样的居中坐在椅上，贝海石报了自己的名字向他引见，他连"久仰大名"之类的客气话半句不说，一开口便向花师妹招呼，如何不令白万剑气破了胸膛？

他登时便想："瞧模样八成便是那小子，这几天四下打听，江湖上都说长乐帮石帮主贪淫好色，自然便是他了。这小子不将我放在眼里，却色迷迷的向花师妹献殷勤，大庭广众之间已是如此，花师妹陷身于此之时,自然更是大大不堪了。"总算他是大有身份之人,不愿立即发作,斜眼冷冷的向石破天侧视,口中不语,脸上神色显得大为不屑。

石破天又问:"花姑娘,你大腿上的剑伤好些了吗?还痛不痛?"这一问之下,花万紫登时满脸通红,其余八名雪山派弟子一齐按住剑柄。

贝海石忙道:"众位朋友远来,请坐,请坐。敝帮帮主近日身子不适,本来不宜会客,只是冲着众位的面子,这才抱病相见。有劳各位久候,实在抱歉得很。"

白万剑哼的一声,大踏步走上前去,在西首第一张椅坐下,耿万锺坐第二位,以下是柯万钧、王万仞等几人,花万紫坐在末位。

长乐帮中有几人嘻皮笑脸,甚是得意,心想:"帮主一出口便讨了你们的便宜,关心你师妹的大腿,嘿嘿,你'气寒西北'还不是无可奈何?"

贝海石陪了石破天回归原座,仆役奉上茶来。贝海石拱手道:"敝帮上下久仰雪山派威德先生、雪山双杰以及众位朋友的威名,只是敝帮僻处江南,无由亲近。今日承白师傅和众家朋友枉顾,敝帮上下有缘会见西北雪山英雄,实是三生之幸。"

白万剑拱手还礼,道:"贝大夫着手成春,五行六合掌天下无双,在下一直仰慕得紧。贵帮众位朋友英才济济,在下虽不相识,却也早闻大名。"他将贝海石和长乐帮众都捧了几句,却绝口不提石破天。

贝海石诈作不知,谦道:"岂敢,岂敢!不知各位到镇江已有几日了?金山焦山去玩过了吗?改日让敝帮帮主作个小东,陪各位到市上酒家小酌一番,再瞧瞧我们镇江小地方的风景。"他随口敷衍,总是不问雪山派群弟子的来意。

终于还是白万剑先忍耐不住,朗声说道:"江湖上多道贵帮石帮主武功了得,却不知石帮主是哪一门哪一派的武功?"

长乐帮上下尽皆心中一凛,均想:"帮主于自己的武功门派从来不说,偶尔有人于奉承之余将话头带过去,他也总是微笑不答。贝先生说他是前司徒帮主的师侄,但武功却全然不像。不知他此时是否肯说?"

石破天嗫嚅道:"这……这个……你问我武功么?我……我是一点儿也不会。"

白万剑听他这么说,心中先前存着三分怀疑也即消了,嘿嘿一声冷笑,说道:"长乐帮英贤无数,石帮主倘若当真不会武功,又如何作得群雄之主?这句话只好去骗骗小孩子了。想来石帮主羞于称述自己的师承来历,却不知是何缘故。"

石破天道:"你说我骗小孩子?谁是小孩子?叮叮当当,她……她不是小孩子,我也没骗她,我早跟她说过,我不是她的天哥。"他虽和白万剑对答,鼻中闻着身后丁珰的衣香,一颗心却全悬在她的身上。

白万剑浑不知他说些什么叮叮当当,只道他心中有鬼,故意东拉西扯,脸色更是沉了下来,沉声道:"石帮主,咱们打开天窗说亮话,阁下在凌霄城中所学的武功,只怕还没尽数忘得干干净净罢?"

此言一出,长乐帮帮众无不耸然动容。众人皆知西域"凌霄城"乃雪山派师徒聚居之所,白万剑如此说,难道帮主曾在雪山派门下学过武功?这伙人如此声势汹汹的来到,莫非与他们门户之事有关?

石破天茫然道:"凌霄城?那是什么地方?我从来没学过什么武功。如果学过,那也不会忘得干干净净罢?"

这几句话连长乐帮群豪听来也觉大不对头。"凌霄城"之名,凡是武林中人,可说无人不知,他身为长乐帮帮主,居然诈作未之前闻,又说从未学过武功,如此当面撒谎,不免有损他的身份体面,又有人料想,帮主这么说,必定另有深意。

在白万剑等人听来，这几句话更是大大的侮辱，显是将雪山派丝毫没放在眼里，把"凌霄城"三字轻轻的一笔勾销。王万仞忍不住大声道："石帮主这般说，未免太过目中无人。在石帮主眼中，雪山派门下弟子是个个一钱不值了。"

石破天见他满脸怒容，料来定是自己说错了话，忙道："不是，不是的。我怎会说雪山派个个一钱不值。好像……好像……好像……"他在摩天崖居住之时，一年有数次随着谢烟客到小市镇上买米买盐，知道越是值钱的东西越好，这时只想说几句讨好雪山派的话，以平息王万仞的怒气，但连说了三个"好像"，却举不出适当的例子。这几人中，耿万钟、柯万钧、王万仞等几个他在侯监集上曾经见过，但不知他们的名字，只有花万紫一人比较熟悉，窘迫之下，便道："好像花万紫姑娘，就值钱得很，值得很多很多银子……"

呼的一声，雪山派九人一齐起立，跟着眼前青光乱闪，八柄长剑出鞘，除了白万剑一人之外，其余八人各挺长剑，站成一个半圆，围在石破天身前。王万仞戟指骂道："姓石的，你口出污言秽语，当真是欺人太甚。我们雪山弟子虽然身在龙潭虎穴之中，也不能轻易咽下这口气！"

石破天见这九人怒气冲天，半点摸不着头脑，心想："我说的明明是好话，怎么你们又生气了？"回头向丁珰道："叮叮当当，我说错了话吗？"丁珰听得夫婿当众侮辱花万紫，知他全没将这美貌姑娘放在心上，自是喜慰之极，听他问及，当即抿嘴笑道："我不知道。或许花姑娘不值很多很多银子，也未可知。"石破天点了点头，道："就算花姑娘不值什么银子，便宜得很，贱得很，那也不用生气啊！"

长乐帮群豪轰然大笑，均想帮主既这么说，那是打定主意跟雪山派大战一场了。有人便道："贵了我买不起，倘若便宜，嘿嘿，咱们倒可凑乎凑乎……"

青光一闪，跟着叮的一声，却原来王万仞狂怒之下，挺剑便向石破天胸口刺去。白万剑随手抽出腰间长剑，轻轻挡开。王万仞手腕酸麻，长剑险些脱手，这一剑便递不出去。

白万剑喝道："此人跟咱们仇深似海，岂能一剑了结？"刷的一声，还剑入鞘，沉声道："石帮主，你到底认不认得我？"

石破天点点头，说道："我认得你，你是雪山派的'气寒西北'白万剑白师傅。"白万剑道："很好，你自己做过的事，认也不认？"石破天道："我做过的事，当然认啊。"白万剑道："嗯，那么我来问你，你在凌霄城之时，叫什么名字？"

石破天搔了搔头，道："我在凌霄城？什么时候我去过了？啊，是了，那年我下山来寻妈妈和阿黄，走过许多城市小镇，我也不知是什么名字，其中多半有一个叫做凌霄城了。"

白万剑寒着脸，仍是一字一字的慢慢说道："你别东拉西扯的装蒜！你的真名字，并非叫石破天！"

石破天微微一笑，说道："对啦，对啦，我本来就不是石破天，大家都认错了我，毕竟白师傅了不起，知道我不是石破天。"

白万剑道："你本来的真姓名叫做什么？说出来给大伙儿听听。"

王万仞怒喝："他叫做什么？他叫——狗杂种！"

这一下轮到长乐帮群豪站起身来，纷纷喝骂，十余人抽出了兵刃。王万仞已将性命豁出去了，心想我就是要骂你这狗杂种，纵然乱刀分尸，王某也不能皱一皱眉头。

哪知石破天哈哈大笑，拍手道："是啊，对啦！我本来就叫狗杂种。你怎知道？"

此言一出，众人愕然相顾，除了贝海石、丁不三、丁珰等少数几人听他说过"狗杂种"的名字，余人都是惊疑不定。白万剑却想："这小子果然是大奸大猾，实有过人之长，连如此辱骂也能坦然受之，对他可要千万小心，半点轻忽不得。"

王万仞仰天大笑，说道："哈哈，原来你果然是狗杂种，哈哈，可笑啊可笑。"石破天道："我叫做狗杂种有什么可笑？这名字虽然不好，但当年你妈妈若是叫你做狗杂种，你便也是狗杂种了。"王万仞怒喝："胡说八道！"长剑挺起，使一招"飞沙走石"，内劲直贯剑尖，寒光点点，直向石破天胸口刺去。

白万剑有心要瞧瞧石破天这几年来到底学到了什么奇异武功，居然年纪轻轻，便身为一帮之主，令得群豪贴服，这一次便不再阻挡，口中说道："王师弟不可动粗。"身子离椅，作个阻拦之势，却任由王万仞从身旁掠过，连人带剑，直向石破天扑去。

石破天虽练成了上乘内功，但动手过招的临敌功夫却半点也没学过，眼见对方剑势来得凌厉之极，既不知如何闪避，亦不知怎生招架才好，手忙脚乱之间，自然而然的伸手向外推出。他身穿长袍，两只长袖向长剑上挥了出去。只听得喀喇一响，呼的一声，王万仞突然向后直飞出去，砰的一声，重重撞在大门之上。

雪山派九人进入虎猛堂后，长乐帮帮众便将大门在外用木柱撑住了，以便一言不合，动起手来，便是个瓮中捉鳖之势。这虎猛堂的大门乃坚固之极的梨木所制，镶以铁片，嵌以铜钉。王万仞背脊猛力撞在门上，跟着噗噗两响，两截断剑插入了自己肩头。

原来石破天双袖这一挥之势，竟将他手中长剑震为两截。王万仞被他内力的劲风所逼，气也喘不过来，全身劲力尽失，双臂顺着来势挥出，两截断剑竟反刺入身。他软软的坐倒在地，已然动弹不得，肩头伤口中鲜血汩汩流出，霎时之间，白袍的衣襟上一片殷红。柯万钧和花万紫急忙抢过，一个探他鼻息，一个把他腕脉，幸好石破天内力虽强，却不会运使，王万仞只受外伤，性命无碍。

这么一来，雪山派群弟子固然又惊又怒，长乐帮群豪也是欣悦之中带着极大的诧异。群豪曾见帮主施展过武功，也不怎么了得，所以拥他为主，只为了他锐身赴难，甘愿牺牲一己而救全帮上下性命，再加贝海石全力扶持，众人畏惧石帮主，其实大半还是由于怕了贝海石之故，万料不到石帮主内力竟如此强劲。只贝海石暗暗点头，心中忧喜参半。

白万剑冷笑道："石帮主，咱们武林中人，讲究辈份大小。犯上作乱，人人得而诛之。常言道得好：一日为师，终身作父。你既曾在我雪山派门下学艺，我这个王师弟好歹也是你的师叔，你向他下此毒手，到底是何道理？天下抬不过一个'理'字，你武功再强，难道能将普天下尊卑之分、师门之义，一手便都抹煞了么？"

石破天茫然道："你说什么，我一句也不懂。我几时在你雪山派门下学过武艺了？"

白万剑道："到得此刻，你还是不认。你自称狗杂种，嘿嘿，你自甘下流，那没什么好说，可是你父母是江湖上大大有名的侠义英雄，你也不怕辱没了父母的英名。你不认师父，难道连父母也不认了？"

石破天大喜，道："你认识我爹爹妈妈？那是再好也没有了。白师傅，请你告诉我，我妈妈在哪里？我爹爹是谁？"说着站起身来深深一揖，脸上神色异常诚恳。

白万剑大是愕然，不知他如此装假，却又是什么用意，转念又想："此人大奸大恶，实不可以常理度之。他为了遮掩自己身份，居然父母也不认了。他既肯自认狗杂种，自然连祖宗父母也早不放在心上了。"霎时间心下感慨万分，一声长叹，说道："如此美质良材，偏偏不肯学好，当真是可恨可叹。"

石破天吃了一惊，道："白师傅，你说可恨可叹，我爹爹妈妈怎么了？"说时关怀之情见于颜色。

白万剑见他真情流露，却决非作伪，便道："你既对你爹娘尚有悬念之心，还不算是丧尽了天良。你爹娘剑法通神，英雄了得，夫妻俩携手行走江湖，又会有什么凶险？"

长乐帮群豪相顾茫然，均想："帮主的身世来历，我们一无所知，原来他父母亲是江湖上的有名人物。说什么'剑法通神，英雄了得'。武林中当得起白万剑这八个字考语的夫妻可没几对啊，那是谁了？"贝海石登时便想："难道他是玄素庄黑白双剑的儿子？这……这可有些麻烦了。"

这时王万仞在柯万钧和花万紫两人扶掖之下，缓过了气来，长长呻吟了一声。

石破天见他叫声中充满痛楚，甚是关怀，问道："这位大哥为何突然向后飞了出去？好像是撞伤了？贝先生，你说他伤势重不重？"

这几句询问在旁人听来，无不认为他是有意讥刺，长乐帮中群豪倒有半数哈哈大笑。有的说道："此人伤势说重不重，说轻恐怕也不轻。"有的道："雪山派的高手声势汹汹，半夜三更前来生事，我道真有什么惊人艺业，嘿嘿，果然惊人之至，名不虚传。"

白万剑只作充耳不闻，朗声说道："石帮主，我们今日造访，为的是你一人的私事，和别的朋友均无干系。雪山派弟子不愿跟人作无聊的口舌之争。石中玉，我只问你一句话，你到底认是不认？"石破天奇道："石中玉？谁是石中玉，你要我认什么？"

白万剑道："你师父风火神龙为了你的卑鄙恶行，以致断去了一臂，封师哥待你恩重如山，你心中可有丝毫内愧？"这几句说得甚是诚恳，只盼他天良发现，终于生出悔罪之心。

石破天对所听到的言语却句句不懂，又问："风火神龙封师兄，他是谁？怎么为了我的卑鄙恶行而断去一臂？我……做了什么卑鄙恶行？"

白万剑听他始终不认，显是要逼着自己当众吐露爱女受辱、跳崖自尽的惨事，只气得目眦欲裂，刷的一声，拔剑出鞘，手腕一抖，秃的一响，长剑又还入了剑鞘，指着柱上的三个剑痕，朗声说道："列位朋友，我雪山派剑法低微，不值方家一笑。但本派自创派祖师传下来的剑法，若是侥幸刺伤对手，往往留下雪花六出之形。本派的派名，便是由此而来。"

众人齐向柱子上望去，只见朱漆的柱上共有六点剑痕，布成六角，每一点都是雪花六出之形，甚是整齐。适才见他拔剑还剑，只一瞬间之事，哪知他便在这一刹那中已在柱上连刺六剑，每一剑都凭手腕颤动，幻成雪花六出，手法之快实是无与伦比。众人当王万仞被石破天内劲摔出后，对雪山派已没怎么放在眼里，但白万剑这一手剑法精妙，武林中罕见罕闻，有的不由得肃然起敬，有的更大声叫起好来。

白万剑抱拳道："列位朋友之中，兵刃上胜过白某的，不知道有多少。白某岂敢班门弄斧，到贵帮总舵来妄自撒野？只是有一件事要请列位朋友作个见证。七年之前，敝派有个不成器的弟子，名叫石中玉，胆大妄为，和在下的廖师叔动手较量。我廖师叔为了教训于他，曾在他左腿上刺了六剑，每一剑都成雪花六出之形。本派剑法虽然平庸无奇，但普天之下，并无第二派剑法能留下这等伤痕的。"说到这里，转头瞪视石破天，森然道："石中玉，你欺瞒众人，不敢自暴身份，那么你将裤管捋起来，给列位朋友瞧瞧，到底你大腿上是否有这般的伤痕？是真是假，一见便知。"

石破天奇道："你叫我捋起裤管来给大家瞧瞧？"白万剑道："不错，若是阁下腿上无此伤痕，那是白某瞎了眼睛，前来贵帮骚扰胡混，自当向帮主磕头陪罪。但若你腿上当真有此伤痕，那……那……那便如何？"石破天笑道："要是我腿上真有这么六个剑疤，那可真奇了，怎么我自己全不知道？"

白万剑目不转睛的凝视着他，见他说得满怀自信，不由得心下嘀咕："此人定然是石中玉那小子。虽然相隔数年，他长大成人之后相貌变了，神态举止也颇有不同，但面容一般无异。花师妹潜入此处察看，回来后一口咬定是他，难道咱们大伙儿都走了眼不成？"一时沉吟未答。

陈冲之笑道："你要看我们帮主腿上伤疤，我们帮主却要看贵派花姑娘大腿上的伤疤。这里人多，赤身露体的不便，不如让他两位同到内室之中，你瞧瞧我，我瞧瞧你，大家仔仔细细的看上一看！"长乐帮群豪捧腹大笑，声震屋瓦。

白万剑怒极，低声骂道："无耻！"身形一转，已站在厅心，喝道："石中玉，你作贼心虚，不肯显示腿伤，那便随我上凌霄城去了断罢！"刷的一声，已拔剑在手。

石破天道："白师傅又何必生气？你说我腿上有这般伤痕，我却说没有，那么大家瞧瞧便是，又打什么紧了？"说着抬起左腿，左脚踏在虎皮交椅的扶手上，捋起左脚的裤管，露出腿上肌肤。

大厅中登时鸦雀无声。突然间众人不约而同"哦"的一声，惊呼了出来。

只见石破天左腿外侧的肌肤之上，果然有六点伤疤，宛然都有六角，虽然皮肉上的伤疤不如柱上的剑痕那般清晰，但六角之形，人人却都看得清清楚楚。这中间最惊讶的却是石破天自己，他伸手用力一擦那六个伤疤，果然是生在自己腿上，绝非伪造。他揉了揉眼睛，又再细看，腿上这六个伤疤实和柱上剑痕一模一样。

雪山派九人一十八只眼睛冷冷的凝望着他。

石破天捋着裤管，额头汗水一滴滴的流下来，他又摸摸肩头，喃喃道："肩头、腿上都有伤疤，怎么别人知道，我……我自己都不知道？难道……我把从前的事都忘了？"

他瞧瞧贝海石，贝海石缓缓摇了摇头。他回头去望丁珰，丁珰皱着鼻子，向他笑着装个鬼脸。他又向丁不三瞧去，丁不三右手食中两指向前一送，示意动武杀人。

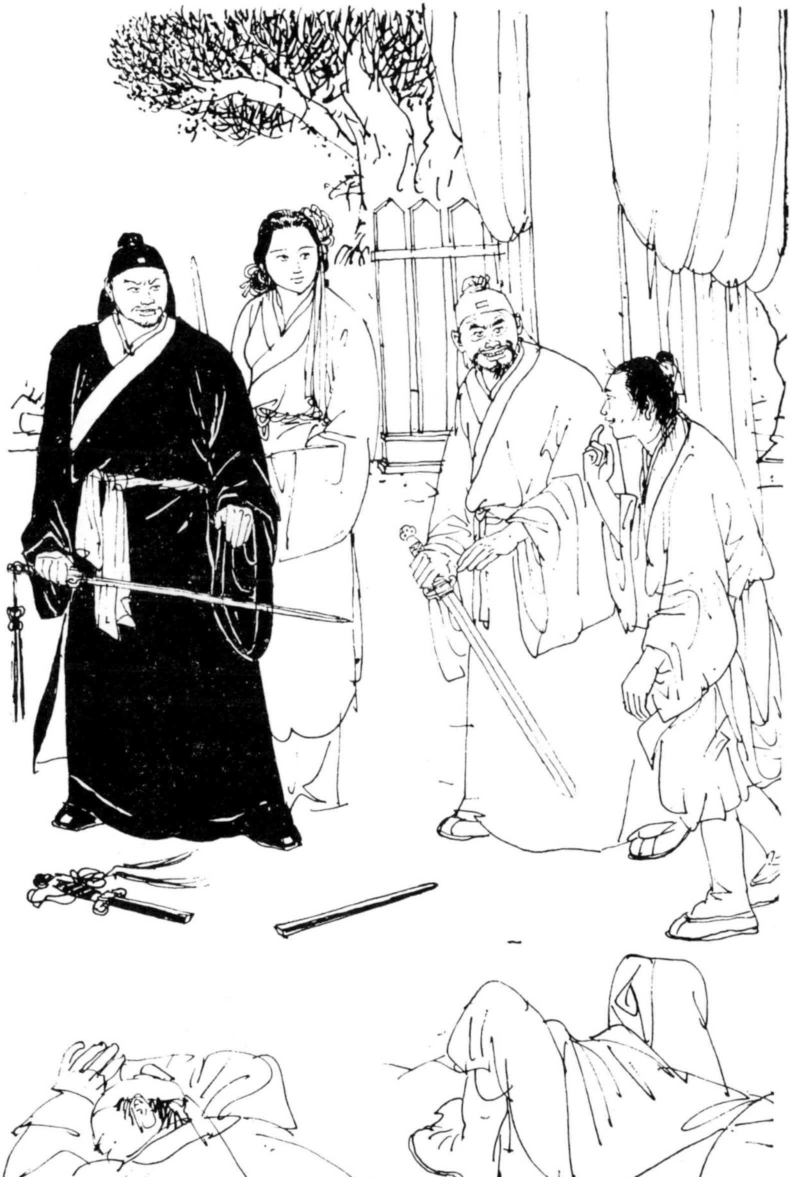

石破天笑道:"你们少了一个人,比不成剑,我来和白师傅联手,凑个兴儿。不过我是不会的,请你们指点。"

七

雪山剑法

陈冲之双手横托长剑,送到石破天身前,低声道:"帮主,不必跟他们多说,以武功决是非。胜的便是,败的便错。"他见白万剑剑法虽精,料想内力定然不如帮主,既然证据确凿,辩他不过,只好用武,就算万一帮主不敌,长乐帮人多势众,也要杀他们个片甲不回。

石破天随手接过长剑,心中兀自一片迷惘。

白万剑森然道:"石中玉听了:白万剑奉本派掌门人威德先生令谕,今日清理门户。这是雪山派本门之事,与旁人无涉。若在长乐帮总舵动手不便,咱们到外边了断如何?"

石破天迷迷糊糊的道:"了……了什么断?"丁珰在他背上轻轻一推,低声道:"跟他打啊,你武功比他强得多,杀了他便是。"石破天道:"我……我不杀他,为什么要杀他?白师傅又不是坏人。"一面说,一面向前跨了两步。

白万剑适才见他双袖一拂,便将王万仞震得身受重伤,心想这小子离了凌霄城后,不知得逢什么奇遇,竟练成了这等深厚内功,旁的武功自也定然非同小可,哪里敢有丝毫疏忽?长剑抖动,一招"梅雪争春",虚中有实,实中有虚,剑尖剑锋齐用,剑尖是雪点,剑锋乃梅枝,四面八方的向石破天攻了过来。

霎时之间，石破天眼前一片白光，哪里还分得清剑尖剑锋？他惊惶之下，又是双袖向外乱挥，他空有一身浑厚内功，却丝毫不会运用，适才将王万仞摔出，不过机缘巧合而已，这时乱挥之下，力分则弱，何况白万剑的武功又远非王万仞之可比。但听得嗤嗤声响，他两只衣袖已被白万剑长剑削落，跟着咽喉间微微一凉，已被剑尖抵住。

白万剑情知对方高手如云，尤其贝海石武功决不在自己之下，站在石破天身后那老者目中神光湛然，也必是个极厉害的人物，身处险地，如何可给对方以喘息余暇？一招得手，立即抢上两步，左臂伸出，已将石破天挟在胁下，胳臂使劲，逼住了石破天腰间的两处穴道，喝道："列位朋友，今日得罪了，日后登门陪礼！"

柯万钧等眼见师哥得手，不待吩咐，立时将王万仞负起，同时向大门闯去。

陈冲之和米横野刀剑齐出，喝道："放下帮主！"刀砍肩头，剑取下盘，向白万剑同时攻上。

白万剑长剑颤动，当当两声，将刀剑先后格开，虽说是先后，其间相差实只一霎。他觉察到敌刃上所含内力着实不弱，心想："这两人武功已如此了得，长乐帮众好手并力齐上，我等九人非丧生于此不可。"身形一晃，贴墙而立，喝道："哪一个上来，兄弟只得先毙了石中玉，再和各位周旋。"

长乐帮群豪万料不到帮主如此武功，竟会一招之间便被他擒住，不由得都没了主意。

丁珰满脸惶急之色，向丁不三连打手势，要他出手。丁不三却笑了笑，心想："这小子武功极强，在那小船之上，轻描淡写的便卸了我的一掌，岂有轻易为人所擒之理？他此举定有用意，我何必强行出头，反而坏他的事？且暗中瞧瞧热闹再说。"丁珰见爷爷笑嘻嘻的漫不在乎，心下略宽，但良人落入敌手，总是担心。

这时柯万钧双掌抵门，正运内劲向外力推，大门外支撑的木柱被他推得吱吱直响，眼见大门便要被他推开。贝海石斜身而上，说道："柯朋友不用性急，待小弟叫人开门送客。"花万紫喝道："退开了！"挥动长剑，护住柯万钧的背心。

贝海石伸指便向剑刃上抓去。花万紫一惊："难道你这手掌竟然不怕剑锋？"便这么稍一迟疑，眼见贝海石的手指已然抓到剑上，不料他手掌和剑锋相距尚有数寸，蓦地里屈指弹出，嗡的一声，花万紫长剑把捏不住，脱手落地。贝海石右手探出，一掌拍在她肩头。这两下兔起鹘落，变招之速，实不亚于刚才白万剑在柱上留下六朵剑花。

丁不三暗暗点头："贝大夫五行六合掌武林中得享大名，果然有他的真实本领。"但见他轻飘飘的东游西走，这边弹一指，那边发一掌，雪山派众弟子纷纷倒地，每人最多和他拆上三四招，便给击倒。

白万剑大叫："好功夫，好五行六合掌，姓白的改日定要领教！"突然飞身而起，忽喇喇一声，冲破屋顶，挟着石破天飞了出去。

贝海石叫道："何不今日领教？"跟着跃起，从屋顶的破洞中追出。只见寒光耀眼，头顶似有万点雪花倾将下来。他身在半空，手中又无兵刃，急切间难以招架，立时使一个千斤坠，硬生生的直堕下来。这一下看是平淡无奇，但在一瞬间将向上急冲之势转为下坠，其间只要有毫发之差，便已中剑受伤，大厅中一众高手看了，无不打从心底喝出一声采来。但白万剑便凭了这一招，已将石破天挟持而去。贝海石足尖在地下一登，跟着又穿屋追出。

丁珰大急，也欲纵身从屋顶的破孔中追出。丁不三抓住她手臂，低声道："不忙！"

只听得砰砰、拍拍，响声不绝，屋顶破洞中瓦片泥块纷纷下坠。横卧在地的雪山派八弟子中,忽有一个瘦小人形急纵而起,快如狸猫,捷似猿猴,从屋顶破洞中钻了出去。

陈冲之反手一刀,嗤的一声,削下了他一片鞋底,便只一寸之差,没砍下他的脚板来。群豪都是一楞,没想到雪山派中除白万剑外,居然还有这样一个高手,他被贝海石击倒后,竟尚能脱身逃走。米横野深恐其余七人又再脱逃,一一补上数指。

这时长乐帮中已有十余人手提兵刃,从屋顶破洞中窜出,分头追赶。各人均想:"人家欺上门来,将我们帮主擒了去,若不截回,今后长乐帮在江湖上哪里还有立足之地?虽将敌人也擒住了七名,但就算擒住七十名、七百名,也不能抵偿帮主被擒之辱。"又想:"只须将那姓白的绊住,拆得三招两式,众兄弟一拥而上,救得帮主,那自是天大的奇功。"当下人人奋勇,分头追赶。

四下里呼哨大作,长乐帮追出来的人愈来愈众。

白万剑一招间便将石破天擒住,自己也觉难以相信,穿破屋顶脱出之后,心下暗呼:"惭愧!"耳听得身后追兵喊声大作,手中抱着人难以脱身远走,纵目四望,见西首河上一道拱桥,此时更无多思余暇,便即扑向桥底,抱着石破天站在桥蹬石上,紧贴桥身。

过不多时,便听得长乐帮群豪在小河南岸呼啸来去,更有七八人踏着石桥,自桥南奔至桥北。白万剑打定了主意:"若我行迹给敌人发觉,说不得只好先杀了这小子。"只听得又有一批长乐帮中人沿河畔搜将过来。突然间河畔草丛中忽喇声响,一人向东疾驰而去。

白万剑听着此人脚步声,知是师弟汪万翼,心头一喜。汪万翼的轻功在雪山派中向称第一,奔行如飞,他此举显是意在引开追兵,好让自己乘机脱险。果然长乐帮群豪蜂涌追去。白万剑心想:"长乐帮中识见高明之士不少,岂能留下空隙,任我从容逸去?"

正迟疑间，只听得橹声夹着水声，东边摇来三艘敞篷船，两艘装了瓜菜，一艘则装满稻草，当是乡人一早到镇江城里来贩卖。三艘船首尾相贯，穿过拱桥。白万剑大喜，待最后一艘柴船经过身畔时，纵身跃起，连着石破天一齐落到稻草堆上。稻草积得高高的，几欲碰到桥底，二人轻轻落下，船上乡人全不知觉。白万剑带着石破天身子一沉，钻入了稻草堆中。

柴船驶到柴市，靠岸停泊，摇船的乡农径自上茶馆喝茶去了。

白万剑从稻草中探头出来，见近旁无人，当即挟着石破天跃上岸来，见西首码头旁泊着一艘乌篷船，当即踏上船头，摸出一锭三两来重的银子，往船板一抛，说道："船家，我这朋友生了急病，快送我们上扬州去。这锭银子是船钱，不用找了。"船家见了这么大一锭银子，大喜过望，连声答应，拔篙开船。乌篷船转了几个弯便驶入运河，径向北航。

白万剑缩在船舱之中，他知这一带长乐帮势力甚大，稍露风声，群豪便会赶来，心下盘算："我虽侥幸擒得了石中玉这小子，但将七名师弟、师妹都陷在长乐帮中，却如何搭救他们出险？"心下一喜一忧，生恐石破天装模作样，过不到一盏茶时分，便伸指在他身上点上几处穴道，当乌篷船转入长江时，石破天身上也已有四五十处穴道被他点过了。

白万剑道："船家，你只管向下流驶去，这里又是五两银子。"船家大喜，说道："多谢客官厚赏，只是小人的船小，经不起江中风浪，靠着岸驶，勉强还能对付。"白万剑道："靠南岸顺流而下最好。"

驶出二十余里，白万剑望见岸上一座黄墙小庙，当即站在船头，纵声呼啸。庙中随即传出呼啸之声。白万剑道："靠岸。"那船家将船驶到岸旁，插了篙子，待要铺上跳板，白万剑早已挟了石破天纵跃而上。

白万剑刚踏上岸，庙中十余人已欢呼奔至，原来是雪山派第二批来接应的弟子。众人见他腋下挟着一个锦衣青年，齐问："白师哥，这个是……"

白万剑将石破天重重往地下一摔，愤然道："众位师弟，愚兄侥幸得手，终于擒到了这罪魁祸首。大家难道不认得他了？"

众人向石破天瞧去，依稀便是当年凌霄城中那个跳脱调皮的少年石中玉。

众人怒极，有的举脚便踢，有的向他大吐唾沫。一个年长的弟子道："大家可莫打伤了他。白师哥马到功成，实是可喜可贺。"白万剑摇了摇头，道："虽然擒得这小子，却失陷了七位师弟、师妹，其实是得不偿失。"

众人说着走进小庙。两名雪山弟子将石破天挟持着随后跟进。那是一座破败的土地庙，既无和尚，亦无庙祝。雪山派群弟子图这小庙地处荒僻，无人打扰，作为落脚联络之处。

白万剑到得庙中，众师弟摆开饭菜，让他先吃饱了，然后商议今后行止。虽说是商议，但白万剑胸中早有成竹，一句句说出来，众师弟自是尽皆遵从。

白万剑道："咱们须得尽快将这小子送往凌霄城，去交由掌门人发落。七位师弟、师妹虽然陷敌，谅来长乐帮想到帮主在咱们手中，也不敢难为他们。张师弟、王师弟、赵师弟三位是南方人，留在镇江城中，乔装改扮了，打探讯息。好在你们没跟长乐帮朝过相，他们认不出来。"张王赵三人答应了。白万剑又道："汪万翼汪师弟机灵多智，你们三个和他联络上后，全听他的吩咐。可别自以为入门早过他，摆师兄的架子，坏了大事。"张王赵三人对这位白师哥甚是敬畏，连声称是。

白万剑道："咱们在这里等到天黑，东下到江阴再过长江，远兜圈子回凌霄城去。路程虽然远些，长乐帮却决计料不到咱们会走这条路。这时候他们定然都已追过江北去了。"他对长乐帮十分忌惮，言下也毫不掩饰。

白万剑在四下察看了一周，众同门又聚在庙中谈论。他叹了口气，说道："咱们这次来到中原，虽然烧了玄素庄，擒得逆徒石中玉，但孙、褚两位兄弟死于非命，耿师弟他们又陷于敌手，实是大折本派的锐气，归根结底，总是愚兄统率无方。"

众同门中年纪最长的呼延万善说道："白师哥不必自责，其实真正原因，还是众兄弟武功没练得到家。大伙儿一般受师父传授，可是本门中除白师哥、封师哥两位之外，都只学了师尊武学的一点儿皮毛，没学到师门功夫的精义。"另一个胖胖的弟子闻万夫道："咱们在凌霄城中自己较量，都自以为了不起啦，不料到得外面来，才知满不是这么一回事。白师哥，咱们要等到天黑才动身，左右无事，请你指点大伙儿几招。"众师弟齐声附和。

白万剑道："爹爹传授众兄弟的武功，其实是一模一样，不存半分偏私。你们瞧封师哥练功比我勤勉，他功夫便在我之上。"闻万夫道："师父绝无偏私，这是人人知道的，只恨做兄弟的太笨，领会不到其中诀窍。"白万剑道："此去凌霄城，途中未必太平无事，多学一招剑法，咱们的力量便增了一分。呼延师弟、闻师弟，你们两个便过过招。赵师弟、王师弟，你们到外边守望，见到有什么动静，立即传声通报。"赵王二人心想白师哥要点拨师弟们剑法，自己偏偏无此眼福，心中老大不愿，却又不敢违抗师哥命令，只得怏怏出外。

呼延万善和闻万夫打起精神，各提长剑，相向而立。闻万夫站在下首，叫道："呼延师哥请！"呼延万善倒转剑柄，向白万剑一拱手，道："请白师哥点拨。"白万剑点了点头。呼延万善剑尖倏地翻上，斜刺闻万夫左肩，正是雪山派剑法中的一招"老枝横斜"。

凌霄城内外遍植梅花，当年创制这套剑法的雪山派祖师又生性爱梅，是以剑法中夹杂了不少梅花、梅萼、梅枝、梅干的形态，古朴飘逸，兼而有之。梅树枝干以枯残丑拙为贵，梅花梅萼以繁密浓聚为尚，因而呼延万善和闻万夫两人长剑一交上手，有时招式古朴，有时剑点密集，剑法一转，便见雪花飞舞之姿，朔风呼号之势，出招迅捷，宛若梅树在风中摇曳不定，而塞外大漠飞沙、驼马奔驰的意态，在两人的身形中亦偶尔一现。

石破天这时被抛在一旁，谁也不来理会。他百无聊赖之下，便观看呼延万善和闻万夫二人拆解剑法。他内功已颇为精湛，拳术剑法却一窍不通，眼看两人你一剑来、我一剑去，攻守进退，甚是巧妙，于其中理路自是全无所知，只觉斗得紧凑，倒也看得津津有味。

又看一会，觉得两人两柄长剑刺来刺去，宛如儿戏，明明只须再向前送，便可刺中了对手，总是力道已尽，倏然而止，功亏一篑。他想："他们师兄弟练剑，又不是当真要杀死对方，自然不会使尽了。"

忽听得白万剑喝道："且住！"缓步走到殿中，接过呼延万善手中长剑，比划了一个姿式，说道："这一招只须再向前递得两寸，早已胜了。"石破天道："是啊！白师傅说得很对，这一剑只须再向前刺上两寸，便已胜了。那位呼延师傅何以故意不刺？"

呼延万善点头道："白师哥指教得是，只是小弟这一招'风沙莽莽'用到这里时，内力已尽，再也无法刺前半寸。"

白万剑微微一笑，说道："内力修为，原非一朝一夕之功。但内力不足，可用剑法上的变化补救。本派的内功秘诀，老实说未必有特别的过人之处，比之少林、武当、峨嵋、昆仑诸派，虽说是各有所长，毕竟雪山一派创派的年月尚短，可能还不足以与已有数百年积累的诸大派相较。但本派剑法之奇，实说得上海内无双。诸位师弟在临敌之际,便须以我之长,攻敌之短,不可与人比拼内力,力求以剑招之变化精微取胜。"

众师弟一齐点头,心想:"白师哥这番话,果然是说中了我们剑法中最要紧的所在。"

凌霄城城主、雪山派掌门人威德先生白自在少年时得遇机缘,服食灵药,内力斗然间大进,抵得常人五六十年修练之功。他雪山派的内功法门本来平平无奇,白自在的内力却在少林、武当的高手之上。然而这种灵丹妙药,终究是可遇不可求之物,他自己内力虽强,门下诸弟子却在这一关上大大欠缺了。威德先生要强好胜,从来不向弟子们说起本门的短处。雪山派在凌霄城中闭门为王,众弟子也就以为本派内外功都是当世无敌。直至此番来到中原,连续失利,白万剑坦然直告,众人这才恍然大悟。

当下白万剑将剑法中的精妙变化,一招一式的再向各人指点。呼延万善与闻万夫拆招之后,换上两名师弟。两人比过后,白万剑命呼延万善、闻万夫在外守望,替回赵王二人。

众人经过了一番大阅历,深切体会到只须有一招剑法使得不到家,立时便是生死之分,无不凝神注目,再不像在凌霄城时那样单为练剑而用功了。

各人每次拆招,所使剑法都是大同小异。石破天人本聪明,再听白万剑不断点拨,当第七对弟子拆招时,那一路七十二招雪山剑法,石破天已大致明白,虽然招法的名称雅致,他既不明其意,便无法记得,而剑法中的精妙变化也未领悟,但对方剑招之来,如何拆架,如何反击,他心中所想像的已颇合雪山派剑法要旨。

众人全神贯注的学剑,学者忘倦,观者忘饥,待得一十八名雪山弟子尽数试完。这套剑法九对弟子反来覆去的已试演了九遍,石破天也已记得了十之六七。

忽然呛啷一响,白万剑掷下长剑,一声长叹。众师弟面面相觑，不知他此举是何含意。只见他眼光转向躺在地下的石破天，黯然道："这小子入我门来，短短两三年内，便领悟到本派武功精要之所在，比之学了十年、二十年的许多师伯、师叔，招式之纯自然不如，机变却大有过之。本派剑法原以轻灵变化为尚，有此门徒，封师哥固然甚为得意，掌门人对他也是青眼有加，期许他光大本派。唉……唉……唉……"连叹三声，惋惜之情见于颜色。

"气寒西北"白万剑武功固高，识见亦是超人一等，此刻指点十八名师弟练了半天剑，均觉这些师弟为资质所限，便再勤学苦练，也已难期大成，想到本派后继无人，甚觉遗憾。石中玉本是个千中之选的佳弟子，偏偏不肯学好。他此刻沉浸于剑法变幻之中，一时间忘了师门之恨，家门之辱，不由得大是痛心。

石破天见他瞧向自己的目光中含着极深厚的爱护情意，虽然不明白他的深意，心下却不禁暗暗感激。

土地庙中一时沉寂无声。过了片刻，白万剑右足在地下长剑的剑柄上轻轻一点，那剑倏地跳起，似是活了一般，自行跃入他的手中。他提剑在手，缓步走到中庭，朗声道："何方高人降临？便请下来一叙如何？"

雪山众弟子都吓了一跳，心道："长乐帮的高手赶来了？怎地呼延万善、闻万夫两个在外守望，居然没出声示警？来者毫无声息，白师哥又如何知道？"

只听得拍的一声轻响，庭中已多了两个人，一个男子全身黑衣，另一个妇人身穿雪白衣裙，只腰系红带、鬓边戴了一朵大红花，显得不是服丧。两人都是背负长剑，男子剑上飘的是黑穗，妇人剑上飘的是白穗。两人跃下，同时着地，只发出一声轻响，已然先声夺人，更兼二人英姿飒爽，人人瞧着都是心头一震。

白万剑倒悬长剑，抱剑拱手，朗声道："原来是玄素庄石庄主夫妇驾到。"

跃下的两人正是玄素庄庄主石清、闵柔夫妇。石清脸露微笑，抱拳说道："白师兄光临敝庄，愚夫妇失迎，未克稍尽地主之谊，抱歉之至。"

和石清夫妇在侯监集见过面的雪山弟子都已失陷于长乐帮总舵，这一批人却都不识，听得是他夫妇到来，不禁心下嘀咕："咱们已烧了他的庄子，不知他已否知道？"不料白万剑单刀直入，说道："我们此番自西域东来，本来为的是找寻令郎。当时令郎没能找到，在下一怒之下，已将贵庄烧了。"

石清脸上笑容丝毫不减，说道："敝庄原是建造得不好，白师兄瞧着不顺眼，代兄弟一火毁去，好得很啊，好得很！还得多谢白师兄手下留情，将庄中人丁先行逐出，没烧死一鸡一犬，足见仁心厚意。"

白万剑道："贵庄家丁仆妇又没犯事，我们岂可无故伤人？石庄主何劳多谢？"

石清道："雪山派群贤向来对小儿十分爱护，只恨这孩子不学好，胡作非为，有负白老前辈和封师兄、白师兄一番厚望。愚夫妇既是感激，又复惭愧。白老前辈身子安好？白老夫人身子安好？"说到这里，和闵柔一齐躬身为礼，乃是向他父母请安之意。

白万剑弯腰答礼，说道："家父托福安健，家母却因令郎之故，不在凌霄城中。"说到这里，不由得忧形于色。石清道："老夫人武功精湛，德高望重，一生善举屈指难数，江湖上人人钦仰。此番出外小游散心，福体必定安康。"白万剑道："多谢石庄主金言，但愿如此。只是家母年事已高，风霜江湖，为人子的不能不担心挂怀。"石清道："这是白师兄的孝思。为人子的孝顺父母，为父母的挂怀子女，原是人情之常。子女纵然行为荒谬不肖，为父母的痛心之余，也只有带回去狠狠管教。"

白万剑听他言语渐涉正题，便道："石庄主夫妇是武林中众所仰慕的英侠，玄素庄大厅上悬有一匾，在下记得写的是'黑白分明'四个大字。料来说的是石庄主夫妇明辨是非、主持公道的侠义胸怀。却不单是说两位黑白双剑纵横江湖的威风。"石清道："不错。'侠义胸怀'四字，愧不敢当。但想咱们学武之人，于这是非曲直之际总当不可含糊。但不知'黑白分明'这四字木匾，如今到了何处？"白万剑一楞，随即泰然道："是在下烧了！"

石清道："很好！小儿拜在雪山派门下，若是犯了贵派门规，原当任由贵派师长处治，或打或杀，做父母的也不得过问，这原是武林中的规矩。愚夫妇那日在侯监集上，将黑白双剑交在贵派手中，言明押解小儿到凌霄城来换取双剑，此事可是有的？"

白万剑和耿万锺、柯万钧等会面后，即已得悉此事。当日耿万锺等双剑被夺，初时料定是石清夫妇使的手脚，但随即遇到那一群狼狈逃归的官差轿伕，详问之下，得悉轿中人一老一小，形貌打扮，显是携着那小乞丐的摩天居士谢烟客。白万剑素闻谢烟客武功极高，行踪无定，要夺回这黑白双剑，实是一件大难事，此刻听石清提及，不由得面上微微一红，道："不错，尊剑不在此处，日后自当专诚奉上。"

石清哈哈一笑，说道："白师兄此言，可将石某忒也看得轻了。'黑白分明'四字，也不是石某夫妇才讲究的。你们既已将小儿扣押住了，又将石某夫妇的兵刃扣住不还，却不知是武林中哪一项规矩？"白万剑道："依石庄主说，该当如何？"石清道："大丈夫一言既出，驷马难追。要孩子不能要剑，要了剑便不能要人。"

白万剑原是个响当当的脚色，信重然诺，黑白双剑在本派手中失去，实是对石清有愧，按理说不能再强辞夺理，作口舌之争。但他曾和耿万锺等商议，揣测说不定石清与谢烟客暗中勾结，交剑之后，便请谢烟客出手夺去。何况石中玉害死自己独生爱女，既已擒住祸首，岂能凭他一语，便将人交了出去？当下说道："此事在下不能自专，石庄主还请原谅。至于贤夫妇的双剑，着落在白万剑身上奉还便了。白某若是无能，交不出黑白双剑，到贵庄之前割头谢罪。"这句话说得斩钉截铁，更无转圜余地。

石清知道以他身份，言出必践，他说还不出双剑，便以性命来赔，在势不能不信。但眼睁睁见到独生爱儿躺在满是泥污的地下，说什么也要救他回去。闵柔一进殿后，一双眼光便没离开过石破天的身上。她和爱子分别已久，乍在异地相逢，只想扑上去将他搂在怀中，亲热一番，眼中泪水早已滚来滚去，差一点要夺眶而出，任他白万剑说什么话，她都是听而不闻。只是她向来听从丈夫主张，是以站在石清身旁，始终不发一言。

石清道："白师兄言重了！愚夫妇的一对兵刃，算得什么？岂能与白师兄万金之躯相提并论？只是咱们在江湖上行走，万事抬不过一个'理'字。雪山派剑法虽强，人手虽众，却也不能仗势欺人，既要了剑，却又要人！白师兄，这孩子今日愚夫妇要带走了。"他说到这个"了"字，左肩微微一动，那是招呼妻子拔剑齐上的讯号。

寒光一闪，石清、闵柔两把长剑已齐向白万剑刺去。双剑刺到他胸前一尺之处，忽地凝立不动，便如猛然间僵住了一般。石清说道："白师兄，请！"他夫妇不肯突施偷袭。白万剑若不拔剑招架，双剑便不向前击刺。

白万剑目光凝视双剑剑尖，向前踏出半步。石清、闵柔手中长剑跟着向后一缩，仍和他胸口差着这么一尺。白万剑陡地向后滑出一步，当石清夫妇的双剑跟着递上时，只听得叮叮两声，白万剑已持剑还击，三柄长剑颤成了三团剑花。石清使的本是一柄黑色长剑，此刻使的则是一口青钢剑，碧油油地泛出绿光。三剑一交，霎时间满殿生寒。

雪山派群弟子对白师哥的剑法向来慑服，心想他虽然以一敌二，仍是必操胜算，各人抱剑在手，都贴墙而立，凝神观斗。初时但见石清、闵柔夫妇分进合击，一招一式，都是妙到巅毫，拆到六七十招后两人出招越来越快，已看不清剑路。白万剑使的仍是七十二路雪山剑法，众弟子练惯之下，看来已觉平平无奇，但以之对抗石清夫妇精妙的剑招，时守时攻，本来毫不出奇的一招剑法，在他手下却生出了极大威力。

殿上只点着一枝蜡烛，火光黯淡，三个人影夹着三团剑光，却耀眼生花，炽烈之中又夹着令人心为之颤的凶险，往往一剑之出，似是只毫发之差，便会血溅神殿。剑光映着烛火，三人脸上时明时暗。白万剑脸露冷傲，石清神色和平，闵柔亦不减平时的温雅娴静。单瞧三人的脸色气度，便和适才相互行礼问安时并无分别，但剑招狠辣，显是均以全力拼斗。

当石清夫妇来到殿中，石破天便认出闵柔就是在侯监集上赠他银两的和善妇人。他夫妇一进殿来，便和白万剑说个不停，跟着便拔剑相斗，始终没时候让石破天开口相认，至于他三人说些什么，石破天却一句也不懂，只知石清要向白万剑讨还两把剑，又有一个孩子什么的，黑白双剑他是知道的，却全没想到三人所争原来是为了自己。

石破天适才见到雪山派十八名弟子试剑，这时见三人又拔剑动手，既无一言半语叱责喝骂，神色间又十分平静，只道三人还是和先前一般的研讨武艺，七十二路雪山派剑法他早已看得熟了，这时在白万剑手中使出来轻灵自然，矫捷狠辣，每一招都看得他心旷神怡。

看了一会，再转而注视石清夫妇的剑法，便即发觉三人的剑路大不相同。石清是大开大阖，端严稳重；闵柔却是随式而转，使剑如带。两夫妇所使的剑法招式并无不同，但一刚一柔、一阳一阴，一直一圆、一速一缓,运招使式的内劲全然相反,但一与白万剑长剑相遇,两夫妇的剑招又似相辅相成,凝为一体。他夫妇在上清观学艺时本是同门师兄妹,学艺时互生情愫,当时合使剑法之际便已有心心相印之意,其后结褵二十余载,从未有一日分离,也从未有一日停止练剑,早已到了心意相通、有若一人的地步。剑法阴阳离合的体会,武林中更无另外两人能与之相比。这般剑法上的高深道理,石破天自然半点不懂。

石清夫妇的剑法内劲,分别和白万剑在伯仲之间,两个打一个,白万剑早非对手,只是白万剑的剑法中有一股凌厉的狠劲,闵柔生性斯文,出招时往往留有三分余地,三个人才拼斗了这么久。但别看闵柔一股娇怯怯的模样,剑法之精,殊不在丈夫之下。白万剑只斗到七十招时,便接连两次险些为闵柔剑锋扫中,心中已在暗暗叫苦,只是他生性刚强,纵然丧生在他夫妇剑底,也是宁死不屈,但攻守之际,不免越来越落下风。

雪山派中的几名弟子看出情势不对,一人大声叫道:"两个打一个,太不成话了。石庄主,你有种便和白师哥单打独斗,若是群殴,我们也要一拥而上了。"

石清一笑,说道:"风火神龙封师兄在这儿么?封师兄若在,原可和白师兄联手,咱们四个人比剑玩玩。"言下之意十分明白,雪山派群弟子中除了封万里,余人未必能与白万剑联手出剑。眼前敌手只白万剑一人,自己夫妇占了很大便宜,但独生爱子若被他携上凌霄城去,哪里还能活命?何况这庙中雪山派几近二十人,也可说自己夫妻两人斗他十余人,至于除白万剑一人之外其余都是庸手,又谁叫他雪山派中不多调教几个好手出来?

白万剑听他提到封万里,心下大怒:"封师哥只为收了你的小鬼儿子为徒,这才被爹爹斩去一臂,亏你还有脸提到他?"但高手比武不可丝毫乱了心神。白万剑本已处境窘迫,这一发怒,一招

"明驼骏足"使出去时不免招式稍老。石清登时瞧出破绽，举剑封挡，内力运到剑锋之上，将白万剑的来剑微微一黏。白万剑急忙运劲滑开，便只这电光石火的一个空隙，闵柔长剑已从空隙中穿了进去，直指白万剑胸口。

白万剑双目一闭，知道此剑势必穿心而过，无可招架。哪知闵柔长剑只递到离他胸口半尺之处，立即缩回。夫妇俩并肩向后跃开，擦的一声响，双剑同时入鞘，一言不发。

白万剑睁开眼来，脸色铁青，心想对方饶了我的性命，用意再也明白不过，那是要带了他们儿子走路，自己落败，如何再能穷打烂缠，又加阻拦？何况即使再斗，双拳难敌四手，终究斗他夫妇不过，想起爱女为他夫妇的儿子所害，自己率众来到中原，既将七名师弟妹失陷在长乐帮中，石中玉得而复失，而生平自负的雪山剑法又敌不过玄素双剑，一生英名付于流水，霎时间万念俱灰，怔怔的站着，也是不作一声。

这时呼延万善、闻万夫已得讯回庙，眼见师哥落败，齐声呼道："他们以多斗少，难道咱们便不能学样？"十八人各挺长剑，从四面八方向石清、闵柔夫妇攻了上去。

石清道："白师兄，我夫妇联手，虽然略占上风，胜败未分，接招！"说着挺剑向白万剑刺去。以白万剑的身份，适才对方既饶了自己性命，决不能再行索战，但石清自己发剑，却可招架，心道："好，我和你一对一的决一死战。"当即举剑格开，斜身还招。

白万剑和石清这一斗上手，情势又自不同，适才他以一敌二，处处受到牵制，防守固是极尽严密之能事，反击之际却难以尽情发挥，攻击石清时要防到闵柔来袭，剑刺闵柔时又须回招拆架石清在旁所作的呼应。这时一人斗一人，单剑对单剑，他又耻于适才之败，登时将这七十二路雪山剑法使得淋漓尽致，全力进击。

石清暗暗吃惊："'气寒西北'名下无虚，果是当世一等一的剑士！"提起精神，将生平所学尽数施展出来，心想："要教你知道我上清观剑法，原不在你雪山派之下。我命儿子拜在你派门下，乃是另有深意。你别妄自尊大，以为我石清便不如你白万剑了。"

二人这一拼斗，当真是棋逢敌手。白万剑出招迅猛，剑招纵横。石清却是端凝如山，法度严谨。白万剑连变了十余次剑招，始终占不到丝毫上风，心下也是暗暗惊异："此人剑法之高，更在他所享声名之上，然则他何以命他儿子拜在本派门下？"又想："适才我比剑落败，还可说双拳难敌四手，现下单打独斗，若再输得一招半式，雪山派当真是声名扫地了。我非得制住他的要害，也饶他一命不可，否则奇耻难雪。"他一存着急于求胜之心，出招时不免行险。石清暗暗心喜："你越急于求胜，只怕越易败在我的手里。"

十余招过去，果然白万剑连遇险招，他心中一凛，登时收摄心神，去奇诡而行正道，改急攻为争先着，到此地步，两人才真的是斗了个旗鼓相当，难分轩轾。

石破天在一旁看着二人相斗，虽然不明其中道理，却也看得出了神。

石清和白万剑也是斗得浑忘了身际的情事，待拆到二百余招之后，白万剑心神酣畅，只觉今日之斗实是平生一大快事，早将刚才被闵柔一剑制住之耻抛在脑后。石清也深以遇此劲敌为喜。两人自然而然都生出惺惺相惜之情，敌意渐去，而切磋之心越来越盛，各展绝技，要看对方如何拆解。

二人初斗之时，殿中叮叮当当之声响成一片，这时却唯有双剑撞击的铮铮之声。斗到分际，白万剑一招"暗香疏影"，剑刃若有若无的斜削过来。石清低赞一声："好剑法！"竖剑一立，双剑相交。两人所使的这一招上都运上了内劲，拍的一声响，石清手中青钢剑竟尔折断。他手中长剑甫断，左边一剑便递了上来。石清左手接过，一招"左右逢源"，长剑自左至右的在身前划了一弧，以阻对方继续进击。

白万剑退后一步，说道："此是石庄主剑质较劣，并非剑招上分了输赢。石庄主若有黑剑在手，宝剑焉能折断？倒是兄弟的不是了。"刚说了这句话，突然间脸色大变，这才发觉站在石清左首递剑给他的乃是闵柔，本派十八名师弟，却横七竖八的躺得满地都是。

原来当白万剑全神贯注的与石清斗剑之时，闵柔已将雪山派十八名弟子一一刺伤倒地。每人身上所受剑伤都极轻微，但闵柔的内力从剑尖上传了过去，直透穴道，竟使众人中剑后再也动弹不得。这是闵柔剑法中的一绝。她宅心仁善，不愿杀伤敌人，是以别出心裁，将上清观的打穴法融化在剑术之中。雪山派十八名弟子虽说是中剑，实则是受了她内力的点穴，只不过她内力未臻上乘境界，否则剑尖碰到对方穴道，便可制敌而不使其皮肉受伤。

闵柔手中长剑一递给丈夫，足尖轻拨，从地下挑起一柄雪山派弟子脱落的长剑，握在手中，站在丈夫左侧之后三步，随时便能抢上夹击。

白万剑一颗心登时沉了下去，寻思："我和石清说什么也只能斗个平手，石夫人再加入战团，旧事重演，还打什么？"黯然说道："只可惜封师哥不在这里，否则封白二人联手，当可和贤伉俪较量一场。今日败势已成，还有什么可说？"

石清道："不错，日后遇到风火神龙……"一句话没说完，想起封万里为了儿子石中玉之故，臂膀为他师父所斩，日后纵然遇到，也不能比剑了，登时住口，不再继续往下说，脸上不禁深有惭色，丝毫不以夫妇联手打败雪山派十九弟子为喜。

石破天见白万剑脸色铁青，显是心中痛苦之极，而石清、闵柔均有同情和惋惜之色，心想："雪山派这十八个师弟都是笨蛋，没一个能帮他和石庄主夫妇两个斗两个,好好的比一场剑,当真十分扫兴。"想起白万剑适才凝视自己时大有爱惜之意,寻思:"白师傅对我甚好,那位石夫人给过我银子,待我也不错。他们要比剑,却少一个对手,有一位封师哥什么的,偏偏不在这里,大家都不开心。我虽然不会什么剑法,但刚才看也看熟了,帮他们凑凑热闹也好。"当即站起身来,学着白万剑适才的模样,足尖在地下一柄长剑的剑柄上一点,内力到处,那剑呼的一声,跃将起来。他毛手毛脚的抢着抓住剑柄,笑道:"你们少了一个人,比不成剑,我来和白师傅联手,凑个兴儿。不过我是不会的,请你们指点。"

白万剑和石清夫妇见他突然站起,都是大吃一惊。白万剑心想自己明明已点了他全身数十处穴道,怎么忽然间能迈步行动,定是闵柔在击倒本派十八弟子后,便去解开他的穴道。石清、闵柔料想白万剑既将他擒住,定然便点了他的重穴,怎么竟会走过来?闵柔叫道:"玉……"那一声"玉儿"只叫得一个字,便即住口,转眼向丈夫瞧去。

石破天被白万剑点了穴道,躺在地下已有两个多时辰。本来白万剑点了旁人穴道,至少要六个时辰方得解开,可是石破天内功深厚,虽然不会自解穴道之法,但不到一个时辰,各处所封穴道在他内力自然运行之下,不知不觉的便解开了。他浑浑噩噩,全然不知,只觉本来手足麻木,不会动弹,后来慢慢的都会动了。

白万剑大声道:"你为什么要和我联剑?要试试你在雪山派所学的剑法?"

石破天心想:"我确是看你们练剑而学到了一些,就只怕学错了。"便点了点头,道:"我学的也不知学对了没有,请白师傅和石庄主、石夫人教我。"说着长剑斜起,站在白万剑身侧,使的正是雪山剑法中一招"双驼西来"。

石清、闵柔夫妇一齐凝视石破天,他们自送他上凌霄城学剑,已有多年不见,此刻异地重逢,中间又渗着许多爱怜、喜悦、恼恨、惭愧之情,当真是百感交集。夫妇俩见儿子长得高了,身子粗壮,脸上虽有风尘憔悴之色,却也掩不住一股英华飞逸之气,尤其一双眸子精光灿然,便似体内蕴蓄有极深的内功一般。

石清身为严父,想到武林中的种种规矩,这不肖子大坏玄素庄门风,令他夫妇在江湖上羞于见人,这几年来,他夫妇只是暗中探访他的踪迹,从不和武林同道相见。他此刻见到父母,居然不上前拜见,反要比试武艺,单此一事,足见雪山派说他种种轻佻不端的行径当非虚假,不由得暗暗切齿,只是他向来极沉得住气,又碍于在白万剑之前,一时不便发作。

闵柔却是慈母心肠,欢喜之意,远过恼恨。她本来生有两子,次子为仇家所害惨死,伤心之余,将疼爱两子之心都移注在这长子石中玉身上。她常对丈夫为儿子辩解,说雪山派一面之辞未必可信,定是儿子在凌霄城中受人欺凌,给逼得无可容身,多半还是白自在的孙女恃宠而骄,欺压得他狠了,因而他愤而反抗。否则他小小年纪,怎会做出这种贪淫犯上的事来?何况白家的女孩儿当时只十二三岁,中玉也不会对这样的小姑娘胡作非为。数年中风霜江湖,一直没得到儿子的讯息,她时时暗中饮泣,总担心儿子已葬身于西域大雪山中,又或是膏于虎狼之吻,此刻乍见爱子,他便是有天大的过犯,在慈母心中早就一切都原谅了。但见他提剑而出,步履轻健,身形端稳,不由得心花怒放,恨不得将他搂在怀里,好好的疼他一番。她知这个儿子从小便狡狯过人,既说要和白万剑联手比剑,定是另有深意,她深恐丈夫恼怒之下,出声呵责,又想看看儿子这些年来武功进境到底如何,当即说道:"好啊,咱们四个便二对二的研讨一下武功,反正是点到为止,也没什么相干。"语音柔和,充满了爱怜之意,只是心下激动,话声却也颤了。

石清向妻子斜视了一眼,点了点头。闵柔性子和顺,什么事都由丈夫作主，自来不出什么主意，但她偶尔说什么话，石清倒也总不违拗。他猜想妻子的心意，一来是急于要瞧儿子的武功，二来是要白万剑输得心服，谅来石中玉小小年纪，就算聪明，剑法也高不过那些被闵柔点倒的雪山派众师叔，何况他决计不会真的帮着白万剑出力与父母相抗。

白万剑却另有一番主意："你以雪山派剑法和我联手抗敌，便承认是雪山派弟子。不论这场比剑结果如何，只须我不为你一家三人所杀，待得取出雪山派掌门人令符，你便非得跟我回山不可。石清夫妇若再阻挠，那更是坏了武林中的规矩。"当下长剑一举，说道："是二对二也好，是三对一也好，白某人反正是玄素双剑的手下败将，再来舍命陪君子便是。"他已定下死志，倘若他石家三人向自己围攻逼迫，那便说什么也要杀了石中玉，只须不求自保，舍命杀他谅来也办得到。

石破天见他长剑剑尖微颤，斜指石清，当是似攻实守，便道："那么是由我抢攻了。"长剑也是微颤，向石清右肩刺去，一招刺出，陡然间剑气大盛。这一剑去势并不甚急，但内力到处，只激得风声嗤嗤而响，剑招是雪山剑法，内力之强却远非白万剑所能及。

白万剑、石清、闵柔三人同时不约而同的低声惊呼："咦！"

石破天这一剑刺出，白万剑初见便微生卑视之意，心想："你这一招'云横西岭'，右肘抬得太高，招数易于用老；左指部位放得完全不对，不含伸指点穴的后着；左足跨得前了四寸，敌人若施反击，便不惧你抬左足踢他胫骨……"他一眼之间，便瞧出了石破天这一招中八九处错失，但霎时之间，卑视立时变为错愕。石破天这一招剑气之劲，真是生平罕见，只有父亲酒酣之余，向少数几名得意弟子试演剑法之时，出剑时才有如此嗤嗤声响，但那也要在三四十招之后，内力渐渐凝聚，方能招出生风。石破天这般起始发剑便有疾风厉声，难道剑上装有哨子之类的古怪物事么？

他这念头只是一转,便知所想不对,只见石清"咦"了一声之后,举剑封挡,喀的一声响,石清手中长剑立时断为两截。上半截断剑直飞出去,插入墙中,深入数寸。

石清只觉虎口一热,膀子颤动,半截剑也险些脱手。他虽恼恨这个败子,但练武之人遇上了武功高明之士,忍不住会生出赞佩的念头,一个"好"字当下便脱口而出。

石破天见石清的长剑断折,却吃了一惊,叫声:"啊哟!"立即收剑,脸上露出歉仄和关怀之意。这时他脸向烛火,这般神色都教石清、闵柔二人瞧在眼里。夫妇二人心中都闪过一丝暖意:"玉儿毕竟还是个孝顺儿子!"

石清抛去断剑,用足尖又从地下挑起一柄长剑,说道:"不用顾忌,接招罢!"刷的一剑,向石破天左腿刺去。石破天毕竟从来没练过剑术,内力虽强,在进攻时尚可发出威力,一遇上石清这种虚虚实实、忽左忽右的剑法,却哪里能接得住?一招间便慌了手脚,总算心念转得甚快,手忙脚乱的使招"苍松迎客",横剑挡去。

石清长剑略斜,剑锋已及他右腿,倘若眼前这人不是他亲生儿子,而是个须杀之而后快的死敌,这一剑已将石破天右腿斩为两截。他长剑轻轻一抖,闵柔却已吓出了一身冷汗,急叫:"清哥!"

石破天眼望自己右腿时,但见裤管上已被划开一道破口,却没伤到皮肉。他歉然笑道:"多谢你手下留情,我的剑法学得全然不对,比你可差得远了!"

他这句话出于真心,但言者无意,听者有心,语入白万剑耳中,直是一万个不受用,心道:"你向父亲说你剑法比他差得甚远,岂非明明在贬低雪山派剑法?又说学得全然不对,便是说我们雪山派藏私,没好好教你。只一句话,便狠狠损了雪山派两下。白万剑但教一口气在,岂能受你这小子奚落折辱?"

石清也是眉头微蹙,心想:"师妹老是说玉儿在雪山派中必受师叔、师兄辈欺凌，我想白老前辈为人正直，封万里肝胆侠义，既收我儿为徒，决不能亏待了他。但瞧他使这两招剑法，姿式已然不对，中间更是破绽百出，如何可以临敌？似乎他在凌霄城中果然没学到什么真实武功。他先一剑内力强劲之极，但这份内力与雪山派定然绝无干系，便威德先生自己也未必有此造诣，必是他另有奇遇所致。到底如何，须得追究个水落石出，日后也好分辩是非曲直。"当下说道："来来来，大家不用有什么顾忌，好好的比剑。"左手捏个剑诀，向前一指，挺剑向白万剑刺去。

白万剑举剑格开，还了一剑。

闵柔便伸剑向石破天缓缓刺去，她故意放缓了去势，好让儿子不致招架不及。石破天见她这一剑来势甚缓，想起当年侯监集上赠银之情，裂开了嘴向她一笑，又点头示谢，这才提剑轻轻一挡。闵柔见他神情，只道他是向母亲招呼，心中更喜，回剑又向他腰间掠去。石破天想了一想："这一招最好是如此拆解。"当下使出一招雪山剑法，将来剑格开。

闵柔见他剑法生疏之极，出招既迟疑，递剑时手法也是嫩极，不禁心下难过："雪山派这些剑客们自命侠义不凡，却如此的教我儿剑法！"于是又变招刺他左肩。她每一招递出，都要等石破天想出了拆解之法，这才真的使实，倘若他一时难以拆解，她便慢慢的等待。这哪是比剑？比之师徒间的喂招，她更多了十二分慈爱，十二分耐心。

十余招后，石破天信心渐增，拆解快了许多。闵柔心中暗喜，每当他一剑使得不错，便点头嘉许。石破天早看出她在指点自己使剑，倘若闵柔不点头，那便重使一招，闵柔如认为他拆解不善，仍会第三次以同样招式进击，总要让他拆解无误方罢。

这边厢石清和白万剑三度再斗，两人于对方的功力长短，心下均已了然，更不敢有丝毫怠忽。数招之后，两人都已重行进入全神专注、对周遭变故不闻不见的境界，闵柔和石破天如何拆招、是真斗还是假打、谁占上风谁处败势，石白二人固然无暇顾及，却也无法顾及，在这场厘毫不能相差的拼斗中，只要哪一个稍有分心，立时非死即伤。

闵柔于指点石破天剑法之际，却尽有余暇去看丈夫和白万剑的厮拼。她静听丈夫呼吸悠长，知他内力仍然充沛，就算不胜，也决不会落败，眼见石破天一剑又一剑的将雪山剑法演完，七十二路剑法中却忘了二十来路，于是又顺着他剑法的路子，诱导他再试一遍。

石破天第二遍再试，比之第一次时便已颇有进境，居然能偶尔顺势反击，拆解之时也快了些。他堪堪把学到的四十几路剑法第二次又将拆完，闵柔见丈夫和白万剑仍在激斗，心想："把这套剑拆完后，便该插手相助，不必再跟这白万剑纠缠下去，带了玉儿走路便是。"眼见石破天一剑刺来，便举剑挡开，跟着还了一招，料想这一招的拆法儿子已经学会，定会拆解妥善，岂知便在此时，眼前陡然一黑，原来殿上的蜡烛点到尽头，猛地里熄了。

闵柔一剑刺出，见烛光熄灭，立时收招。不料石破天没半分临敌经验，眼前一黑，不向后退，反而迎了上去，想要和闵柔叙旧罢斗，谢她教剑之德，这一步踏前，正好将身子凑到了闵柔剑上。

闵柔只觉兵刃上轻轻一阻，已刺入人身，大惊之下，抽剑向后掷去，黑暗中伸臂抱了石破天，惊叫："刺伤了你吗？伤在哪里？伤在哪里？"石破天道："我……我……"连声咳嗽，说不出话来。闵柔急晃火折，只见石破天胸口满是鲜血，她本来极有定力，这时却吓得呆了，心下惶然一片，仰头向石清道："师哥，怎……怎么办？"

石清和白万剑在黑暗之中仍是凭着对方剑势风声，剧斗不休。待得闵柔晃亮火折，哀声叫嚷，石清斜目一瞥，见石破天受伤倒地，妻子惊惧已极，毕竟父子关心，心中微微一乱。便这么稍露破绽，白万剑已乘隙而入，长剑疾指，刺向石清心口，这一招制其要害，石清要待拆架，已万万不及。

白万剑长剑递到离对方胸口八寸之处，立即收剑。适才闵柔在剑法上制他死命之后，回剑不刺，现下他一命还一命，也在制住对方要害之后撤剑，从此谁也不亏负谁。

石清挂念儿子伤势，也不暇去计较这些剑术上的得失荣辱，忙俯身去看石破天的剑伤，只见他胸口鲜血缓缓渗出，显是这一剑刺得不深。原来闵柔反应极快，剑尖甫触人体，立即缩回。石清、闵柔正自心下稍慰，只见一柄冷森森的长剑已指住石破天的咽喉。

只听白万剑冷冷的道："令郎辱我爱女，累得她小小年纪，投崖自尽，此仇不能不报。两位要是容我带他上凌霄城去，至少尚有二月之命，但若欲用强，我这一剑便刺下去了。"

石清和闵柔对望一眼。闵柔不由得打个寒噤，知道此人言出必践，等他这一剑刺下，就算夫妇二人合力再将他毙于剑底，也已于事无补。石清使个眼色，伸手握住妻子手腕，纵身便窜出殿外。闵柔将出殿门时回过头来，向躺在地下的爱儿再瞧一眼，眼色又是温柔，又是悲苦，便这么一瞬之间，她手中火折已然熄灭，殿中又是黑漆一团。

白万剑侧身听着石清夫妇脚步远去，知他夫妇定然不肯干休，此后回向凌霄城的途中，定将有无数风波、无数恶斗，但眼前是暂且不会回来了，回想适才的斗剑，实是生平从所未遇的奇险，倘若那蜡烛再长得半寸，这姓石的小子非给他父母夺去不可。

他定了定神，吁了一口气，伸手到怀中去摸火刀火石，却摸了个空，这才记得去长乐帮总舵之前已交给了师弟闻万夫，以免激斗之际多所累赘，高手过招，相差只在毫发之间，身上轻得一分就灵便一分。当下到躺在身旁地下的一名师弟怀中摸到了火刀、火石、火纸，打着了火，待要找一根蜡烛，突然一呆，脚边的石中玉竟已不知去向。

他惊愕之下，登时背上感到一阵凉意，全身寒毛直竖，心中只叫："有鬼，有鬼！"若不是鬼怪出现，这石中玉如何会在这片刻之间无影无踪，而自己又全无所觉？他一凛之后，抛去火折，提着长剑直抢到庙外。四下里绝无人影。

他初时想到"有鬼"，但随即知道早有高手窥伺在侧，在自己摸索火石之时，乘机将人救去，多半便是贝海石。他急跃上屋，游目四顾，唯见东南角上有一丛树林可以藏身，当下纵身落地，抢到林边，喝道："鬼鬼祟祟的不是好汉，出来决个死战。"

略待片刻，林中并无人声，他又叫："贝大夫，是你吗？"林中仍无回答。当此之时，也顾不得敌人在林中倏施暗算，当即提剑闯了进去。但林中也是空荡荡地，凉风拂体，落叶沙沙，江南秋意已浓。

白万剑怒气顿消，适才这一战已令他不敢小觑了天下英雄，这时更兴"天上有天，人上有人"之念，心中隐隐感到三分凉意，想起女儿稚龄惨亡，不由得悲从中来。

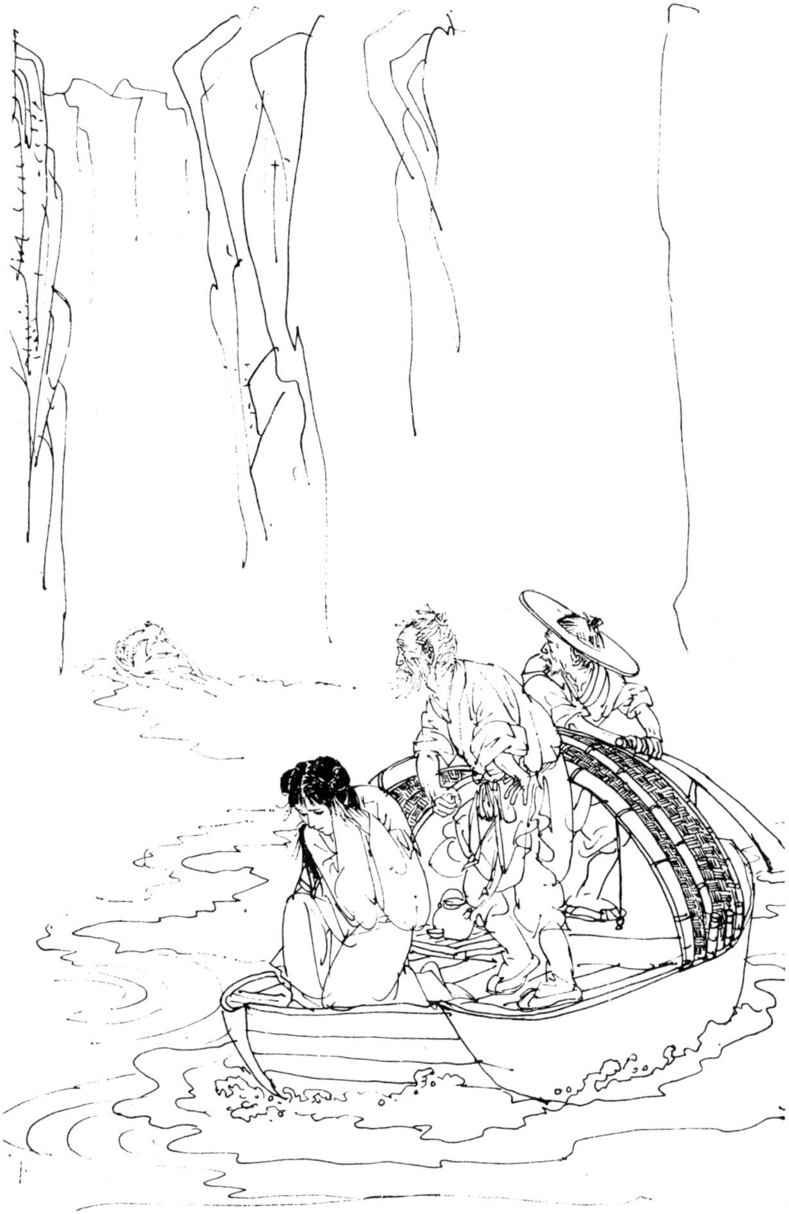

长江中风劲水急,两船瞬息间已相距十余丈,丁不三轻功再高,却无法纵跳过去。那小船轻舟疾行,越驶越远,再也追不上了。

八

白痴

　　石破天自己撞到闵柔剑上，受伤不重，也不如何疼痛，眼见石清、闵柔二人出庙，跟着殿中烛火熄灭，一团漆黑之中，忽觉有人伸手过来，按住自己嘴巴，轻轻将自己拖入了神台底下。正惊异间，火光闪亮，见白万剑手中拿着火折，惊叫："有鬼，有鬼！"奔出庙去，料得他不知自己躲在神台之下，出庙追寻，不由得暗暗好笑，只觉那人抱着自己快跑出庙，奔驰了一会，跃入一艘小舟，接着有人点亮油灯。

　　石破天见身畔拿着油灯的正是丁珰，心下大喜，叫道："叮叮当当，是谁抱我来的？"丁珰小嘴一撇，道："自然是爷爷了，还能有谁？"石破天侧过头来，见丁不三抱膝坐在船头，眼望天空，便问："爷爷，你……你……抱我来做什么？"

　　丁不三哼了一声，说道："阿珰，这人是个白痴，你嫁他作甚？反正没跟他同房，不如趁早一刀杀了。"

　　丁珰急道："不，不！天哥生了一场大病，好多事都记不起了，慢慢就会好。天哥，我瞧瞧你的伤口。"解开他胸口衣襟，拿手帕蘸水抹去伤口旁的血迹，敷上金创药，再撕下自己衣襟，给他包扎了伤口。

　　石破天道："谢谢你。叮叮当当，你和爷爷都躲在那桌子底下吗？好像捉迷藏，好玩得很。"丁珰道："还说好玩呢？你爸爸妈妈和那姓白的斗剑，可不知瞧得我心中多慌。"石破天奇道："我爸爸妈妈？你说那个穿黑衣服的大爷是我爸爸？那个俊女人可不是我妈妈……我妈妈不是这个样子，没她好看。"丁珰叹了口气，说道："天哥，你这场病真是害得不轻，连自己父母亲也忘了。我瞧你使那雪山剑法，也是生疏得紧，难道真的连武功也都忘记得干干净净了？……这……这怎么会？"

原来石破天为白万剑所擒，丁三祖孙一路追了下来。白万剑出庙巡视，两人乘机躲入神台之下，石清夫妇入庙斗剑种种情形，祖孙二人都瞧在眼里。丁不三本来以为石破天假装失手，必定另有用意，哪知见他使剑出招，剑法之糟，几乎气破了他肚子，心中只是大骂："白痴，白痴！"乘着白万剑找寻火刀、火石，便将石破天救出。

只听得石破天道："我会什么武功？我什么武功也不会。你这话我更加不明白了。"丁不三再也忍耐不住，突然站起，回头厉声说道："阿珰，你到底是迷了心窍还是什么，偏要嫁这么个胡说八道、莫名其妙的小混蛋？我一掌便将他毙了，包在爷爷身上，给你另外找一个又英俊、又聪明、风流体贴、文武双全的少年来给你做小女婿儿。"

丁珰眼中泪水滚来滚去，哽咽道："我……我不要什么别的少年英雄。他……他又不是白痴，只不过……只不过生了一场大病，脑子一时胡涂了。"

丁不三怒道："什么一时胡涂？他父母明明武功了得，他却自称是'狗杂种'，他若不是白痴，你爷爷便是白痴。瞧着他使剑那一副鬼模样，不教人气炸了胸膛才怪，那么毛手毛脚的，没一招不是破绽百出，到处都是漏洞。嘿嘿，人家明明收了剑，这小子却把身子撞到剑上去，硬要受了伤才痛快。这样的脓包我若不杀，早晚也给人宰了。江湖上传出去,说道丁不三的孙女婿给人家杀了,我还做人不做?不行,非杀不可!"

丁珰咬一咬下唇,问道:"爷爷,你要怎样才不杀他?"丁不三道:"哈,我干么不杀他?非杀不可,没的丢了我丁不三的脸。人家听说丁老三杀了自己的孙女婿,没什么希奇。若说丁老三的孙女婿给人家杀了,那我怎么办?"丁珰道:"怎么办?你老人家替他报仇啊。"丁不三哈哈大笑,道:"我给这种脓包报仇?你当你爷爷是什么人?"丁珰哭道:"是你叫我和他拜堂的,他早是我的丈夫啦。你杀了他,不是教我做小寡妇么?"

丁不三搔搔头皮,说道:"那时候我曾试过他,觉得他内功不坏,做得我孙女婿,哪知他竟是个白痴。你一定不让我杀他,那也成,却须依我一件事。"

丁珰听到有了转机,喜道:"依你什么事?快说,爷爷,快说。"

丁不三道:"我说他是白痴,该杀。你却说他不是白痴,不该杀。好罢,我限他十天之内,去跟那个白万剑比武,将那个'气寒西北'什么的杀死了或者打败了,我才饶他,才许他和你做真夫妻。"

丁珰倒抽了一口凉气,刚才亲眼见到白万剑剑术精绝,石郎如何能是这位剑术大名家的敌手,只怕再练二十年也是不成,说道:"爷爷,你出的明明是个办不到的难题。"

丁不三道:"难也好,容易也好,他打不过白万剑,我一掌便将这白痴毙了。"自觉这题目出得甚好,这小子说什么也办不到,不禁洋洋自得。

丁珰满腹愁思,侧头向石破天瞧去,却见他一脸漫不在乎的神气,悄声道:"天哥,我爷爷限你在十天之内,打败那个白万剑,你说怎样?"石破天道:"白万剑?他剑法好得很啊,我怎打得过他?"丁珰道:"是啊。我爷爷说,你若是打不赢他,便要将你杀了。"石破天嘻嘻一笑，说道："好端端的为什么杀我？爷爷跟你说笑呢，你也当真？爷爷是好人，不是坏人，他……他怎么会杀我？"

丁珰一声长叹，心想："石郎当真病得傻了，不明事理。眼前之计，唯有先答允爷爷再说，在这十天之中，好歹要想法儿让石郎逃走。"于是向丁不三道："好罢，爷爷，我答允了，教他十天之内，去打败白万剑便是。"

丁不三冷冷一笑，说道："爷爷饿了，做饭吃罢！我跟你说：一不教，二别逃，三不饶。不教，是爷爷决不教白痴武艺。别逃，是你别想放他逃命，爷爷只要发觉他想逃命，不用到十天，随时随刻便将他毙了。不饶，用不着我多说。"

丁珰道："你既说他是白痴，那么你就算教他武艺，他也是学不会的，又何必'一不教'？"丁不三道："就算爷爷肯教，他十天之内又怎能去打败白万剑？教十年也未必能够。"丁珰道："那是你教人的本领不好，以你这样天下无敌的武功，好好教个徒儿出来，怎会及不上雪山派白自在的徒儿？难道什么威德先生白自在还能强过了你？"

丁不三微笑道："阿珰，你这激将之计不管用。这样的白痴，就算神仙也拿他没法子。你有没听见石清夫妇跟白万剑的说话？这白痴在雪山派中学艺多年，居然学成了这样独脚猫的剑法？"他名叫丁不三，这"三"字犯忌，因此"三脚猫"改称"独脚猫"。

其时坐船张起了风帆，顺着东风，正在长江中溯江而上，向西航行。天色渐明，江面上都是白雾。丁珰说道："好，你不教，我来教。爷爷，我不做饭了，我要教天哥武功。"

丁不三怒道："你不做饭，不是存心饿死爷爷么？"丁珰道："你要杀我丈夫，我不如先饿死了你。"丁不三道："呸，呸！快做饭。"丁珰不去睬他，向石破天道："天哥，我来教你一套功夫，包你十天之内，打败了那白万剑。"丁不三道："胡说八道，连我也办不到的事，凭你这小丫头又能办到？"

祖孙俩不住斗口。丁珰心中却着实发愁。她知爷爷脾气古怪，跟他软求决计无用，只有想个什么刁钻的法子，或能让他回心转意，寻思："我不给他做饭，他饿起上来，只好停舟泊岸，上岸去买东西吃，那便有机可乘，好教石郎脱身逃走。"

不料石破天见丁不三饿得愁眉苦脸，自己肚中也饿了，他又怎猜得到丁珰的用意，站起身来，说道："我去做饭。"丁珰怒道："你去劳碌做饭，创口再破，那怎么办？"

丁不三道："我丁家的金创药灵验如神，敷上即愈，他受的剑创又不重，怕什么？好孩子，快去做饭给爷爷吃。"为了想吃饭，居然不叫他"白痴"。丁珰道："他做饭给你吃，那么你还杀不杀他？"丁不三道："做饭管做饭，杀人管杀人。两件事毫不相干，岂可混为一谈？"

石破天一按胸前剑伤，果然并不甚痛，便到后梢去淘米烧饭，见一个老梢公掌着舵，坐在后梢，对他三人的言语恍若不闻。煮饭烧菜是石破天生平最拿手之事，片刻间将两尾鱼煎得微焦，一镬白米饭更是煮得热烘烘、香喷喷地。

丁不三吃得连声赞好，说道："你的武功若有烧饭本事的一成，爷爷也不会杀你了。当日你若没跟阿珰拜堂成亲，只做我的厨子，别说我不会杀你，别人若要杀你，爷爷也决不答应。唉，只可惜我先前已限定了十日之期，丁不三言出如山，决不能改，倘若我限的是一个月，多吃你二十天的饭，岂不是好？这当儿悔之莫及，无法可想了。"说着叹气不已。

吃过饭后，石破天和丁珰并肩在船尾洗碗筷。丁珰见爷爷坐在船头，低声道："待会我教你一套擒拿手法，你可得用心记住。"

石破天道："学会了去跟那白师傅比武么？"丁珰道："你难道当真是白痴？天哥，你……你从前不是这个样子的。"石破天道："从前我怎么了？"丁珰脸上微微晕红，道："从前你见了我，一张嘴可比蜜糖儿还甜，千伶百俐，有说有笑，哄得我好不欢喜，说出话来，句句令人意想不到。你现在可当真傻了。"

石破天叹了一口气，道："我本来不是你的天哥，他会讨你欢喜，我可不会，你还是去找他的好。"丁珰软语央求："天哥，你这是生了我的气么？"石破天摇头道："我怎会生气？我跟你说实话，你总是不信。"

丁珰望着船舷边滔滔江水，自言自语："不知道什么时候，他才会变回从前那样。"呆呆出神，手一松，一只磁碗掉入了江中，在绿波中晃得两下便不见了。

石破天道："叮叮当当，我永远变不成你那个天哥。倘若我永远是这么……这么……一个白痴，你就永远不会喜欢我，是不是？"

丁珰泫然欲泣，道："我不知道，我不知道！"心中烦恼已极，抓起一只只磁碗，接二连三的抛入了江心。

石破天道："我……我要是口齿伶俐，说话能讨你欢喜，那么我便整天说个不停，那也无妨。可是……可是我真的不是你那个'天哥'啊。要我假装，也装不来。"

丁珰凝目向他瞧去，其时朝阳初上，映得他一张脸红彤彤地，双目灵动，脸上神色却十分恳挚。丁珰幽幽叹了口气，说道："若说你不是我那个天哥，怎么肩头上会有我咬伤的疤痕？怎么你也是这般喜欢拈花惹草，既去勾引你帮中展香主的老婆，又去调戏雪山派的那花姑娘？若说你是我那个天哥，怎么忽然间痴痴呆呆，再没从前的半分风流潇洒？"

石破天笑道："我是你的丈夫，老老实实的不好吗？"丁珰摇头道："不，我宁可你像以前那样活泼调皮，偷人家老婆也好，调戏人家闺女也好，便不爱你这般规规矩矩的。"石破天于偷人家老婆一事，心中始终存着个老大疑窦，这时便问："偷人家老婆？偷来干什么？老伯伯说，不先跟人家说而拿人东西，便是小贼。我偷人家老婆，也算小贼么？"

丁珰听他越说越缠夹，简直莫名其妙，忍不住怒火上冲，伸手便扭住他耳朵用力一扯，登时将他耳根子上血也扯出来了。

石破天吃痛不过，反手格出。丁珰只觉一股大得异乎寻常的力道击在她手臂之上，身子猛力向后撞去，几乎将后梢上撑篷的木柱也撞断了。她"啊哟"一声，骂道："死鬼，打老婆么？使这么大力气。"石破天忙道："对不起！我……我不是故意的。"

丁珰望手臂上看去，只见已肿起了又青又紫的老大一块，忽然之间，她俏脸上的嗔怒变为喜色，握住了石破天双手，连连摇晃，道："天哥，原来你果然是在装假骗我。"

石破天愕然："装什么假？"丁珰道："你武功半点也没失去。"石破天道："我不会武功。"丁珰嗔道："你再胡说八道，瞧我理不理你。"伸出手掌往他左颊上打去。

石破天一侧头，伸掌待格，但丁珰是家传的掌法，去势飘忽，石破天这一格中没半分武术手法，自是格了个空，只觉脸上一痛，无声无息的已被按了一掌。

丁珰手臂剧震，手掌便如被石破天的脸颊弹开一般，又是"啊哟"一声，惊惶之意却比适才更甚。她料想石破天武功既然未失，自是轻而易举的避开了自己这一掌，因此掌中自然而然的使上了本门阴毒的柔力，哪料到石破天这一格竟会如此笨拙，直似全然不会武功，可是手掌和他脸颊相触，却又受到他内力的剧震。她左手抓住自己右掌，只见石破天左颊上一个黑黑的小手掌印陷了下去。她这"黑煞掌"是祖父亲传，着实厉害，幸得她造诣不深，而石破天又内力深厚，才受伤甚轻，但乌黑的掌印却终于留下了，非至半月之后,难以消退。她又是疼惜,又是歉仄,搂住了他腰,将脸颊贴在他左颊之上,哭道:"天哥,我真不知道,原来你并没复原。"

石破天玉人在抱,脸上也不如何疼痛,叹道:"叮叮当当,你一时生气,一时欢喜,到底为了什么,我终究不明白。"

丁珰急道:"那……怎么办?那怎么办?"坐直了身子,在怀中取出一个瓷瓶,倒出一颗药丸给他服下,道:"唉,但愿不会留下疤痕才好。"

两人偎倚着坐在后梢头,一时之间谁也不开口。

过了良久,丁珰将嘴凑到他耳边,低声道:"天哥,你生了这场病后,武功都忘记了,内力却是忘不了的。我将那套擒拿手教你,于你有很大用处。"

石破天点点头,道:"你肯教我,我用心学便了。"

丁珰伸出手指,轻轻抚摸他脸颊上乌黑的手掌印,心中好生过意不去,突然凑过口去,在那掌印上吻了一下。

霎时之间,两人的脸都羞得通红,心下均感甜蜜无比。

丁珰掠了掠头发,将一十八路擒拿手演给他看。当天教了六路,石破天都记住了。跟着两人逐一拆解。次日又教了六路。

过得三天,石破天已将一十八路擒拿手练得颇为纯熟。这擒拿法虽只一十八路,但其中变化却着实繁复。这三天之中,石破天整日只是与丁珰拆解。丁不三冷眼旁观,有时冷言冷语,讥嘲几句。到第四天上,石破天胸口剑创已大致平复。

丁珰眼见石郎进步极速,芳心窃喜,听得丁不三又骂他"白痴",问道:"爷爷,咱们丁家一十八路擒拿手,叫一个白痴来学,多少日子才学得会?"

丁不三一时语塞,眼见石破天确已将这套擒拿手学会了,那么此人实在并非痴呆,这小子到底是装假呢,还是当真将从前的事情都忘了?他不肯输口,强辩道:"有的白痴聪明,有的白痴愚笨。

聪明的白痴,半天便会了,傻子白痴就像你的石郎,总得三天才能学会。"丁珰抿嘴笑道:"爷爷,当年你学这套擒拿法之时,花了几天?"丁不三道:"我哪用着几天?你曾祖爷爷只跟我说了一遍,也不过半天,爷爷就全学会了。"丁珰笑道:"哈哈,爷爷,原来你是个聪明白痴。"丁不三沉脸喝道:"没上没下的胡说八道。"

便在此时,一艘小船从下流赶将上来。当地两岸空阔,江流平稳,但见那船高张风帆,又有四个人急速划动木桨,船小身轻,渐渐迫近丁不三的坐船。船头站着两名白衣汉子,一人纵声高叫:"姓石的小子是在前面船上么?快停船,快停船!"

丁珰轻轻哼了一声,道:"爷爷,雪山派有人追赶石郎来啦。"丁不三眉花眼笑,道:"让他们捉了这白痴去,千刀万剐,才趁了爷爷的心愿。"丁珰问道:"捉聪明白痴?还是捉傻子白痴?"丁不三道:"自然是捉傻子白痴,谁敢来捉聪明白痴?"丁珰微笑道:"不错,聪明白痴武功这么高,又有谁敢得罪他半分。"丁不三一怔,怒道:"小丫头,你敢绕弯子骂爷爷?"丁珰道:"雪山派杀了你的孙女婿,日后长乐帮问你要人,丁三老爷不大有面子罢?"丁不三道:"为什么没面子?有面子得很。"自觉这句话难以自圆其说,便道:"谁敢说丁老三没面子,我扭断他的脖子。"

丁珰自言自语:"旁人谅来也不敢说什么,就只怕四爷爷要胡说八道,说他倘若有个孙女婿,就决不能让人家杀了。不知道爷爷敢不敢扭断自己亲兄弟的脖子?就算有这个胆子,也不知有没这份本事。"丁不三大怒,说道:"你说老四的武功强过我的?放屁,放屁!他比我差得远了。"

说话之间,那小船又追得近了些。只听得两名白衣汉子大声叱喝:"兀那汉子,瞧你似是长乐帮石中玉那小子,怎地不停船?"

石破天道："叮叮当当，有人追上来啦，你说怎么办？"

丁珰道："我怎知怎么办？你这样一个大男人，难道半点主意也没有？"

便在此时，那艘小船已迫近到相距丈许之地，两名白衣汉子齐声呼喝，纵身跃上石破天的坐船后梢。两人手中各执长剑，耀日生光。

石破天见这二人便是在土地庙中会过的雪山派弟子，心想："不知我什么地方得罪了他们，这些雪山派的人如此苦苦追我？"只听得嗤的一声，一人已挺剑向他肩头刺来。石破天在这三日中和丁珰不断拆解招式，往往手脚稍缓，便被她扭耳拉发，吃了不少苦头，此刻身手上的机变迅捷，比之当日在土地庙中和石清夫妇对招之时已颇为不同，眼见剑到，也不遑细思，随手使出第八招"凤尾手"，右手绕个半圆，欺上去抓住那人手腕一扭。

那人"啊"的一声，撒手抛剑。石破天右肘乘势抬起，拍的一响，正中那人下颏。那人下巴立碎，满口鲜血和着十几枚牙齿都喷在船板之上。

石破天万万料不到这招"凤尾手"竟如此厉害，不由得吓得呆了，心中突突乱跳。

第二名雪山弟子本欲上前夹击，突见一霎之间，同来的师兄便已身受重伤。这师兄武功比他为高，料想自己若是上前，也决计讨不了好去，当即抢上去抱起师兄。此时那小船已和大船并肩而驶，那人挟着伤者跃回小船，喝令收篷扳梢。

眼见小船掉转船头，顺流东下，不多时两船相距便远。但听得怒骂之声顺着东风隐隐传来。石破天瞧着船板上的一滩鲜血，十几枚牙齿，又是惊讶，又是好生歉仄，兀自喃喃的道："这……这可当真对不住了！"

丁珰从船舱中出来，走到他身旁，微笑道："天哥，这一招

'凤尾手'干净利落，使得可着实不错啊。"石破天摇头道："你怎事先没跟我说明白？早知道一下会打得人家如此厉害，这功夫我也就不学了。"丁珰心头一沉，寻思："这呆子傻病发作，又来说呆话了。"说道："既学武功，当然越厉害越好。刚才你这一招'凤尾手'若不是使得恰到好处，他的长剑早已刺通你的肩头。你不伤人，人便伤你。你喜欢打伤人家呢，还是喜欢让人家打伤？打落几枚牙齿，那是最轻的伤了。武林中动手过招，随时随刻有性命之忧。你良心好，对方却良心不好，你若给人家一剑杀了，良心再好，又有什么用？"

石破天沉吟道："最好你教我一门功夫，既不会打伤打死人家，又不会让人家打伤打死我。大家嘻嘻哈哈的，只做朋友，不做敌人。"丁珰苦笑道："呆话连篇，满嘴废话！咱们学武之人，动上手便是拼命，你道是捉迷藏、玩泥沙吗？"石破天道："我喜欢捉迷藏、玩泥沙，不喜欢动手拼命。可惜一直没人陪我捉迷藏，阿黄又不会。"丁珰越听越恼，嗔道："你这胡涂蛋，谁跟你说话，就倒足了霉。"赌气不再理他，回到舱中和衣而睡。

丁不三道："是吗？我说他是白痴，终究是白痴。武功好是白痴，武功不好也是白痴，不如趁早杀了，免得生气。"

丁珰寻思："石郎倘若真的永远这么胡涂，我怎能跟他厮守一辈子？倒也不如真的依爷爷之言，一刀将他杀了，落得眼前清净。"但随即想到他大病之前的种种甜言蜜语，就算他一句话不说，只要悄悄的向自己瞧上一眼，那也是眉能言，目能语，风流蕴藉之态，真教人如饮美酒，心神俱醉；别后相思，实是颠倒不能自已，万不料一场大病，竟将一个英俊机变的俏郎君，变成了一段迂腐迟钝的呆木头。她越想越是烦恼，不由得珠泪暗滴，将一张薄被蒙住了头。

丁不三道："你哭又有什么用？又不能把一个白痴哭成才子！"丁珰怒道："我把一个傻子白痴哭成了聪明白痴，成不成？"丁不三怒道："又来胡说八道！"

丁珰不住饮泣，寻思："瞧雪山派那花万紫姑娘的神情，对石郎怒气冲冲的，似乎还没给他得手。他见到美貌姑娘居然不会轻薄调戏，哪还像个男子汉大丈夫？我真的嫁了这么个规规矩矩的呆木头，做人有什么乐趣？"

她哭了半夜，又想："我已和他拜堂成亲，名正言顺的是他妻子。这几日中，白天和他练功夫，他就只一本正经的练武，从来不乘机在我身上碰一下、摸一把。晚上睡觉，相距不过数尺，可是别说不来亲我一亲，连我的手脚也不来捏一下，哪像什么新婚夫妇？别说新婚夫妇，就算是七八十岁的老夫老妻，也该亲热一下啊。"

耳听得石破天睡在后梢之上，呼吸悠长，睡得正香，她怒从心起，从身畔摸过柳叶刀，轻轻拔刀出鞘，咬牙自忖："这样的呆木头老公，留在世上何用？"悄悄走到后梢，心道："石郎石郎，这是你自己变了，须莫怪我心狠。"提起刀来正要往他头上斫落，终于心中一软，将他肩头轻轻扳过，要在他临死之前再瞧他最后一眼。

石破天在睡梦中转过身来，淡淡的月光洒在他脸上，但见他脸上笑容甚甜，不知在做什么好梦。丁珰心道："你转眼便要死了，让你这好梦做完了再杀不迟，左右也不争在这一时半刻。"当下抱膝坐在他身旁，凝视着他的脸，只待他笑容一敛，挥刀便斫将下去。

过了一会，忽听得石破天迷迷糊糊说道："叮叮当当，你……你为什么生气？不过……不过你生起气来，模样儿很好看，是真的……真的十分好看……我就看上一百天，一千天，也决不会够，一万天……十万天，不，五千天……也是不够……"

丁珰静静的听着，不由得心神荡漾，心道："石郎，石郎，原来你在睡梦之中，也对我念念不忘。这般好听的话若是白天里跟我说了,岂不是好?唉,总有一天,你的胡涂病根子好了,会跟我说这些话。"眼见船舷边露水沾湿了木板,石破天衣衫单薄,心生怜惜,将舱里一张薄被扯了出来,轻轻盖在他身上,又向他痴痴的凝视半天,这才回入舱中。

只听得丁不三骂道:"半夜三更,一只小耗子钻来钻去,便是胆子小,想动手却不敢,有什么屁用?也不知是不是我丁家的种?"

丁珰知道自己的举止都教爷爷瞧在眼里了,这时她心中欢喜,对爷爷的讥刺毫不在意,心中反来覆去只是想着这几句话:"不过你生起气来,模样儿很好看……我看上一万天,十万天,也是不够。"突然间噗哧一声,笑了出来,心道:"这白痴天哥,便在睡梦中说话,也是痴痴的。咱们就活了一百岁,也不过三万六千日,哪有什么十万天可看?"

她又哭又笑的自己闹了半天,直到四更天时才朦胧睡去,但睡不多时,便给石破天的声音惊醒,只听得他在后梢头大声嚷道:"咦,这可真奇了!叮叮当当,你的被子,半夜里怎么会跑到我身上来?难道被子生脚的么?"

丁珰大羞,从舱中一跃而起,抢到后梢,只听石破天手中拿着那张薄被,说道:"叮叮当当,你说这件事奇怪不奇怪?这被子……"丁珰满脸通红,夹手将被子抢了过来,低声喝道:"不许再说了,被子生脚,又有什么奇怪?"石破天道:"被子生脚还不奇怪?你说被子的脚在哪里?"

丁珰一侧头,见那老梢公正在拔篙开船,似笑非笑的斜视自己,不由得一张脸更是羞得如同红布相似,嗔道:"你还说?"左手便去扭他的耳朵。

石破天右手一抬,自然而然的使出一十八路擒拿手中的"鹤翔手"。丁珰右手回转,反拿他胁下。石破天左肘横过,封住了她这一拿,右手便去抓她肩头。丁珰将被子往船板上一抛,回了一招,她知石破天内劲凌厉，手掌臂膀不和他指掌相接。霎时之间两人已拆了十余招。丁珰越打越快，石破天全神贯注，居然一丝不漏，待拆到数十招后，丁珰使一招"龙腾爪"，直抓他头顶。石破天反腕格去，这一下出手奇快，丁珰缩手不及，已被他五指拂中了手腕穴道，只觉一股强劲的热力自腕而臂，自臂而腰，直转了下去。这股强劲的内力又自腰间直传至腿上，丁珰站立不稳，身子一侧，便倒了下来，正好摔在薄被上。

石破天童心大起，俯身将被子在她身上一裹，抱了起来，笑道："你为什么扭我？我把你抛到江里喂大鱼。"丁珰给他抱着，虽是隔着一条被子，也不由得浑身酸软，又羞又喜，笑道："你敢！"石破天笑道："为什么不敢？"将她连人带被的轻轻一送，掷入船舱。

丁珰从被中钻了出来，又走到后梢。石破天怕她再打，退了一步，双手摆起架式。

丁珰笑道："不玩啦！瞧你这副德性，拉开了架子，倒像是个庄稼汉子，哪有半点武林高手的风度！"石破天笑道："我本来就不是武林高手。"丁珰道："恭喜，恭喜！你这套擒拿手法已学会了，青出于蓝，连我做师父的也已不是徒儿的对手了。"

丁不三在船舱中冷冷的道："要和雪山派高手白万剑较量，却还差着这么老大一截。"

丁珰道："爷爷，他学功夫学得这么快。只要跟你学得一年半载，就算不能天下无敌，做你的孙女婿，却也不丢你老人家的脸了。"丁不三冷笑道："丁老三说过的话，岂有改口的？第一，我说过他既要娶你为妻，永远就别想学我武艺；第二，我限他十天之内打败白万剑。再过得五天，他性命也不在了，还说什么一年半载？"

丁珰心中一寒，昨天晚上还想亲手去杀死石破天，今日却已万万舍不得石郎死于爷爷之手，但爷爷说过的话，确是从来没有不算数的，这便如何是好？思前想后，只有照着原来的法子，从这一十八路擒拿手中别出机谋。

于是此后几天之中，丁珰除了吃饭睡觉，只是将这一十八路擒拿手的诸般变化，反来覆去的和石破天拆解。到得后来，石破天已练得纯熟之极，纵然不借强劲的内力，也已勉强可和丁珰攻拒进退，拆个旗鼓相当。

第八天早晨，丁不三咳嗽一声，说道："只剩下三天了。"

丁珰道："爷爷，你要他去打败白万剑，依我看也不是什么难事。白万剑雪山派的剑法虽然厉害，总还不是我丁家的武功可比。石郎这套擒拿手练得差不多了。单凭一双空手，便能将那姓白的手中长剑夺了下来。他空手夺人长剑，算不算得是胜了？"

丁不三冷笑道："小丫头说得好不稀松！凭他这一点子能耐，便能将'气寒西北'手中长剑夺将下来？我叫你乘早别发清秋大梦。就是你爷爷，一双空手只怕也夺不下那姓白的手中长剑。"

丁珰道："原来连你也夺不下，那么你的武功我瞧……哼，哼，也不过……哼，哼！"丁不三怒道："什么哼哼？"丁珰仰头望着天空，说道："哼哼就是哼哼，就是说你武功了得。"丁不三道："你说什么鬼话？哼哼就是说我武功稀松平常。"丁珰道："你自己说你武功稀松平常，可不是我说的。"丁不三道："你哼哼也好，哈哈也好，总而言之，十天之内他不能打败白万剑，我就杀了这白痴。"

丁珰嘟起了小嘴，说道："你叫他十天之内去打败白万剑，但若十天之内找不到那姓白的，可不是石郎的错。"丁不三道："我说十天，就是十天。找得到也好，找不到也好，十天之内不将他打败，我就杀了这小白痴。"丁珰急道："现下只剩三天了，却到哪里找白万剑去？你……你……你当真是不讲道理。"丁不三笑道：

"丁不三若讲道理，也就不是丁不三了。你到江湖上打听打听，丁不三几时讲过道理了？"

到第九天上，丁不三嘴角边总是挂着一丝微笑，有时斜睨石破天，眼神极是古怪，带着三分卑视，却有七分杀气。

丁珰知道爷爷定是要在第十天上杀了石郎，这时候别说石破天的武功仍与白万剑天差地远，就算当真胜得了他，短短两天之中，茫茫大江之上，却又到哪里找这"气寒西北"去？

这日午后，丁珰和石破天拆了一会擒拿手，脸颊晕红，她打了个呵欠，说道："八月天时，还这么热！"坐在石破天身边，指着长江中并排而游的两只水鸟，说道："天哥，你瞧这对夫妻水鸟在江中游来游去，何等逍遥快乐，若是一箭把雄鸟射死了，雌鸟孤苦伶仃的，岂不可怜？"石破天道："我以前在山里打猎、射鸟的时候，倒也没想到它是雌是雄，依你这么说，我以后只拣雌鸟来射罢！"丁珰叹了口气，心道："我这石郎毕竟痴痴呆呆。"又打个呵欠，斜身倚着石破天，将头靠在他肩上，合上了眼。

石破天道："叮叮当当，你倦了吗？我扶你到船舱里睡，好不好？"丁珰迷迷糊糊的道："不，我就爱这么睡。"石破天不便拂她之意，便任由她以自己左肩为枕，只听得她气息悠长，越睡越沉，一头秀发擦在自己左颊之上，微感麻痒，却也是说不出的舒服。

突然之间，一缕极细微的声音钻入了自己左耳，轻如蜂鸣，几不可辨："我跟你说话，你只听着，不可点头，更不可说话，脸上也不可露出半点惊奇的神气。你最好闭上眼睛，假装睡着，再发出一些鼾声，以便遮掩我的话声。"

石破天大感奇怪，还道她是在说梦话，斜眼看去，但见她长长的睫毛覆盖双眼，突然间左眼张开，向他霎了两下，随即又闭上了。石破天当即省悟："原来她要跟我说几句秘密话儿，不让爷爷听见。"于是也打了个呵欠,说道:"好倦!"合上了眼睛。

丁珰心下暗喜:"天哥毕竟不是白痴,一点便透,要他装睡,他便装得真像。"又低声道:"爷爷说你武功低微,又是个白痴,不配做他的孙女婿儿。十天的期限,明天便到,他定要将你杀死。咱们又找不着白万剑,就算找到了,你也打他不过。唯一的法子,只有咱夫妻俩脱身逃走,躲到深山之中,让爷爷找你不到。"

石破天心道:"好端端地,爷爷怎么会杀我,叮叮当当究竟是个小孩子,将爷爷的笑话也当了真,不过她说咱两个躲到深山之中,让爷爷找不到,那倒好玩得很。"他一生之中,都是二人共处深山,自觉那是自然不过的生涯,这些日子来遇到的事无不令他茫然失措,实深盼得能回归深山,想到此后相伴的竟是个美丽可爱的叮叮当当,不由得大是兴奋。

丁珰又道:"咱两个若是上岸逃走,定给爷爷追到,无论如何是逃不了的。你记好了,今晚三更时分,我突然抱住爷爷,哭叫:'爷爷,你饶了石郎,别杀他,别杀他!'你便立刻抢进舱来,右手使'虎爪手',抓住爷爷的背心正中,左手使'玉女拈针'拿住他后腰。记着,听到我叫'别杀他',你得赶快动手,是'虎爪手'和'玉女拈针'。爷爷被我抱住双臂,一时不能分手抵挡,你内力很强,这么一拿,爷爷便不能动了。"

石破天心道:"叮叮当当真是顽皮,叫我帮忙,开爷爷这样一个大玩笑,却不知爷爷会不会生气?也罢,她既爱闹着玩,我顺着她意思行事便了。想来倒是有趣得紧。"

丁珰又低声道:"这一抓一拿,可跟我二人生死攸关。你用左手摸一下我背心的'灵台穴',那'虎爪手'该当抓在这里。"石破天仍是闭着眼睛,慢慢提起左手,在丁珰"灵台穴"上轻轻抚摸一下。丁珰道:"是啦,黑暗之中出手要快,认穴要准,我拼命抱住爷爷,只能挨得一霎之间,只要他一惊觉,立时便能将我摔开,那时你万难抓得到他了。你再轻轻碰我后腰的'悬枢穴',且看对是不对。那'玉女拈针'这一招,只用大拇指和食指两根手指,劲力要从指尖直透穴道。"

石破天左手缓缓移下,以两根手指在她后腰"悬枢穴"上轻轻搔爬了一下,他这时自是丝毫没有使劲,不料丁珰是黄花闺女,分外怕痒,给他在后腰上这么轻轻一搔,忍不住格的一声笑了出来,笑喝:"你胡闹!"石破天哈哈大笑。丁珰也伸手去他胁下呵痒。两人嘻嘻哈哈,笑作一团,把装睡之事全然置之脑后。

这日黄昏时分,老梢公将船泊在江边的一个小市镇旁,上岸去沽酒买菜。丁珰道:"天哥,咱们也上岸去走走。"石破天道:"甚好!"丁珰携了他手,上岸闲行。

那小市镇只不过八九十家人家,倒有十来家是鱼行。两人行到市梢,眼看身旁无人。石破天道:"爷爷在船舱中睡觉,咱们这么拔足便走,岂不就逃走了?"他只盼尽早与丁珰躲入深山。丁珰摇头道:"哪有这么容易?就是让咱们逃出十里二十里,他一样也能追上。"

忽听得背后一人粗声道:"不错,你便是逃出一千里,一万里,咱们一样也能追上。"

石破天和丁珰回过头来,只见两名汉子从一棵大树后转了出来,向着二人狞笑。石破天识得这两人便是雪山派中的呼延万善和闻万夫,不由得一怔,心下暗暗惊惧。

原来雪山派两名弟子在长江中发现了石破天的踪迹,上船动手,其一身受重伤。白万剑得报,分遣众师弟水陆两路追寻。呼延万善和闻万夫这一拨乘马溯江向西追来,竟在这小镇上和石破天相遇。呼延万善为人持重,心想自己二人未必是这姓石小子的对手,正想依着白师兄的嘱咐发射冲天火箭传讯,不料闻万夫忍耐不住,登时叫了出来。

丁珰也是一惊:"这二人是雪山派弟子,不知白万剑是否便在左近?倘若那姓白的也赶了来,爷爷逼着石郎和他动手,那可糟了。"向二人横了一眼,啐道:"我们自己说话,谁要你们插口?天哥,咱们回船去。"石破天也是心存怯意,点了点头,两人转身便走。

闻万夫向来便瞧不起这师侄,心想:"王万仞王师哥、张万风张师弟两人都折在这小子手下,也不知他二人怎么搞的。这小子要是当真武功高强,怎么会一招之间便给白师哥擒了来?我今日将他擒了去,那可是大功一件,从此在本门中出人头地。"当即喝道:"往哪里走?姓石的小子,乖乖跟我走罢!"口中叱喝,左手便向石破天肩头抓来。

石破天侧身避过,使出丁珰所教的擒拿手法,横臂格开来招。闻万夫一抓不中,飞脚便向石破天小腹上踢去。

这一脚如何拆解,石破天却没学过。他这半天中,心头反来覆去的便是想着"虎爪手"和"玉女拈针"两招,危急之际,所想起的也只这两招。但闻万夫和他相对而立,这两招攻人后心的手法却全然用不上,这时他也顾不得合式不合式,拔步便抢向对方身后。他内功深厚,转侧便捷无比,这么一奔,便已将闻万夫那一足避过,同时右手"虎爪手"抓他"灵台穴",左手"玉女拈针"拿他"悬枢穴",内力到处,闻万夫微一痉挛,便即萎倒。

呼延万善正欲上前夹攻,突见石破天已拿住师弟要穴,情急之下不及抽剑,挥拳往石破天腰间击来。他这一拳用上了十成劲力,波的一响,跟着喀喇一声,右臂竟尔震断。

石破天却只腰间略觉疼痛,松手放开闻万夫时,只见他缩成了一团,毫不动弹,扳过他肩头,见他双目上挺,神情甚是可怖。石破天吃了一惊,叫道:"啊哟,不好,叮叮当当,他……他……他怎么忽然抽筋，莫非……莫非死了？"

丁珰格的一笑，道："天哥，你这两招使得甚好，只不过慌慌张张的，姿式太也难看。你这么一拿，他死是不会死的，残废却免不了，双手双脚，总得治上一年半载罢。"

石破天伸手去扶闻万夫，道："真……真对不起，我……我不是有意伤你，那怎么……怎么办？叮叮当当，得想法子给他治治？"丁珰伸手从闻万夫身畔抽出长剑，道："你要让他不多受苦楚？那容易得紧，一剑杀了就是。"石破天忙道："不行，不行！"

呼延万善怒道："你这两个无耻小妖。雪山派弟子能杀不能辱。今日老子师兄弟折在你手里，快快把我们两个都杀了。多说这些气人的话干么？"

石破天深恐丁珰真的将闻万夫杀了，忙夺下她手中长剑，在地下一插，说道："叮叮当当，快……快回去罢。"拉着她衣袖，快步回船。丁珰哂道："听人说长乐帮石帮主心狠手辣，杀人不眨眼，怎地忽然婆婆妈妈起来？刚才之事，可别跟爷爷说。"石破天道："是，我不说，你说那个人，他……他当真会手足残废？"丁珰道："你拿了他两处要穴，若还不能令他手足残废，咱们丁家这一十八路擒拿手法还有什么用处？"石破天道："那怎么你叫我待会也这么去擒拿爷爷？"丁珰笑道："傻哥哥，爷爷是何等样人物，岂可和雪山派中这等脓包相比？你若侥幸能拿住爷爷这两处要穴，又能使上内力，最多令他两三个时辰难以行动，难道还能叫他残废了？"

石破天心头栗六，怔忡不安，只是想着闻万夫适才的可怖模样。

这一晚迷迷糊糊的半醒半睡，到得半夜，果然听得丁珰在船舱中叫了起来："爷爷，爷爷，你饶了石郎性命，别杀他，别杀他！"石破天急跃而起，抢到舱中，朦胧中只见丁珰抱住丁不三的上身，不住的叫："爷爷，别杀石郎！"

石破天伸出双手，便要往丁不三后心抓去，陡然想起闻万夫缩成一团的可怖神情，心道："我这双手抓将下去，倘若将爷爷也抓成这般模样，那可太对不起他，我……我决计不可。"当即悄悄退出船舱，抱头而睡。

丁珰眼见石破天抢进舱来，时刻配合得恰到好处，正欣喜间，不料他迟疑片刻，便即退出，功败垂成，不由得又急又怒。

石破天回到后梢，心中兀自怦怦乱跳，过了一会，只听得丁珰道："啊哟，爷爷，我怎么抱着你？我……我刚才做了个恶梦，梦见你将石郎打死了，我求你……求你饶他性命，你总是不答应，谢天谢地，只不过是个梦。"

却听丁不三道："你做梦也好，不做梦也好，天一亮便是咱们说好了的第十天。且瞧他这一日之中，能不能找到白万剑来将他打败了。"丁珰叹了口气，说道："我知道石郎不是白痴！"丁不三道："是啊，他良心好！良心好的人便是傻了，便是白痴，该死之极。唉，以'虎爪手'抓'灵台穴'，以'玉女拈针'拿'悬枢穴'，妙计啊妙计！就可惜白痴良心好，不忍下手。不忍下手，就是白痴，白痴就是该死。"

这几句话钻入了舱内舱外丁珰和石破天耳里，两人同时大惊："爷爷怎知道我们的计策？"石破天还不怎么样，丁珰却不由得遍体都是冷汗，心想："原来爷爷早已知晓，那么暗中自必有备，天哥刚才没有下手，也不知是祸是福？"

石破天浑浑噩噩，却绝不信次日丁不三真会下手杀他，过不多时，便即睡着了。

天刚破晓，忽听得岸上人声喧哗，纷纷叫嚷："在这里了！""便是这艘船。""别让老妖怪走了！"石破天坐起身来，只见岸边十多人手提灯笼火把，奔到船边，当先四五人抢上船头，大声叱喝：“老妖怪在哪里？害人老妖往哪里逃？”

丁不三从船舱中钻了出来，喝道：“什么东西在这里大呼小叫的？”

一条汉子喝道：“是他，是他！快泼！”他身后两人手中拿着竹做的喷筒，对准丁不三，两股血水向他急速射去。岸上众人欢呼吆喝：“黑狗血洒中老妖怪，他就逃不了！”

可是这两股狗血哪里能溅中丁不三半点？他腾身而起，心下大怒：“哪里来的妄人，当老夫是妖怪，用黑狗血喷我？”旁人不去惹他，他喜怒无常之时，举手便能杀人，何况有人欺上头来？他身子落下来时，双脚齐飞，踢中两名手持喷筒的汉子，跟着呼的一掌，将当先的大汉击得直飞出去。这三人都不会什么武功，中了这江湖怪杰的拳脚，哪里还有性命？两个人当即死在船头，当先的那条大汉在半空中便狂喷鲜血。

丁不三又要举脚向余人扫去，忽听得丁珰在身后冷冷的道："爷爷，一日不过三！"

丁不三一怔，盛怒之下，险些儿忘了自己当年立下的毒誓，这一脚离那船头汉子已不过尺许，当下硬生生的收了回来。

众人吓得魂飞魄散，叫道："老妖怪厉害，快逃，快逃！"霎时之间逃了个干干净净，灯笼火把有的抛在江中，有的丢在岸上。三具尸首一在岸上，二在船头，谁也顾不得了。

丁不三将船头的尸首踢入江中，向梢公道："快开船，再有人来，我可不能杀啦！"那梢公吓得呆了，双手不住发抖，几乎无力拔篙。丁不三提起竹篙，将船撑离岸边。狗血没射到人，却都射在舱里，腥气难闻。

丁不三冷冷的道："阿珰，你捣这鬼为了什么？"丁珰笑道："爷爷，你说过的话算不算数？"丁不三道："我几时说过话不算数了？"丁珰道："好，你说十天一满，若是石郎没将那姓白的打败,便要杀他。今日是第十天,可是你已经杀了三个人啦!"

丁不三一凛,怒道:"小丫头,诡计多端,原来爷爷上了你的恶当。"

丁珰极是得意,笑吟吟的道:"丁家三老爷素来说话算数,你说在第十天上定要杀了这小子,可是'一日不过三',你已杀了三个人,这第四个人,便不能杀了。你既在第十天上杀他不得,以后也就不能再杀了。我瞧你的孙女婿儿也不是真的什么白痴,等他身子慢慢复原,武功自会大进,包不丢了你的脸面便是。"

丁不三伸足在船头用力一蹬,喀的一声,船头木板登时给他蹬了一洞,怒道:"不成,不成!丁不三折在你小丫头手下,便已丢了脸。"丁珰笑道:"我是你的孙女儿,大家是一家人,有什么丢不丢脸的?这件事我又不会说出去。"丁不三怒道:"我输了便心中不痛快,你说不说有什么相干?"丁珰道:"那就算是你赢好了。"丁不三道:"输便输,赢便赢。我又不是你那不成器的四爷爷,他小时候跟我打架,输了反而自吹是赢了。"

石破天听着他祖孙二人对话,这才恍然大悟,原来那些人是丁珰故意引了来给她爷爷杀的,好让他连杀三人之后,限于"一日不过三"的规定,便不能再杀他,眼看丁不三于一瞬间连杀三人的凶狠神态,那么要杀死自己的话,只怕也不是开玩笑了;见丁珰笑嘻嘻的走到后梢,便道:"叮叮当当,你为了救我性命,却无缘无故的害死了三人,那不是……不是太也残忍了么?"丁珰脸一沉,说道:"是你害的,怎么反而怪起我来了?"石破天惘然道:"是……是我害的?"丁珰道:"怎么不是?昨晚你事到临头,不敢动手。否则咱二人早已逃得远远的了,又何至累那三人无辜送命?"

石破天心想这话倒也不错,一时说不出话来。

忽听得丁不三哈哈大笑,说道:"有了,有了!姓石的小子,爷爷要挖出你的眼珠子，斩了你的双手，教你死是死不了，却成为一个废人。我只须不取你性命，那就不算破了'一日不过三'的规矩。"丁珰和石破天面面相觑，神色大变。

丁不三越想越得意，不住口的道："妙计，妙计！小白痴，我不杀死你，却将你弄成人不像人，鬼不像鬼。阿珰哪，那总可以的罢？"丁珰一时无辞可辩，只得道："这第十天又没过，说不定待会就遇到白万剑，石郎又出手将他打败了呢？"丁不三呵呵而笑，道："不错，不错，咱们须得公平交易，童叟无欺。爷爷等到今晚三更再动手便了。"

丁珰愁肠百结，再也想不出别的法子来令石破天脱此危难。偏偏石破天似是仍不知大祸临头，反来问她："你为什么皱起了眉头，有什么心事？"丁珰嗔道："你没听爷爷说么？他要挖了你的眼珠子，斩了你的双手。"石破天笑道："爷爷说笑话吓人呢，你也当真！他挖了我眼睛、斩了我双手去，又有什么用？我又没得罪他。"

丁珰由嗔转怒，心道："这人行事婆婆妈妈，脑筋胡里胡涂，我一辈子跟着他确也没趣得紧，爷爷要杀他，让他死了便是。"但想到爷爷待会将他挖去双目，斩去双手，自己如果回心转意，又要起他来，我叮叮当当嫁了这么一个没眼没手的丈夫，更加无味已极。

眼见太阳渐渐西沉，丁珰面向船尾，见自己和石破天的影子双双浮在江面之上，就像是游泳一般，随舟逐波而西。丁珰侧过身来，见石破天背脊向着自己，她双手伸出，便向他背心要穴拿去。她右手使"虎爪手"抓住石破天背心"灵台穴"，左手以"玉女拈针"拿他"悬枢穴"。石破天绝无防备，被她拿住后立时全身酸软，动弹不得。

丁珰却受到他内力震荡，身子向后反弹，险些堕入江中，伸手抓住船篷，骂道："爷爷要挖你双眼，斩你双手，你这种废人留在世上,就算不丢爷爷的脸,我叮叮当当也没脸见人了。也不用爷爷动手,我自己先挖出你的眼珠子。"在后梢取过一条长长的帆索,将石破天双手双脚都缚住了,又将帆索从肩至脚,一圈又一圈的紧紧捆绑,少说也缠了八九十圈,直如一只大粽子相似。

本来如此这般的被擒拿了穴道,一个对时中难以开口说话,但石破天内力深厚,四肢虽不能动,却张口说道:"叮叮当当,你跟我闹着玩吗?"他话是这般说,但见着丁珰凶狠的神气,也已知道大事不妙,眼神中流露出乞怜之色。丁珰伸足在他腰间狠狠踢了一脚,骂道:"哼,我跟你闹着玩?死在临头,还在发你的清秋大梦,这般的傻蛋,我将你千刀万剐,也是不冤。"飕的一声,拔出了柳叶刀来,在石破天脸颊上来回擦了两下,作磨刀之状。

石破天大骇,说道:"叮叮当当,我今后总是听你的话就是。你杀了我,我……我……可活不转来啦!"丁珰恨恨的道:"谁要你活转来了?我有心救你性命,你偏不照我吩咐。那是你自寻死路,又怪得谁来?我此刻不杀你,爷爷也会害你。哼,是我丈夫,要杀便由我自己动手,让别人来杀我丈夫,我叮叮当当一世也不快活。"

石破天道:"你饶了我,我不再做你丈夫便是。"他说这几句话,已是在极情哀求,只是自幼禀承母训,不能向人求恳,这个"求"字却始终不出口。

丁珰道:"天地也拜过了,怎能不做我丈夫?再啰唆,我一刀便砍下你的狗头。"

石破天吓得不敢再作声。只听得丁不三笑道:"很好,很好,妙得很!那才是丁不三的乖孙女儿。爽爽快快,一刀两段便是!"

那老梢公见丁珰举刀要杀人,吓得全身发抖,舵也掌得歪了。船身斜里横过去,恰好迎面一艘小船顺着江水激流冲将过来,眼见两船便要相撞。对面小船上的梢公大叫:"扳梢,扳梢!"

丁珰提起刀来，落日余晖映在刀锋之上，只照得石破天双目微眯，猛见丁珰手臂往下急落，拍的一声响，这一刀却砍得偏了，砍在他头旁数寸处的船板上。丁珰随即撒手放刀，双手抓起石破天的身子，双臂运劲向外一抛，将他向着擦舟而过的小船船舱摔去。

丁不三见孙女突施诡计，怒喝："你……你干什么？"飞身从舱中扑出，伸手去抓石破天时，终究慢了一步。江流湍急，两船瞬息间已相距十余丈，丁不三轻功再高，却也无法纵跳过去。他反手重重打了丁珰一个耳光，大叫："回舵，回舵，快追！"

但长江之中风劲水急，岂能片刻之间便能回舵？何况那小船轻舟疾行，越驶越远，再也追不上了。

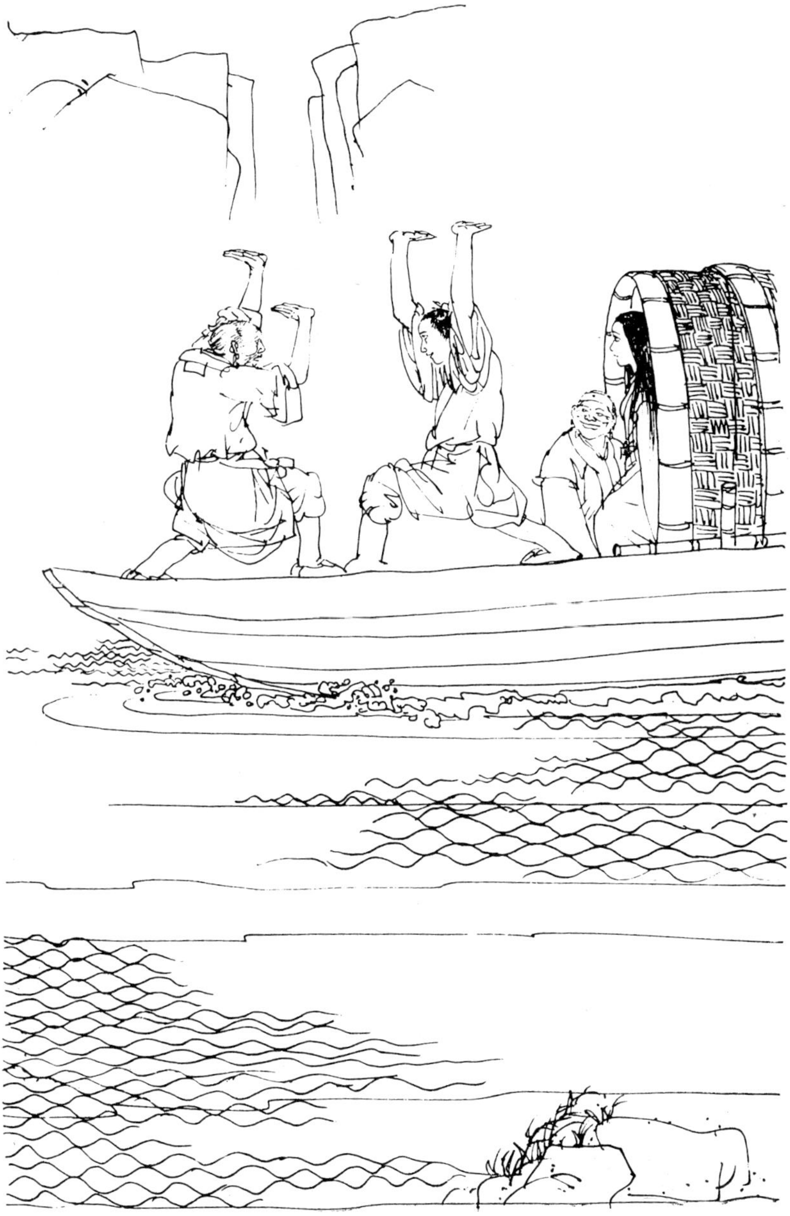

丁不四危急中灵机一动,双掌倏地上举,掌力向天上送去,石破天便也双掌呼的一声,向上拍出。两人四掌对着天空,你瞧瞧我,我瞧瞧你。

九

大粽子

　　石破天耳畔呼呼风响，身子在空中转了半个圈，落下时脸孔朝下俯伏，但觉着身处甚是柔软，倒也不感疼痛，只是黑沉沉的目不见物，但听得耳畔有人惊呼。他身不能动，也不敢开口说话，鼻中闻到一阵幽香，似是回到了长乐帮总舵中自己的床上。

　　微一定神，果然觉到是躺在被褥之上，口鼻埋在一个枕头之中，枕畔却另有一个人头，长发披枕，竟然是个女子。石破天大吃一惊，"啊"的一声，叫了出来。

　　只听得一个女子的声音说道："什么人？你……你怎么……"石破天道："我……我……"不知如何回答才是。那女子道："你怎么钻到我们船里？我一刀便将你杀了！"石破天大叫："不，不是我自己钻进来的，是人家摔我进来的。"那女子急道："你……你……你快出去，怎么爬在我被……被窝里？"

　　石破天一凝神间，果觉自己胸前有褥，背上有被，脸上有枕，而且被褥之间更是颇为温暖，才知丁珰这么一掷，恰巧将他摔入这艘小船的舱门，穿入船舱中一个被窝；更糟的是，从那女子的话中听来，似乎这被窝竟是她的。他若非手足被绑，早已急跃而起，逃了出去，偏生身上穴道未解，连一根手指也抬不起来，只得说道："我动不得，求求你，将我搬了出去，推出去也好，踢出去也好。"

只听得脚后一个苍老的妇人声音道："这混蛋说什么胡话？快将他一刀杀了。"那女子道："奶奶，若是杀了他，我被窝中都是鲜血，那……那怎么办？"语气甚是焦急。那老妇怒道："那是什么鬼东西？喂，你这混蛋，快爬出来。"

石破天急道："我真是动不得啊，你们瞧，我给人抓了灵台穴，又拿了悬枢穴，全身又给绑得结结实实，要移动半分也动不了。这位姑娘还是太太，你快起来罢，咱们睡在一个被窝里，可……可实在不大妙。"

那女子啐道："什么太太的？我是姑娘，我也动不了。奶奶，你……你快想个法子，这个人当真是给人绑着的。"石破天道："老太太，我求求你，劳你驾，把我拉出去。我……我得罪这位姑娘……唉……这个……真是说不过去。"

那老妇怒道："小混蛋，倒来说风凉话。"那姑娘道："奶奶，咱们叫后梢的船家来把他提出去，好不好？"那老妇道："不成，不成！这般乱七八糟的情景，怎能让旁人见到？偏生你我又动弹不得，这……这……"

石破天心道："莫非这位老太太和那姑娘也给人绑住了？"

那老妇不住口的怒骂："小混蛋，臭混蛋，你怎么别的船不去，偏偏撞到我们这里来？阿绣，把他杀了，被窝中有血，有什么要紧？这人早晚总是要杀的。"那姑娘道："我没力气杀人。"那老妇道："用刀子慢慢的锯断了他喉管，这小混蛋就活不了。"

石破天大叫："锯不得，锯不得！我的血脏得很，把这香喷喷的被窝弄得一塌胡涂，而且……而且……被窝里有个死尸，也很不妙。"只听得嘤的一声，那姑娘显是听到"被窝里有个死尸"这话甚是害怕，石破天心中一喜，听那姑娘道："奶奶，我拔刀子也没力气。"石破天道："你没力气拔刀子，那再好也没有了。我此刻动不得，你若是将我杀了，我就变成了僵尸，躺在你身旁，那有多可怕。我活着不能动，变成僵尸，就能动了，我两只冷冰冰的僵尸手握住你的喉咙……"

那姑娘给他说得更加怕了，忙道："我不杀你，我不杀你！"过了一会，又道："奶奶，怎生想个法子，叫他出去？"那老妇道："我在想哪，你别多说话。"

这时已然入夜，船舱中漆黑一团。石破天和那姑娘虽然同盖一被，幸好掷进来时偏在一旁，没碰到她身子，黑暗中只听得那姑娘气息急促，显然十分惶急。过了良久，那老妇仍是没想出什么法子来。

突然之间，远处传来两下尖锐的啸声，静夜中十分凄厉刺耳。跟着飘来一阵大笑之声，声音苍老豪迈。那人边笑边呼："小翠，我等了你一日一晚，怎么这会儿才到？"

那姑娘急道："奶奶，他……他迎上来了，那便如何是好？"那老妇哼了一声，说道："你再也别作声，我正在凝聚真气，但须足上经脉稍通，能有片刻动弹，我便往江心一跳，免得受这老妖之辱。"那姑娘急道："奶奶，奶奶，那使不得。"那老妇怒道："我叫你别来打扰我。奶奶投江之时，你跟不跟我去？"那姑娘微一迟疑，说道："我……我跟着奶奶一块儿死。"那老妇道："好！"说了这个"好"后，便再也不作声了。

石破天两度尝过这"走火"的滋味，心想："原来这老太太和小姑娘都是练内功走火，以致动弹不得，偏生敌人在这当口赶到，那当真为难之极。"

只听下游那苍老的声音又叫道："你爱比剑也好，斗拳也好，丁老四定然奉陪到底。小翠，你怎么不回答我？"这时话声又已近了数十丈。过不多时，只听得半空中呛啷啷铁链响动，跟着拍的一声巨响，一件东西落到了船上，显是迎面而来的船上有人掷来铁锚铁链。后梢的船家大叫:"喂,喂,干什么?干什么?"

石破天只觉坐船向右急剧倾侧,不由自主的也向右滚去,那姑娘向他侧过来,靠在他身上。石破天道:"这个……这个……你……"要想叫她别靠在自己身上,但随即想起她跟自己一样,也是动弹不得,话到口边,又缩了回去。

跟着觉得船头一沉,有人跃到了船上,倾侧的船身又回复平稳。那老人站在船头说道:"小翠,我来啦,咱们是不是就动手?"

后梢的船家叫道:"你这么搞,两艘船都要给你弄翻了。"那老人怒道:"狗贼,快给我闭了你的鸟嘴!"提起铁锚掷出。两艘船便即分开,同时顺着江水疾流下去。船家见他如此神力,将一只两百来斤重的铁锚掷来掷去,有如无物,吓得挢舌不下,再也不敢作声了。

那老人笑道:"小翠,我在船头等你。你伏在舱里想施暗算,我可不上你当。"

石破天心头一宽,心想他一时不进舱来,便可多挨得片刻,但随即想起,多挨片刻,未必是好,那老妇若能凝聚真气,便要挟了这小姑娘投江自尽,这时那姑娘的耳朵正挨在他口边,便低声道:"姑娘,你叫你奶奶别跳到江里。"

那姑娘道:"她……她不肯的,一定要跳江。"一时悲伤不禁,流下泪来,眼泪既夺眶而出,便再也忍耐不住,抽抽噎噎的哭了起来,泪水滚滚,沾湿了石破天的脸颊。她哽咽道:"对……对不住!我的眼泪流到了你脸上。"这姑娘竟是十分斯文有礼。

石破天轻叹一声,说道:"姑娘不用客气,一些眼泪水,又算得了什么?"那姑娘泣道:"我不愿意死。可是船头那人很凶,奶奶说宁可死了,也不能落在他手里。我……我的眼泪,真对不住,你可别见怪……"只听得船板格的一声响,船舱彼端一个人影坐了起来。

石破天本来口目向下,埋在枕上,但滚动之下,已侧在一旁,见到这人坐起,心中怦怦乱跳,颤声说道:"姑……姑娘,你奶奶坐起来啦。"那姑娘"啊"的一声,她脸孔对着石破天,已瞧不见舱中情景。过了一会,只听石破天叫道:"老太太,你别抓她,她不愿意陪你投江自尽,救人哪,救人哪!"

　　船头上那老人听到船舱中有个青年男子的声音,奇道:"什么人大呼小叫?"

　　石破天道:"你快进来救人。老太太要投江自尽了。"

　　那老人大惊,一掌将船篷掀起了半边,右手探出,已抓住了那老妇的手臂。那老妇凝聚了半天的真气立时涣散,应声而倒。那老人一搭她的脉搏,惊道:"小翠,你是练功走了火吗?干么不早说,却在强撑?"那老妇气喘喘的道:"放开手,别管我,快滚出去!"那老人道:"你经脉逆转,甚是凶险,若不早救,只怕……只怕要成为残废。我来助你一臂之力。"那老妇怒道:"你再碰一下我的身子,我纵不能动,也要咬舌头,立时自尽。"

　　那老人忙缩回手掌,说道:"你的手太阴肺经、手少阴心经、手少阳三焦经全都乱了,这个……这个……"那老妇道:"你一心一意只想胜过我。我练功走火,岂不是再好也没有了?正好如了你的心愿。"那老人道:"咱们不谈这个。阿绣,你怎么了?快劝劝你奶奶。你……你……咦!你怎么跟一个大男人睡在一起?他是你的情郎,还是你的小女婿儿?"

　　阿绣和石破天齐声道:"不,不是的,我们都动不了啦。"

　　那老人大是奇怪,伸手将石破天一拉。石破天给帆索绑得直挺挺地,腰不能曲,手不能弯,给他这么一拉,便如一根木材般从被窝中竖了起来。那老人出其不意,倒吓了一大跳,待得看清,不禁哈哈大笑,道:"阿绣,端阳节早过,你却在被窝中藏了一只大粽子。"

阿绣急道:"不是的,他是外边飞进来的,不……不是我藏的。"

那老人笑道:"你怎么也不能动,也变成了一只大粽子么?"

那老妇厉声道:"你敢伸一根指头碰到阿绣,我和你拼命。"

那老人叹了口气,道:"好,我不碰她。"转头向梢公道:"船家,转舵掉头,扯起帆来,我叫你停时便停船。"那梢公不敢违拗,应道:"是!"慢慢转舵。

那老妇怒道:"干什么?"那老人道:"接你到碧螺山去好好调养。你这次走火,非同小可。"那老妇道:"我死也不上碧螺山。我又没输给你,干么迫我到你的狗窝去?"那老人道:"咱们约好了在长江比武,我输了到你家磕头,你输了便到我家里。是你自己练功走火也好,是你斗不过我也好,总而言之,这一次你非上碧螺山走一遭不可。我几十年来的心愿,这番总算得偿,妙极,妙极!"那老妇怒发如狂,叫道:"不去,不去,不……"越叫越凄厉,陡然间一口气转不过来,竟尔晕了过去。

那老人笑吟吟的道:"你不去也得去,今日还由得你吗?"

石破天忍不住插口道:"她既不愿去,你怎能勉强人家?"

那老人大怒,喝道:"要你放什么狗屁?"反掌便往他脸上打去。

这一掌眼见便要打得他头晕眼花、牙齿跌落,突然之间,见到石破天脸上一个漆黑的掌印,那老人一怔之下,登时收掌,笑道:"啊哈,大粽子,我道是谁将你绑成这等模样,原来是我那乖乖侄孙女。你脸上这一掌,是给我侄孙女打的,是不是?"

石破天不明所以,问道:"你侄孙女?"那老人道:"你还不知老夫是谁?我是丁不四,丁不三是我哥哥,他年纪比我大,武功却不及我……我的侄孙女……"石破天看他相貌确与丁不三有几分相似,服饰也差不多,只是腰间缠着一条黄光灿然的金带,便道:

"啊,是了,叮叮当当是你侄孙女,不错,这一掌正是叮叮当当打的,我也是给她绑的。"

丁不四捧腹大笑,道:"我原说天下除了阿珰这小丫头,再没第二个人这么顽皮淘气。很好,很好,很好!她为什么绑你?"石破天道:"她爷爷要杀我,说我武功太差,是个白痴。"丁不四更是大乐,笑得弯下腰来,道:"老三要杀的人,老四既然撞上了,那就……那就……"石破天惊道:"你也要杀?"

丁不四道:"丁不四的心意,天下有谁猜得中?你以为我要杀你,我就偏偏不杀。"站起身来,左手抓住石破天后领提将起来,右手并掌如刀,在他身上重重缠绕的帆索自上而下急划而落,数十重帆索立时纷纷断绝,当真是利刃也未必有如此锋锐。

石破天赞道:"老爷子,你这手功夫厉害得很,那叫什么名堂?"

丁不四听石破天一赞,登时心花怒放,道:"这一手功夫自然了不起,普天下能有如此功力的,除了丁不四外,只怕再无第二人了。这手功夫吗?叫做……"

这时那老妇已醒,听到丁不四自吹自擂,当即冷笑道:"哼,耗子上天平,自称自赞!这一手'快刀斩乱麻',不论哪个学过几手三脚猫把式的庄稼汉子,又有谁不会使了?"丁不四道:"呸!呸!学过几手三脚猫把式的人,就会使我这手'快刀斩乱麻'?你倒使给我瞧瞧!"那老妇道:"你明知我练功走火,没了力气,来说这种风凉言语。大粽子,我跟你说,你到随便哪一处市镇上,见到有人练把式卖膏药,骗人钱财,只须给他一文两文,他就会练这手'快刀斩乱麻'给你瞧,包管跟这老骗子练得一模一样,没半点分别,说不定还比他强些。这是普天下骗人的混蛋都会的法门,又有什么希罕了?"

丁不四听那老妇说得刻薄,不由得怒发如狂,伸手便向她肩头抓落。

石破天叫道："不可动粗！"斜身反手，向他右腕上切去，正是丁珰所教一十八路擒拿手中的一招"白鹤手"。他被丁珰拿中穴道后为时已久，在内力撞击之下，穴道渐解，待得身上帆索断绝，血行顺畅，立时行动自如。

丁不四"咦"的一声，反手勾他小臂。石破天于这一十八路擒拿手练得已甚纯熟，当即变招，左掌拍出，右手取对方双目。丁不四喝道："好！这是老三的擒拿手。"伸臂上前，压他手肘。石破天双臂圈转，两拳反击他太阳穴。丁不四两条手臂自下穿上，向外一分，快如电闪般向石破天手臂上震去。只道这一震之下，石破天双臂立断，不料四臂相撞，石破天稳立不动，丁不四却感上身一阵酸麻，喀喇一声，足下所踏的一块船板从中折断，船身也向左右猛烈摇晃两下。他急忙后退了一步，以免陷入断板，口中又是"咦"的一声。

他前一声"咦"，只是惊异石破天居然会使他丁家的一十八路擒拿手，但当双臂与石破天较劲，震得他退出一步，那一声"咦"却是大大的吃惊，只觉这年轻人内力充盈厚实，直是无穷无尽，自己适才虽然未出全力，但对方浑若无事，自己却踏断了船板，可说已输了一招。此人这等厉害，怎能为丁珰所擒？脸上又怎会给她打中一掌？一时心中疑团丛生。

那老妇惊诧之情丝毫不亚于丁不四，当即哈哈大笑，说道："连……连一个浑小子也……也……也……"一时气息不畅，却说不下去了。丁不四怒道："我代你说了罢，'连一个浑小子也斗不过，逞什么英雄好汉？'是不是？这句你说不出口，只怕将你弊也弊死了。"那老妇满脸笑容，连连点头。

丁不四侧头向石破天道："大粽子，你……你师父是谁？"石破天搔了搔头，心想自己虽向谢烟客和丁珰学过武功，却没拜过师父，说道："我没师父！"丁不四怒道："胡说八道，那么你这一十八路擒拿手，又是哪里偷学得来的？"石破天道："我不是偷学得来的，叮叮当当教了我十天。她不是我师父，是我……是我……"要想说"是我妻子"总觉有些不妥，便不说了。丁不四更是恼怒，骂道："你奶奶的，这武功是阿珰教你的？胡说八道。"

那老妇这时已顺过气来，冷冷的道："江湖上人人都说，'丁氏双雄，一是英雄，一是狗熊！'这句话当真不错。今日老婆子亲眼目睹，果然是江湖传言，千真万确。"

丁不四气得哇哇大叫，道："几时有这句话了？定是你捏造出来的。你说，谁是英雄，谁是狗熊？我的武功比老三强，武林中谁人不知，哪个不晓？"

那老妇不敢急促说话，一个字一个字的缓缓说道："丁珰是丁老三的孙女儿。丁老三教了他儿子，他儿子教他的女儿丁珰，丁珰又教这个浑小子。这浑小子只学了十天，就胜过了丁老四，你教天下人去评……评……评……"连说了三个"评"字，一口气又转不过来了。

丁不四听着她慢条斯理、一板一眼的说话，早已十分不耐，这时忍不住抢着说道："我来代你说：'你教天下人评评这道理看，到底谁是英雄，谁是狗熊？自然丁老三是英雄，丁老四是狗熊！'"越说声音越响，到后来声如雷震，满江皆闻。

那老妇笑眯眯的点了点头，道："你……你自己知道就好。"这几个字说得气若游丝，但听在丁不四耳中，却令他愤懑难当，大声叫道："谁说这大粽子胜过丁老四了？来，来，来，咱们再比过！我不在……不在……"

他本想说"不在三招之内就将你打下江去，那就如何如何"，但话到口边，心想此人武功非同小可，"三招之内"只怕拾夺他不下，要想说"十招之内"，仍觉没有把握，说"二十招"罢，还是怕这句话说得太满,若说"一百招之内",却已没了英雄气概,自己一个成名人物,要花到一百招才能将侄孙女儿的徒弟打败,那又有什么了不起?他略一迟疑,那老妇已道:"你不在十万招之内将他打败,你就拜他……拜他……拜他……咳……咳……"

丁不四怒吼:"'你就拜他为师!'你要说这句话,是不是?""拜他为师"这四个字一出口,身子已纵在半空,掌影翻飞,向石破天头顶及胸口同时拍落。

石破天虽学过一十八路擒拿手法,但只能拆解丁珰的一十八路擒拿手,学时既非活学,用时也不能活用,眼见丁不四犹似千手万掌般拍将下来,哪里能够抵御?只得双掌上伸,护住头顶,便在这时,后颈大椎穴上感到一阵极沉重的压力,已然中掌。

那大椎穴乃人手足三阳督脉之会,最是要害,但也正因是人手足三阳督脉之会,诸处经脉中内力同时生出反击的劲道。丁不四只感全身剧震,向旁反弹了开去,看石破天时,却是浑若无事。这一招石破天固然被他击中,但丁不四反而向外弹出,不能说分了输赢。

那老妇却阴阳怪气的道:"丁不四,人家故意让你击中,你却给弹了开去,当真无用之极,只是一招,你便输了。"丁不四怒道:"我怎么输了?胡说八道!"那老妇道:"就算你没有输,那么你让他在你大椎穴上拍一掌看。如果你不死,也能将他弹开几步,那么你们就算打成平手。"丁不四心想:"这小子内力雄厚之极,我大椎穴若给他击上一掌,那是不死也得重伤。"说道:"好端端地,我为什么要给他打?你的大椎穴倒给我打一掌看。"那老妇道:"早知丁狗熊没种,就只会一门取巧捡便宜的功夫,若是跟人家一掌还一掌、一拳还一拳的文比,谁也不得躲闪挡架,你就不敢。"

丁不四给她说中了心事,讪讪的道:"这等蛮打,是不会武功的粗鲁汉子所为,咱们武学名家,怎么能玩这等笨法子?"他自知这番话强词夺理，经不起驳，在那老妇笑声中，向石破天道："再来，再来，咱们再比过。"

石破天道："我只学过叮叮当当教的那些擒拿手，别的武功都不会，你刚才那样手掌乱晃的功夫，我不会招架。老爷子，就算你赢了，咱们不比啦。"

那"就算你赢了"这五个字，听在丁不四耳中极不受用，他大声说道："赢就是赢，输就是输，哪有什么算不算的？我让你先动手，你过来打我啊。"石破天摇头道："我就是不会。"丁不四听那老妇不住冷笑，心头火起，骂道："他妈的，你不会，我来教你。你瞧仔细了，你这样出掌打我，我就这么架开，跟着反手这么打你，你就斜身这么闪过，跟着左手拳头打我这里。"

石破天学招倒是很快，依样出手，丁不四回手反击。两人只拆得四招，丁不四呼的一拳打到，石破天不知如何还手，双手下垂，说道："下面的我不会了。"

丁不四又是好气，又是好笑，道："都是我教你的，那还比什么武？"石破天道："我原说不用比啦，算你赢就是了。"丁不四道："不成，我若不是真正胜了你，小翠一辈子都笑话我，丁大英雄给她说成是丁大狗熊，我这张脸往哪里搁去？你记着，我这么打来，你不用招架，抢上一步，伸指反来戳我小腹，这一招很是阴毒，我这拳就不能打实了，就只得避让，这叫做以攻为守，攻敌之所必救。"

他口中教招，手上比划。石破天用心记忆，学会后两人便从头打起，打到丁不四所教的武功用尽之时，便即停了，只得一个往下再教，一个继续又学。丁不四这些拳法掌法变化甚是繁复，但他与石破天对打，却只以曾经教过的为限。

丁不四心想这般斗将下去，如何胜得了他？唯一机缘只是这浑小子将所学的招数忘了，拆解稍有错误，便立中自己毒手。但偏偏石破天记心极好，丁不四只教过一遍，他便牢牢记住。两人直拆了数十招，他招式中仍无破绽。

那老妇不时发出几下冷笑之声，又令丁不四不敢以凡庸的招数相授，只要攻守之际有一招不够凌厉精妙，那老妇便出言相讥。她走火之后虽然行动不得，但眼光仍是十分厉害，就算是一招高明武功，她也要故意诋毁几句，何况是不十分出色精奥之着。

丁不四打醒了精神，传授石破天拳掌，这股全力以赴的兢兢业业之意，竟丝毫不亚于当年数度和那老妇真刀真枪的拼斗。又教了数十招，天色将明，丁不四渐感焦躁，突然拳法一变，使出一招先前教过的"渴马奔泉"，连拳带人，猛地扑将过去。

石破天叫道："次序不对了！"丁不四道："有什么次序不次序的？只要是教过你的便行。"石破天倒也没忘他曾教过用"粉蝶翻飞"来拆解，当即依式纵身闪开。丁不四心想："我只须将你逼下江去，就算是赢了。小翠再要说嘴，也已无用。"踏上一步，一招"横扫千军"，双臂猛扫过去。石破天仍是依式使招"和风细雨"，避开了对方狂暴的攻势，但这步一退，左足已踏上了船舷。

丁不四大喜，喝道："下去罢！"一招"钟鼓齐鸣"，双拳环击，攻他左右太阳穴。依照丁不四所授的功夫，石破天该当退后一步，再以"春云乍展"化开来掌，可是此刻身后已无退路，一步后退，便踏入了江中，情急之下难以多想，生平学得最熟的只是丁珰教的那两招，也不理会用得上用不上，一闪身，已穿到了丁不四背后，右手以"虎爪手"抓住他"灵台穴"，左手以"玉女拈针"拿住他"悬枢穴"，双手一拿实，强劲内力陡然发出。

丁不四大叫一声，坐倒在舱板之上。

其实石破天内力再强，凭他只学几天的擒拿手法，又如何能拿得住丁不四这等高手？只因丁不四有了先入为主的成见，认定石破天必以"春云乍展"来解自己这招"钟鼓齐鸣"，而要使"春云乍展",非退后一步而摔入江中不可。他若和另一个高手比武,自会设想对方能有种种拆解之法,拆解之后跟着便有诸般厉害后着,自是四面八方都防到了,决不能被对手闪到自己后心而拿住了要穴。但他和石破天拆解了百余招,对方招招都是一板一眼,全然依准了自己所授的法门而发,心下对他既无半分提防之意,又全没想到这浑小子居然会突然变招,所用的招数却纯熟无比,出手如风,待要挡避,已然不及,竟着了他的道儿。偏生石破天的内力十分厉害,劲透要穴,以丁不四修为之高,竟也抵挡不住。

这一下变故之生,丁不四和石破天固然吃惊不小,那老妇也是错愕无已,"哈哈,哈哈"狂笑两下,又晕厥了过去,双目翻白,神情殊是可怖。

石破天惊道:"老太太,你……你怎么啦?"

阿绣身在舱里,瞧不见船头上的情景,听石破天叫得惶急,忙问:"这位大哥,我奶奶怎么了?"石破天道:"啊哟……她……晕过去啦,这一次……这一次模样不对,只怕……只怕……难以醒转。"阿绣惊道:"你说我奶奶……已经……已经死了?"石破天伸手去探了探那老妇的鼻息,道:"气倒还有,只不过模样儿……那个……那个很不对。"阿绣急道:"到底怎么不对?"石破天道:"她神色像是死了一般,我扶起你来瞧瞧。"

阿绣不愿受他扶抱,但实在关心祖母,踌躇道:"好!那就劳你这位大哥的大驾。"

石破天一生之中,从未听人说话如此斯文有礼,长乐帮中诸人跟他说话之时尽管恭谨,却是敬畏多过了友善,连小丫头侍剑也总是掩不住脸上惶恐的神色。丁珰跟他说话有时十分亲热,却也十分无礼。只有这个姑娘的说话,听在耳中当真是说不出的熨贴舒服,于是轻轻扶她起来,将一条薄被裹在她身上,然后将她抱到船头。

阿绣见到祖母晕去不醒的情状,"啊"的一声叫了起来,说道："这位大哥，可不可以请你在奶奶'灵台穴'上，用手掌运一些内力过去？这是不情之请，可真不好意思。"

石破天听她说话柔和，垂眼向她瞧去。这时朝阳初升，只见她一张瓜子脸，清丽文秀，一双明亮清澈的大眼睛也正在瞧着他。两人目光相接，阿绣登时羞得满脸通红，她无法转头避开，便即闭上了眼睛。石破天冲口而出："姑娘，原来你也是这样好看。"阿绣脸上更加红了，两人相距这么近，生怕说话时将口气喷到他脸上，将小嘴紧紧闭住。

石破天一呆，道："对不起！"忙放下了她，伸掌按住那老妇的"灵台穴"，也不知如何运送内力，便照丁珰所教以"虎爪手"抓人"灵台穴"的法子，发劲吐出。

那老妇"啊"的一声，醒了过来，骂道："浑小子，你干什么？"石破天道："这位姑娘叫我给你运送内力，你……你果然醒过来啦。"那老妇骂道："你封了我穴道啦，运送内力，是这么干的？"石破天讪讪的道："对不起，对不起。我实在不会，请你教一教。"

适才他这么一使劲，只震得那老妇五脏六腑几欲翻转，"灵台穴"更被封闭，好在她练功走火，穴道早已自塞，这时封上加封，也不相干。她初醒时十分恼怒，但已知他内力浑厚无比，心想："这傻小子天赋异禀，莫非无意中食了灵芝仙草，还是什么通灵异物的内丹，以致内力虽强，却不会运使。我练功走火，或能凭他之力，得能打通被封的经脉？"便道："好，我来教你。你将内息存于丹田，感到有一股热烘烘的暖气了，是不是？你心中想着，让那暖气通到手少阳三焦经的经脉上。"

这些经脉穴道的名称，当年谢烟客在摩天崖上都曾教过，石破天依言而为，毫不费力的便将内力集到了掌心，他所修习的"罗汉伏魔功"乃少林派第一精妙内功，并兼阴阳刚柔之用，只是向来不知用法,等如一人家有宝库,金银堆积如山,却觅不到那枚开库的钥匙,此刻经那老妇略加指拨,依法而为,体内本来蓄积的内力便排山倒海般涌出。

那老妇叫道:"慢些,慢……"一言未毕,已"哇"的一声,吐出大口黑血。

石破天吃了一惊,叫道:"啊哟!怎么了?不对么?"阿绣道:"这位大哥,我奶奶请你缓缓运力,不可太急了。"那老妇骂道:"傻瓜,你想要我的命么?你将内力运一点儿过来,等我吸得几口气,再送一点儿过来。"

石破天道:"是,是!对不起。"正要依法施为,突见丁不四一跃而起,叫道:"他奶奶的,咱们再比过,刚才不算。"那老妇道:"老不要脸,为什么不算?明明是你输了。刚才他只须在你身上补上一刀一剑,你还有命么?"

丁不四自知理亏,不再和那老妇斗口,呼的一掌,便向石破天拍来,喝道:"这招拆法我教过你,不算不讲理罢?"石破天忙依他所授招式,挥掌挡开。丁不四跟着又是一掌,喝道:"这一招我也教过你的,总不能说我要无赖欺侮小辈了罢?"他每出一招,果然都是曾经教过石破天的,显得自己言而有信,是个君子。

他越打越快,十余招后,已来不及说话,只是不住叱喝:"教过你的,教过的,教过!教过!教……教……教……"如此迅速出招,石破天虽然天资聪颖,总是无法只学过一遍,便将诸般繁复的掌法尽数记住活用,对方拳脚一快,登时便无法应付,眼见数招之间,便会伤于丁不四的掌底,正在手忙脚乱之际,忽听得那老妇叫道:"且慢,我有话说。"

丁不四住手不攻,问道:"小翠,你要说什么?"那老妇向石破天道:"少年,我身子不舒服,你再来送一些内力给我。"丁不四点头道:"那很好。你走火后经脉室滞,你既不愿我相助,叫他出点力气倒好。这少年武功不行，内力挺强！"

那老妇哼了一声，冷冷的道："是啊，他武功是你教的，内力却不是你教的，他武功不行，内力挺强。"丁不四怒道："他武功怎么能算是我教的，我只教了他半天，只须他跟我学得三年五载，哼，少一辈人物之中，没一个能是他敌手。"那老妇道："就算学得跟你一模一样，又有什么用？他不学你的武功，便能将你打败，学得了你的武功，只怕反而打你不过了。越学越差，你说是学你的好，还是不学的好？"丁不四登时语塞，呆了一呆，说道："他那两招虎爪手和玉女拈针，还不是我丁家的功夫？"

那老妇道："这是丁不三的孙女所教，可不是你教的。少年，你过来，别去理他。"

石破天道："是！"坐到那老妇身侧，伸手又去按住她灵台穴，运功助她打通经脉，这一次将内力极慢极慢的送去，惟恐又激得她吐血。

那老妇缓缓伸臂，将衣袖遮在脸上，令丁不四见不到自己在开口说话，又听不到话声，低声道："待会他再和你厮打，你手掌之上须带内劲。就像这样把内劲运到拳掌之中。只要见到他伸掌拍来，你就用他一模一样的招式，和他手心相抵，把内劲传到他身上。这老儿想把你逼下江中淹死，你记好了，见到他使什么招，你也就使什么招。只有用这法子，方能保得……保得咱们三人活命。"她和石破天只相处几个时辰，便已瞧出他心地良善，若要他为他自己而和丁不四为难，多半他会起退让之心，不一定能遵照嘱咐，但说"方能保得咱三人活命"，那是将她祖孙二人的性命也包括在内了，料想他便能全力以赴。

石破天点了点头。那老妇又道："你暂且不用给我送内力。待会你和那老儿双掌相抵，送出内力时可不能慢慢的来，须得急吐而出，越强越好。"石破天道："他会不会吐血？"那老妇道："不会的。我练功走火，半点内力也没有了，你的内力猛然涌到，我无法抗拒，这才吐血。这老儿的内力强得很，刚才你抓住他背心穴道，他并没吐血，是不是？你若不出全力，反而会给他震得吐血。你若受伤，那便没人来保护我祖孙二人，一个老太婆，一个小姑娘，躺在这里动弹不得，只有任人宰割欺凌。"

石破天听到这里，心头热血上涌，只觉此刻立时为这老婆婆和姑娘死了也是毫不皱眉，其实她二人是何等样人，是善是恶，他却是一无所知。

那老妇将遮在脸上的衣袖缓缓拿开，说道："多谢你啦。丁老四死不认输，你就和他过过招。唉，老婆子活了这一把年纪，天下的真好汉、大英雄也见过不少，想不到临到归天之际，眼前见到的却是一只老狗熊，当真够冤。"丁不四怒道："你说老狗熊，是骂我吗？"那老妇微微一笑，说道："一个人若有三分自知之明，也许还不算坏得到了家。丁老四，你要杀他，还不容易？只管使些从来没教过他的招数出来，包管他招架不了。"

丁不四怒道："丁老四岂是这等无耻之徒？你瞧仔细了，招招都是我教过他的。"那老妇原是要激他说这句话，叹了口气，不再作声。

丁不四"哼"的一声，大声道："大粽子，这招'逆水行舟'要打过来啦！那是我教过你的，可别忘了。"说着双膝微曲，身子便矮了下去，左掌自下而上的挥出。

石破天听他说"逆水行舟"，心下已有预备，也是双膝微曲，左掌自下而上的挥出。

丁不四喝道："错了！不是这样拆法。"一句话没说完，眼见石破天左掌即将和自己左掌相碰，心下一凛："这小子内力甚强，只怕犹在我之上。若跟他比拼内力，那可没什么味道。"当即收回左掌，右掌推了出去，那一招叫作"奇峰突起"。石破天心中记着那老妇的话，跟着也使一招"奇峰突起"，掌中已带了三分内劲。丁不四陡觉对方掌力陡强，手掌未到，掌风已然扑面而来，心下微感惊讶，立即变招。

　　石破天凝视丁不四的招式，见他如何出掌，便跟着依样葫芦，这么一来，不须记忆如何拆解，只是依样学样，心思全用以凝聚内力，果然掌底生风，打出的掌力越来越强。

　　丁不四却有了极大的顾忌，处处要防到对手手掌和自己手掌相碰，生怕一黏上手之后，硬碰硬的比拼内力，好几次捉到石破天的破绽，总是眼见他照式施为，便不得不收掌变招。他自成名以来，江湖上的名家高手会过不知多少，却从未遇到过这样的对手，不论自己出什么招式，对方总是照抄。倘若对方是个成名人物，如此打法自是迹近无赖，当下便可立斥其非，但偏偏石破天是个徒具内力、不会武功之人，讲明只用自己所授的招式来跟自己对打，这般学了个十足十，原是名正言顺之举。他心下焦躁，不住咒骂，却始终奈何石破天不得。

　　这般拆了五六十招，石破天渐渐摸到运使内力的法门，每一拳、每一掌打将出去，劲力愈来愈大，船头上呼呼风响，便如疾风大至一般。

　　丁不四不敢丝毫怠忽，只有全力相抗，心道："这小子到底是什么邪门？莫非他有意装傻藏奸，其实却是个身负绝顶武功的高手？"再拆数招，觉得要避开对方来掌越来越难，幸好石破天一味模仿自己的招数，倒也不必费心去提防他出其不意的攻击。

　　又斗数招，丁不四双掌转了几个弧形，斜斜拍出，这一招叫做"或左或右"，掌力击左还是击右，要看当时情景而定，心头暗喜："臭小子，这一次你可不能照抄了罢？你怎知我掌力从哪一个方向袭来？"果然石破天见这一招难以仿效，问道："你是攻左还是攻右？"丁不四一声狂笑，喝道："你倒猜猜看！"两只手掌不住颤动。石破天心下惊惶，只得提起双掌，同时向丁不四掌上按去，他不知对方掌力来自何方，惟有左右同时运劲。

丁不四见他双掌一齐按到，不由得大惊，暗想傻小子把这招虚中套实、实中套虚的巧招使得笨拙无比，"或左或右"变成了"亦左亦右"，两掌齐重，令此招妙处全失。但这么一来，自己非和他比拼内力不可，霎时间额头冒汗，危急中灵机一动，双掌倏地上举，掌力向天上送去。这一招叫做"天王托塔"，原是对付敌人飞身而起、凌空下击而用。石破天此时并非自空下搏，这招本来全然用不上。但石破天每一招都学对方而施，眼见丁不四忽出这招"天王托塔"，不明其中道理，便也双掌上举，呼的一声，向上拍出。

两人四掌对着天空，你瞧瞧我，我瞧瞧你。

丁不四忍俊不禁，哈哈大笑起来。石破天见对方敌意已去，跟着纵声而笑。阿绣斜倚在舱门木柱上，见此情景，也是嫣然微笑。

那老妇却道："不要脸，不要脸！打不过人家，便出这种鬼主意来骗小孩子！"

丁不四在电光石火的一瞬之间，竟想出这个古怪法子来避免和石破天以内力相拼，躲过了危难，于自己的机警灵变甚为得意，虽听到那老妇出言讥刺，却也不放在心上，只嘻嘻一笑，说道："我跟这小子无怨无仇，何必以内力取他性命？"

那老妇正要再出言讥刺，突然船身颠簸了几下，向下游直冲，原来此处江面陡狭，水流十分湍急。丁不四又是哈哈大笑，叫道："小翠，到碧螺岛啦，你们祖孙两位，连同大粽子一起，都请上去盘桓盘桓。"那老妇脸色立变，颤声道："不去，我宁死也不踏上你的鬼岛一步。"丁不四道："上去住几天打什么紧？你在我家里好好养伤，舒服得很。"那老妇怒道："舒服个屁！"惶急之下，竟然口出粗言。

江水滔滔，波涛汹涌，浪花不绝的打上船来。石破天顺着丁不四的目光望去，只见右前方江中现出一个山峰，一片青翠，上尖下圆，果然形如一螺，心想这便是碧螺岛了。

丁不四向梢公道："靠到那边岛上。"那梢公道："是！"丁不四俯身提起铁锚，站在船头，只待驶近，便将铁锚抛上岛去。

石破天道："老爷子，这位老太太既然不愿到你家里去，你又何必……"一句话没说完，突然那老妇一跃而起，伸手握住阿绣的手臂，涌身入江。

丁不四大叫："不可！"反手来抓，却哪里来得及？只听得扑通一声，江水飞溅，两人已没入水中。

石破天大惊之下，抓起一块船板，也向江中跳了下去，他跃下时双足在船舷上力撑，身子直飞出去，是以虽比那老妇投江迟了片刻，入水之处却就在她二人身侧。他不会游水，江浪一打，口中咕咕入水，他一心救人，右手抱住船板，左手乱抓，正好抓住了那老妇头发，当下再不放手，三人顺着江水直冲下去。

江水冲了一阵，石破天已是头晕眼花，口中仍是不住的喝水，突然间身子一震，腰间疼痛，重重的撞上一块岩石。石破天大喜，伸足凝力踏住，忙将那老妇拉近，幸喜她双臂仍是紧紧抱着孙女儿，只是死活难知。

石破天将她两人一起抱起，一脚高一脚低，拖泥带水，向陆地上走去。只走出十余丈便已到了干地，忽听那老妇骂道："无礼小子，你刚才怎敢抓我头发？"

石破天一怔，忙道："是，是！真对不起。"那老妇道："你怎……哇！"她这么一声"哇"，随着吐了许多江水出来。阿绣道："奶奶，若不是这位大哥相救，咱二人又不识水性，此刻……此刻……"说到这里，也呕出了不少江水。那老妇道："如此说来，这小子于咱们倒有救命之恩了。也罢，抓我头发的无礼之举，不跟他计较便是。"

阿绣微笑道："救人之际，那是无可奈何。这位大哥，可当真……当真多谢了。"她被石破天抱在怀中，四只眼睛相距不过尺许，她说话之时，转动目光，不和石破天相对，但她祖孙二人呕出江水，终究淋淋漓漓的溅了石破天一身。好在他全身早已湿透，再湿些也不相干，但阿绣涨红了脸，甚是不好意思。

那老妇道："好啦，你可放我们下来了，这里是紫烟岛，离那老怪居住之处不远，须得防他过来啰唆。"石破天道："是，是！"正要将她二人放下，忽听得树丛之后有人说道："这小子多半没死，咱们非找到他不可。"石破天吃了一惊，低声道："丁不四追来啦。"抱着二人，便在树丛中一缩，一动也不敢动。只听得脚踏枯草之声，有二人从身侧走过，一个是老人，另一个却是少女。

石破天这一下却比见到丁不四追来更是怕得厉害，向二人背影瞧去，果然一个是丁珰，一个却是丁不三。他颤声道："不好，是……是丁三爷爷。"

那老妇奇道："你为什么怕成这个样子？丁不三的孙女儿不是传了你武功么？"石破天道："爷爷要杀我，叮叮当当又怪我不听话，将我绑成一只大粽子，投入江中。幸好你们的船从旁经过，否则……否则……"那老妇笑道："否则你早成了江中老乌龟、老甲鱼的点心啦。"石破天道："是，是！"想起昨日被丁珰用帆索全身缠绕的情景，兀自心有余悸，道："婆婆，他们还在找我。这一次若给他们捉到，我……我可糟了！"

那老妇怒道："我若不是练功走火，区区丁不三何足道哉！你去叫他来，瞧他敢不敢动你一根毫毛。"阿绣劝道："奶奶，此刻你老人家功力未复，暂且避一避丁氏兄弟的锋头，等你身子大好了，再去找他们的晦气不迟。"那老妇气忿忿的道："这一次你奶奶也真倒足了大霉，说来说去，都是那小畜生、老不死这两个鬼家伙不好。"阿绣柔声道："奶奶，过去的事情，又提它干吗？咱二人同时走火，须得平心静气的休养，那才能好得快。你心中不快，只有于身子有损。"那老妇怒道："身子有损就有损，怕什么了？今日喝了这许多江水，史小翠一世英名，那是半点也不剩了。"越说越是大声。

石破天生怕给丁不三听到，劝道："老婆婆，你平平气。我……我再运些内力给你。"也不等她答应，便伸掌按上她灵台穴，将内力缓缓送去。内力既到，那老妇史婆婆只得凝神运息，将石破天这股内力引入自己各处闭塞了的经脉穴道，一个穴道跟着一个穴道的冲开，口中再也不能出声。石破天只求她不惊动丁不三，掌上内力源源不绝的送出。

史婆婆心下暗自惊讶："这小子的内功如此精强，却何以不会半点武功？"她脑中念头只是这么一转，胸口便气血翻涌，当下再也不敢多想，直至足少阳经脉打通，这才长长舒了口气，站起身来，笑道："辛苦你了。"

石破天和阿绣同感惊喜，齐声道："你能行动了？"

史婆婆道："通了足上一脉，还有许多经脉未通呢！"

石破天道："我又不累，咱们便把其余经脉都打通了。"

史婆婆眉头一皱，说道："小子胡说八道，我是和阿绣同练'无妄神功'以致走火，岂是寻常的疯瘫？今日打通一处经脉，已是谢天谢地了，就算是达摩祖师、张三丰真人复生，也未必能在一日之中打通我全身塞住了的经脉。"石破天讪讪的道："是，是！我不懂这中间的道理。"史婆婆道："左右闲着无事，你就帮助阿绣打通足少阳经脉。"

石破天道："是，是！"将阿绣扶起，让她左肩靠在一根树干之上，然后伸掌按她灵台穴，以那老妇所教的法门，缓缓将内力送去。阿绣内功修为比之祖母浅得多了，石破天直花了四倍时间，才将她足少阳经脉打通。

阿绣挣扎着站起，细声细语的道："多谢你啦。奶奶，咱们也不知这位大哥高姓大名，不知如何称呼，多有失礼。"她这句话是向祖母说的，其实是在问石破天的姓名，只是对着这个青年男子十分腼腆，不敢正面和他说话。

史婆婆道："喂，大粽子，我孙女儿问你叫什么名字呢？"

石破天道："我……我……也不知道，我妈妈叫我……叫我那个……"他想说"狗杂种"，但此时已知这三字十分不雅，无法在这温文端庄的姑娘面前出口，又道："他们却又把我认错是另外一个人，其实我不是那个人。到底我是谁，我……我实在说不上来……"

史婆婆听得老大不耐烦，喝道："你不肯说就不说好了，偏有这么啰里啰唆的一大套鬼话。"阿绣道："奶奶，人家不愿说，总是有什么难言之隐，咱们也不用问了。叫不叫名字没什么分别，咱们心里记着人家的恩德好处，也就是了。"

石破天道："不，不，我不是不肯说，实在说出来很难听。"史婆婆说道："什么难听好听？还有难听过大粽子的么？你不说，我就叫你大粽子了。"石破天心道："大粽子比狗杂种好听得多了。"笑道："叫大粽子很好，那也没什么难听。"

阿绣见石破天性子随和，祖母言语无礼，他居然一点也不生气，心中更过意不去，道："奶奶，你别取笑。这位大哥可别见怪。"

石破天嘻嘻一笑，道："没有什么。谢天谢地，只盼丁不三爷爷和叮叮当当找不到我就好了。你们在这里歇一会，我去瞧瞧有什么吃的没有。"史婆婆道："这紫烟岛上柿子甚多，这时正当红熟，你去采些来。岛上鱼蟹也肥，不妨去捉些。"

石破天答应了，闪身在树木之后蹑手蹑脚，一步步的走去，生怕给丁氏祖孙见到，只走出数十丈，果见山边十余株柿树，树上点点殷红，都是熟透了的圆柿。

他走到树下，抓住树干用力摇晃，柿子早已熟透，登时纷纷跌落。他张开衣衫兜接住，奔回树丛，给史婆婆和阿绣吃。她二人双足已能行走，手上经脉未通，史婆婆勉强能提起手臂，阿绣的双臂却仍瘫痪不灵。石破天剥去柿皮，先喂史婆婆吃一枚，又喂阿绣吃一枚。

阿绣见他将剥了皮的柿子送到自己口边，满脸羞得就如红柿子一般，又不能拒却，只得在他手中吃了。石破天欲待再喂，阿绣道："这位大哥，你自己先吃饱了，再……再……"

史婆婆道："这边向西南行出里许，有个石洞，咱们待天黑后，到那边安身，好让这对不三不四的鬼兄弟找咱们不到。"

石破天大喜，道："好极了！"他对丁不四倒不如何忌惮，但丁不三祖孙二人一意要取他性命，实是害怕之极，听史婆婆说有地方可以躲藏，心下大慰。

眼巴巴的好容易等到天色昏暗，当下左手扶着史婆婆，右手扶了阿绣，三人向西南方行去。这紫烟岛显是史婆婆旧游之所，地形甚是熟悉，行不到一里，右首便全是山壁。史婆婆指点着转了两个弯，从一排矮树间穿了过去，赫然现出一个山洞的洞口。

史婆婆道："大粽子，今晚你睡在洞外守着，可不许进来。"石破天道："是，是！"又道："可惜咱们不敢生火，烤干浸湿的衣服。"

史婆婆冷冷的道："这叫做虎落平阳被犬欺。日后终要让这对不三不四的鬼兄弟身受十倍报应。"

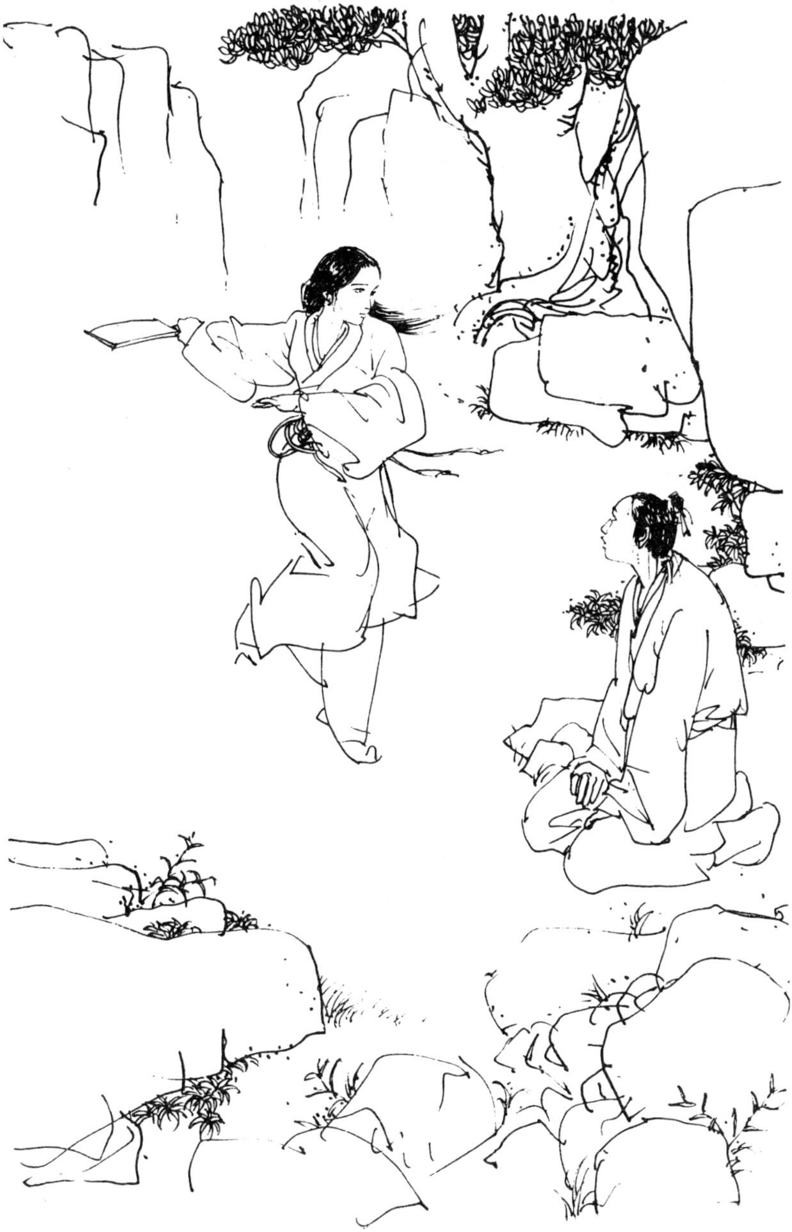

阿绣拿起那把烂柴刀,缓缓使个架式,跟着横刀向前推出,随即刀锋向左掠去,拖过刀来,又向右斜刺。

十

金乌刀法

次晨醒来,三人吃了几枚柿子,石破天又替她祖孙分别打通了一处经脉,于是两人双手也能动弹了。

史婆婆道:"大粽子,这岛上的小湖里有螃蟹,你去捉些来,螃蟹虽还没肥,总是胜过天天吃柿子。"石破天踌躇道:"捉蟹倒不难,就是没法子煮,又不能生吃。"

史婆婆道:"好好一个年轻力壮的大男人,对丁不三这老鬼如此害怕,成什么样子?"石破天摇头道:"别说丁不三爷爷,连叮叮当当也比我厉害得多。若是给他们捉到,再将我绑成一只大粽子丢在江里,那可糟了。"

阿绣劝道:"奶奶,这位大哥说得是,咱们暂且忍耐,等奶奶的经脉都打通了,恢复功力,那时又怕他们什么丁不三、丁不四。"史婆婆道:"哼,你说得倒也稀松平常,回复功力,谈何容易?咱二人经脉全通,少说也得十天,要回复功力,多则一年,少则八月。难道今后一年咱们天天吃柿子?过不了十天,柿子都烂光啦。"

石破天道:"那倒不用发愁,我去多摘些柿子,晒成柿饼,咱三人吃他一年半载,也饿不死。"这些日子来他多遇困苦,迭遭凶险,但觉世情烦纷,什么事都难以明白,不如在这石洞旁安稳度日,远为平安喜乐。

史婆婆骂道:"你肯做缩头乌龟,我却不肯。再说,丁不四那厮一两日之内定会寻上岛来,你想做缩头乌龟也做不成。大粽子,你到底怎么搞的?怎地空有一身深厚内功,却又没练过武艺?"石破天歉然道:"我就是没跟人好好学过。只有叮叮当当教过我十八手擒拿法,我自然斗他们不过。丁不四老爷爷教我的这些武功,又是每一招他都知道的。"

阿绣忽然插口道:"奶奶,你为什么不指点这位大哥几招?他学了你的功夫,若是将丁不四打败了,岂不是比你老人家自己出手取胜还要光采?"

史婆婆不答,双眼盯住了石破天,目不转睛的瞧着他。

突然之间,她目光中流露出十分凶悍憎恶的神色,双手发颤,便似要扑将上去,一口将他咬死一般。石破天害怕起来,不由自主的倒退了一步,道:"老太太,你……你……"史婆婆厉声道:"阿绣,你再瞧瞧他,像是不像?"

阿绣一双大眼睛在石破天脸上转了一转,眼色却甚是柔和,说道:"奶奶,相貌是有些像的,然而……然而决计不是。只要他……他有这位大哥一成的忠诚厚道……他也就决计不会……不会……"

史婆婆眼色中的凶光慢慢消失,哼了一声,道:"虽然不是他,可是相貌这么像,我也决计不教。"

石破天登时恍然:"是了,她又疑心我是那个石破天了。这个石帮主得罪的人真多,天下竟有这许多人恨他。日后若能遇上,我得好好劝他一劝。"只听史婆婆道:"你是不是也姓石?"石破天摇头道:"不是!人家都说我是长乐帮的什么石帮主,其实我一点也不是,半点也不是。唉,说来说去,谁也不信!"说着长长叹了口气,十分烦恼。

阿绣低声道:"我相信你不是。"

石破天大喜,叫道:"你当真相信我不是他?那……那好极了。只有你一个人，才不相信。"阿绣道："你是好人，他……他是坏人。你们两个全然不同。"

石破天情不自禁的拉着她手，连声道："多谢你！多谢你！多谢你！"这些日子来人人都当他是石帮主，令他无从辩白，这时便如一个满腹含冤的犯人忽然得到昭雪，对这位明镜高悬的青天大老爷自是感激涕零，说得几句"多谢你"，忍不住流下泪来，滴滴眼泪，都落在阿绣的纤纤素手之上。阿绣羞红了脸，却不忍将手从他掌中抽回。

史婆婆冷冷的道："是便是，不是便不是。一个大男人，哭哭啼啼的，像什么样子。"

石破天道："是！"伸手要擦眼泪，猛地惊觉自己将阿绣的手抓着，忙道："对不起，对不起！"放开她的手掌，道："我……我……我不是……我去再摘些柿子。"不敢再向阿绣多看，向外直奔。

史婆婆见到他如此狼狈，绝非作伪，不禁也感好笑，叹了口气，道："果然不是。那姓石的小畜生若有大粽子一成的厚道老实，也不会……唉！"

过不多时，忽听得洞外树丛刷的一声响，石破天急奔回来，脸色惨白，惊惶无已，颤声道："糟糕……这可糟啦。"史婆婆道："怎么？丁不三见到你了？"

石破天道："不，不是！雪山派的人到了岛上，危险之极……"

史婆婆和阿绣脸色齐变，两人对瞧了一眼。史婆婆问道："是谁？"石破天道："那个白万剑白师傅，率领了十几个师弟。他们……他们定是来找我的，要捉我到什么凌霄城去处死。"史婆婆向阿绣又瞧了一眼，问石破天道："他们见到你没有？"石破天道:"幸亏没见到,不过我见到白师傅和丁……丁……不四爷爷在说话。"史婆婆眉头一皱,问道:"丁不四?不是丁不三?"

石破天道:"丁不四。他说:'长江中没浮尸,定是在岛上。'他们定要一路慢慢找来,我这……这可……可糟了。"只急得满头大汗。

阿绣安慰他道:"那位白师傅把你也认错了,是不是?你既然不是那个坏人,总说得明白的,那也不用担心。"石破天急道:"说不明白的。"

史婆婆道:"说不明白,那就打啊!天下给人冤枉的,又不止你一人!"石破天道:"那位白师傅是雪山派中的高手,剑法好得不得了,我……我怎打他得过?"史婆婆冷笑道:"雪山派剑法便怎么了?我瞧也是稀松平常!"

石破天摇头道:"不对,不对!这个白师傅的剑术,真是说不出的厉害了得。他手中长剑这么一抖,就能在柱子上或是人身上留下六个剑痕,你信不信?"伸足拉起裤脚,将自己大腿上的六朵剑痕给她们瞧,至于此举十分不雅,他是山乡粗鄙之人,却也不懂。

史婆婆哼的一声,道:"我有什么不信?"随即气忿忿的道:"雪山派的武功又有什么了不起?在我史小翠眼中不值一文。白自在这老鬼在凌霄城中自大为王,不知天高地厚,只道他雪山派的剑法天下第一。哼,我金乌派的刀法,偏偏就是他雪山派的克星。大粽子,你知道金乌派是什么意思?"石破天道:"不……不知道。"

史婆婆道:"金乌就是太阳,太阳一出,雪就怎么啦?"石破天道:"雪就融了。"史婆婆哈哈一笑,道:"对啦!太阳一出,雪就融成了水,金乌派武功是雪山派武功的克星对头,就是这个道理。他们雪山派弟子遇上了我金乌派,只有磕头求饶的份儿。"

雪山派剑法的神妙,石破天是亲眼目睹过的,史婆婆将她金乌派的功夫说得如此厉害,他不免有些将信将疑。他心下既不信服,脸上登时便流露出来。

史婆婆道："你不信吗？"石破天道："我在土地庙中给那位白师傅擒住，见到他们师兄弟过招，心中也记得了一些，我觉得……我觉得雪山派的剑法实在……实在……"史婆婆怒问："实在怎么样？"石破天道："实在是好！"史婆婆道："你只见到人家师兄弟过招，一晚之间又学得到什么？怎知是好是坏？你演给我瞧瞧。"

石破天道："我学到的剑法，可没有白师傅那么厉害。"

史婆婆哈哈大笑，阿绣也不禁嫣然。史婆婆道："白万剑这小子天资聪颖，用功又勤，从小至今练了二十几年剑。你只瞧了一晚，就想有他那么厉害，可不笑歪了人嘴巴？"阿绣道："奶奶，这位大哥原是说没白师傅那么厉害。"史婆婆向她瞪了一眼，转头向石破天道："好罢，你快试着演演，让我瞧瞧到底有多'厉害'！"

石破天知她是在讥讽自己，当下红着脸，拾起地下一根树枝，折去了枝叶，当作长剑，照着呼延万善、闻万夫他们所使的招数，一"剑"刺了出去。

史婆婆"哈"的一声，说道："第一招便不对！"石破天脸色更红了，垂下手来。史婆婆道："练下去，练下去，我要瞧瞧你'厉害'的雪山剑法。"

石破天羞惭无地，正想掷下树枝，一转眼间，只见阿绣神色殷切，目光中流露出鼓励之色，绝无讥讽的意思，当即反手又刺一剑。他使出招数之后，深恐记错，更贻史婆婆之讥，当下心无旁骛，一剑剑的使将下去。

七八招一出，他记着那晚土地庙中石夫人和他拆解的剑招，越使越是纯熟，风声渐响。史婆婆和阿绣本来脸上都带笑意，虽是一个意存讥嘲，一个温文微笑，但均觉石破天的剑招似是而非，破绽百出，委实不成模样，可是越看脸色越变，轻视之心暗去，惊佩之色渐浓。待得石破天将那颠三倒四、七零八落的七十二路雪山剑法使完（其实只使了六十三路，其余九路却记不起了），史婆婆和阿绣又对望了一眼，均想此人于雪山派剑法学得甚不周全，显是未经正式传授，但挟以深厚内力，招数上的威力却实已非同寻常。

石破天见二人不语，讪讪的掷下树枝，道："真令两位笑掉了牙齿，我人太蠢，隔了十多天，便记不全啦。"

史婆婆道："你说是在土地庙中看雪山派弟子练剑，这才偷学到的？"石破天红了脸道："我知偷学人家武功，甚是不该。带我到高山上的那位老伯伯说，不得准许而拿了人家东西，便是小贼。我偷学了雪山派的剑法，只怕也是小贼了。只不过当时觉得这样使剑实在很好，不知不觉中便记了一些。"

史婆婆喜道："你只一晚功夫，便学到这般模样，那已是绝顶聪明的资质。我那金乌刀法，你也学得会的。这样罢，你就拜我为师好了……"

阿绣插口道："奶奶，那不好。"史婆婆奇道："为什么不好？"阿绣满脸红晕，道："那……那我岂不是要叫他师叔，平空矮了一辈？"史婆婆脸色一沉，道："师叔就师叔，又有什么了不起啦？丁不四寻到这儿，定要再逼我上碧螺岛去，咱二人岂不是又得再投江寻死？只有快快把大粽子教会了武功，才能抵挡，眼下事势紧迫，哪还顾得到什么辈份大小？大粽子，我史婆婆今日要开宗立派，收你做我金乌派的首徒，你拜不拜师？"

石破天性子随和，本来史婆婆要他拜师，他就拜师，但听阿绣说不愿叫他师叔，不由得有些踌躇。史婆婆道："你快跪下磕头，就成了我金乌派的嫡系传人啦。我是金乌派创派祖师，你是第二代的大弟子。"

阿绣突然想起一事，微微一笑，说道："奶奶，恭喜你开宗立派。这位大哥，你就拜奶奶为师好啦。我不是金乌派弟子，咱们是两派的,大家不相统属,不用叫你做师叔。"

史婆婆急于要开派收徒,也不去跟阿绣多说,只道:"快跪下,磕八个头。"

石破天见阿绣已无异议,当下欢欢喜喜的向史婆婆跪下,磕了八个头。这八个头磕得咚咚有声,着实不轻。

史婆婆眉花眼笑,甚是欢喜,道:"罢了!乖徒儿,你我既是一家,这情份就不同了。我金乌派今日开宗立派,你可须用心学我的功夫,日后金乌派在江湖上名声如何,全要瞧你的啦。大粽子……"

阿绣抿嘴笑道:"金乌派的祖师奶奶,贵派首徒英雄了得,这个外号儿可不够气派。"

史婆婆道:"不错,你到底叫什么名字?对着师父,可什么都不许隐瞒的了。"石破天道:"是,是!我妈叫我狗杂种。长乐帮中的人,却说我是他们的帮主石破天,其实我不是的。只不过……只不过我不知道自己真的姓什么,叫什么名字。"

史婆婆"嘿"的一声,道:"什么狗杂种?胡说八道,你妈妈多半是个疯子。这样罢,你就跟我姓,姓史。咱们金乌派第二代弟子用什么字排行?嗯,雪山派弟子叫什么白万剑、封万里、耿万锺的,咱们可强他一万倍。他们是'万'字辈,咱们就是'亿'字辈。那个姓白的叫白万剑。我就给你取个名字,叫作史亿刀。"

石破天一生之中从未有过真正的姓名,叫他狗杂种也好、石破天也好、大粽子也好,都不怎么放在心上。史婆婆给他取名史亿刀,他本不知"亿"乃"万万"之义,听了也就随口答应,浑不在意。

史婆婆却是兴高采烈,精神大振,说道:"我这路金乌刀法,五六年前已想得周全,只是使这刀法,须有极强的内力,否则刀法的妙处运使不出来。这次长江中遇到了丁不四这老怪,他定要邀我上他碧螺岛去,非恶斗一场,不能叫他知难而退。当下我便和阿绣同练'无妄神咒'，练成之后，我使金乌刀法，她使……她使那个玉兔剑法，日月轮转，别说丁不四区区一个旁门左道的老妖怪，便是为祸武林的什么'赏善罚恶'使者，只怕也要望风远遁。至于雪山派中那些狂妄自大之辈，更是非甘拜下风不可。不料阿绣给我催得急了，一个不小心，内息走入了岔道，我忙加救援，累得两人一齐走火，动弹不得。"她既收石破天为徒，一切直言无忌，将走火的原因和经过都说了出来。

史婆婆又道："幸好你天生内力浑厚，正是练我金乌刀法的好材料。刀法不同剑法，剑以轻灵翔动为高，刀以厚实狠辣为尚。这根树枝太轻，你再去另找一根粗些的树枝来。"

石破天应了，到树林中去找树枝，只见一株断树之下丢着一柄满是铁锈的柴刀。他俯身拾将起来，见刀柄已然腐朽，刀锋上累累都是缺口，也不知是哪一年遗在那里的，拿着倒也沉沉的有些坠手，心想："虽是柄锈烂的柴刀，总也胜于树枝。"于是将腐坏的刀柄拔了出来，另找一段树枝，塞入柄中，兴冲冲的回来。

史婆婆和阿绣见了这柄锈烂柴刀，不禁失笑。阿绣笑道："奶奶，贵派今日开山大典，用这把宝刀传授开山大弟子的武功，未免……未免有欠冠冕。"

史婆婆道："什么有欠冠冕？我金乌派他日望重武林，威震江湖，全是以这柄……这柄宝刀起家。哈哈！"她说到"宝刀"二字，自己也忍俊不禁。三人同时大笑。

史婆婆笑道："好啦，你记住了，金乌刀法第一招，叫做'开门揖盗'。"拿起一根短树枝，缓缓作了个姿势，又道："我手脚无力，出招不快，你却须使得越快越好。"

石破天提起柴刀，依样使招，甚是迅捷，出刀风声凌厉。

史婆婆点头道："很好，使熟之后，还得再快些。这招'开门揖盗',是用来克制雪山剑法那招'苍松迎客'的。他们假仁假义的迎客,咱们就直捷了当的迎贼。好像是向对方作揖行礼,其实心中当他盗贼。第二招'梅雪逢夏',是克制他'梅雪争春'那一招。雪山剑法又是梅花五瓣啦,又是雪花六出啦,咱们叫他们梅雪逢夏。一到夏天,他们的梅花、雪花还有什么威风?"

"梅雪争春"这招剑法甚是繁复,石破天在长乐帮总舵中曾见白万剑使过,剑光点点,大具威势,他在土地庙中就没学会。这招"梅雪逢夏"的刀法,是在霎息之间上三刀、下三刀、左三刀、右三刀,连砍三四一十二刀,不理对方剑招如何千变万化,只是以一股威猛迅狠的劲力,将对方繁复的剑招尽数消解,有如炎炎夏日照到点点雪花上一般。

那第三招叫做"千钧压驼",用以克制雪山剑法的"明驼西来";第四招"大海沉沙"克制"风沙莽莽";第五招"赤日炎炎"克制"月色昏黄",以光胜暗;第七招"鲍鱼之肆"克制"暗香疏影",以臭破香。每招刀法都有个希奇古怪的名称,无不和雪山剑法的招名针锋相对,名称虽怪,刀法却当真十分精奇。

石破天一字不识,这些刀法剑法的招名大都是书上成语,他既不懂,自然也记不住,只是用心记忆出刀的部位和手势。史婆婆口讲手比,缓缓而使,石破天学得不对,立加校正,比之在土地庙中偷学剑法,难易自是大不相同。

史婆婆授了十八招后,已感疲累,当下闭目休息,任由石破天自行练习。过得大半个时辰,史婆婆又传了十八招。到得黄昏时分,已传了七十二招。同时将他已忘了的九招雪山剑法也都教了。金乌刀法以克制雪山剑法为主,自也须得学会雪山剑法。

史婆婆道:"雪山派剑法有七十二招,我金乌派武功处处胜他一筹,却有七十三招。咱们七十三招破他七十二招,最后一招,你瞧仔细了!"说着将那树枝从上而下的直劈下来,又道:"你使这招之时，须得跃起半空，和身直劈！"当下又教他如何纵跃，如何运劲，如何封死对方逃遁退避的空隙。

石破天凝思半响，依法施为，纵身跃起，从半空中挥刀直劈下来，呼的一声，刀锋离地尚有数尺，地下已是尘沙飞扬，败草落叶被刀风激得团团而舞，果然威力惊人。

石破天一劈之下，收势而立，看史婆婆时，只见她脸色惨白，再转头去瞧阿绣，却见她一对大眼中泪水盈盈，凄然欲泣，显是十分伤心。石破天大奇，嗫嚅道："我这一招……使得不对么？"

史婆婆不语，过了片刻，摆摆手道："对的。"呆了一阵，又道："此招威力太大，千万不可轻用，以免误伤好人。"石破天道："是，是！好人是决计伤不得的。"

这一晚他便是在睡梦之间，也是翻来覆去的在心中比划着那七十三招刀法，竟将强敌在外搜索之事搁在一旁。幸好这紫烟岛方圆虽然不大，却是树木丛生，山径甚多，白万剑等一时没找到左近。

次晨天刚黎明，他便起来练这刀法，直练到第七十三招，纵跃半空，一刀劈将下来，这一次威力更强，刀风撞到地上，砰的一声，发出巨响。

只听得阿绣在背后说道："史……史大哥，你起身好早。"石破天转过身来，见她斜倚在石洞口，一双妙目正凝视着自己，忙道："你也早。"

阿绣脸上微微一红，道："我想到那边林中走走，舒舒筋骨，你陪我去，好不好？"石破天道："好好，你全身经脉刚通，正该多活动活动。"当下两人并肩向林中走去。

走出十余丈，已入树林深处，此时日光尚未照到，林中弥漫着一片薄雾，瞧出来朦朦胧胧地，树上、草上、阿绣身上、脸上，似乎都蒙着一层轻纱。林中万籁俱寂，只两人踏在枯草之上，发出沙沙微声。

突然之间，石破天听得身旁发出几下抽噎声息，一转头，只见阿绣正在哭泣，晶莹的泪珠正从她脸颊上缓缓流下。石破天吃了一惊，忙问："阿绣姑娘，你……你为什么哭？"

阿绣不答，走了几步，伸手扶住一枝树干，哭得更加伤心了。

石破天道："为什么啊？是婆婆骂你吗？"阿绣摇摇头。石破天又问："你身子不舒服，是不是？"阿绣又摇了摇头。石破天连猜了七八样原因，阿绣只是摇头。霎时间叫他可没了主意，过去他所遇到的女子如他母亲、侍剑、丁珰、花万紫等，都是性格爽朗之辈，石夫人闵柔虽为人温和，却也是端凝大方，从未见过如阿绣这般娇羞忸怩的姑娘，实不知如何应付才好。阿绣越是哭泣，他越是心慌，只道："到底为了什么事？你跟我说好不好？"阿绣抽抽噎噎的道："都是……都是……你……你不好，你……你……还要问呢！"

石破天大吃一惊，心想："我什么事做错了？"他对这位温柔腼腆的阿绣十分敬重，她既说都是他不好，自然一定是他不好了，当下颤声道："阿……阿绣姑娘，请你跟我说，我是个蠢人，自己做错了事也不知道，当真该死。"

阿绣泪眼盈盈的回过头来，说道："昨儿晚上我做了个梦，吓人得很，你……你……你对我这么凶！"说到这里，眼泪又似珍珠断线般流将下来。石破天奇道："我对你很凶？"阿绣道："是啊，我梦见你使金乌刀法第七十三招，从半空中一刀劈将下来，将我杀了。"石破天一怔，伸拳在自己胸口重重捶了两下，道："该死，该死！我在梦中吓着了你。"

阿绣破涕为笑，说道："史大哥，那是我自己做梦，原怪不得你。"石破天见她白玉般的脸颊上兀自留着几滴泪水，但笑靥生春，说不出的娇美动人，不由得痴痴的看得呆了。阿绣面上一红，身子微颤,那几颗泪水便滚了下来,说道:"我做的梦,常常是很准的,因此我害怕将来总有一日,你真的会使这一招将我杀了。"

石破天连连摇头,道:"不会的,不会的,我说什么也不会杀你。别说我决不会杀你,就是你要杀我,我……我也不还手。"阿绣奇道:"倘若我要杀你,你为什么不还手?"石破天伸手搔了搔头,傻笑道:"我觉得……我觉得不论你要我做什么事,我总会依顺你,听你的话。你真要杀我,我倘若不给你杀,你就不快活了,那还是让你杀了的好。"

阿绣怔怔的听着,只觉他这几句话诚挚无比,确是出于肺腑,不由得心中感激,眼眶儿又是红了,道:"你……你为什么对我这样好?"

石破天道:"只要你快活,我就说不出的欢喜。阿绣姑娘,我……我真想天天这样瞧着你。"他说这几句话时,只是心中这么想,嘴里就说了出来。阿绣年纪虽比他小着几岁,于人情世故却不知比他多懂了多少,一听之下,就知他是在表示情意,要和自己终身厮守,结成眷属,不禁满脸含羞,连头颈中也红了,慢慢把头低了下去。

良久良久,两人谁也不说一句话。过了一会,阿绣仍是低着头,轻声道:"我也知道你是好人,何况那也正巧,在那船中,咱俩……咱俩共……共一个枕头,我……我宁可死了,也不会去跟别一个人。"她意思是说,冥冥之中,老天似是早有安排,你全身被绑,却偏偏钻进我的被窝之中,同处了一夜,只是这句话究竟羞于出口,说到"咱俩共一个枕头"这几句时,已是声若蚊鸣,几不可闻。

石破天还不明白她这番话已是天长地久的盟誓,但也知她言下对自己甚好,忍不住心花怒放,忽道:"倘若这岛上只有你奶奶和我们三个人,那可有多好,咱们就永远住在这里,偏偏又有白万剑师傅啦,丁不四爷爷啦,叫人提心吊胆的老是害怕。"

阿绣抬起头来，道："丁不四、白师傅他们，我倒不怕。我只怕你将来杀我。"石破天急道："我宁可先杀自己，也决不会伤了你一根小指头儿。"

阿绣提起左手，瞧着自己的手掌，这时日光从树叶之间照进林中，映得她几根手指透明如玛瑙。石破天情不自禁的抓起她的手掌，放到嘴边去吻了一吻。

阿绣"啊"的一声，将手抽回，内息一岔，四肢突然乏力，倚在树上，喘息不已。

石破天忙道："阿绣姑娘，你别见怪。我……我……我不是想得罪你。下次我不敢了，真是再也不敢了。"阿绣见他急得额上汗水也流出来了，将左手又放在他粗大的手掌之中，柔声道："你没得罪我。下次……下次……也不用不敢。"石破天大喜，心中怦怦乱跳，只是将她柔嫩的小手这么轻轻握着，却再也不敢放到嘴边去亲吻了。

阿绣调匀了内息，说道："我和奶奶虽蒙你打通了经脉，却不知何年何月，才能回复功力。"石破天不懂这些走火、运功之事，也不会空言安慰，只道："只盼丁不四爷爷找不到咱们，那么你奶奶功力一时未复，也不打紧。"

阿绣嫣然道："怎么还是你奶奶、我奶奶的？她是你金乌派的开山大师祖，你连师父也不叫一声？"石破天道："是，是。叫惯了就不容易改口。阿绣姑娘……"阿绣道："你怎么仍是姑娘长，姑娘短的，对我这般生分客气？"石破天道："是，是。你教教我，我怎么叫你才好？"

阿绣脸蛋儿又是一红，心道："你该叫我'绣妹'才是，那我就叫你一声'大哥'。"可是终究脸嫩，这句话说不出口，道："你就叫我'阿绣'好啦。我叫你什么？"石破天道："你爱叫什么，就叫什么。"阿绣笑道："我叫你大粽子，你生不生气？"石破天笑道："好得很，我怎么会生气？"

阿绣娇声叫道："大粽子！"石破天应道："嗯！阿绣。"阿绣也应了一声。两人相视而笑，心中喜乐，不可言喻。

石破天道："你站着很累，咱们坐下来说话。"当下两人并肩坐在大树之下。阿绣长发垂肩，阳光照在她乌黑的头发上发出点点闪光。她右首的头发拂到了石破天胸前，石破天拿在手里，用手指轻轻梳理。

阿绣道："大粽子哥哥，倘若我没遇上你，奶奶和我都已在长江中淹死啦，哪里还有此刻的时光？"石破天道："倘若没你们这艘船刚好经过，我也早在长江中淹死啦。大家永远像此刻这样过日子，岂不快乐？为什么又要学武功你打我、我打你的，害得人家伤心难过？我真不懂。"阿绣道："武功是一定要学的。世界上坏人多得很，你不去打人，别人却会来打你。给人打了还不要紧，给人杀了可活不成啦。大粽子哥哥，我求你一件事，成不成？"

石破天道："当然成！你吩咐什么，我就做什么。"

阿绣道："我奶奶的金乌刀法，的确是很厉害的，你内力又强，练熟之后，武林中就很少有人是你对手了。不过我很担心一件事，你忠厚老实，江湖上人心险诈，要是你结下的冤家多，那些坏人使鬼计来害你，你一定会吃大亏。因此我求你少结冤家。"

石破天点头道："你这是为我好，我自然更加要听你的话。"

阿绣脸上泛过一层薄薄的红晕，说道："以后你别净说必定听我的话。你说的话，我也一定依从。没的叫人笑话于你，说你没了男子汉大丈夫气概。"顿了一顿，又道："我瞧奶奶教你这门金乌刀法，招招都是凶悍毒辣的杀着，日后和人动手，伤人杀人必多，那时便想不结冤家，也不可得了。"

石破天惕然惊惧，道："你说得对！不如我不学这套刀法，请你奶奶另教别的。"

阿绣摇头道："她金乌派的武功，就只这套刀法，别的没有了。再说，不论什么武功，一定会伤人杀人的。不能伤人杀人，那就不是武功了。只要你和人家动手之时，处处手下留情，记着得饶人处且饶人，那就是了。"石破天道："'得饶人处且饶人'，这句话很好！阿绣，你真聪明，说得出这样好的话。"阿绣微笑道："我岂有这般聪明，想得出这样的话来？那是有首诗的，叫什么'自出洞来无敌手，得饶人处且饶人'。"

石破天问道："什么有首诗？"他连字也不识，自不知什么诗词歌赋。

阿绣向他瞧了一眼，目光中露出诧异的神色，也不知他真是不懂，还是随口问问，当下也不答言，沉吟半晌，说道："要能天下无敌手，那才可以想饶人便饶人。否则便是向人家求饶，往往也不可得。大粽……"突然间嫣然一笑，道："我叫你'大哥'好不好？那是'大粽子哥哥'五个字的截头留尾，叫起来简便一点。"也不等石破天示意可否，接着道："我要你饶人，但武林中人心险诈，你若心地好，不下杀手，说不定对方乘机反施暗算，那可害了你啦。大哥，我曾见人使过一招，倒是奥妙得很，我比划给你瞧瞧。"

她说着从石破天身旁拿起那把烂柴刀，站起身来，缓缓使个架式，跟着横刀向前推出，随即刀锋向左掠去，拖过刀来，又向右斜刺，然后运刀反砍，从自己眉心向下，在身前尺许处直砍而落。石破天见她衣带飘飘，姿式美妙，万料不到这样一个娇怯怯的少女，居然能使这般精奥的刀法，只看得心旷神怡，就没记住她的刀招。

阿绣一收柴刀，退后两步，抱刀而立，说道："收刀之后，仍须鼓动内劲，护住前后左右，以防敌人突施偷袭。"却见石破天呆呆的瞧着自己出神，显是没听到自己说话，问道："你怎么啦？我这一招不好，是不是？"

石破天一怔，道："这个……这个……"阿绣嗔道："我知道啦，你是金乌派的开山大弟子，压根儿就没将我这些三脚猫的招式放在眼里。"石破天慌了，忙道："对不起，我……我瞧着你真好看，就忘了去记刀法。阿绣姑娘，你……你再使一遍。"

阿绣佯怒道："不使啦！你又叫我'阿绣姑娘'！"石破天伸指在自己额头上打个爆栗，说道："该死，老是忘记。阿绣，阿绣！你再使一遍罢。"

阿绣微笑道："好，再使一遍，我可没气力使第三遍啦。"当下提起刀来，又拉开架式，横推左掠，右刺反砍，下斫抱刀，将这一招缓缓使了一遍。

这一次石破天打醒了精神，将她手势、步法、刀式、方位，一一牢记。阿绣再度叮嘱他收刀后鼓劲防敌，他也记在心中，于是接过柴刀，依式使招。

阿绣见他即时学会，心下甚喜，赞道："大哥，你真是聪明，只须用心，一下子便学会了。这一招刀法叫做'旁敲侧击'，刀刃到哪里，内力便到哪里。"

石破天道："这一招果然好得很，忽左忽右，忽上忽下，叫敌人防不胜防。"阿绣道："这招的妙处还是在饶人之用。一动上手比武，自然十分凶险，败了的非死即伤。你比不过人家，自是无话可说，就算比人家厉害，要想不伤对方而自己全身而退，却也是十分不易。这一招'旁敲侧击'，却能既不伤人，也不致为人所伤。"

石破天见她肩头倚在树上，颇为吃力，道："你累啦，坐下来再说。"

阿绣曲膝慢慢跪下，坐在自己脚跟上，问道："你有没听到我的话？"石破天道："听到的。这一招叫做旁敲……旁敲什么的。"这一次他倒不是没用心听，只因"旁敲侧击"四字是个文诌诌的成语，他不明其意，就说不上来。

阿绣道："哼，你又分心啦，你转过头去，不许瞧着我。"这句话原是跟他说笑，哪知石破天当真转过头去，不再瞧她。

阿绣微微一笑，道："这叫做'旁敲侧击'。大哥，武林人士大都甚是好名。一个成名人物给你打伤了，倒也没什么，但如败在你的手下，他往往比死还要难过。因此比武较量之时，最好给人留有余地。如果你已经胜了，不妨便使这一招，这般东砍西斫，旁人不免眼花缭乱，你到后来又退后两步，再收回兵刃，就算旁边有人瞧着，也不知谁胜谁败。给敌人留了面子，就少结了冤家。要是你再说上一两句场面话，比如说：'阁下剑法精妙，在下佩服得紧。今日难分胜败，就此罢手，大家交个朋友如何？'这么一来，对方知道你故意容让，却又不伤他面子，多半便会和你做朋友了。"

石破天听得好生佩服，道："阿绣，你小小年纪，怎么懂得这许多事情？这个法子真是再好也没有了。"阿绣笑道："我话说完了，你回过头来罢。"

石破天回过头来，只见她脸颊生春，笑嘻嘻的瞧着自己，不由得心中一荡。

阿绣道："我又懂得什么了？都是见大人们这么干，又听他们说得多了，才知道该当这样。"

石破天道："我再练一遍，可别忘记了。"当下跃起身来，提起柴刀，将这招"旁敲侧击"连练了两遍。

阿绣点头道："好得很，一点也没忘记。"

石破天喜孜孜的坐到她身旁。阿绣忽然叹了口气，说道："大哥，我教你这招'旁敲侧击'，可别跟奶奶说。"石破天道："是啊，我不说。我知道你奶奶会不高兴。"阿绣道："你怎知奶奶会不高兴？"石破天道："你不是金乌派的。我这金乌派弟子去学别派武功，她自然不喜欢了。"

阿绣嘻嘻一笑，说道："金乌派，嘿，金乌派！奶奶倒像是小孩儿一般。"

石破天道："我说你奶奶确是有点小孩儿脾气。丁不四老爷子请她到碧螺岛去玩，去一趟也就是了，又何必带着你一起投江？最多是碧螺岛不好玩。那也没什么打紧。我瞧丁不四老爷子对你奶奶倒也是挺好的，你奶奶不断骂他，他也不生气。倒是你奶奶对他很凶。"

阿绣微笑道："你在师父背后说她坏话，我去告你，小心她抽你的筋，剥你的皮。"石破天虽见她这般笑着说，心中却也有些着慌，忙道："下次我不说了。"

阿绣见他神情惶恐，不禁心中歉然，觉得欺侮他这老实人很是不该，又想到自己引导他学这招"旁敲侧击"，虽说于他无害，终究是颇存私心，便柔声道："大哥，你答允我以后和人动手，既不随便杀人伤人，又不伤人颜面，我……我实是好生感激。我无可报答，先在这里多谢你了。"随即俯身向他拜了下去。

石破天一惊，忙道："你怎……怎么拜我？"忙也跪倒，磕头还礼。

忽听得远处一个女子声音怒喝："呔！不要脸，你又在跟人拜天地了！"正是丁珰的声音。

石破天一惊非同小可，"啊哟"一声，跃起身来，叫道："叮叮当当！"果见丁珰从树林彼端纵身奔来，丁不三跟在她后面。

石破天一见二人，吓得魂飞天外，弯腰将阿绣抱在臂中，拔足便奔。丁不三身法好快，几个起落，已抢到石破天面前，拦住去路。石破天又是一声："啊哟！"斜刺里逃去。他轻身功夫本就不如丁不三远甚，何况臂中又抱了一人？片刻间又被丁不三迎面拦住。

这时丁珰也已追到身后，石破天见到她手中柳叶刀闪闪发光，更是心惊。只听得丁珰怒喝："把小贱人放下来，让我一刀将她砍了便罢,否则咱俩永世没了没完。"石破天道:"不行,不行!"丁珰刷的一刀,便向阿绣头上砍去。石破天大惊,双足一登,向旁纵跃。他深恐丁珰砍死了阿绣,不知不觉间力与神会,劲由意生,一股雄浑的内力起自足底,呼的一声,身子向上跃起,竟高过了树巅。

一跃之劲,竟致如斯,丁不三、丁珰固然大吃一惊,石破天在半空中也是大叫:"啊哟!"心想这一落下来,跌得筋折腿断倒罢了,阿绣被丁珰杀死,那可如何是好?眼见双足落向一根松树的树干,心慌意乱的使劲一撑,只盼逃得远些,却听喀喇一声,树干折断,身子向前弹了数丈,身旁风声呼呼,身子飞得极快。

只听怀中的阿绣说道:"落下去时用力轻些,弹得更……"她一言未毕,石破天双足又落向一棵松树,当即依言微微弯膝,收小了劲力一撑,那树干一沉,并未折断,反弹上来,却将他弹得更远更高。丁珰的喝骂之声仍可听到,却也渐渐远了。

石破天一起一落,觉得甚是有趣。阿绣在他怀中,不住出言指点他运劲使力之法。他本来内力有余,一得轻功的诀窍,在树枝上纵跃自如,便似猿猴松鼠一般,轻巧自在,喜乐无穷,说道:"这法子真好,这么一来,他们便追不上咱们了。"

眼见树林将到尽头,忽听得叱喝之声,又见日光一闪一闪,显是从兵刃上反照出来,有人正在争斗。石破天道:"不好,那边有人,可不能过去了!"左足在树干上一点,轻轻落下,依着阿绣所说的法子,提一口气,足尖向下,手中虽抱着人,却着地极轻。

他躲在一株大松树后,悄悄探头出去张望,不由得吓了一跳。只见林隙的一片大空地中两人斗得正紧,一个是手持长剑的白万剑,另一个却是双手空空的丁不四。十余名雪山派弟子手中各挺长剑,疏疏落落的站在四周凝神观斗,为白万剑作声援之势。丁不四手中虽无兵刃，但擒、拿、劈、打、点、戳、勾、抓，两只手掌便如是一对厉害兵器一般，遇到白万剑长剑刺削而来，他往往猱身而上，硬打抢攻。

石破天只看得数招，便即全神贯注，浑忘了怀中还抱着一人。他既学过雪山剑法，而丁不四所用的招数，一小半是曾经教过他的，没教过的却也理路相通，有脉络可寻。两大高手比武，斗得紧凑异常，所使武功他又大部分学过，自是瞧得兴高采烈。

但见丁不四着着抢攻，双掌如刀如剑、如枪如戟，似乎逼得白万剑守势多而攻着少，但白万剑打得极是沉着，朴实无华，偶然间锋芒一现，又即收敛，看来丁不四要想取胜，可着实不易，斗得久了，只怕白万剑还会占到上风。

连石破天都看出了这点，丁不四和白万剑自是早就心中有数。原来丁不四自负与白万剑之父威德先生白自在同辈，声称不肯以大压小，只以空手接他的长剑。但一动上手，丁不四立即暗暗叫苦不迭，对方出招之迅，变化之精，内力之厚，法度之谨，在在均是第一流高手风范，即令白自在当年纵横江湖的全盛之时，剑法之精，只怕也不过如是。

丁不四打醒十二分精神，施展小巧腾挪功夫，在他剑光中纵跃来去，有时迫不得已，只好行险侥幸，以两败俱伤的狠着，逼退白万剑凌厉剑招。遇上这等情形，白万剑总是退让一步，不与他硬拼，倒似是智珠在握，心有必胜成算一般。以二人真功夫而论，毕竟还是丁不四高出一筹，但他输在过于托大，不肯用兵刃和对方动手，明明一条金光灿然的九节软鞭围在腰间，既已说过不用，便是杀了他头，也不肯抖将出来。

再拆二十余招，白万剑道："丁四叔，你用九节鞭罢，只是空手，你打我不过的。"

丁不四怒道："放屁，我怎会打你不过？你试试这招！"左手划个圈子，右手拳从圈子中直击出去。这一招来得甚怪。白万剑不明拆法，便退了一步。丁不四哈哈大笑，右足在地下一登，身子向左弹出，便似脚底下装了机关，突然飞起，双脚在半空中急速踢出。白万剑又退一步，挥剑护住面门。

丁不四倏左倏右，忽前忽后，只将石破天看得眼花缭乱。猛听得嗤的一声响，丁不四右腿裤管上中了一剑，虽没伤到皮肉，却将他裤子划了一条长长的破口。白万剑收剑退回，说道："承让，承让！"

高手比武，这一招原可说胜败已分。但丁不四老羞成怒，喝道："谁来让你了？这一招你一时运气好，算得什么？"一招"逆水行舟"，向白万剑又攻了过去。白万剑只得挺剑接住。刚才这一剑划破对方裤脚，说是运气好，确也不错，其时白万剑挺剑刺去，丁不四刚好挥足踢出，倒似是将自己裤管送到剑锋上去给他划破一般。但这么一来，丁不四一股凌厉的气焰不免稍煞，出招时就郑重得多，越打越处下风。

雪山派众弟子瞧着十分得意，就有人出声称赞："你瞧白师哥这一招'月色昏黄'，使得若有若无，朦朦胧胧，当真是得了雪山剑法的神髓。丁四老爷子手忙脚乱，若不是白师哥剑下留情，他身上已然挂彩了。"

猛听得一声"放屁！"同时从两处响出。一处出自丁不四之口，那是应有之义，毫不希奇，另一处却来自东北角上。

众人目光不约而同的转了过去。这些人中，倒以石破天吓得最为厉害。只见两人并肩站在林边，一是丁不三，另一个是丁珰。

丁不四叫道："老三，你走开些！我跟人家过招，你站在这里干什么？"他虽全神贯注的和白万剑动手，但究竟兄弟之亲，丁不三只说了"放屁"两字，他便知道是兄长到了，何况他兄弟俩自幼到老，相互间说得最多的便是这"放屁"两字。

· 273 ·

丁不三笑道："我要瞧瞧你近来武功长进了些没有。"

丁不四大急，情知眼前情势，自己已无法取胜，这个自幼便跟他争强斗胜、互不相下的兄长偏偏在这时现身，正是不巧之极，他大声叫道："你在旁边只有搅乱我心神。我既分心和你说话，怎么还有心思跟人家厮打？"

丁不三笑道："你不用和我说话，专心打架好了。"转头向丁珰道："你四爷爷老是自称武功了得，天下无敌，倒似比你亲爷爷还行些一般。现下你睁大了眼，可要瞧仔细了，瞧你四爷爷单凭一双肉掌，要将人家打得撒剑认输，跪地求饶。哈哈，哈哈！"笑声怪作，人人耳鼓中嗡嗡作响，都是十分的不舒服。

丁不四边斗边喝："老三，你笑什么鬼？"丁不三笑道："我笑你啊！"丁不四怒道："笑我什么？我有什么好笑？"丁不三道："我笑你一生要强好胜，遇到危难之际，总还得靠哥哥来提你一把。"丁不四怒道："这姓白的是我后辈，若不是瞧在他父母脸上，早就一掌将他毙了。我有什么危难？谁要你来提一把，你还是去提一把酒壶、提一把尿壶的好！哎哟！好小子，你乘人之危……"

他空手和白万剑对打，本已落于下风，这么分心和丁不三说话，门户中便即现出空隙。白万剑乘势直上，在他左肩上划了一剑，登时鲜血淋漓。

丁不三、丁不四两兄弟自幼吵闹不休，互争雄长，做哥哥的不似哥哥，做兄弟的不似兄弟，但这时丁不三眼见兄弟受伤，却也不禁关心，怒道："好小子，你胆敢伤我丁老三的兄弟！"身形微矮，突然呼的一声弹将出去，伸手直抓白万剑后心。

白万剑前后受攻，心神不乱，长剑向丁不四先刺一剑，将他逼开一步，随即回剑向丁不三斜削过去。

丁不四叫道："老三退开！谁要你来帮我？"丁不三道："谁

帮你了？丁老三最恼人打架不公平。我先弄掉他的剑，再在他身上弄些血出来，你们再公公平平的打一架。"

雪山派群弟子见师兄受二人夹击，何况这丁不三乃是杀害同门的大仇人，他一上前动手，众人发一声喊，纷纷攻上。

丁不三喝道："狗崽子，活得不耐烦了，通统给我滚回去！"却见剑光闪闪，几柄长剑同时向他刺来。丁不三一一避过，大声叫道："再不滚开，老子可要杀人了。"

白万剑知道这些师弟们决不是他的对手，他说要杀人，那是真的杀人，忙叫道："大家退回去！"雪山群弟子对这位师兄的号令不敢丝毫违拗，当即散开退后。

丁不三向着一名肥肥矮矮、名叫李万山的雪山弟子道："把你的剑给我！"李万山怒道："好！给你！"剑起中锋，嗤的一声，向他小腹直刺过去。丁不三左手疾探，从侧抓住了他右腕，轻轻一扭，便将他手中长剑夺过，便如李万山真是乖乖将长剑递给他一般。这一扭之下，李万山右腕已然脱臼，丁不三跟着飞脚将他踢了个筋斗。

其余雪山弟子挺剑欲上相助，丁不三已手持长剑，剑尖刺地，绕着白万剑和丁不四二人奔了一圈，画了个长约二丈的圆圈，站定身子，向雪山群弟子冷冷说道："哪一个踏进这圈子一步，便算是踏进鬼门关了！"

白万剑打得虽然镇定，心中却已十分焦急，情知这不三、不四两兄弟杀人不眨眼，此刻二人联手，自己已无论如何讨不了好去，比之当日土地庙中独斗石清夫妇，情势更是凶险得多，丁氏兄弟可不似石清夫妇那么讲究武林道义，只怕雪山派十七弟子，今日要尽数毕命于紫烟岛上。当下剑走险势，要抢着将丁不四先毙于剑底，雪山派十七人生死存亡，全看是否能先行杀了丁不四而定。

但丁不四胁下虽中一剑，伤非要害，尽能支撑得住，白万剑这一躁急求胜,剑招虽狠,"稳、准"二字反而不如先前。丁不四双掌翻飞,在长剑中穿来插去,仍是矫捷狠辣之极,创口中的鲜血却也不住飞溅出来。

丁不三挺剑上前,叫道:"老四,你先退下,把剑伤裹好了,再打不迟。"丁不四大声道:"什么剑伤?我身上有什么剑伤?谅这小子的一把烂剑,又怎伤得了我?"丁不三道:"咦!怎么你身上有伤口、又有鲜血?"丁不四道:"我高兴起来,自己在身上搔搔痒,弄了点血出来,有什么希奇?"

丁不三哈哈大笑,挺剑向白万剑刺去,大声说道:"姓白的,你听仔细了,现下是我跟你单打独斗,丁老四也在跟你单打独斗,可不是咱兄弟二人联手夹攻于你。老四叫我不可出手,我不听他的。我叫老四退下,他也不听我的。我瞧着你不顺眼,要教训教训你。他讨厌你老子,要打你几个耳光。咱们各人打各人的,别让人说丁氏双雄以二打一,传到江湖上可不大好听。"口中啰唆,手下丝毫没有闲着,出招悍辣之极。

白万剑以一敌二,心想:"原来你跟我单打独斗,丁老四也跟我单打独斗,不是二人夹攻。"他生性端严,向来不喜和人作口舌之争,心中又瞧不起丁氏兄弟的无赖;而在这两名高手的夹击之下,也委实不能分心答话,只是全神贯注的严密防守,寻瑕反击,一句话也不说。

斗到分际,丁不三的长剑和他长剑一交,白万剑只觉手臂剧震,对方的内力猛攻而至,急忙运内力外荡,回剑横削,便在此时,右腿上被丁不四左掌作刀,重重的斫了一掌,当即向后退出两步,脚步踉跄,险些摔倒。

雪山派一名弟子叫道:"休得伤我师哥!"挺剑来助,左脚刚踏进丁不三所画的圆圈,眼前白光一闪,长剑贯胸而过,已被丁不三一剑刺死。两名雪山弟子又惊又怒,双双进袭。

丁不三大喝一声，跃起半空，长剑从空中劈将下来，同时左掌击落，剑锋落处，将一名雪山派弟子从右肩劈至左腰，以斜切藕势削成两截，左手这掌击在另一名雪山弟子的天灵盖上。那人闷哼一声，委顿在地，头颅扭过来向着背心，颈骨折断，自也不活了。

他顷刻间连杀三人，石破天在树后见着，不由得心惊胆战，脸如土色。

丁不三余威不歇，长剑如疾风骤雨般向白万剑攻去，猛听得喀喀两响，双剑同时折断。两人同时以半截断剑向对方掷出，同时低头矮身，两截断剑同时从两人头顶掠去，相去均是不到半尺。

两人一般行动，一般快速，又是一般的生死悬于一线。

白万剑右腿受伤，步履不便，再失去了兵刃，登时变成了只有挨打，难以还手的地步。两名雪山弟子明知踏进圈子不免有死无生，但总不能眼睁睁的瞧着师兄被这两个凶人联手害死，当即挺剑冲了进去。

丁不三叫道："老四，你来打发，我今天已杀了三人。"

丁不四笑道："哈，你也有求我出手的时候。"竟不转身，左足向后弹出，便似骡马以后腿踢人一般，拍拍两声，分别踢中两人的胸口。两名雪山弟子飞出数丈，摔跌在地，哼也没哼一声。原来两人胸口中腿，便即毙命。

丁氏兄弟凶性大发，足掌齐施，各以狠毒手法向白万剑攻击。白万剑跛着一足，沉着应付，一步步退出圈子，突然一声低哼，右肩又中了丁不四一掌，右臂几乎提不起来。

眼见白万剑命在顷刻，石破天只瞧得热血沸腾，叫道："你们不能杀白师傅！"随手将阿绣往地下一放，拔出插在腰带中那柄烂锈柴刀，大呼："不能再杀人了！"

阿绣突然被他放落，"啊"的一声叫了出来。石破天百忙中回头，说道："对不起！"几个起落，已踏入圈中。

丁不四仍是头也不回，反脚踢出。石破天右足一点，轻飘飘的从他头顶跃过，落在他面前，使的正是阿绣适才所教的轻身功夫。丁不四一脚踢空，眼前却多了一人，一怔之下，叫道："大粽子，原来是你！"

石破天道："是，是我。爷爷、四爷爷，你们已经……已杀了五人，应该住手啦。"斜眼向丁不三瞧去，心中怦怦乱跳，眼见他杀死的那三名雪山派弟子尸横就地，连自己足上也溅满了鲜血，更是怕得厉害。

丁不三道："小白痴，那日给你在船上逃得性命，却原来躲在这里。此刻你又出来干什么？"石破天道："我来劝两位老爷子少结冤家，既然胜了，得饶人处且饶人，又何必赶尽杀绝？"

丁不三和丁不四相对哈哈大笑。丁不四道："老三，这小子不知从哪里听了几句狗屁不通的言语，居然来相劝老爷爷。"

石破天提起柴刀，将地下一柄长剑挑起，向白万剑掷去，说道："白师傅，你们雪山派的，一定要用剑。"

白万剑转眼便要丧于丁氏兄弟手下，万不料这小冤家石中玉反会出来相助，心下满不是滋味。他掷过来这柄长剑，是被丁不三劈死的那个师弟遗下来的，当下接过了长剑，凝立不动，一剑在手，精神陡振。

丁不三骂道："这姓白的要捉你去杀了，当日若不是我相救，你还有命？"石破天点头道："正是。爷爷，我是很感激你的。所以嘛，我也劝白师傅得饶人处且饶人。"

丁不四生怕石破天说出在小船上打败了自己之事，急于要将他一掌毙了，喝道："胡说八道些什么？"呼的一掌向他直击过去，这一次并无史婆婆在旁，再没顾忌，这招"黑云满天"却是从未教过他的。

白万剑不愿石中玉就此被他如此凌厉的一招击毙，挺剑使招

"老枝横斜",从侧刺去。石破天柴刀一落,使出一招"长者折枝",去砍丁不四的手掌。说也奇怪,这一刀一剑的招数本来相克,但合并使用,居然生出极大威力,霎时之间,将丁不四笼罩在刀剑之下。

丁不三大叫:"小心!"但刀光剑势,凌厉无俦,他虽欲插手相助,可是一双空手实不敢伸入这刀剑织成的光网之中。

丁不四也是大吃一惊,危急中就地一个打滚,逃出圈子之外,挺起身来时,只见对方的一刀一剑之旁飞舞着无数白丝,一摸下颔,一排胡子竟被割去了一截。

丁不四自是又惊又怒,丁不三骇然失色,白万剑大出意外,只有石破天还不知自己适才这一招内力雄浑,刀法精妙,已令当世三大高手大为震动。

丁不三道:"好,咱们也用兵刃了。"从地下拾起一柄长剑,叫道:"老四,还逗个屁能?用鞭子!"剑尖一抖,向石破天刺了过去。

石破天究无应变之能,眼见剑到,便即慌乱,不知该使哪一招才好。白万剑使招"明驼西来"从旁相助,这一剑提醒了石破天,当即使出"千钧压驼",以刀背从空中压将下来,柴刀虽钝,但加上沉重内力,丁不三登感剑招室滞,幸好丁不四已抖出腰间金龙九节鞭,抢着来救,丁不三乘机闪开。

白万剑使一招"风沙莽莽",石破天便跟着使"大海沉沙"。一刀一剑配合得天衣无缝,上似有狂风黄沙之重压,下如有怒海洪涛之汹涌。丁不三、丁不四齐声大呼。

石破天内力强劲之极,所学武功也是十分精妙,只是少了习练,更无临敌应变的经历,眼见敌招之来,不知该出哪一招去应付才是。他所学的金乌刀法,除了最后一招之外,每一招都是针对雪山剑法而施,史婆婆传授之时,总也是和每招雪山剑法合并指点。

此刻他心中慌乱，无暇细思，但见白万剑出什么招数，他便跟着使出那一招相应的招数来，是以白万剑使"老枝横斜"，他便使"长者折枝"，白万剑使"明驼西来"，他便使"千钧压驼"。哪知这金乌刀法虽说是雪山剑法的克星，但正因为相克，一到联手并使之时，竟将双方招数中的空隙尽数弥合，变成了威力无穷的一套武功。

白万剑惊诧之极，数招之下，便知石破天这套刀法和自己的剑招联成一气之后，直是无坚不摧，这小子内力更似有一股有质无形的力道，不断的渐渐扩展。

丁不三、丁不四自然也早就瞧了出来，只是两人不肯认输，还盼石破天这路古怪刀法招数有限，两兄弟打起精神，苦苦撑持。白万剑也怕石破天不过是"程咬金三斧头"，时刻一长，又被丁氏兄弟占了先机，眼下情势，须当速战速决，当即使一招"暗香疏影"，长剑颤动，剑光若有若无，那是雪山剑法中最精微的一招，往往伤人于不知不觉之间。石破天柴刀横削，也是连连抖动，这一招"鲍鱼之肆"，内力从四方八面涌出。

只听得"啊、啊"两声，丁不四肩头中刀，丁不三臂上中剑。两人倏然转身，跃出圈外。丁不三反手抓住丁珰，迅速之极的隐入了东边林中。丁不四却在西首山后逸去，只听山背后传来他的大声呼叫："白万剑，老子瞧在你母亲面上，今日饶你一命，下次可决不轻饶了……"声音渐渐远去。

但见满地是血，衰草上躺着五具尸首，雪山派群弟子你看看我，我看看你，又惊又悲，又是满腹疑团。

白万剑侧目瞧着石破天，一时之间痛恨、悲伤、惭愧、庆幸、惶惑、诧异、佩服，百感交集，而感激之意却也着实不少，若不是这小子出手，雪山派十余人自必尽数毕命于紫烟岛上，回想适才丁氏兄弟出手之狠辣，兀自心有余悸。他长长舒了口气，问道："你这路刀法是谁教你的？"

石破天道："是史婆婆教的，共有七十三路，比你们的雪山剑法多一路，招招是雪山剑法的克星。"白万剑哼的一声，说道："招招是雪山剑法的克星？口气未免太大。谁是史婆婆？"石破天道："史婆婆是我金乌派的开山祖师，她是我师父，我是金乌派的第二代大弟子。"白万剑不禁大怒，冷冷的道："你不认师门，那也罢了，却又另投什么金乌派门下。金乌派，金乌派？没听见过，武林中没这个字号。"

石破天还不知他已动怒，继续解释："我师父说道，金乌就是太阳，太阳一出，雪就融了。因此雪山派弟子遇到我金乌派，只有……只有……"下面本来是"磕头求饶的份儿"，但他只不过不通人情世故，毕竟不是傻子，话到口边，想起这句话不能在雪山派弟子面前说出来，当即住口。

白万剑脸色铁青，厉声道："我雪山弟子遇上你金乌派的，那便如何？只有什么？"石破天摇头道："这句话你听了要不高兴的，我也以为师父这话不对。"白万剑道："只有大败亏输，望风而逃，是不是？"石破天道："我师父的话，意思也就差不多。白师傅你别生气，我师父恐怕也是说着玩的，当不得真。"

白万剑右腿、右肩都被丁不四手掌斩中，这时候更觉疼痛难当，然石破天的言语句句辱及本门，却如何忍得，长剑一举，叫道："好！我来领教领教金乌派的高招，且看如何招招是雪山剑法的克星！"但这一举剑，肩头登时剧痛，脸上变色，长剑险些脱手。

一名雪山弟子包万叶上前两步，挺剑说道："姓石的小子，你当然不认我这师叔了，我来接你的高招！"

白万剑咬牙忍痛，说道："包师弟，你……你……"他本要说"你不行"，但学武之人，脸面最是要紧，随即改口道："我来接他好了！"剑交左手，说道："姓石的小子，上罢！"石破天摇头道:"你肩头、腿上都受了伤,咱们不用比了,而且,而且,我一定打你不过的。"

白万剑道:"你有胆子侮辱雪山派,却没胆子跟我比剑!"长剑挺出,一招"梅雪争春",剑光点点,向石破天头顶罩了下来,他虽左手使剑,不如右手灵便,但凌厉之意,丝毫不减。石破天见剑光当头而落,只得举起柴刀,还了一招"梅雪逢夏",攻瑕抵隙,果然正是这招"梅雪争春"的克星。

白万剑心中一凛,不等这招"梅雪争春"使老,急变"胡马越岭",石破天依着来一招"汉将当关"。白万剑眼见对方这一招守得严密异常,不但将自己去招全部封住,而且显然还含有厉害后着,当即换成一招"明月羌笛",石破天跟着变为"赤日金鼓"。白万剑又是一惊,眼见他柴刀直攻而进,正对准了自己这招最软弱之处,忙又变招。

幸好石破天不懂这其间的奥妙,眼见对方变招,跟着便即变化。其实适才已占敌机先,不管白万剑变招也好,不变招也好,乘势直进,立时便可迫他急退三步。此时他腿上不便,这三步难以疾退,不免便要撒剑认输。但说到当真拆招斗剑,石破天可差得远了,他只是眼见白万剑使出什么剑招,便照式应以金乌刀法中配好了的一招,较之日前与丁不四在舟中斗拳,其依样葫芦之处,实无多大分别。他招数不会稍有变更,自不免错过了这大好机会。

白万剑心中暗叫:"惭愧!"旁观的雪山派弟子中,倒也有半数瞧了出来,也是暗道:"侥幸,侥幸!"

数招一过,白万剑又遇凶险。不管他剑招如何巧妙繁复,石破天以拙应巧,一柄烂柴刀总是占了上风。白万剑越斗越惊,心想:"这小子倒也不是胡吹,他的什么金乌刀法,果然是我雪山剑法的克星。那个史婆婆莫非是我爹爹的大仇人?她如此处心积虑的创了这套刀法出来,显是要打得我雪山派一败涂地。"

拆到三十余招时，石破天柴刀斫落，劈向白万剑左肩。白万剑本可飞腿踢他手腕，以解此招，但他右脚一提，伤处突然奇痛彻骨，右膝竟尔不由自主的跪倒，急忙右掌按地。石破天这刀砍下，他已无法抗御，眼见便要将他左臂齐肩斫落。雪山群弟子大声惊呼。不料石破天提起柴刀，说道："这一下不算。"

白万剑左脚使劲，奋力跃起，心中如闪电般转过了无数念头："这小子早就可以胜我，何以每一招都使不足？倒似他没好好学过雪山剑法似的。此刻他明明已经胜我了，何以又故意让我？石中玉这小子向来险狠，他只消一刀杀了我，其余众师弟哪一个是他对手？他忽发善心，那是什么缘故？难道……难道……他当真不是石中玉？"

一转到这个念头，左手长剑轻送，一招"朝天势"向前刺出。雪山诸弟子都是"咦"的一声。这"朝天势"不属雪山剑法七十二招，是每个弟子初入门时锻炼筋骨、打熬气力的十二式基本功夫之一，招式寻常，简便易记，虽于练功大有好处，却不能用以临敌。众人见他突然使出这一招来，都吃了一惊，只道白师哥伤重，已无力使剑。

不料石破天也是一呆，这一招"朝天势"他从未见过，史婆婆也没教过破法，不知如何拆解才是。可是在"气寒西北"的长剑之前，又有谁能呆上一呆？石破天只是这么稍一迟疑，白万剑长剑犹似电闪，中宫直进，剑尖已指住了他心口，喝道："怎么样？"

石破天道："你这一招是什么剑法？我没见过。"

白万剑见他此刻生死系于一线，居然还问及剑法，倒也佩服他的胆气，说道："你当真没学过？"石破天摇了摇头。白万剑道："我此时取你性命，易如反掌，只是适才我受丁氏兄弟围攻，阁下有解围大德，咱们一命换一命，谁也不亏负谁。从今而后，你可不许再说金乌刀法是雪山剑法克星的话。"

石破天点头道："我原说打你不过。你叫我不可再说，我以后不说了。白师傅，我想明白了，刚才你这一招剑法，好像也可破解。"陡然间胸口一缩，凹入数寸，手中柴刀横掠，拍的一声，刀剑相交，内力到处，白万剑手中长剑断为两截。

白万剑脸色大变，左足一挑，地下的一柄长剑又跃入他手中，刷刷刷三剑，都是本派练功的入门招式，快速无伦。石破天只瞧得眼花缭乱，手忙足乱之际，突然间手腕中剑，柴刀再也抓捏不住，当的一声，掉在地下。便在此时，对方长剑又已指住了他心口。

白万剑手腕轻抖，石破天叫声"哎哟"，低头看时，只见自己胸口已整整齐齐的被刺了六点，鲜血从衣衫中渗将出来，但着剑不深，并不如何疼痛。

雪山群弟子齐声喝采："好一招'雪花六出'！"

白万剑道："相烦阁下回去告知令师，雪山派多有得罪。"他见石破天不会雪山派这几路最粗浅的入门功夫，显非作伪，而神情举止，性情脾气，和石中玉更是大异，又想："他于我有救命之恩，适才一刀又没斫我肩膀，明着是手下留情。不论是不是石中玉，今日总是不能杀他拿他。这一招'雪花六出'，只是惩戒他金乌派口出大言，在他身上留个记认。"

他抛下长剑，抱起一名师弟的尸身，既伤同门之谊，又愧自身无能，致令这五个师弟死于丁氏兄弟之手，忍不住热泪长流，其余雪山弟子将另外四具尸身也抱了起来。白万剑恨恨的道："不三、不四两个老贼别死得太早。"向众师弟道："咱们走！"一伙人快步走入树林，谁也没再回头望石破天一眼。

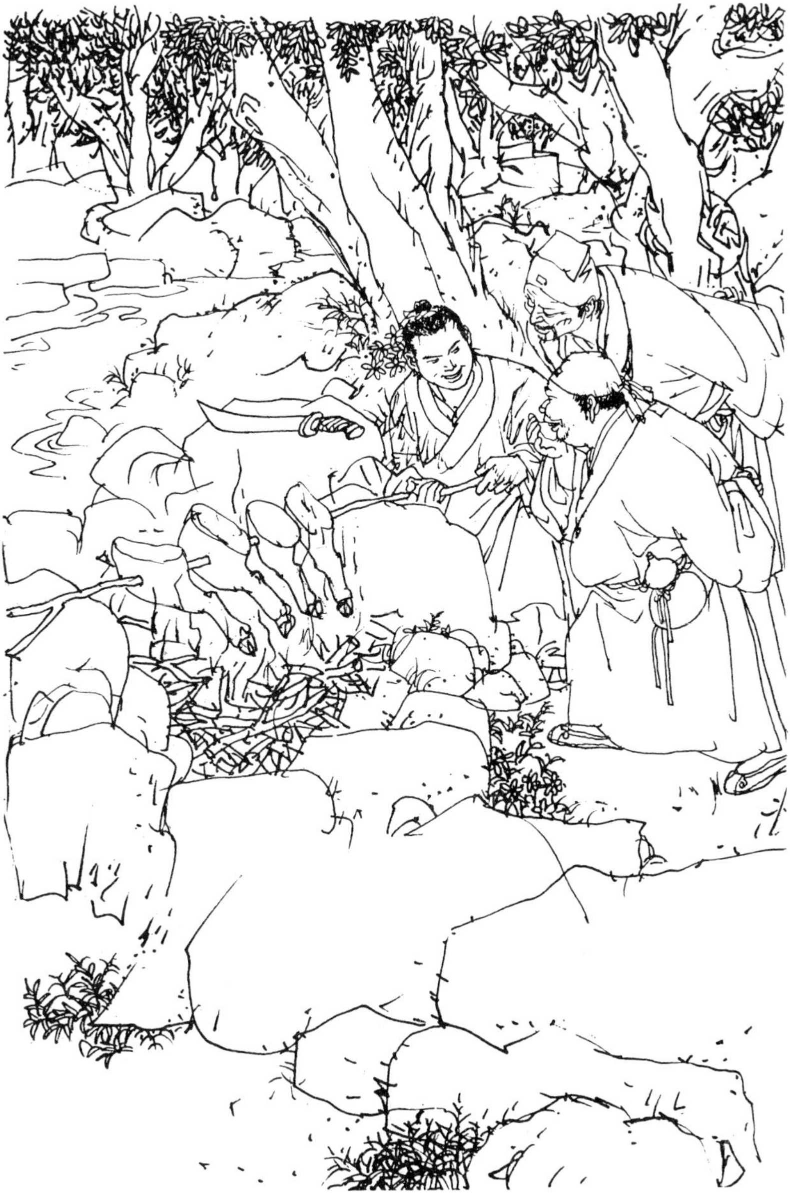

石破天已听到二人先前说话,便道:"这里野猪肉甚多,便十个人也吃不完,两位尽管大吃便了。"那胖子笑道:"如此我们便不客气了。"

十一

药酒

　　石破天但见地下血迹殷然,歪歪斜斜的躺着几柄断剑,几只乌鸦啊啊啊的叫着从头顶飞过,当下拾起柴刀,叫道:"阿绣,阿绣!"奔到大树之后,阿绣却已不在。

　　石破天心道:"她先回去了?"忙快步跑回山洞,叫道:"阿绣,阿绣!"非但阿绣不在,连史婆婆也不在了。他惊惶起来,只见地下用焦炭横七竖八的画了几十个图形,他不知是写的字,更不知是什么意思,猜想史婆婆和阿绣都已走了。

　　初时只觉好生寂寞,但他从小孤单惯了的,只过得大半个时辰,便已泰然。这时胸口剑伤已然不再流血,心道:"大家都走了,我也走了罢,还是去寻妈妈和阿黄去。"这时不再有人没来由的向他纠缠,心中倒有一阵轻松快慰之感,只是想到史婆婆和阿绣,却又有些恋恋不舍,将柴刀插在腰间,走到江边。

　　但见波涛汹涌,岸旁更无一艘船只,于是沿岸寻去。那紫烟岛并不甚大,他快步而行,只一个多时辰,已环行小岛一周,不见有船只的踪影,举目向江中望去,连帆影也没见到一片。

　　他还盼史婆婆和阿绣去而复回,又到山洞中去探视,却哪里再见二人的踪迹?只得又去摘些柿子充饥。到得天黑,便在洞中睡了。

　　睡到中夜,忽听得江边豁啦一声大响,似是撕裂了一幅大布一般，纵起身来，循声奔到江边，稀淡星光下只见有一艘大船靠在岸旁，不住的晃动。他生怕是丁不三或是丁不四的坐船，不敢贸然上前，缩身躲在树后，只听得又是豁啦一下巨响，原来是船上张的风帆缠在一起，被强风一吹，撕了开来，但船上竟然无人理会。

眼见那船摇摇晃晃的又要离岛而去，他发足奔近，叫道："船上有人么？"不闻应声。一个箭步跃上船头，向舱内望去，黑沉沉地什么也看不见。

走进舱去，脚下一绊，碰到一人，有人躺在舱板之上。石破天忙道："对不起！"伸手要扶他起来，哪知触手冰冷，竟是一具死尸。他大吃一惊，"啊"的一声，叫了出来，左手挥出，又碰到一人的手臂，冷冰冰的，也早已死了。

他心中怦怦乱跳，摸索着走向后舱，脚下踏到的是死尸，伸手出去碰到的也是死尸。他大声惊叫："船……船中有人吗？"惊惶过甚，只听得自己声音也全变了。跌跌撞撞的来到后梢，星光下只见甲板上横七竖八的躺着十来人，个个僵伏，显然也都是死尸。

这时江上秋风甚劲，几张破帆在风中猎猎作响，疾风吹过船上的破竹管，其声嘘嘘，似是鬼啸。石破天虽然孤寂惯了，素来大胆，但静夜之中，满船都是死尸，竟无一个活人，耳听得异声杂作，便似死尸都已活转，要扑上来扼他咽喉。他记起侯监集上那僵尸扼得他险些窒息的情景，登时满身寒毛直竖，便欲跃上岸去。但一足踏上船舷，只叫得一声苦，那船离岸已远，正顺着江水飘下。原来这艘大船顺流飘到紫烟岛来，团团转了几个圈子，又顺流沿江飘下。

这一晚他不敢在船舱、后梢停留，跃上船篷，抱住桅杆，坐待天明。

次晨太阳出来，四下里一片明亮，这才怖意大减，跃下后梢，只见舱里舱外少说也有五六十具尸首，当真是触目惊心，但每具死尸身上均无血迹，也无刀剑创伤，不知因何而死。

绕到船首，只见舱门正中钉着两块闪闪发光的白铜牌子，约有巴掌大小，一块牌上刻有一张笑脸，和蔼慈祥，另一牌上刻的却是一张狰狞的煞神凶脸。两块铜牌各以一根铁钉钉在舱门顶上，显得十分诡异。他向两块铜牌上注视片刻，见牌上人脸似乎活的一般，当下不敢多看，转过脸去，见众尸有的手握兵刃，有的腰插刀剑，显然都是武林中人。再细看时，见每人肩头衣衫上都用白丝线绣着一条生翅膀的小鱼。他猜想船上这一群人都是同伙，只不知如何猝遇强敌，尽数毙命。

那船顺着滔滔江水，向下游流去，到得响午，迎面两艘船并排着溯江而上。来船梢公见到那船斜斜淌下，大叫："扳梢，扳梢！"可是那船无人把舵，江中急涡一旋，转得那船打横冲了过去，砰的一声巨响，撞在两艘来船之上。只听得人声喧哗，夹着许多破口秽骂。石破天心下惊惶，寻思："撞坏了来船，他们势必和我为难，追究起来，定要怪我害死了船上这许多人，那便如何是好？"情急之下，忙缩入舱中，揭开舱板，躲入舱底。

这时三艘船已纠缠在一起，过不多时，便听得有人跃上船来，惊呼之声，响成一片。有人尖声大叫："是飞鱼帮的人！怎……怎么都死了。"又有人叫道："连帮主……帮主成大洋也死在这里。"突然间船头有人叫道："是……是赏善……罚恶令……令……令……"这人声音并不甚响，但语声颤抖，充满着恐惧之意。他一言未毕，船中人声登歇，霎时间一片寂静。石破天在舱底虽见不到各人神色，但众人惊惧已达极点，却是可想而知。

过了良久，才有人道："算来原该是赏善罚恶令复出的时候了，料想是赏善罚恶两使出巡。这飞鱼帮嘛，过往劣迹太多……唉！"长长叹了口气，不再往下说。另一人问道："胡大哥，听说这赏善罚恶令,乃是召人前往……前往侠客岛,到了岛上再加处分,并不是当场杀害的。"先说话的那人道:"若是乖乖的听命前去,原是如此。然而去也是死,不去也是死,早死迟死,也没什么分别。成大洋成帮主定是不肯奉令,率众抗拒,以致……以致落得这个下场。"一个嗓音尖细的人道:"那两位赏善罚恶使者,当真如此神通广大,武林中谁也抵敌不过?"那胡大哥反问:"你说呢?"那人默然,过了一会,低低的道:"赏善罚恶使者重入江湖,各帮各派都是难逃大劫。唉!"

石破天突然想到:"这船上的死尸都是什么飞鱼帮的,又有一个帮主。啊哟不好,这两个什么赏善罚恶使者,会不会去找我们长乐帮?"

他想到此事,不由得心急如焚,寻思:"该当尽快赶回总舵,告知贝先生他们,也好先有防备。"他给人误认为长乐帮石帮主,引来了不少麻烦,且数度危及性命,但长乐帮中上下人等个个对他恭谨有礼,虽有个展飞起心杀害,却也显然是认错了人,这时听到"各帮各派都是难逃大劫",对帮中各人的安危不由得大为关切,更加凝神倾听舱中各人谈论。

只听得一人说道:"胡大哥,你说此事会不会牵连到咱们。那两个使者,会不会找上咱们铁叉会?"那胡大哥道:"赏善罚恶二使既已出巡,江湖上任何帮会门派都难逍遥……这个逍遥事外,且看大伙儿的运气如何了。"

他沉吟半晌,又道:"这样罢,你悄悄传下号令,派人即刻去禀报总舵主知晓。两艘船上的兄弟们,都集到这儿来。这船上的东西,什么都不要动,咱们驶到红柳港外的小渔村中去。善恶二使既已来过此船,将飞鱼帮中的首脑人物都诛了,第二次决计不会再来。"

那人喜道:"对,对,胡大哥此计大妙。善恶二使再见到此船，定然以为这是飞鱼帮的死尸船，说什么也不会上来。我便去传令。"

过不多时，又有许多人涌上船来。石破天伏在舱底，听着各人低声纷纷议论，语音中都是充满了惶恐之情，便如大祸临头一般。

有人道："咱们铁叉会又没得罪侠客岛，赏善罚恶二使未必便找到咱们头上来。"

另有一人道："难道飞鱼帮就胆敢得罪侠客岛了？我看江湖上的这十年一劫，恐怕这一次……这一次……"

又有人道："老李，要是总舵主奉令而去，那便如何？"那老李哼了一声，道："自然是有去无回。过去三十年中奉令而去侠客岛的那些帮主、总舵主、掌门人，又有哪一个回来过了？总舵主向来待大伙儿不薄，咱们难道贪生怕死，让他老人家孤身去涉险送命？"又有人道："是啊，那也只有避上一避。咱们幸亏发觉得早，看来阴差阳错，老天爷保佑，教咱们铁叉会得以逃过了这一劫。红柳港外那小渔村何等隐蔽，大伙儿去躲在那里，善恶二使耳目再灵，也难发现。"那胡大哥道："当年总舵主经营这个渔村，正就是为了今日之用。这本是个避难的世外……那个世外桃源。"

一个嗓子粗亮的声音突然说道："咱们铁叉会横行长江边上，天不怕，地不怕，连皇帝老儿也不卖他的帐，可是一听到他妈的侠客岛什么赏善罚恶使者，大伙儿便吓得夹起尾巴，躲到红柳港渔村中去做缩头乌龟，那算什么话？就算这次躲过了，日后他妈的有人问起来，大伙儿这张脸往哪里搁去？不如跟他们拼上一拼，他妈的也未必都送了老命。"他说了这番心雄胆壮的话，船舱中却谁也没接口。

过了半晌，那胡大哥道："你沉不住气，要跟善恶二使拼命？"那人道："不错，咱们吃这一口江湖饭，干的本来就是刀头上舐血的勾当，他妈的，你几时见癞头鼋王老六怕过谁来……"

"啊，啊——"突然那粗嗓子的人长声惨呼。霎时之间，船舱中鸦雀无声。

嗒的一声轻响，石破天忽觉得有水滴落到手背之上，抬手到鼻边一闻，腥气直冲，果然是血。鲜血还是一滴一滴的落下来。他知道众人就在头顶，不敢稍有移动出声，只得任由鲜血不绝的落在身上。

只听那胡大哥厉声道："你怪我不该杀了癞头鼋吗？"一人颤声道："没有，没……没有！王老六说话果然卤莽，也难怪胡大哥生气。不过……不过他对本会……这个……这个，倒一向是很忠心的。"胡大哥道："那么你是不服我的处置了？"那人忙道："不，不是……"一言未毕，又是一声惨叫，显是又被那姓胡的杀了。但听得血水又是一滴一滴的从船板缝中掉入舱底，幸好这一次那人不在石破天头顶，血水没落在他身上。

那胡大哥连杀两人，随即说道："不是我心狠手辣，不顾同道义气，实因这件事牵连到本会数百名兄弟的性命，只要漏了半点风声出去，大伙儿人人都和这里飞鱼帮的朋友们一模一样。癞头鼋王老六自逞英雄好汉，大叫大嚷的，他自己性命不要，那好得很啊，却难道要总舵主和大伙儿都陪他一块儿送命？"众人都道："是，是！"那胡大哥道："不想死的，就在舱里呆着。小宋，你去把舵，身上盖一块破帆，可别让人瞧见了。"

石破天伏在舱底，耳听得船旁水声汩汩，舱中各人却谁也没再说话。他更加不敢发出半点声息，心中只是想："那侠客岛是什么地方？岛上派出来的赏善罚恶使者，为什么又这样凶狠，将满船人众杀得干干净净？难怪铁叉会这干人要怕得这么厉害。"

过了良久，他朦朦胧胧的大有倦意，只想合眼睡觉，但想睡梦中若是发出声响，给上面的人发觉了，势必性命难保，只得睁大了眼睛，说什么也不敢合上。又过一会，忽听得当啷啷铁链声响，船身不再晃动,料来已抛锚停泊。

只听那胡大哥道:"大家进屋之后,谁也不许出来,静候总舵主驾到,听他老人家的号令。"各人低声答应,放轻了脚步上岸,片刻之间,尽行离船。

石破天又等了半天,料想众人均已进屋,这才揭开舱板,探头向外张望,不见有人,于是蹑手蹑足的从舱底上来,见舱中仍是躺满了死尸,当下捡起一柄单刀,换去了腰里的烂柴刀,伸手到死尸袋里去摸了几块碎银子,以便到前边买饭吃,走到后梢,轻轻跳上岸,弯了腰沿着河滩疾走,直奔出一里有余,方从河滩走到岸上道路。

他想此时未脱险境,离开越远越好,当下发足快跑,幸好这渔村果然隐僻之极,左近十余里内竟无一家人家,始终没遇到一个行人。他心下暗暗庆幸。却不知附近本来有些零碎农户,都给铁叉会暗中放毒害死了。有人迁居而来,过不多时也必中毒而死。四周乡民只道红柳港厉鬼为患,易染瘟疫,七八年来,人人避道而行,因而成为铁叉会极隐秘的巢穴。

又走数里,离那渔村已远,他实在饿得很了,走入树林之中想找些野味。说也凑巧,行不数步,忽喇声响,长草中钻出一头大野猪,低头向他急冲过来。他身子略侧,右手拔出单刀,顺势一招金乌刀法中的"长者折枝",刷的一声,将野猪一个大头砍下来。那野猪极是凶猛,头虽落地,仍是向前冲出十余步,这才倒地而死。

他心下甚喜:"以前我没学金乌刀法之时,见了野猪只有逃走,哪敢去杀它?"在山边觅到一块黑色燧石,用刀背打出火星,生了个火。将野猪的四条腿割了下来,到溪边洗去血迹,回到火旁,将单刀在火中烧红,炙去猪腿上的猪毛,将猪腿串在一根树枝之上,便烧烤起来。过不多时,浓香四溢。

正烧炙之间，忽听得十余丈外有人说道："好香，好香，当真令人食指大动矣！"另一人道："那边有人烧烤野味，不妨过去情商，让些来吃吃，有何不可？"先前那人道："正是！"两个人说着缓步走来。

但见一人身材魁梧，圆脸大耳，穿一袭古铜色绸袍，笑嘻嘻地和蔼可亲；另一个身形也是甚高，但十分瘦削，身穿天蓝色长衫，身阔还不及先前那人一半，留一撇鼠尾须，脸色却颇为阴沉。那胖子哈哈一笑，说道："小兄弟，你这个……"

石破天已听到二人先前说话，便道："我这里野猪肉甚多，便十个人也吃不完，两位尽管大吃便了。"

那胖子笑道："如此我们便不客气了。"两人便即围坐在火堆之旁，火光下见石破天服饰华贵，但衣衫污秽，满是皱纹，更溅满了血迹，两人脸上闪过一丝讶异的神色，随即四只眼都注视于火堆上的猪腿，不再理他。野猪腿上的油脂大滴大滴的落入火中，混着松柴的清香，虽未入口，已料到滋味佳美。

那瘦子从腰间取下了一个蓝色葫芦，拔开塞子，喝了一口，说道："好酒！"那胖子也从腰间取下一个朱红色葫芦，摇晃了几下，拔开塞子喝了一口，说道："好酒！"

石破天跟随谢烟客时常和他一起喝酒，此刻闻到酒香，也想喝个痛快，只见这二人各喝各的，并无邀请自己喝上一两口之意，他生平决不向人求恳索讨，只有干咽馋涎。再过得一会，四条猪腿俱已烤熟，他说道："熟了，请吃罢！"

一胖一瘦二人同时伸手，各抢了一条肥大猪腿，送到口边，张嘴正要咬去，石破天笑道："这两条野猪腿虽大，却都是后腿，滋味不及前腿的美。"那胖子笑道："你这娃娃良心倒好。"换了一条前腿，吃了起来。那瘦子已在后腿上咬了一口，略一迟疑，便不再换。两人吃了一会，又各喝一口酒，赞道："好酒！"塞上木塞,将葫芦挂回腰间。

石破天心想:"这二人怎地小气,只喝两口酒便不再喝,难道那酒当真名贵之极吗?"便向那胖子道:"大爷,你这葫芦中的酒,滋味很好吗?我倒也想喝几口。"他这话虽非求人,但讨酒之意已再也明白不过。

那胖子摇头道:"不行,不行,这不是酒,喝不得的。我们吃了你的野猪腿,少停自有礼物相赠。"石破天笑道:"你骗人,你刚才明明说'好酒',我又闻到酒香。"转头向瘦子道:"这位大爷,你葫芦中的总是酒罢?"

那瘦子双眼翻白,道:"这是毒药,你有胆子便喝罢。"说着解下葫芦,放在地下。石破天笑道:"若是毒药,怎地又毒不死你?"拿起葫芦拔开塞子,扑鼻便闻到一阵酒香。

那胖子脸色微变,说道:"好端端地,谁来骗你?快放下了!"伸出五指抓他右腕,要夺下他手中葫芦,哪知手指刚碰他手腕,登时感到一股大力一震,将他手指弹了开去。

那胖子吃了一惊,"咦"的一声,道:"原来如此,我们倒失眼了。那你请喝罢!"

石破天端起葫芦,骨嘟嘟的喝了一大口,心想这瘦子爱惜此酒,不敢多喝,便塞上了木塞,说道:"多谢!"霎时之间,一股冰冷的寒气直从丹田中升了上来。这股寒气犹如一条冰线,顷刻间好似全身都要冻僵了,他全身剧震几下,牙关格格相撞,实是寒冷难当,急忙运起内力相抗,那条冰线才渐渐融化。一经消融,登时四肢百骸说不出的舒适受用,非但不再感到有丝毫寒冷,反而暖洋洋地飘飘欲仙,大声赞道:"好酒!"忍不住拿起葫芦,拔开木塞,又喝了一口,待得内力将冰线融去,醺醺之意更加浓了,叹道:"当真是我从来没喝过的美酒,可惜这酒太也贵重,否则我真要喝他个干净。"

胖瘦二人脸上都现出十分诧异的神情。那胖子道："小兄弟若真量大，便将一葫芦酒都喝光了，却也不妨。"石破天喜道："当真？这位大爷就算舍得，我也不好意思。"那瘦子冷冷的道："那位大爷红葫芦里的毒酒滋味更好，你要不要试试？"

　　石破天眼望胖子，大有一试美酒之意。那胖子叹道："小小年纪，一身内功，如此无端端送命，可惜啊可惜。"一面说，一面解下那朱漆葫芦来，放在地下。

　　石破天心想："这两人都爱说笑，若说真是毒酒，怎么他们自己又喝？"拿过那朱红葫芦来，一拔开塞子，扑鼻奇香，两口喝将下去，这一次却是有如一团烈火立时在小腹中烧将起来。他"啊"的一声大叫，跳起身来，催动内力，才把这团烈火扑熄，叫道："好厉害的酒。"说也奇怪，肚腹中热气一消，全身便是舒畅无比。

　　那胖子道："你内力如此强劲，便把这两葫芦酒一齐喝干了，却又如何？"

　　石破天笑道："只我一个人喝，可不敢当。咱三人今日相会，结成了朋友，大家喝一口酒，吃一块肉，岂不有趣？大爷，你请。"说着将葫芦递将过去。

　　那胖子笑道："小兄弟既要伸量于我，那只有舍命陪君子了！"接过葫芦喝了一口，将葫芦递给石破天，道："你再喝罢！"石破天喝了一口，将葫芦递给瘦子，道："这位大爷请喝！"

　　那瘦子脸色一变，说道："我喝我自己的。"拿起蓝漆葫芦来喝了一口，递给石破天。

　　石破天接过，喝了一大口，只觉喝一口烈酒后再喝一口冰酒，冷热交替，滋味更佳。他见胖瘦二人四目瞪着自己，登时会意，歉然笑道："对不起，这口喝得太大了。"

　　那瘦子冷冷的道："你要逞好汉，越大口越好。"

　　石破天笑道："若是喝不尽兴，咱们同到那边市镇去，我这里有银子，买他一大坛来喝个痛快。只是这般的美酒，那多半就买不到了。"说着在红葫芦中喝了一口，将葫芦递给胖子。

那胖子盘膝而坐，暗运功力，这才喝了一口。他见石破天若无其事的又是一大口喝将下去，越来越是惊异。

胖瘦二人面面相觑，脸上都现出大为惊异之色。他二人都是身负绝顶武功的高手，只是二人所练武功，家数截然相反。胖子练的是阳刚一路，瘦子则是阴柔一路。两人葫芦中所盛的，均是辅助内功的药酒。朱红葫芦中是大燥大热的烈性药酒，以"烈火丹"投入烈酒而化成；蓝色葫芦中是大凉大寒的凉性药酒，以"九九丸"混入酒中而成。那烈火丹与九九丸中各含有不少灵丹妙药，九九丸内有九九八十一种毒草，烈火丹中毒物较少，却有鹤顶红、孔雀胆等剧毒，乃两人累年采集制炼而成。药性奇猛，常人只须舌尖上舐得数滴，便能致命。他二人内功既高，又服有镇毒的药物，才能连饮数口不致中毒。但若胖子误饮寒酒，瘦子误饮烈酒，当场便即毙命。二人眼见石破天如此饮法，仍是行若无事，宁不骇然？

他二人虽见多识广，于天下武学十知七八，却万万想不到石破天身得奇缘，先练纯阴内功，再练纯阳内功，这一阴一阳两门内功本来互相冲克，势须令得他走火而死，不料机缘巧合，反而相生相济，竟使他功力大进，待得他练了从大悲老人处得来的"罗汉伏魔功"，更得丁不三的药酒之助，将阴阳两门内功合而为一，体内阴阳交泰，已能抵挡任何大燥大热、或是大凉大寒的毒药。

石破天喝了二人携来的美酒，心下过意不去，又再烧烤野猪肉，将最好的烧肉布给他二人，不住劝二人饮酒。

那二人只道他是要以喝毒酒来比拼内力，不肯当场认输，只得勉为其难，和他一口一口的对饮，偷偷将镇制酒毒的药丸塞入口中。二人目不转睛的注视着石破天，见他确未另服化解药物，如此神功，实是罕见，真不知从何处钻出来这样一位少年英雄？

那胖子见石破天喝了一口酒后，又将朱红葫芦递将过来，伸手接住，说道："小兄弟内力如此了得，在下好生佩服。请问小兄弟尊姓大名？"石破天皱起眉头，说道："这件事最教我头痛，人家一见，不是硬指我姓石，便来问我姓名。其实我既不是姓石，又无名无姓，因此哪，你这句话我可真的答不上来了。"那胖子心道："这小子装傻，不肯吐露姓名。"又问："然则小兄弟尊师是哪一位？是哪一家哪一派的门下？"

石破天道："我师父姓史，是位老婆婆，你见到过她没有？她老人家是金乌派的开山师祖，我是她的第二代大弟子。"

胖瘦二人均想："胡说八道，天下门派我们无一不知。哪里有什么金乌派，什么史婆婆了？这小子信口搪塞。"

那胖子乘着说这番话，并不喝酒，便将葫芦递了回去，说道："原来小兄弟是金乌派的开山大弟子，怪不得如此了得，请喝酒罢。"

石破天见到他没有喝酒，心想："他说话说得忘记了。"说道："你还没喝酒呢。"

那胖子脸上微微一红，道："是吗？"自己想占少喝一口的便宜，却被对方识破机关，心下微感恼怒，又不禁有些惭愧，哪知道石破天却纯是一番好意，生怕他少喝了美酒吃亏。那胖子连着先前喝的两口，一共已喝了八口药酒，早已逾量，再喝下去，纵有药物镇制，也必有大害，当下提葫芦就在口边，仰脖子作个喝酒之势，却闭紧了牙齿，待放下葫芦，药酒又流回葫芦之中。那胖子这番做作，如何逃得过那瘦子的眼去？他当真是依样葫芦，也是这样葫芦就口，酒不入喉。

这样你一口，我一口，每只葫芦中本来都装满了八成药酒，十之七八都倾入了石破天的肚中。他酒量原不甚宏，仗着内力深厚，尽还支持得住，只是毒药虽害他不死，却不免有些酒力不胜，说话渐渐多了起来,什么阿绣,什么叮叮当当的,胖瘦二人听了全是不知所云。

那瘦子寻思:"这少年定是练就了奇功,专门对付我二人而来。他不动声色,尽只胡言乱语,当真阴毒之极。待会动手,只怕我二人要命送他手。"

那胖子心道:"今日我二人以二敌一,尚自不胜,此人内力如此了得,实是罕见罕闻。待我加重药力,瞧他是否仍能抵挡?"便向那瘦子使了个眼色。

那瘦子会意,探手入怀,捏开一颗蜡丸,将一枚"九九丸"藏在掌心,待石破天将蓝漆葫芦又递过来时,假装喝了一口,伸手拭去葫芦口的唾沫,轻轻巧巧的将一枚九九丸投入其中,慢慢摇晃,赞道:"好酒啊,好酒!"当瘦子做手脚时,那胖子也已将怀中的一枚"烈火丹"取出,偷偷融入酒中。

石破天只道是遇上了两个慷慨豪爽的朋友,只管自己饮酒吃肉,他阅历既浅,此刻酒意又浓,于二人投药入酒全未察觉。

只听那瘦子道:"小兄弟,葫芦中酒已不多,你酒量好,就一口喝干了罢!"

石破天笑道:"好!你两位这等豪爽,我也不客气了。"拿起葫芦来正要喝酒,忽然想起一事,说道:"在长江船上,我曾听叮叮当当说过,男人和女人若是情投意合,就结为夫妇,男人和男人交情好,就结拜为兄弟。难得两位大爷瞧得起,咱们三人喝干了这两葫芦酒之后,索性便结义为兄弟,以后时时一同喝酒,两位说可好?"胖瘦二人气派俨然,结拜为兄弟云云,石破天平时既不会心生此意,就算想到了,也不敢出口,此刻酒意有九分了,便顺口说了出来。

那胖子听他越说越亲热,自然句句都是反话,料得他顷刻之间便要发难动手,以他如此内力,势必难以抗御,只有以猛烈之极的药物，先行将他内力摧破，虽然此举委实颇不光明正大，但看来这少年用心险恶，那也不得不以辣手对付，生怕他不喝药酒，忙道："甚好，甚好，那再好也没有了。你先喝干了这葫芦的酒罢。"

石破天向那瘦子道："这位大爷意下如何？"那瘦子道："恭敬不如从命，小兄弟有此美意，咳，咳！我是求之不得。"

石破天酒意上涌，头脑中迷迷糊糊地，仰起头来，将蓝漆葫芦中的酒尽数喝干，入口反不如先前的寒冷难当。

那胖子拍手道："好酒量，好酒量！我这葫芦里也还剩得一两口酒，小兄弟索性便也干了，咱们这就结拜。"

石破天兴致甚高，接过朱漆葫芦，想也不想，一口气便喝了下去。

两人对望了一眼，均想："我们制这药酒，每一枚九九丸或烈火丹，都要对六葫芦酒，一葫芦酒得喝上一个月，每日运功，以内力缓缓化去，方能有益无害。这一枚九九丸再加一枚烈火丹，足足开得十二大葫芦药酒，我二人分别须得喝上半年。他将我们的一年之量于顷刻之间饮尽，倘若仍能抵受得住，天下决无此理。"

果然便听石破天大声叫道："啊哟，不……不好了，肚子痛得厉害。"抱着肚子弯下腰去。胖瘦二人相视一笑。那胖子微笑道："怎么？肚子痛么？想必野猪肉吃得太多了。"

石破天道："不是，啊哟，不好了！"大叫一声，突然间高跃丈许。

胖瘦二人同时站起，只道他临死之时要奋力一击，各人凝力待发，均想以他功力，来势定是凌厉无匹，两人须得同时出手抵挡。

不料石破天呼的一掌向一株大树拍了过去，叫道："哎唷，这……这可痛死我了！"他腹痛如绞，当下运起内力，要将肚中这团害人之物化去，哪知这九九丸和烈火丹的毒性非同小可，这一发作出来，他只痛得立时便欲晕去，登时全身抽搐，手足痉挛。

他奇痛难忍之际,左手一拳又是向那大树击去,击了这一拳后,腹痛略减,当下右手又是一掌拍出。只震得那株大树枝叶乱舞。他击过一拳一掌,腹内疼痛略觉和缓,但顷刻间肚中立时又如万把钢刀同时剜割一般。他口中哇哇大叫,手脚乱舞,自然而然将以前学过、见过的诸般武功施展出来。他学得本未到家,此时腹中如千万把钢刀乱绞,头脑中一片混乱,哪里还去思索什么招数,只是乱打乱拍,虽然乱七八糟,不成规矩,但挟以深厚内力,威势却是十分厉害。他越打越快,只觉每发出一拳一掌,腹中的疼痛便随内力的行走而带了一些出来。

胖瘦二人只瞧得面面相觑,一步一步的向后退开。他二人知道如石破天这等武学高手,身中剧毒,临死之时散去全身功力,犹如发了疯的猛虎一般,只要给他双手抱住了,那就万难得脱。但听得他拳脚发出虎虎风声,招式又如雪山剑法,又如丁家的拳掌功夫,又挟了些上清观剑法中的零碎招数。但尽是似是而非,生平从所未见,心想此人莫非真的是什么金乌派门徒。以他二人武功之高,石破天这些招数纵怪,可也没放在眼里,只是他拳腿上发出的劲风,却令二人暗暗称异。

但见他越打越快,劲风居然也是越来越加凌厉,二人不约而同的又是对望了一眼,微微一笑,均想:"这小子内力虽强,武功却是不值一哂,就算九九丸和烈火丹毒不死他,此人也非我二人的敌手。先前看了他内力了得,可将他的武功估得高了。"这么一想,不由得都可惜自己那一壶药酒和那一枚药丸起来,早知如此,他若要动武,一出手便能杀了他,实不须耗费这等珍贵之极的药物。

凝聚阴阳两股相反的猛烈药性,使之互相中和融化,原是石破天所练"罗汉伏魔功"最擅长的本事。倘若他只饮那胖子的热性药酒,或是只饮那瘦子的寒性药酒,以如此剧毒,他内功虽然了得,终究非送命不可。哪知道胖瘦二人同时下手,两股相反的毒药又同样猛烈,误打误撞,阴阳二毒反而相互克制。胖瘦二人万万想不到谢烟客先前曾以此法加诸这少年身上,意欲伤他性命,而他已习得了抵御之法。

石破天使了一阵拳脚,肚中的剧毒药物随着内力渐渐逼到了手掌之上,腹内疼痛也随之而减,直到剧毒尽数逼离肚腹,也就不再疼痛。他跟跟跄跄的走回火堆,笑道:"啊哟,刚才这一阵肚痛,我还怕是肚肠断了,真吓得我要命。"

胖瘦二人心下骇异,均想:"此人内功之怪,实是匪夷所思。"

那胖子道:"现今你肚子还痛不痛?"

石破天道:"不痛了!"伸手去火堆上取了一块烤得已成焦炭的野猪肉,火光下见右掌心有一块铜钱大小的红斑,红斑旁围绕着无数蓝色细点,"咦"的一声,道:"这……这是什么?"再看左掌心时,也是如此。他自不知已将腹内剧毒逼到掌上,只是不会运使内力,未能将毒质逼出体外,以致尽数凝聚在掌心之中。

胖瘦二人自然明白其中原因,不禁又放了一层心,均想:"原来这小子连内力也还不大会运使,那是更加不足畏了。他若不是天赋异禀,便是无意中服食了什么仙草灵芝,无怪内力如此强劲。"本来料定他心怀恶念,必要出手加害,哪知他只是以拳掌拍击大树,虽然腹痛大作之时,瞧过来的眼色中也仍无丝毫敌意,二人早已明白只是一场误会,均觉以如此手段对付这傻小子,既感内疚于心,又不免大失武林高手的身份。

只听石破天道:"刚才咱们说要义结金兰,却不知哪一位年纪大些?又不知两位尊姓大名。"

胖瘦二人本来只道石破天服了毒药后立时毙命,是以随口答允和他结拜,万没想到居然毒他不死。这二人素来十分自负,言出必践,自从武功大成之后,更从未说过一句不算数的话,虽然十分不愿和这傻小子结拜,却更不愿食言而肥。

那胖子咳嗽一声,道:"我叫张三,年纪比这位李四兄弟大着点儿。小兄弟,你无名无姓,怎能跟我们结拜?"

石破天道:"我原来的名字不大好听,我师父给我取过一个名儿,叫做史亿刀。你们就叫我这个名字,那也不妨。"

那胖子笑道:"那么咱们三人今日就结拜为兄弟了。"他单膝一跪,朗声说道:"张三和李四、史亿刀结拜为兄弟,此后有福同享,有难共当,若违此言,他日张三就如同这头野猪一般,给人杀了烤来吃了,哈哈,哈哈!"这"张三"两字当然是他假名。他口口声声只说张三,不提一个"我"字,自是毫无半分诚意。

那瘦子跟着跪下,笑道:"李四和张三、史亿刀二位今日结义为兄弟,不愿同年同月同日生,但愿同年同月同日死,若违此誓,教李四乱刀分尸,万箭穿身。嘿嘿,嘿嘿。"冷笑连声,也是一片虚假。

石破天既不知"张三、李四"人人都可叫得,乃是泛称,又浑没觉察到二人神情中的虚伪,双膝跪地,诚诚恳恳的说道:"我和张三、李四二位哥哥结为兄弟,有好酒好肉,让两位哥哥先吃,有人要杀两位哥哥,我先上去抵挡。我若说过了话不算数,老天爷罚我天天像刚才这样肚痛。"

胖瘦二人听他说得十分至诚,不由得微感内愧。

那胖子站起身来,说道:"三弟,我二人身有要事,咱们这就分手了。"

石破天道:"两位哥哥却要到哪里去?适才大哥言道,咱们结成兄弟之后,有难同当,有福共享。反正我也没事,不如便随两位哥哥同去。"

那胖子张三哈哈一笑,说道:"咱们是去请客,那也没什么好玩,你不必同去了。"说着扬长便行。

石破天乍结好友,一生之中,从来没一个朋友,今日终于得到两个结义哥哥，实是不胜之喜，见他们即要离去，大感不舍，拔足跟随在后，说道："那么我陪两位哥哥多走一段路也是好的。这番别过，不知何日再能见两位哥哥的面，再来一同喝酒吃肉。"

那瘦子李四阴沉着脸，不去睬他。张三却有一句没一句的撩他说笑，说道："兄弟，你说你师父给你取名为史亿刀。那么在你师父取名之前，你的真名字叫作什么？咱们已结义金兰，难道还有什么要瞒着两个哥哥不成？"石破天尴尬一笑，说道："倒不是瞒着哥哥，只是说来太也难听。我娘叫我狗杂种。"张三哈哈大笑，道："狗杂种，狗杂种，这名字果然古怪。"张三、李四二人起步似不甚快，但足底已暗暗使开轻功，两旁树木飞快的从身边掠过。

石破天一怔之间，已落后了丈余，急忙飞步追了上去。三人两个在前，一个在后，相距也只三步。张三、李四急欲摆脱这傻小子，但全力展开轻功，石破天仍是紧跟在后。只听石破天赞道："两位哥哥好功夫，毫不费力的便走得这么快。我拼命奔跑，才勉强跟上。"

说到那行走的姿势，三人功夫的高下确是相差极远。张三、李四潇洒而行，毫无急促之态。石破天却是迈开大步，双臂狂摆，弓身疾冲，直如是逃命一般。但两人听得他虽在狂奔之际说话仍是吐气舒畅，一如平时，不由得也佩服他内力之强。

石破天见二人沿着自己行过的来路，正走向铁叉会众隐匿的那个小渔村，越行越近，大声道："两位哥哥，前面是险地，可去不得了。咱们改道而行罢，没的送了性命。"

张三、李四同时停步，转过身来。李四问道："怎说前面是险地？"

石破天也即停步，说道："前面是红柳港外的一个渔村，有许多江湖汉子避在那里，不愿给旁人知道他们的踪迹。他们要是见到咱三人，说不定就会行凶杀人。"李四寒着脸又问："你怎么知道?"石破天将如何误入死尸船、如何在舱底听到铁叉会诸人商议、如何随船来到渔村之事简略说了。

李四道:"他们躲在渔村之中,只是害怕赏善罚恶二使,这跟咱们并不相干,又怎会来杀咱们三个?"石破天摇手道:"不,不!这些人穷凶极恶,动不动就杀人。他们怕泄漏秘密,连自己人也杀。你瞧,我一身血迹,就是他们杀了两个自己人,鲜血滴在我衣衫上,那时我躲在舱底下,一动也不敢动。"李四道:"你既害怕,别跟着我们就是!"石破天道:"两位哥哥还是别去的为是,这……这……可不是闹着玩的。"

张三、李四转过身来,径自前行,心想:"这小子空有一些内力,武功既差,更加胆小如鼠。"哪知只行出数丈,石破天又快步跟了上来。

张三道:"你怕铁叉会杀人,又跟来干什么?"石破天道:"咱们不是起过誓么?有难同当,有福共享。两位哥哥定要前去,我只有和你们同年同月同日死了。男子汉大丈夫,说过了的话不能不算数。"李四阴森森的道:"嘿嘿,铁叉会的汉子几十柄铁叉一齐刺来,插在你的身上,将你插得好似一只大刺猬,你不害怕?"

石破天想起在船舱底听到铁叉会中被杀二人的惨呼之声,此刻兀自不寒而栗,眼下这小渔村中少说也有一二百人匿居在内,两位结义哥哥武功再高,三个人定是寡不敌众。

李四见他脸上变色,冷笑道:"咱二人自愿送死,也不希罕多一人陪伴。你乖乖回家去罢。咱们这次若是不死,十年之后,当再相见。"石破天摇手道:"两位哥哥多一个帮手,也是好的。咱们人少打不过人多,危急之时,不妨逃命,那也不一定便死。"李四皱眉道:"打不过便逃,那算什么英雄好汉?你还是别跟咱们去丢人现眼了。"石破天道:"好,我不逃就是。"

张三、李四无法将他摆脱,相视苦笑,拔步便行,心下均想:

"原来这傻小子倒也挺有义气,锐身赴难,远胜于武林中无数成名的英雄豪杰。"

过不多时,三人到了小渔村中。

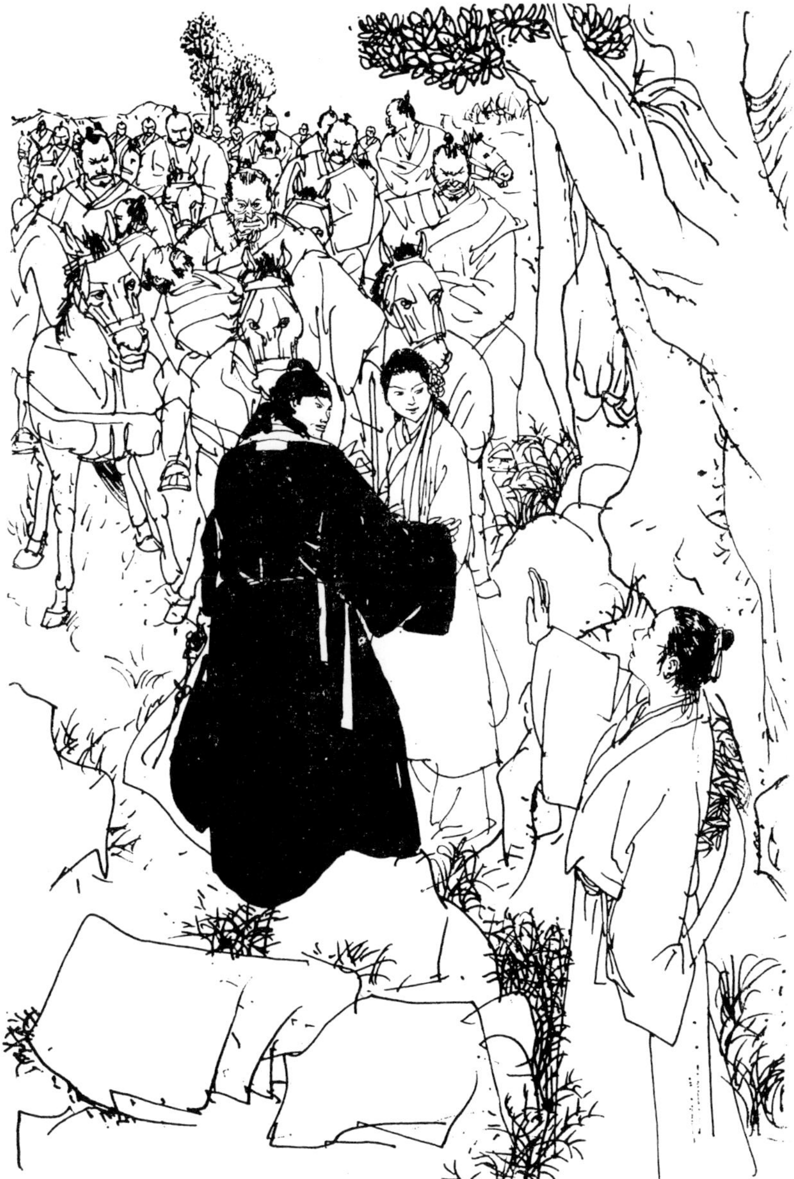

众人听那人话声中气充沛，都是一惊，一齐回过头来，只见数丈外站着一个汉子，其时东方渐明，瞧他脸容，似乎年纪甚轻。

十二

两块铜牌

　　石破天见那艘死尸船已影踪不见，村中静悄悄地竟无一人，走一步，心中便怦的一跳，脸色早已惨白，自言自语："幸好他们都已躲了起来，瞧不见咱们。"

　　张三、李四端相地形，走到一座小茅舍前。张三伸手推开板门，径自走到灶边，四面看了一下，略一沉吟，抱起一口盛满了水的大七石缸，放在一旁，缸底露出一个大铁环来。李四抓住铁环，往上一提，忽喇一声响，一块铁板应手而起，现出一个大洞。

　　张三当先跃下，李四跟着跳落。石破天只看得啧啧称奇，料得必是铁叉会中那干凶人的藏身之所，忙劝道："两位哥哥，这可下去不得……"话未说完，张三、李四早已不见，只得硬起了头皮，也跳了下去。

　　前面是条通道，石破天跟在二人身后惴惴而行，只走出数步，便听得有人大喝："哪一个？"劲风起处，两柄明晃晃的铁叉向张三刺来。张三双手挥出，在铁叉杆上一拍，内力震荡之下，那二人翻身倒地而死。

　　甬道墙上点着牛油巨烛，走出数丈，便即转弯，每个转角处必有两名汉子把守。张三每次只一挥手间，便将手持铁叉的汉子杀死，出手既快且准，干净利落，决不使到第二招。

石破天张大了口合不拢来，心想："张大哥使的是什么法术？倘若这竟是武功，那可比丁不三、丁不四爷爷、白师傅他们厉害得多了。"

他心神恍惚之间，只听得人声喧哗，许多人从甬道中迎面冲来。张三、李四仍是这么缓步前进，对面冲来的众人却陡然站定，脸上均现惊恐之色。

张三道："总舵主在这儿吗？"

一名身材高大的壮汉抱拳道："在下尤得胜，是小小铁叉会的头脑。两位大驾降临，失迎之至。请到厅上喝一杯酒。啊，还有一位贵客，请三位赏光。"

张三、李四点了点头。石破天见周遭情景诡异之极，在这甬道之中，张三已一口气杀了十二名铁叉会的会众，料想对方决不肯罢休，只想转身逃命，然见张三、李四毫不在乎的迈步而前，势不能独自退出，只得跟随在后，却忍不住全身簌簌发抖。

铁叉会总舵主尤得胜在前恭恭敬敬的领路，甬道旁排满了铁叉会会众，都是手执铁叉，叉头锋锐，闪闪发光。张三、李四和石破天在两排会众之间经过，只转了个弯，眼前突然大亮，竟是到了一间大厅之中，墙上插着无数火把，照耀如同白昼，四周也是站满了手持铁叉的会众。石破天偶尔和这些人恶毒凶狠的目光相触，急忙转头，不敢再看。

尤得胜肃请张三、李四上座。张李二人也不推让，径自坐了。张三笑指身旁的座位，道："小兄弟，你就坐在这里罢。"石破天就座后，尤得胜在主位相陪。

片刻间几名身穿青袍、不带兵刃的会众捧上杯筷酒菜。张三、李四左手各是一抖，袍袖中同时飞出一物，拍的一声，并排落在尤得胜面前，却是两块铜牌，平平整整的嵌入桌子，恰与桌面相齐，便似是细工镶嵌一般。每块牌上均刻有一张人脸，一笑一怒，与飞鱼帮死尸船舱门上所钉两块铜牌一模一样。

尤得胜脸色立变,站起身来,呛啷啷之声大响,四周百余名汉子一齐抖动铁叉,叉上铁环发出震耳之声,各人踏上了一步。

石破天叫声:"啊哟!"忙即站起,便欲奔逃,暗想:"在这地底下的厅堂之中,可不易脱身。"斜眼瞧张三、李四时,只见一个仍是笑嘻嘻地,另一个阴阳怪气,也是丝毫不动声色,石破天无可奈何,只得又再坐下。

尤得胜惨然道:"既是如此,那还有什么话可说。"张三笑道:"尤总舵主,你是山西'伏虎门'的惟一传人,双短叉的功夫,当世只有你一人会使。我们是来邀请你到侠客岛去喝碗腊八粥,别无他意,不用多疑。"尤得胜迟疑了片刻,伸手在桌上一拍,两块铜牌跳了起来,他伸手接住,放入怀中,说道:"姓尤的腊八准到。"张三右手大拇指一竖,说道:"多谢尤总舵主,令我哥儿俩不致空手而回。"

人丛中忽有一人大声说道:"尤总舵主虽是咱们头脑,但铁叉会众兄弟义同生死,可不能让总舵主独自为众兄弟送命。"石破天一听声音,便认出他是在船舱中连杀二人的那个胡大哥,知道此人凶悍异常,不由得心下又是怦怦乱跳。

尤得胜苦笑道:"徒然多送性命,又有何益?我意已决,胡兄弟不必多言。"提起酒壶,去给张三斟酒,但右手忍不住发抖,在桌面上溅了不少酒水。

张三笑道:"素闻尤总舵主英雄了得,杀人不眨眼,怎么今天有点害怕了吗?"端起酒杯放到嘴边,突然间乒乓一声,酒杯摔在地下,跌得粉碎,跟着身子歪斜,侧在椅上。石破天惊道:"大哥,怎么了?"侧头问李四道:"二哥,他……他……"一言未毕,见李四慢慢向桌底溜了下去。石破天更是惊惶,一时手足无措。

尤得胜初时还道张三、李四故意做作,但见张三脸上血红,呼

・311・

吸喘急，李四却是两眼翻白，脸上隐隐现出紫黑之色，显是身中剧毒之象。他心下大喜，却不敢便有所行动，假意道："两位怎么了？"只见李四在桌底缩成一团，不住抽搐。

石破天惊惶无已，忙将李四扶起，问道："二哥，你……你……身子不舒服么？"他哪知适才张三、李四和他斗酒，饮的是剧毒药酒，每个都饮了八九口之多。以他二人功力，若是连饮三口，急运内力与抗，尚无大碍，这八九口不停的喝下肚去，却是大大的逾量，当时勉强支持，又自喜近来功力大进，喝了这许多毒酒，居然并没觉得腹痛。但二人都服了解药，这解药旨在使酒中毒质暂不发作，留待以内力将药酒融吸化解，增强内力，惟有镇毒之功，却无解毒之效，否则如此珍贵难得的药酒，若服解药便消去药性，岂不可惜？待得二人一阵急行，酒中剧毒竟在这时突然同时发作出来，实是大出二人意料之外。

其时张三、李四腹中剧痛，全身麻木。两人知道情势危急，忙引丹田真气，裹住肚中毒酒，盼望缓缓的任其一点一滴的化去，否则剧毒陡发，只怕心脏便会立时停跳。但迟不迟，早不早，偏在这时毒发，当真是命悬他人之手，就算抵挡得住肚中毒酒，却也难逃铁叉会的毒手。两人均想："我二人纵横天下，今日却死在这里。"

铁叉会的尤总舵主、那姓胡的及一干会众见张三、李四二人突然间歪在椅上，满头大汗，脸上肌肉抽搐，神情十分痛苦，都是大为惊诧。各人震于二人的威名，虽见这是千载难逢的良机，一时却也不敢有何异动。

石破天只问："大哥、二哥，你们是喝醉了，还是忽然生起病来？"张三、李四均不置答，就这么半卧半坐，急运内力与腹中毒质相抵，过不多时，头顶都冒出了丝丝白气。

尤得胜见到二人头顶冒出白气，已明就里，低声道："胡兄弟，这二人不是走火入魔，便是恶疾突发，正在急运内力，大伙儿快上啊！"那姓胡的大喜，却不敢逼近动手，提起一柄铁叉，一运劲，呼的一声向张三掷去。张三无力招架，只是略略斜身，噗的一声，铁叉插入他肩头，鲜血四溅。石破天大惊，叫道："你……你干么？竟敢伤我大哥？"

铁叉会会众见他年轻，又是慌慌张张的手足无措，谁也没将他放在心上。待见胡大哥一叉刺中张三，对方别说招架，连闪避也是有所不能，无不精神大振，呼呼呼一阵声响，三柄铁叉同时向石破天飞掷而至。

石破天左臂横格，震开两柄铁叉，右手伸出去接住第三柄铁叉，闪身挡在张三、李四二人身前，混乱之中，又有五柄铁叉掷将过来。石破天举起手中铁叉手忙脚乱的一一击飞，两柄铁叉回震出去，击破了一名会众的脑袋，刺入了另一名会众的肚腹之中。

尤得胜见地方狭窄，铁叉施展不开，这么混战，反多伤自己兄弟，叫道："大家且住，让我先收拾了这小贼再说。"一弯腰，双手向裹腿中一摸，再行站直时，手中各已多了一柄明晃晃的短柄小钢叉。

铁叉会会众纷纷退后，靠墙而立，齐声呼叫："瞧总舵主收拾这贼小子。"地下密室之中，声音传不出去，听来十分郁闷。

尤得胜身子一弓，迅速异常的欺到了石破天身侧，两把小钢叉一上一下，分向他脸颊和腰眼中插去。石破天万没料到对方攻势之来，竟会如此快法，"啊"的一声呼叫，向前冲出一步，但腰间和右臂已同时中刃，当的一声，手中抓着的铁叉落在地下。尤得胜见他武功不高，已放了一大半心，连声吆喝，跟着又如旋风般扑将过来。

石破天右臂受伤甚轻，腰间被刺这一下却着实疼痛，眼见他又是恶狠狠的冲将上来，当下斜身闪开，反掌向他背心击去，使的是丁不四所教的一招。尤得胜最擅长的是小巧腾挪，近身肉搏，见石破天出招时姿式难看，但举手投足之际风声隐隐，内力厉害，心下也是颇为忌惮,当下施展平生所学,两柄小钢叉招招向石破天要害刺去。

张三和李四一面运气裹住腹中毒质,一面瞧着石破天和尤总舵主相斗,知道今日二人生死,全系于石破天能否获胜而定,眼见他错过了无数良机,既感可惜,又是焦急,却又不敢过于分神旁骛,以致岔了内息。

又斗一阵,石破天右腿又被小钢叉扫中,"啊哟"一声,右掌急拍。尤得胜突然闻到一股浓冽的甜香,脑中一晕,顿时昏倒。石破天一呆,向后跃开。

那姓胡的抢将上去,只见尤得胜脸上全是紫黑之色,显是中了剧毒,一探他的鼻息,已然毙命。他惊怒交集,嘶声叫道:"贼小……小子,你使毒害人,咱们跟他拼了!大伙儿上啊,总舵主给贼小子害死了。"铁叉会会众呐喊涌上,纷举铁叉向石破天乱刺乱戳。

石破天挡在张三、李四二人身前,不敢闪避,只怕自己稍一移身,两位义兄便命丧于十余柄铁叉之下,情急之际,抢过一柄铁叉,奋力折断,使开金乌刀法,横扫挡架。他雄浑之极的内力运到了叉上,当者披靡,霎时间十余柄铁叉都给他震飞脱手。一人站得最近,铁叉脱手,随即和身扑上,双手成爪,向石破天脸上抓去。石破天见他势头来得凶悍,左手横掠出去,拍的一声,打在他的十根手指之上,只听得喀喀数声,腕骨连指折断,那人跟着委顿在地,一动也不动了。

混战之中,谁也无暇留意那人死活,七八人逼近石破天进攻,有的使叉,有的空手。石破天一步也不敢后退,只见有人扑近,便伸掌拍去,他一掌击出,也不知是什么缘故,对方定然立即摔倒,其效如神。

这么一连击倒了六人,好几人大叫:"这小子毒掌厉害,大伙儿小心些。"又有人叫道:"王三哥也给这小子毒掌击死了,小……

小……心……"这人话未说完，咕咚一声，摔倒在地，一根铁叉重重击在自己脸上。这人并没给石破天手掌击中，居然也中毒而死。

铁叉会会众神色惶怖，一步步退后，但听得呛啷啷、砰嘭、喀喇、啊啊之声不绝，一个个摔倒，有的转身欲逃，但跑不了两步，也即滚倒。

转眼之间，大厅中百余名壮汉横七竖八的摔满了一地，只剩下四个功力最高之人，伸手掩住口鼻，夺路外闯，但只奔到厅门口，四人便挤成一团，同时倒毙。

石破天见了这等情景，只吓得目瞪口呆，比之那日在紫烟岛上误闯死尸船更是惊恐十倍。在死尸船中所见的飞鱼帮帮众都已毙命，而此刻一干铁叉会会众却是一个个在自己眼前死去，不知是中邪着魔，还是被恶鬼所迷。

他想起那些人说自己毒掌厉害，提起手掌来看时，只见双掌之中都有一团殷红如血的红云，红云之旁又有无数青蓝色的条纹，颜色鲜艳之极。在和张三李四结拜之前，双掌掌心中已有红斑和蓝点，但其时甚为细小，不知在什么时候竟已变成这般模样。再看了一阵，忍不住感到恶心，只觉得两只手掌心变得如同毒蛇之腹、蜈蚣之背，鼻中又隐隐闻到一些似香非香、又带腥臭的浓冽气息。

他转头去看张三、李四时，只见二人神色平和，头顶白气愈浓，张三的肩头上兀自钉着那柄铁叉。他想："得给大哥拔出铁叉。"抓住叉柄轻轻一拔，铁叉应手而起，一股鲜血从张三肩头创口中喷出。石破天忙即按住，撕下一角衣襟，替他裹住了创口。

只听得张三深深吸了口气，低声道："你……听……我……说……照……我……的……话……做……"一个字一个字说来，声音既低，语调又极缓慢。他所中之毒本与李四不相上下，但肩头创口中放了许多血出来，令他所受毒质的侵袭为之一缓。

石破天忙点头道："是，是，请大哥吩咐。"张三道："你……

左……手……按……我……背……心……灵……台……穴……"接着吸一口气,说一句话,费了好半天功夫,才教会石破天如何运用内力,助他摧逼出体内所中的毒药,待得说完,已然满头大汗,脸色更是红得犹似要滴出血来。石破天不敢怠慢,当即依他嘱咐,解开他的上衣,左手按住他灵台穴,右手按住他膻中穴,左手以内息送入,右手运气外吸,果然过不多时,便有一股炙热之气,细如游丝,从右掌心中钻了进去。

正自一掌送气、一掌吸气的全力运用之际,忽听得脚步声响,十余人奔了进来,手中都持铁叉。这些人奉命在外把守,过了良久,不听得有何声息,当下进来探视,万料不到同伙首领和兄弟尽数尸横就地,惊骇之下,却见石破天和张三、李四坐在地上,显然也是受了重伤,各人发一声喊,挺叉向三人刺来。石破天正待起身抵御,不料这十余人奔到离他身前丈余之处,突然身子摇晃,一个个软瘫下来,一声不出,就此死去。

石破天吓得一颗心几乎要从胸中跳将出来,颤声道:"大……大哥,这屋里有恶鬼。咱们还是快走……"张三摇了摇头,这时他体内毒质已去了一小半,腹痛已不如先前剧烈,说道:"你就……用这法子……给……给二哥……也……这么……搞搞……"

石破天道:"是,是。"依着张三所授之法,替李四吸毒,这时进入他手掌的却是一丝丝的凉气了。约莫过了一顿饭时分,李四体内毒质减轻,要他再替张三吸毒。

如此周而复始,石破天替每人都吸了三次。二人体内虽然余毒未净,但已全然无碍。他二人本就要以这些毒药助长本身功力,只须慢慢加以融炼便是。

两人环顾四周的死尸,想起适才情景之险,忍不住心有余悸,心想石破天适才为二人解毒,手掌中又吸了不少毒质进去,只怕有碍,须得设法为他解毒,却见他脸上虽大有惧色,但举止如常,全无中毒之象,均想这小子不知服食过什么灵芝仙草,这般厉害的剧毒竟也奈何他不得,既为他庆幸,又暗暗感激。他二人自然知道,铁叉会会众所以遇到他的掌风立即毙命,是因他体内的剧毒散发出来之故,到得后来,厅内氤氤氲氲,毒雾弥漫,吸入口鼻,便即致命。但此事不易解释,他既不问,也就不提。

张三道:"二弟、三弟,咱们走罢!"当先走了出去,李四和石破天跟随在后。

三人走出地道,只见外面空地上站着数十人,手持铁叉,正在探头探脑的张望。

众人见三人出来,发一声喊,都围了上来。有人喝问:"总舵主呢?怎么还不出来?"张三笑道:"总舵主在里面!"当先那人又问:"怎么你们先出来了?"

张三笑道:"这可连我也不明白了,你们自己进去瞧瞧罢。"双手探出,一手抓住一人胸口便向地道中掷了进去。余人大声惊呼,纷挺铁叉向他刺去。张三不闪不避,双手一探,便抓住两人,向后掷出。

石破天站在一旁,但见张三随手抓出,手到擒来,不论对方如何抵御躲闪,总是难以逃脱他的一抓一掷。他越看越是惊讶,心想原来大哥武功如此了得,以往所见到的高手,实没一个比他得上。

李四双手负在背后,并不上前相助。张三掷出十余人后,兜向各人背后,专抓离得最远之人,逐步将众人逼到地道口前。有人大叫:"逃啊!"抢先向地道中奔入,余人也都跟了进去。石破天叫道:"里面危险,别进去!"却又有谁来听他的话?

他心下充满了无数疑团:何以铁叉会会众一个个突然倒毙?大哥、二哥何以突然中毒肚痛?大哥又为什么将这许多人赶入地道?一时也不知该先问哪一件事,只叫了声:"大哥,二哥!"便听张三道:"咦!那边是谁来了?"

石破天回头一看，不见人影，问道："什么人来了？"却不听得张三回答，再回过头来时，不由得吃了一惊，张三、李四二人已然不见，便如隐身遁去一般。石破天惊叫："大哥，二哥！你们到哪里去了？"连叫几声，竟无一人答应。

他六神无主，忙到四下房舍中去找寻。渔村中都是土屋茅舍，他连闯了七八家人家，都是一个人影也无。

其时红日初升，遍地都是阳光，一个大村庄之中，空荡荡地只剩下他一人。

他想起地道中、大厅上各人惨死的情状，不由得打个寒噤，大叫一声，发足便奔。直奔出十余里地，这才放缓脚步，再提起手掌看时，掌心的红云蓝纹已隐没了一小半，不似初见时的恶心，心下稍慰。他自不知手掌不使内力，剧毒顺着经脉逐渐回归体内。嗣后每日行功练气，剧毒便缓缓消减，功力也随之而增，直至七七四十九日之后，毒性才尽数化去。

他信步而行，走了半天，又到了长江边上，当下沿着江边大路，向下游行去。

中午时分在一处小镇上买些面条吃了，又向东行。他无牵无挂，任意漫游，走到傍晚，前面树林中露出一角黄墙，行到近处，见是一所寺观，屋宇宏伟，门前铺着一条宽阔平正的青石板路，山门中走出两个身负长剑的黄冠道人来。

两名道人见到石破天，便即快步走近。一名中年道人问道："干什么的？"他见石破天衣衫污秽，年纪既轻，笨头笨脑的东张西望，言语中便不客气。

石破天也不以为忤，笑道："我随便走走，不干什么。这是和尚庙吗？我有银子，跟你们买些什么吃的，行不行？"那道人怒道："混小子胡说八道，你瞧我是不是和尚？我们又不是开饭店的,卖什么吃的给你?快走,快走!再到上清观来胡闹,小心打断了你的腿。"另一个年轻道人手按剑柄,脸上恶狠狠地,更作出便要拔剑杀人的模样。

石破天道:"我肚子饿了,问你们买些吃的,又不是来打架。好端端地,我又何必再打死你们?"说着便转身走开。那年轻道人怒道:"你说什么?"拔步赶上前来。

石破天这话实是出于真心,他在铁叉会大厅上手一扬便杀一人,心下老大后悔,实不愿再跟人动手,见那年轻道人要上来打架,生怕莫名其妙的又杀了他,当即发足便奔,逃入树林。只听得两个道人哈哈大笑,那中年道人道:"是个浑小子,只一吓,夹了尾巴就逃。"

他见两个道士不再追来,眼见天色已晚,想找些野果之类充饥,林中却都是些松树、杉树、柏树之属,不生野果。他奔上一个小山坡,四下瞭望,只见那道士庙依山而建,前后左右一共数十间屋宇,后进屋子的烟囱中不断升起白烟,显然是在煮菜烧饭。除了这座道士庙外,极目四望,左近更无其他屋舍。

他见到炊烟,肚中更是咕咕乱响,心想:"这些道人好凶,一开口便要打架,我且到后边瞧瞧,若有什么吃的,拿了便走。只须放下银子,便不是小贼。"当即从林中绕到道观之后,看准了炊烟的所在,挨墙而行,见一扇后门半开半掩,闪身便走了进去。

这时天色已然全黑,进去是个天井,但听得人声嘈杂,锅铲在铁锅中敲得当当直响,菜肴在热油中发出吱吱声音,阵阵香气飘到天井之中,正是厨房的所在。石破天咽了口唾沫,当下从走廊悄悄掩到厨房门口,躲在一条黑沉沉的甬道之中,寻思:"且看这些饭菜煮好了送到哪里去?倘若饭堂中一时无人,我买了一碗肉便走,就不会打架杀人了。"

果然过不多时,便有三人从厨房中出来。三个都是小道士,当先一人提着一盏灯笼，后面两人各端一只托盘，盘中热香四溢，显是放满了美肴。石破天大咽馋涎，放轻脚步，悄悄跟在后面。三名小道士穿过甬道，又经过一处走廊，来到一座厅堂之中，在桌上放下菜肴，两名小道士转身走出，余下一人留下来端整坐椅，摆齐杯筷，一共设了三席。

石破天躲在长窗之外，探眼向厅堂中目不转睛的凝望。好容易等到这小道士转到后堂，他快步抢进堂中，抓起碗中一块红烧牛肉便往口中塞去，双手又去撕一只清蒸鸡的鸡腿。

第一口牛肉刚吞入肚，便听得长窗外有人道："师弟、师妹这边请。"脚步声响，有好几人走到厅前。

石破天暗叫："不好！"将那只清蒸肥鸡抓在手中，百忙中还从怀中掏出一锭银子，放在桌上，便要向后堂闯去，却听得脚步声响，后堂也有人来。四下一瞥，见厅堂中空荡荡地无处可躲，不由得暗暗叫苦："又要打架不成？"

耳听得那几人已走到长窗之前，他想起铁叉会地道中诸人的死状，虽说或许暗中有妖魔鬼怪作祟，一干会众未必是自己打死的，究竟心中凛凛，不敢再试，情急之下，瞥眼见横梁上悬着一块大匾，当下无暇多想，纵身跃上横梁，钻入了匾后。他平身而卧，恰可容身。这时相去当真只一瞬之间，他刚在匾后藏好，长窗便即推开，好几人走了进来。

只听得一人说道："自己师兄弟，师哥却忒地客气，设下这等丰盛的酒馔。"

石破天听这口音甚熟，从木匾与横梁之间的隙缝中向下窥视，只见十几人陪着男女二人相偕入座，这二人便是玄素庄的石庄主夫妇。他对这二人一直甚是感激，尤其石夫人闵柔当年既有赠银之意，日前又曾教他剑法，一见之下，心中便感到一阵温暖。

一个白须白发的老道说道："师弟、师妹远道而来，愚兄喜之不尽,一杯水酒,如何说得上丰盛二字?"突然见到桌上汁水淋漓,一只大碗中只剩下一些残汤,碗中的主肴不知是蒸鸡还是蹄子,却已不翼而飞,碗旁还放着一锭银子,更是不知所云。

那老道眉头一皱,心想小道士们如何这等疏忽,没人看守,给猫子来偷了食去,只是远客在座,也不便为这些小事斥责下属。这时又有小道士端上菜来,各人见了那碗残汤,神色都感尴尬,忙收拾了去,谁也不提。那老道肃请石清夫妇坐了首席,自己打横相陪,袍袖轻拂,罩在银锭之上,待得袍袖移开,桌上的银锭已然不见。中间这一席上又坐了另外三名中年道人,其余十二名道人则分坐了另外两席。

酒过三巡,那老道喟然道:"八年不见,师弟、师妹丰采尤胜昔日,愚兄却是老朽不堪了。"石清道:"师哥头发白了些,精神却仍十分健旺。"

那老道道:"什么白了些?我是忧心如捣,一夜头白。师弟、师妹若于三天之前到来,我的胡子、头发也不过是半黑半白而已。"石清道:"师哥所挂怀的,是为了赏善罚恶二使么?"那老道叹了口气,说道:"除了此事,天下恐怕也没有第二件事,能令上清观天虚道人数日之间老了二十岁。"

石清道:"我和师妹二人在巢湖边上听到讯息,赏善罚恶二使复出,武林中面临大劫,是以星夜赶来,欲和掌门师哥及诸位师兄弟商个善策。我上清观近十年来在武林中名头越来越响,树大招风,善恶二使说不定会光顾到咱们头上。小弟夫妇意欲在观中逗留一两月,他们若真欺上门来,小弟夫妇虽然不济,也得为师门舍命效力。"

天虚轻轻一声叹息,从怀中摸出两块铜牌,拍拍两声,放在桌上。

石破天正在他们头顶,瞧得清楚,两块牌上一张笑脸,一张怒脸，正和他已见过两次的铜牌一模一样，不禁心中打了个突："这老道士也有这两块牌子？"

石清"咦"了一声，道："原来善恶二使已来过了，小弟夫妇马不停蹄的赶来，毕竟还是晚了一步。是哪一天的事？师哥你……你如何应付？"

天虚心神不定，一时未答，坐在他身边的一个中年道人说道："那是三天前的事。掌门师哥大仁大义，一力担当，已答应上侠客岛去喝腊八粥。"

石清见到两块铜牌，又见观中诸人无恙，原已猜到了九成，当下霍地站起，向天虚深深一揖，说道："师哥一肩挑起重担，保全上清观全观平安，小弟既感且愧，这里先行申谢。但小弟有个不情之请，师哥莫怪。"天虚道人微笑还礼，说道："天下事物，此刻于愚兄皆如浮云。贤弟但有所命，无不遵依。"石清道："如此说来，师哥是答允了？"天虚道："自然答允了。但不知贤弟有何吩咐？"石清道："小弟厚颜大胆，要请师哥将这上清观一派的掌门人，让给小弟夫妇共同执掌。"

他此言一出，厅上群道尽皆耸然动容。天虚沉吟未答，石清又道："小弟夫妇执掌本门之后，这碗腊八粥，便由我们二人上侠客岛去尝一尝。"

天虚哈哈大笑，但笑声之中却充满了苦涩之意，眼中泪光莹然，说道："贤弟美意，愚兄心领了。但愚兄忝为上清观一派之长已有十余年，武林中众所周知。今日面临危难，就此畏避退缩，天虚这张老脸今后往哪里搁去？"他说到这里，伸手抓住了石清的右掌，说道："贤弟，你我年纪相差甚远，你又是俗家，以往少在一块。但你我向来交厚，何况你武功人品，确为本门的第一等人物，愚兄素所钦佩。若不是为了这腊八之约，你要做本派掌门，愚兄自是欣然奉让。今日情势大异，愚兄却万万不能应命了，哈哈，哈哈！"笑得甚是苍凉。

石破天心想那侠客岛上的"腊八粥"不知是什么东西，在铁叉会中曾听大哥说起过，现今这天虚道人一提到腊八粥的约会，神色便是大异，难道是什么致命的剧毒不成？

只听天虚又道："贤弟，愚兄一夜头白，决不是贪生怕死。我行年已六十二岁，今年再死，也算得是寿终。只是我反覆思量，如何方能除去这场武林中每十年便出现一次的大劫？如何方能维持本派威名于不堕？那才是真正的难事。过去三十年之中，侠客岛已约过三次腊八之宴。各门各派、各帮各会中应约赴会的英雄豪杰，没一个得能回来。愚兄一死，毫不足惜，这善后之事，咱们却须想个妥法才是。"

石清也是哈哈一笑，端起面前的酒杯，一口喝干，说道："师哥，小弟夫妇不自量力，要请师哥让位，并非去代师哥送上两条性命，却是要去探个明白。说不定老天爷保佑，竟能查悉其中真相。虽不敢说能为武林中除去这个大害，但只要将其中秘奥漏了出来，天下武人群策群力，难道当真便敌不过侠客岛这一干人？"

天虚缓缓摇头，说道："不是我长他人志气，小觑了贤弟。像少林寺妙谛方丈、武当派愚茶道长、青城派清空道人这等的高手，也是一去不返。唉，贤弟武功虽高，终究……终究尚非妙谛方丈、愚茶道长这些前辈高人之可比。"

石清道："这一节小弟倒也有自知之明。但事功之成，一半靠本事，一半靠运气。要诛灭大害固是有所不能，设法查探一些隐秘，想来也不见得全然无望。"

天虚仍是摇头，道："上清观的掌门，百年来总是由道流执掌。愚兄死后，已定下由冲虚师弟接任。此后贤弟伉俪尽力匡助，令本派不致衰败湮没，愚兄已是感激不尽了。"

石清说之再三，天虚终是不允。各人停杯不饮，也忘了吃菜。

石破天将一块块鸡肉轻轻撕下，塞入口中，生怕咀嚼出声，就此囫囵入肚，但一双眼睛仍是从隙缝中向下凝神窥看。

只见石夫人闵柔听着丈夫和天虚道人分说，并不插嘴，却缓缓伸出手去，拿起了两块铜牌，看了一会，顺手便往怀中揣去。天虚叫道："师妹，请放下！"闵柔微微一笑，说道："我代师哥收着，也是一样。"天虚道人见话声阻她不得，伸手便夺。恰在此时，石清伸出筷去向一碗红烧鳝段夹菜，右臂正好阻住了天虚的手掌。坐在石夫人下首的冲虚手臂一缩，伸手去抓铜牌，说道："还是由我收着罢！"

石夫人左手抬起，四根手指像弹琵琶一般往他手腕上拂去。冲虚左手也即出指，点向石夫人右腕。石夫人右腕轻扬，左手中指弹出，一股劲风射向冲虚胸口。

冲虚已受天虚道人之命接任上清观观主，也即是他们这一派道俗众弟子的掌门。他知石清夫妇急难赴义，原是一番好意，但这两块铜牌关及全观道侣的性命，天虚道人既已接下，若再落入旁人之手，全观道侣俱有性命之忧，是以不顾一切的来和石夫人争夺，眼见对方手指点到，当即挥掌挡开。

两人身不离座，霎时间交手了七八招，两人一师所授，所使俱是本门擒拿手法，虽无伤害对方之意，但出手明快利落，在尺许方圆的范围之中全力以搏。两人当年同窗学艺时曾一起切磋武功，分手二十余年来，其间虽曾数度相晤，一直未见对方出手。此刻突然交手，心下于对方的精湛武功都是暗暗喝采。围坐在三张饭桌旁的其余一十六人，也都目不转睛的瞧着二人较艺。这些人都是本门高手，均知石清夫妇近十多年来江湖上闯下了极响亮的名头，眼见她和冲虚不动声色的抢夺铜牌，将本门武功的妙诣发挥到了淋漓尽致，无不赞叹。

起初十余招中，二人势均力敌，但石夫人右手抓着两块铜牌，右手只能使拳，无法勾、拿、弹、抓，本门的擒拿法绝技便打了个大大折扣。又拆得数招，冲虚左手运力将石夫人左臂压落，右手五指已碰上了铜牌。石夫人心知这一下非给他抓到不可，两人若是各运内力抢夺，一来观之不雅，二来自己究是女流，内力恐不及冲虚师哥浑厚，当下松手任由两块铜牌落下，那自是交给了丈夫。

石清伸手正要去拿，突然两股劲风扑面而至，正是天虚道人向他双掌推出。这两股劲风虽无霸道之气，但蓄势甚厚，若不抵挡，必受重伤，那时纵然将铜牌取在手中，也必跌落，只得伸掌一抵。就这么缓得一缓，坐在天虚下首的照虚道人已伸手将铜牌取过。

铜牌一入照虚之手，石清夫妇和天虚、冲虚四人同时哈哈一笑，一齐罢手。冲虚和照虚躬身行礼，说道："师弟、师妹，得罪莫怪。"

石清夫妇忙也站起还礼。石清说道："两位师哥何出此言，却是小弟夫妇鲁莽了，掌门师兄内功如此深厚，胜于小弟十倍，此行虽然凶险，若求全身而退，也未始无望。"适才和天虚对了一掌，石清已知这位掌门师兄的内功实比自己深厚得多。

天虚苦笑道："但愿得如师弟金口，请，请！"端起酒杯，一饮而尽。

石破天见闵柔夺牌不成，他不知这两块铜牌有何重大干系，只是念着石夫人对自己的好处，寻思："这道士把铜牌抢了去，待会我去抢了过来，送给石夫人。"

只见石清站起身来，说道："但愿师哥此行，平安而归。小弟的犬子为人所掳，急于要去搭救，这番难以多和众位师兄师弟叙旧。这就告辞。"

群道心中都是一凛。天虚问道："听说贤弟的令郎是在雪山派门下学艺，以贤夫妇的威名，雪山派的声势，如何竟有大胆妄为之徒将令郎劫持而去？"

石清叹了口气，道："此事说来话长，大半皆由小弟无德，失于管教，犬子胡作非为，须怪不得旁人。"他是非分明，虽然玄素庄偌大的家宅被白万剑一把火烧得干干净净，仍知祸由己起，对雪山派并不怨恨。

冲虚道人朗声说道："师弟、师妹，对头掳你们爱子，便是瞧不起上清观了。不管他是多大的来头，愚兄纵然不济，也要助你一臂之力。"顿了一顿，又道："你爱子落于人手，却赶着来赴师门之难，足见师兄弟间情义深重。难道我们这些牛鼻子老道，便是毫无心肝之人吗？"他想对头不怕石清夫妇，不怕人多势众的雪山派师徒，定是十分厉害的人物，哪想得到擒去石清之子的竟然便是雪山派人士。

石清既不愿自扬家丑，更不愿上清观于大难临头之际，又去另树强敌，和雪山派结怨成仇，说道："各位师兄盛情厚意，小弟夫妇感激不尽。这件事现下尚未查访明白，待有头绪之后，倘若小弟夫妇人孤势单，自会回观求救，请师兄弟们援手。"冲虚道："这就是了。贤弟贤妹那时也不须亲至，只教送一个讯号来，上清观自当全观尽出。"

石清夫妇拱手道谢，心下却黯自神伤："雪山派纵将我儿千刀万剐的处死，我夫妇也只有认命，决不能来向上清观讨一名救兵。"当下两人辞了出去，天虚、冲虚等都送将出去。

石破天见众人走远，当即从匾后跃出，翻身上屋，跳到墙外，寻思："石庄主、石夫人说他们的儿子给人掳了去，却不知是谁下的手。那铜牌只是个玩意儿，抢不抢到无关紧要，看来他们师兄妹之间情谊甚好，抢铜牌多半是闹着玩的。石夫人待我甚好，我要助她找寻儿子。我先去问她，她儿子多大年纪，怎生模样，是给谁掳了去。"跃到一株树上，眼见东北方十余盏灯笼排成两列，上清观群道正送石清夫妇出观。

石破天心想:"石庄主夫妇胯下坐骑奔行甚快,我还是尽速赶上前去的为是。"看明了石清夫妇的去路,跃下树来,从山坡旁追将上去。

还没奔过上清观的观门,只听得有人喝道:"是谁?站住了!"他躲在匾中之时,屏气凝息,没发出半点声息,厅堂中众人均未知觉,这一发足奔跑,上清观群道武功了得,立时便察知来了外人,初时不动声色,待石清夫妇上马行远,当即分头兜截过来。

黑暗之中,石破天猛觉剑气森森,两名道人挺剑挡在面前,剑刃反映星月微光,朦朦胧胧中瞧出左首一人正是照虚。他心中一喜,问道:"是照虚道人吗?"照虚一怔,说道:"正是,阁下是谁?"石破天右手伸出,说道:"请你把铜牌给我。"

照虚大怒,喝道:"给你这个。"挺剑便向他腿上刺去。上清观戒律精严,不得滥杀无辜,这时未明对方来历,虽然石破天出口便要铜牌,犯了大忌,但照虚这一剑仍是并非刺向要害。石破天斜身避开,右手去抓他肩头。照虚见他身手敏捷,长剑圈转,指向他的右肩。石破天忙低头从剑下钻过,生怕他剑锋削到自己脑袋,右手自然而然的向上托去。照虚只觉一股腥气刺鼻,头脑一阵眩晕,登时翻身倒地。

石破天一怔之际,第二名道人的长剑已从后心刺到。他知自己掌上大有古怪,一出手便即杀人,再也不敢出掌还击,急忙向前纵出,嗤的一声响,长袍后背已被剑尖划破了一道口子。那道人见照虚被敌人不知用什么邪法迷倒,急于救人,长剑刷刷刷的疾向石破天刺来。

石破天斜身逃开,百忙中拾起照虚抛下的长剑,眼见对方剑法凌厉,当下以剑作刀,使动金乌刀法,当的一声,将来剑架开。他手上内力奇劲,这道人手中长剑把捏不住,脱手飞出。但他上清观武功不单以剑法取胜,擒拿手法也是武林中的一绝,这道人兵刃脱手,竟丝毫不惧,猱身而上,直扑进石破天的怀中,双手成抓,抓向他胸口和小腹的要穴。他手中无剑而敌人有剑,就利于近身肉搏,要令敌人的兵刃施展不出。

石破天叫道:"使不得!"左手一掠,将那道人推开,这时他内力发动,剧毒涌至掌心,一推之下,那道人应手倒地,缩成了一团。石破天连连顿足,叹道:"唉!我实是不想害你!"耳听得四下里都是呼啸之声,群道渐渐逼近,忙到照虚身上一摸,那两块铜牌尚在怀中。他伸手取过,放入袋里,拔步向石清夫妇的去路急追。

他一口气直追出十余里,始终没听见马蹄之声,寻思:"这两匹马跑得如此之快,难道再也追他们不上?又莫非我走错了方向,石庄主和石夫人不是顺着这条大道走?"又奔行数里,猛听得一声马嘶,向声音来处望去,只见一株柳树下系着两匹马,一黑一白,正是石清夫妇的坐骑。

石破天大喜,从袋中取出铜牌,拿在手里,正待张口叫唤,忽听得石清的声音在远处说道:"柔妹,这小贼鬼鬼祟祟的跟着咱们,不怀好意,便将他打发了罢。"石破天吃了一惊:"他们不喜欢我跟来?"虽听到石清话声,但不见二人,生怕石夫人向自己动手,若是被迫还招,一个不小心又害死了她,那便如何是好?忙缩身伏入长草,只等闵柔赶来,将铜牌掷了给她,转身便逃。

忽听得呼的一声,一条人影疾从左侧大槐树后飞出,手挺长剑,剑尖指着草丛,喝道:"朋友,你跟着我们干什么?快给我出来。"正是闵柔。石破天一个"我"字刚到口边,忽听得草丛中嗤嗤嗤三声连响,有人向闵柔发射暗器。闵柔长剑颤处,刚将暗器拍落,草丛中便跃出一条青衣汉子,挥单刀向闵柔砍去。这一下大出石破天意料之外,万万想不到这草丛中居然伏得有人。但见这汉子身手矫捷,单刀舞得呼呼风响。闵柔随手招架,并不还击。

石清也从槐树后走了出来，长剑悬在腰间，负手旁观，看了几招，说道："喂，老兄，你是泰山卢十八的门下，是不是？"那人喝道："是便怎样？"手中单刀丝毫不缓。石清笑道："卢十八跟我们虽无交情，也没梁子，你跟了我们夫妇六七里路，是何用意？"那汉子道："没空跟你说……"原来闵柔虽是轻描淡写的出招，却已迫得他手忙脚乱。

石清笑道："卢十八的刀法比我们高明，你却还没学到师父本事的三成，这就撒刀住手了罢！"石清此言一出，闵柔长剑应声刺中他手腕，飘身转到他背后，倒转剑柄撞出，已封住了他穴道。当的一声响，那汉子手中单刀落地，他后心大穴被封，动弹不得了。

石清微笑道："朋友，你贵姓？"那汉子甚是倔强，恶狠狠的道："你要杀便杀，多问作甚？"石清笑道："朋友不说，那也不要紧。你加盟了哪一家帮会，你师父只怕还不知道罢？"那汉子脸上露出诧异之色，似乎是说："你怎知道？"石清又道："在下和尊师卢十八师傅素来没有嫌隙，他就是真要派人跟踪我夫妇，嘿嘿，不瞒老兄说，尊师总算还瞧得起我们，决不会派你老兄。"言下之意，显然是说你武功差得太远，着实不配，你师父不会不知。那汉子一张脸胀成了紫酱色，幸好黑夜之中，旁人也看不到。

石清伸手在他肩头拍了两下，说道："在下夫妇光明磊落，事事不怕人知，你要知我二人行踪，不妨明白奉告。我们适才从上清观来，探访了观主天虚道长。你回去问你师父，便知石清、闵柔少年时在上清观学艺，天虚道长是我们师哥。现下我们要赴雪山，到凌霄城去拜访雪山派掌门人威德先生。朋友倘若没别的要问，这就请罢！"

那汉子只觉四肢麻痹已失，显是石清随手这么两拍，已解了他的穴道，心下好生佩服，便拱了拱手，说道："石庄主仁义待人，名不虚传，晚辈冒犯了。"石清道："好说！"那汉子也不敢拾起在地下的单刀,向石夫人一抱拳,说道:"石夫人,得罪了!"转身便走。石夫人敛衽还礼。

那汉子走出数步,石清忽然问道:"朋友,贵帮石帮主可有下落了吗?"那汉子身子一震,转身道:"你……你……都……都知道了?"石清轻叹一声,说道:"我不知道。没有讯息,是不是?"那汉子摇了摇头,说道:"没有讯息。"石清道:"我们夫妇,也正想找他。"三个人相对半晌,那汉子才转身又行。

待那汉子走远,闵柔道:"师哥,他是长乐帮的?"石破天听到"长乐帮"三字,心中又是一震。石清道:"他刚才转身走开,扬起袍襟,我依稀见到袍角上绣有一朵黄花,黑暗中看不清楚,随口一问,居然不错。他……他跟踪我们,原来是为了……为了玉儿,早知如此,也不用难为他了。"闵柔道:"他们……他们帮中对玉儿倒很忠心。"石清道:"玉儿为白万剑擒去,长乐帮定然四出派人,全力兜截。他们人多势大,耳目众多,想不到仍是音讯全无。"闵柔凄然道:"你怎知仍是……仍是音讯全无?"

石清挽着妻子的手,拉着她并肩坐在柳树之下,温言道:"他们若是已得知了玉儿的讯息,便不会这般派人到处跟踪江湖人物。这个卢十八的弟子无缘无故的钉着咱们,除了打探他们帮主下落,不会更有别情。"

石清夫妇所坐之处,和石破天藏身的草丛,相距不过两丈。石清说话虽轻,石破天却是听得清清楚楚。本来以石清夫妇的武功修为,石破天从远处奔来之时便当发觉,只是当时二人全神留意着一直跟踪在后的那使刀汉子,石破天又是内功极高,脚步着地极轻,是以二人打发了那汉子之后,没想到草丛中竟然另行有人。石破天听着二人的言语,什么长乐帮主,什么被白万剑擒去,说的似乎便是自己,但"玉儿"什么的,却又不是自己了。他本来对自己的身世存着满腹疑团,这时躲在草中,倘若出人不意的突然现身,未免十分尴尬，索性便躲着想听个明白。

四野虫声唧唧，清风动树，石清夫妇却不再说话。石破天生怕自己踪迹给二人发现，连大气也不敢喘一口，过了良久，才听得石夫人叹了口气，跟着轻轻啜泣。

只听石清缓缓说道："你我二人行侠江湖，平生没做过亏心之事。这几年来为了要保玉儿平安，更是竭力多行善举，倘若老天爷真要我二人无后，那也是人力不可胜天。何况像中玉这样的不肖孩儿，无子胜于有子。咱们算是没生这个孩儿，也就是了。"

闵柔低声道："玉儿虽然从小顽皮淘气，他……他还是我们的心肝宝贝。总是为了坚儿惨死人手，咱们对玉儿特别宠爱了些，才成今日之累，可是……可是我也始终不怨。那日在那小庙之中，我瞧他也决不是坏到了透顶，倘若不是我失手刺了他一剑，也不会……也不会……"说到这里，语音呜咽，自伤自艾，痛不自胜。

石清道："我一直劝你不必为此自己难受，就算那日咱们将他救了出来，也难保不再给他们抢去。这件事也真奇怪，雪山派这些人怎么突然间个个不知去向，中原武林之中再也没半点讯息。明日咱们就动程往凌霄城去，到了那边，好歹也有个水落石出。"闵柔道："咱们若不找几个得力帮手，怎能到凌霄城这龙潭虎穴之中，将玉儿救出来？"石清叹道："救人之事，谈何容易？倘若不在中途截劫，玉儿一到凌霄城，那是羊入虎口，再难生还了。"

闵柔不语，取帕拭泪，过了一会，说道："我看此事也不会全是玉儿的过错。你看玉儿的雪山剑法如此生疏，雪山派定是没好好传他武功，玉儿又是个心高气傲、要强好胜之人，定是和不少人结下了怨。这些年中，可将他折磨得苦了。"说着声音又有些呜咽。

石清道："都是我打算错了，对你实是好生抱憾。当日我一力主张送他赴雪山派学艺，你虽不说什么，我知你心中却是万分的舍不得。想不到风火神龙封万里如此响当当的男儿，跟咱夫妇又是这般交情,竟会亏待玉儿。"

闵柔道:"这事又怎怪得你?你送玉儿上凌霄城,一番心思全是为了我,你虽不言,我岂有不知?要报坚儿之仇,我独力难成,到得要紧关头,你又不便如何出手,再加对头于本门武功知之甚稔,定有破解之法。倘若玉儿学成了雪山剑法,我娘儿两个联手,便可制敌死命,哪知道……哪知道……唉!"

石破天听着二人说话,倒有一大半难以索解,只想:"石夫人这般想念她孩儿。听来好像她儿子是给雪山派擒去啦,我不如便跟他们同上凌霄城去,助他们救人。她不是说想找几个帮手么?"正寻思间,忽听得远处蹄声隐隐,有十余匹马疾驰而来。

石清夫妇跟着也听到了,两人不再谈论儿子,默然而坐。

过不多时,马蹄声渐近,有人叫道:"在这里了!"跟着有人叫道:"石师弟、闵师妹,我们有几句话说。"

石清、闵柔听得是冲虚的呼声,略感诧异,双双纵出。石清问道:"冲虚师哥,观中有什么事么?"只见天虚、冲虚以及其他十余个师兄弟都骑在马上,其中两个道人怀中又都抱着一人。其时天色未明,看不清那二人是谁。

冲虚气急败坏的大声说道:"石……石师弟、闵师妹,你们在观中抢不到那赏善罚恶两块铜牌,怎地另使诡计,又抢了去?要抢铜牌,那也罢了,怎地竟下毒手打死了照虚、通虚两个师弟,那……那……实在太不成话了!"

石清和闵柔听他这么说,都大吃一惊。石清道:"照虚、通虚两位师哥遭了人家毒手,这……这……这是从何说起?两位师哥给……给人打死了?"他关切两位师兄的安危,一时之间,也不及为自己分辩洗刷。

冲虚怒气冲冲的说道:"也不知你去勾结了什么下三滥的匪

类,竟敢使用最为人所不齿的剧毒。两个师弟虽然尚未断气,这时恐怕也差不多了。"石清道:"我瞧瞧。"说着走近身去,要去瞧照虚、通虚二人。刷刷几声,几名道人拔出剑来,挡住了石清的去路。天虚叹道:"让路!石师弟岂是那样的人。"那几名道人哼的一声,撤剑让道。

石清从怀中取出火折打亮了,照向照虚、通虚脸上,只见二道脸上一片紫黑,确是中了剧毒,一探二人鼻息,呼吸微弱,性命已在顷刻之间。上清观的武功原有过人之长。照虚、通虚二道内力深厚,又均非直中石破天的毒掌,只是闻到他掌上逼出来的毒气,因而晕眩栽倒,但饶是如此,显然也是挨不了一时三刻。石清回头问道:"师妹,你瞧这是哪一派人下的毒手?"这一回头,只见七八名师兄弟各挺长剑,已将夫妇二人围在垓心。

闵柔对群道的敌意只作视而不见,接过石清手中火折,挨近去瞧二人脸色,微微闻到二道口鼻中呼出来的毒气,便觉头晕,不由得退了一步,沉吟道:"江湖上没见过这般毒药。请问冲虚师哥,这两位师哥是怎生中的毒?是误服了毒药呢?还是中了敌人喂毒暗器?身上可有伤痕?"

冲虚怒道:"我怎知道?我们正是来问你呢?你这婆娘鬼鬼祟祟的不是好人,多半是适才吃饭之时,你争铜牌不得,便在酒中下了毒药。否则为什么旁人不中毒,偏偏铜牌在照虚师弟身上,他就中了毒,而……而……怀中的铜牌,又给你们盗了去?"

闵柔只气得脸容失色,但她天性温柔,自幼对诸位师兄谦和有礼,不愿和他们作口舌之争,眼眶中泪水却已滚来滚去,险些便要夺眶而出。石清知道这中间必有重大误会,自己夫妇二人在上清观中抢夺铜牌未得,照虚便身中剧毒而失了铜牌,自己夫妇确是身处重大嫌疑之地。他伸出左手握住妻子右掌,意示安慰,一时也彷徨无计。闵柔道:"我……我……"只说得两个"我"字,已哭了出来，别瞧她是剑术通神、威震江湖的女杰，在受到这般重大委屈之时，却也和寻常女子一般的柔弱。

冲虚怒冲冲的道："你再哭多几声，能把我两个师弟哭活来吗，猫哭耗子……"

一句话没说完，忽听身后有人大声道："你们怎地不分青红皂白，胡乱冤枉好人？"

众人听那人话声中气充沛，都是一惊，一齐回过头来，只见数丈外站着一个衣衫不整的汉子，其时东方渐明，瞧他脸容，似乎年纪甚轻。

石清、闵柔见到那少年，都是喜出望外。闵柔更是"啊"的一声叫了出来，道："你……你……"总算她江湖阅历甚富，那"玉儿"两字才没叫出口来。

这少年正是石破天，他躲在草丛之中，听到群道责问石清夫妇，心想自己若是出头，不免要和群道动手，自己一双毒掌，杀人必多，实在十分的不愿。但听冲虚越说越凶，石夫人更给他骂得哭了起来，再也忍耐不住，当即挺身而出。

冲虚大声喝问："你是什么人？怎知我们是冤枉人了？"石破天道："石庄主和石夫人没拿你们的铜牌，你们硬说他们拿了，那不是冤枉人么？"冲虚挺剑踏上一步，道："你这小孩子又知道什么了，却在这里胡说八道！"

石破天道："我自然知道。"他本想实说是自己拿了，但想只要一说出口，对方定要抢夺，自己倘若不还，势必动手，那么又要杀人，是以忍住不说。

冲虚心中一动："说不定这少年得悉其中情由。"便问："那么是谁拿的？"

石破天道："总而言之，决不是石庄主、石夫人拿的。你们得罪了他们，又惹得石夫人哭了，大是不该，快快向石夫人陪礼罢！"

闵柔陡然间见到自己朝思暮想、牵肚挂肠的孩儿安然无恙，已是不胜之喜，这时听得他叫冲虚向自己陪礼，全是维护母亲之意。她生了两个儿子，花了无数心血，流了无数眼泪，直到此刻，才听到儿子说一句回护母亲的言语，登时情怀大慰，只觉过去二十年来为他而受的诸般辛劳、伤心、焦虑、屈辱，那是全都不枉了。

石清见妻子喜动颜色，眼泪却涔涔而下，明白她的心意，一直捏着她手掌的手又紧了一紧，心中也想："玉儿虽有种种不肖，对母亲倒是极有孝心。"

冲虚听他出言顶撞，心下大怒，高声道："你是谁？凭什么来叫我向石夫人陪礼？"

闵柔心中一欢喜，对冲虚的冤责已丝毫不以为意，生怕儿子和他冲突起来，伤了师门的和气，忙道："冲虚师哥是一时误会，大家自己人，说明白了就是，又陪什么礼了。"转头向石破天柔声道："这里的都是师伯、师叔，你磕头行礼罢。"

石破天对闵柔本就大有好感，这时见她脸色温和，泪眼盈盈的瞧着自己，充满了爱怜之情，一生之中，实是从未有谁对自己如此的真心怜爱，不由得热血上涌，但觉不论她叫自己去做什么都是万死不辞，磕几个头又算得什么？当下不加思索，双膝跪地，向冲虚磕头，说道："石夫人叫我向你们磕头，我就磕了！"

天虚、冲虚等都是一呆，眼见石破天对闵柔如此顺服，心想石清有两个儿子，一个给仇家杀了，一个给人掳去，这少年多半是他夫妇的弟子。

冲虚脾气虽然暴躁，究竟是玄门练气有道之士，见石破天行此大礼，胸中怒气登平，当即翻身下马，伸手扶起，道："不须如此客气！"哪知石破天心想石夫人叫自己磕头，总须磕完才行，冲虚伸手来扶，却不即行起身。冲虚一扶之下，只觉对方的身子端凝如山，竟是文风不动，不禁又是怒气上冲："你当我长辈，却自恃内功了得,在我面前显本事来了!"当下吸一口气,将内力运到双臂之上,用力向上一抬,要将他掀一个筋斗。

石清夫妇眼见冲虚的姿式,他们同门学艺,练的是一般功夫,如何不知他臂上已使上了真力?石清哼的一声,微感气恼,但想他是师兄,也只好让儿子吃一点亏了。闵柔却叫道:"师哥手下留情!"

却听得呼的一声,冲虚的身子腾空而起,向后飞出,正好重重的撞上了他自己的坐骑。冲虚脚下踉跄,连使"千斤坠"功夫,这才定住,那匹马给他这么一撞,却长嘶一声,前腿跪倒。原来石破天内力充沛,冲虚大力掀他,没能掀动,自己反而险些摔一个大筋斗。

这一下人人都瞧得清楚,自是都大吃一惊。石清夫妇在扬州城外土地庙中曾和石破天交剑,知他内力浑厚,但决计想不到他内力修为竟已到了这等地步,单借反击之力,便将上清观中一位一等一的高手如此凭空摔出。

冲虚站定身子,左手在腰间一搭,已拔出长剑,气极反笑,说道:"好,好,好!"连说了三个"好",才调匀了气息,说道:"师弟、师妹调教出来的弟子果然是不同凡响,我这可要领教领教。"说着长剑一挺,指向石破天胸口。

石破天退了一步,连连摇手,道:"不,不,我不和你打架。"

天虚瞧出石破天的武功修为非同小可,心想冲虚师弟和他相斗,以师伯的身份,胜了没什么光采,若是不胜,更成了大大的笑柄,眼见石破天退让,正中下怀,便道:"都是自己人,又较量什么?便要切磋武艺,也不忙在这一时三刻。"

石破天道:"是啊,你们是石庄主、石夫人的师兄,我一出手又打死了你们,就大大不好了。"他全然不通人情世故,只怕自己毒掌出手,又杀死了对方,随口便说了出来。

上清观群道素以武功自负,哪想到他实是一番好意,一听之下,无不勃然大怒。十多名道人中,倒有七八个胡子气得不住颤动。石清也喝:"你说什么?不得胡言乱语。"

冲虚遵从掌门师兄的嘱咐,已然收剑退开,听石破天这句凌辱藐视之言,哪里还再忍耐得住?大踏步上前,喝道:"好,我倒想瞧瞧你如何将我们都打死了,出招罢!"石破天不住摇手,道:"我不和你动手。"冲虚愈益恼怒,道:"哼,你连和我动手也不屑!"刷的一剑,刺向他的肩头。他见石破天手中并无兵刃,这一剑剑尖所指之处并非要害,他是上清观中的剑术高手,临敌的经历虽比不上石清夫妇,出招之快却丝毫不逊。

石破天一闪身没能避开,只听得噗的一声轻响,肩头已然中剑,立时鲜血冒出。闵柔惊叫:"哎哟!"冲虚喝道:"快取剑出来!"

石破天寻思:"你是石夫人的师兄,适才我已误杀了她两个师兄,若再杀你,一来对不起石夫人,二来我也成为大坏人了。"当冲虚一剑刺来之时,他若出掌劈击,便能挡开,但他怕极了自己掌上的剧毒,双手负在背后,用力互握,说什么也不肯出手。

上清观群道见了他这般模样,都道他有心藐视,即连修养再好的道人也都大为生气。有人便道:"冲虚师兄,这小子狂妄得紧,不妨教训教训他!"

冲虚道:"你真是不屑和我动手?"刷刷又是两剑。他出招实在太快,石破天对剑法又无多大造诣,身子虽然急闪,仍是没能避开,左臂右胸又各中了一剑。幸好冲虚剑下留情,只是逼他出手,并非意欲取他性命,这两剑一刺中他皮肉,立时缩回,所伤甚轻。

闵柔见爱子连中三处剑伤,心疼无比,眼见冲虚又是一剑刺出,当的一声,立时挥剑架开,只听得当当当当,便如爆豆般接连响了一十三下,瞬息间已拆了一十三招。冲虚连攻一十三剑,闵柔挡了一十三剑,两人都是本派好手,这"上清快剑"施展出来,直如星丸跳掷,火光飞溅,迅捷无伦。这一十三剑一过,群道和石清都忍不住大叫一声:"好!"

场上这些人,除了石破天外,个个是上清观一派的剑术好手,眼见冲虚这一十三剑攻得凌厉剽悍,锋锐之极,而闵柔连挡一十三剑,却也是绵绵密密,严谨稳实,两人在弹指之间一攻一守,都施展了本门剑术的巅峰之作,自是人人瞧得心旷神怡。

天虚知道再斗下去,两人也不易分出胜败,问道:"闵师妹,你是护定这少年了?"

闵柔不答,眼望丈夫,要他拿一个主意。

石清道:"这孩子目无尊长,大胆妄为,原该好好教训才是。他连中冲虚师兄三剑,幸蒙师兄剑下留情,这才没送了他的小命。这孩子功夫粗浅,怎配和冲虚师兄过招?孩子,快向众位师伯磕头陪罪。"

冲虚大声道:"他明明瞧不起人,不屑动手。否则怎么说一出手便将我们都打死了?"

石破天摊开手掌,见掌心中隐隐又现红云蓝线,叹了口气,说道:"我这一双手老是会闯祸,动不动便打死人。"

上清观群道又是人人变色。石清听他兀自狂气逼人,讨那嘴头上的便宜,心下也不禁生气,喝道:"你这小子当真不知天高地厚,适才冲虚师伯手下留情,才没将你杀死,你难道不知么?"石破天道:"我……我……我也不想杀死他,因此也是手下留情。"石清大怒,登时便想抢上去挥拳便打。他身形稍动,闵柔立知其意,当即拉住了他左臂,这一拉虽然使力不大,石清却也不动了。

冲虚适才向石破天连刺三剑,见他闪避之际,显然全未明白本门剑法的精要所在,而内力却又如此强劲,以武功而论,颇不像是石清夫妇的弟子,心下已然起疑,而当石破天举掌察看之时,又闻到了一股淡淡的腥臭,更是疑窦丛生,喝问:"小子,你是谁的徒弟,却学得这般贫嘴滑舌?"

石破天道:"我……我……我是金乌派的开山大弟子。"

冲虚一怔，心想："什么金乌派，银乌派？武林中可没这个门派，这小子多半又在胡说八道。"便冷笑道："我还道阁下是石师弟的高足呢。原来不是自己人，那便无碍了。"向站在身旁的两名师弟使个眼色。

两名道人会意，倒转长剑，各使一招"朝拜金顶"，一个对着石清，一个对着闵柔。这"朝拜金顶"是上清剑法中礼敬对方的招数，通常是和尊长或是武林名宿动手时所用，这一招剑尖向地，左手剑诀搭在剑柄之上，纯是守势，看似行礼，却已将身前五尺之地守御得十分严密，敌未动，己不动，敌如抢攻，立遇反击。

石清夫妇如何不明两道的用意，那是监视住了自己，若再出剑回护儿子，这二道手中的长剑立时便弹起应战，但只要自己不出招，这二道却永远不会有敌对的举动，那是不伤同门义气之意。闵柔向身前的师兄灵虚瞧了一眼，心想："当年在上清观学艺之时，灵虚师兄笨手笨脚，剑术远不如我，但瞧他这一招'朝拜金顶'似拙实稳，已非吴下阿蒙，真要动手，只怕非三四十招间能将他打败。"

她心念略转之间，只见冲虚手中长剑连续抖动，已将石破天圈住，听他喝道："你再不还手，我将你这金乌派的恶徒立毙于当场。"他叫明"金乌派"，显是要石清夫妇事后无法为此翻脸。石清当机立断，知道儿子再不还手，冲虚真的会将他刺得重伤，但若还手相斗，冲虚既知自己夫妇有回护之意，下手决不会过份，只是点到为止，杀杀他的狂气，于少年人反有益处，当即叫道："孩子，师伯要点拨你功夫，于你大有好处。师伯决不会伤你，不用害怕，快取兵刃招架罢！"

石破天只见前后左右都是冲虚长剑的剑光，脸上寒气森森，不由得大是害怕，适才被他接连刺中三剑，躲闪不得，知道这道人剑法十分厉害，听石清命他取兵刃还手，心头一喜："是了，我用兵刃招架，手上的毒药便不会害死了他。"瞥眼见到地下一柄单刀，正是那个卢十八的弟子所遗,忙叫道:"好,好!我还手就是,你……你可别用剑刺我。等我拾起地下这柄刀再说。你如乘机在我背心刺上一剑,那可不成,你不许赖皮。"

冲虚见他说得气急败坏,又是好气,又是好笑,"呸"的一声,退开了两步,跟着噗的一响,将长剑插在地上,说道:"你当我冲虚是什么人,难道还会偷袭你这小子?"双手插在腰间,等他拾刀,心想:"这小子原来使刀,那么绝非石师弟夫妇的弟子了。只不知石师弟如何又叫他称我师伯?"

石破天俯身正要去拾单刀,突然心念一动:"待会打得凶了,说不定我一个不小心,左手又随手出掌打他,岂不是又要打死人,还是把左手绑在身上,那就太平无事。"当下又站直身子,向冲虚道:"对不起,请你等一等。"随即解开腰带,左手垂在身旁,右手用腰带将左臂缚在身上。各人眼睁睁的瞧着,均不知他古里古怪的玩什么花样。石破天收紧腰带,牢牢打了个结,这才俯身抓起单刀,说道:"好了,咱们比罢,那就不会打死你了。"

这一下冲虚险些给他气得当场晕去,眼见他缚住了左手和自己比武,对自己的藐视实已达于极点。上清观群道固是齐声喝骂。石清和闵柔也都斥道:"孩子无礼,快解开腰带!"

石破天微一迟疑,冲虚刷的一剑已疾刺而至。石破天来不及遵照闵柔吩咐,只得举刀挡格。冲虚知他内力强劲,不让他单刀和自己长剑相交,立即变招,刷刷刷刷六七剑,只刺得石破天手忙脚乱,别说招架,连对方剑势来路也瞧不清楚。他心中暗叫:"我命休矣!"提起单刀乱劈乱砍,全然不成章法,将所学的七十三路金乌刀法,尽数抛到了天上的金乌玉兔之间。幸好冲虚领略过他厉害的内力,虽见他刀法中破绽百出,但当他挥刀砍来之时,却也不得不回剑以避,生怕长剑给他砸飞,那就颜面扫地了。

石破天乱劈了一阵,见冲虚反而退后,定一定神,那七十三招金乌刀法渐渐来到脑中。只是冲虚虽然退后，出招仍是极快，石破天想以史婆婆所授刀法拆解，说什么也办不到。何况金乌刀法专为克制雪山派剑法而创，遇上了全然不同的上清剑法，全然格格不入。他心下慌乱，只得兴之所至，随手挥舞。

使了一会，忽然想起，那日在紫烟岛上最后给白万剑杀得大败，只因自己不识对方的剑法，此刻这道士的剑法自己更加不识，既然不识，索性就不看，于是挥刀自己使自己的，将那七十三路金乌刀法颠三倒四的乱使，浑厚的内力激荡之下，自然而然的构成了一个守御圈子，冲虚再也攻不进去。

群道和石清夫妇都是暗暗讶异，冲虚更是又惊又怒，又加上几分胆怯。他于武林中各大门派的刀法大致均了然于胸，眼见石破天的刀法既稚拙，又杂乱，大违武学的根本道理，本当一击即溃，偏偏自己连遇险着，实在是不通情理之至。

又拆得十余招，冲虚焦躁起来，呼的一剑，进中宫抢攻，恰在此时，石破天挥刀回转，两人出手均快，当的一声，刀剑相交。冲虚早有预防，将长剑抓得甚紧，但石破天内力实在太强，众人惊呼声中，冲虚见手中长剑已弯成一把曲尺，剑上鲜血淋漓，却原来虎口已被震裂。他心中一凉，暗想一世英名付于流水，还练什么剑？做什么上清观一派掌门？急怒之下，挥手将弯剑向石破天掷出，随即双手成抓，和身扑去。石破天一刀将弯剑砸飞，不知此后该当如何，心中迟疑，胸口门户大开。冲虚双手已抓住了他前心的两处要穴。

冲虚这一招势同拼命，上清观一派的擒拿法原也是武学一绝，哪知他双手刚碰到石破天的穴道，便被他内力回弹，反冲出去，身子仰后便倒。这一次他使的力道更强，反弹之力也就愈大，眼见站立不住，若是一屁股坐倒，这个丑可就丢得大了。

天虚道人飞身上前，伸掌在他左肩向旁推出，卸去了反弹的劲力。冲虚纵身跃起，这才站定，脸上已没半点血色。

天虚拔出长剑，说道："果然是英雄出在少年，佩服，佩服！待贫道来领教几招，只怕年老力衰，也不是阁下的对手了。"说着挺剑缓缓刺出。石破天举刀一格，突觉刀锋所触，有如凭虚，刀上的劲力竟是消失得无影无踪，不禁叫道："咦，奇怪！"

原来天虚知他内力厉害，这一剑使的是个"卸"字诀，却已震得右臂酸麻，胸口隐隐生疼。他暗吃一惊，生怕已受内伤，待第二剑刺出，石破天又举单刀挡架时，便不敢再卸他内劲，立时斜剑击刺。

天虚虽已年逾六旬，身手之矫捷却不减少年，出招更是稳健狠辣。石破天却仍是不与他拆招，对他剑招视而不见，便如是闭上了眼睛自己练刀，不管对方剑招是虚中套实也好，实中带虚也好，刺向胸口也罢，削来肩头也罢，自己只管"梅雪逢夏"、"鲍鱼之肆"、"汉将当关"、"千钧压驼"。这场比试，的的确确是文不对题，天虚所出的题目再难，石破天也只是自己练自己的。两人这一搭上手，顷刻间也斗了二十余招，刀风剑气不住向外伸展，旁观众人所围的圈子也是愈来愈大。灵虚等二人本来监视着石清夫妇，防他们出手相助石破天，但见天虚和石破天斗得激烈，四只眼睛不由自主的都转到相斗的二人身上。

石破天惧怕之心既去，金乌刀法渐渐使得似模似样，显得招数实也颇为精妙，内力更随之增长。天虚初时尽还抵敌得住，但每拆一招，对方的劲力便强了一分，真似无穷无尽、永无枯竭一般。他只觉双腿渐酸，手臂渐痛，多拆一招，便多一分艰难。

这时石清夫妇都已瞧出再斗下去，天虚必吃大亏，但若出声喝止儿子，摆明了要他全然相让，实是大削天虚的脸面，真不知如何才好，不由得甚是焦急。

石破天斗得兴起，刀刀进逼，蓦地里只见天虚右膝一软，险些跪倒，强自撑住，脸色却已大变。石破天心念一动，记起阿绣在紫烟岛上说过的话来："你和人家动手之时，要处处手下留情，记着得饶人处且饶人，那就是了。"一想到她那款款叮嘱的言语，眼前便出现她温雅腼腆的容颜，立时横刀推出。

天虚见他这一刀推来，劲风逼得自己呼吸维艰，急忙退了两步，这两步脚下蹒跚，身子摇晃，暗暗叫苦："他再逼前两步，我要再退也没力气了。"却见他向左虚掠一刀，拖过刀来，又向右空刺，然后回刀在自己脸前砍落，只激得地下尘土飞扬。

天虚气喘吁吁，正惊异间，只见他单刀回收，退后两步，竖刀而立，又听他说道："阁下剑法精妙，在下佩服得紧，今日难分胜败，就此罢手，大家交个朋友如何？"天虚几乎不相信自己的耳朵，怔怔而立，说不出话来。

石清微微一笑，如释重负。闵柔更是乐得眉花眼笑。他夫妇见儿子武功高强，那倒还罢了，最欢喜的是他在胜定之后反能退让，正合他夫妇处处为人留有余地的性情。闵柔笑喝："傻孩子瞎说八道，什么'阁下'、'在下'的，怎不称师伯、小侄？"这一句笑喝，其辞若有憾焉，其实乃深喜之，慈母情怀，欣慰不可言喻。

天虚吁了口气，摇摇头，叹道："长江后浪推前浪，我们老了，不中用啦。"

闵柔笑道："孩子，你得罪了师伯，快上前谢过。"石破天应道："是！"抛下单刀，解开绑住左臂的腰带，恭恭敬敬的上前躬身行礼。闵柔甚是得意，柔声道："掌门师哥，这是你师弟、师妹的顽皮孩子，从小少了家教，得罪莫怪。"

天虚微微一惊，说道："原来是令郎，怪不得，怪不得！师弟先前说令郎为人掳去，原来那是假的。"石清道："小弟岂敢欺骗师兄？小儿原是为人掳去，不知如何脱险，匆忙间还没问过他呢。"天虚点头道："这就是了，以他本事，脱身原亦不难。只是贤郎的武功既非师弟、师妹亲传，刀法中也没多少雪山派的招数，内力却又如此强劲，实令人莫测高深。最后这一招，更是少见。"

石破天道:"是啊,这招是阿绣教我的,她说人家打不过你,你要处处手下留情,得饶人处且饶人,这一招叫'旁敲侧击',既让了对方,又不致为对方所伤。"他毫无机心,滔滔说来。天虚脸上登时红一阵,白一阵,羞愧得无地自容。

石清喝道:"住嘴,瞎说什么?"石破天道:"是,我不说啦。要是我早想到将这两只掌心有毒的手绑了起来,只用单刀和人动手,也不会……也不会……"说到这里,心想若是自承打死了照虚、通虚,定要大起纠纷,当即住口。

但天虚等都已心中一凛,纷纷喝问:"你手掌上有毒?""这两位道长是你害死的?""那两块铜牌是不是你偷去的?"群道手中长剑本已入鞘,当下刷刷声响,又都拔将出来。

石破天叹了口气,道:"我本来不想害死他们,不料我手掌只是这么一扬,他们就倒在地上不动了。"

冲虚怒极,向着石清大声道:"石师弟,这事怎么办,你拿一句话来罢!"

石清心中乱极,一转头,但见妻子泪眼盈盈,神情惶恐,当下硬着心肠说道:"师门义气为重。这小畜生到处闯祸,我夫妇也回护他不得,但凭掌门师哥处治便是。"

冲虚道:"很好!"长剑一挺,便欲上前夹攻。

闵柔道:"且慢!"冲虚冷眼相睨,说道:"师妹更有什么话说?"闵柔颤声道:"照虚、通虚两位师哥此刻未死,说不定……说不定……也……尚可有救。"冲虚仰天嘿嘿一声冷笑,说道:"两个师弟中了这等剧毒,哪里还有生望?师妹这句话,可不是消遣人么?"

闵柔也知无望,向石破天道:"孩儿,你手掌上到底是什么毒药?可有解药没有?"一面问,一面走到他身边,道:"我瞧瞧你衣袋中可有解药。"假装伸手去搜他衣袋,却在他耳边低声道:

"快逃,快逃!爹爹、妈妈可救你不得!"

石破天大吃一惊,叫道:"爹爹,妈妈?谁是爹爹、妈妈?"适才天虚满口"令郎"什么,"贤郎"如何,石破天却不知道"令郎、贤郎"就是"儿子",石清夫妇称他为"孩儿",他也只道是对少年人的通称,万万料不到他夫妇竟是将自己错认为他们的儿子。

便在这时,只觉背心上微有所感,却是石清将剑尖抵住了他后心,说道:"师妹,咱们不能为这畜生坏了师门义气。他不能逃!"语音中充满了苦涩之意。

闵柔颤声道:"孩儿,这两位师伯中了剧毒,你当真……当真无药可救么?"

灵虚站在她身旁,见她神情大变,心想女娘们什么事都做得出,既怕她动手阻挡,更怕她横剑自尽,伸五指搭上她的手腕,便将她手中长剑夺了下来。这时闵柔全副心神都贯注在石破天身上,于身周事物全不理会,灵虚道人轻轻易易的便将她长剑夺过。

石破天见他欺侮闵柔,叫道:"你干什么?"右手探出,要去夺还闵柔的长剑。灵虚挥剑横削,剑锋将及他的手掌,石破天手掌一沉,反手勾他手腕,那是丁珰所教十八路擒拿手的一招"九连环",式中套式,共有九变。这招擒拿手虽然精妙,但怎奈何得了灵虚这样的上清观高手。他喝一声:"好!"回剑以挡,突然间身子摇晃,咕咚摔倒。原来石破天掌上剧毒已因使用擒拿手而散发出来,灵虚喝了一声"好",随着自然要吸一口气,当即中毒。

群道大骇之下,不由自主的都退了几步。人人脸色大变,如见鬼魅。

石破天知道这个祸闯得更加大了,眼见群道虽然退开,各人仍是手持长剑,四周团团围住,若要冲出,非多伤人命不可,瞥眼只见灵虚双手抱住小腹,不住揉擦,显是肚痛难当。上清观群道内力修为深厚,不似铁叉会会众那么一遇他掌上剧毒便即毙命,尚有几个时辰好挨。石破天猛地想起张三、李四两个义兄在地下大厅中毒之后,也是这般剧烈肚痛的情状,后来张三教他救治的方法,将二人身上的剧毒解了,当即将灵虚扶起坐好。

四周群道剑光闪闪,作势要往他身上刺去。他急于救人,一时也无暇理会,左手按住灵虚后心灵台穴,右手按住他胸口膻中穴,依照张三所授的法门,左手送气,右手吸气。果然不到一盏茶时分,灵虚便长长吁了口气,骂道:"他妈的,你这贼小子!"

众人一听之下,登时欢声雷动。灵虚破口大骂,未免和他玄门清修的出家人风度不符,但只这一句话,人人都知他的性命是捡回来了。

闵柔喜极流泪,道:"孩子,照虚、通虚两位师伯中毒在先,快替他们救治。"

早有两名道人将气息奄奄的照虚、通虚抱了过来,放在石破天身前。他依法施为。这两道中毒时刻较长,每个人都花了一炷香功夫,体内毒性方得吸出。照虚醒转后大骂:"你奶奶个雄!"通虚则骂:"狗娘养的王八蛋,胆敢使毒害你道爷。"

石清夫妇喜之不尽,这三个师兄的骂人言语虽然都牵累到自己,却也不以为意,只是暗暗好笑:"三位师哥枉自修为多年,平时一脸正气,似是有道高士,情急之时,出言却也这般粗俗。"

闵柔又道:"孩子,照虚师伯的铜牌倘若是你取的,你还了师伯,娘不要啦!"

石破天心下骇然,道:"娘?娘?"取出怀中铜牌,茫然交还给照虚,自言自语的道:"你……你是我娘?"

天虚道人叹了口气,向石清、闵柔道:"师弟、师妹,就此别过。"他知道此后更无相见之日,连"后会有期"也不说,率领群道,告辞而去。

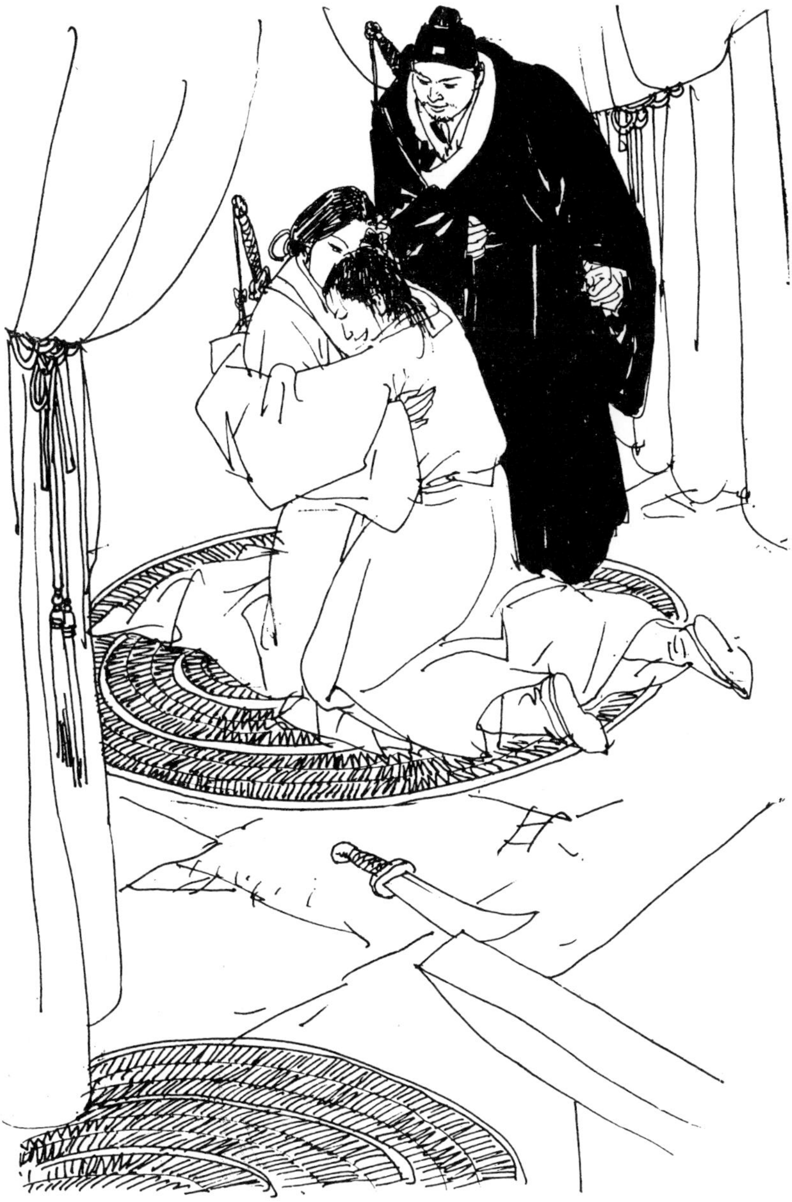

石破天激动之下，扑上前去搂住了她的双臂，叫道："妈妈！妈妈！你真是我的妈妈。"闵柔回手也抱住了他，叫道："我的苦命孩儿！"

十三

舐犊之情

石破天一直怔怔的瞧着闵柔,满腹都是疑团。闵柔双目含泪,微笑道:"傻孩子,你……你不认得爹爹、妈妈了吗?"张开双臂,一把将他搂在怀里。石破天自识人事以来,从未有人如此怜惜过他,心中也是激情充溢,不知说什么好,隔了半晌,才道:"他……石庄主是我爹爹吗?我可不知道。不过……不过……你不是我妈妈,我正在找我妈妈。"

闵柔听他不认自己,心头一酸,险些又要掉下泪来,说道:"可怜的孩子,这也难怪得你……隔了这许多年,你连爹爹、妈妈也不认得了。你离开玄素庄时,头顶只到妈心口,现今可长得比你爹爹还高了。你相貌模样,果然也变了不少。那晚在土地庙中,若不是你爹娘先已得知你给白万剑擒了去,乍见之下,说什么也不会认得你。"

石破天愈听愈奇,但自己的母亲脸孔黄肿,又比闵柔矮小得多,怎么会认错?嗫嚅道:"石夫人,你认错了人,我……我……我不是你们的儿子!"

闵柔转头向着石清,忍不住泪水夺眶而出,颤声道:"师哥,你瞧这孩子……"

石清一听石破天不认父母,便自盘算:"这孩子甚工心计,他不认父母，定有深意。莫非他在凌霄城中闯下了大祸，在长乐帮中为非作歹，声名狼藉，没面目和父母相认？还是怕我们责罚？怕牵累了父母？"便问："那么你是不是长乐帮的石帮主？"

石破天道："大家都说我是石帮主，其实我不是的，大家可都把我认错了。"石清道："那你叫什么名字？"石破天脸色迷惘，道："我不知道。我娘便叫我'狗杂种'。"

石清夫妇对望一眼，见石破天说得诚挚，实不似是故意欺瞒。石清向妻子使个眼色，两人走出了十余步。石清低声道："这孩子到底是不是玉儿？咱们只打听到玉儿做了长乐帮帮主，但一帮之主，哪能如此痴痴呆呆？"闵柔哽咽道："玉儿离开爹娘身边，已有十多年，孩子年纪一大，身材相貌千变万化，可是……可是……我认定他是我的儿子。"石清沉吟道："你心中毫无怀疑？"闵柔道："怀疑是有的，但不知怎么，我相信他……他是我们的孩儿。什么道理，我却说不上来。"

石清突然想到一事，说道："啊，有了，师妹，当日那小贱人动手害你那天……"

这是他夫妇俩的毕生恨事，两人时刻不忘，却是谁也不愿提到，石清只说了个头，便不再往下说。闵柔立时醒悟，道："不错，我跟他说去。"走到一块大石之旁，坐了下来，向石破天招招手，道："孩子，你过来，我有话说。"

石破天走到她的跟前，闵柔手指大石，要他坐在身侧，说道："孩子，那年你刚满周岁不久，有个女贼来害你妈妈。你爹爹不在家，你妈刚生你弟弟还没满月，没力气跟那女贼对打。那女贼恶得很，不但要杀你妈妈，还要杀你，杀你弟弟。"

石破天惊道："杀死了我没有？"随即失笑，说道："我真胡涂，当然没杀死我了。"

闵柔却没笑，继续道："妈妈左手抱着你，右手使剑拼命支持。那女贼武功很是了得,正在危急的关头,你爹爹恰好赶回来了。那女贼发出三枚金钱镖,两枚给妈砸飞了,第三枚却打在你的小屁股上,妈妈又急又疲,晕了过去。那女贼见到你爹爹,也就逃走,不料她心也真狠,逃走之时却顺手将你弟弟抱了去。你爹爹忙着救我,又怕她暗中伏下帮手,乘机害我,不敢远追,再想那女贼……那女贼也不会真的害他儿子,不过将婴儿抱去,吓他一吓。哪知道到得第三天上,那女贼竟将你弟弟的尸首送了回来,心窝中插了两柄短剑。一柄是黑剑,一柄白剑,剑上还刻着你爹爹、妈妈的名字……"说到此处,已是泪如雨下。

石破天听得也是义愤填膺,怒道:"这女贼当真可恶,小小孩子懂得什么,却也下毒手将他害死。否则我有一个弟弟,岂不是好?石夫人,这件事我妈从来没跟我说过。"

闵柔垂泪道:"孩子,难道你真将你亲生的娘忘记了?我……我就是你娘啊。"

石破天凝视她的脸,缓缓摇头,说道:"不是的。你认错了人。"

闵柔道:"那日这女贼用金钱镖在你左股上打了一镖,你年纪虽然长大,这镖痕决不会褪去,你解下小衣来瞧瞧罢。"

石破天道:"我……我……"想起自己肩头有丁珰所咬的牙印,腿上有雪山派"廖师叔"所刺的六朵雪花剑印,都是自己早已忘得干干净净了的,一旦解衣检视,却清清楚楚的留在肌肤之上,此中情由,实是百思不得其解。石夫人说自己屁股上有金钱镖的伤痕,只怕真的有这镖印也未可知。他伸手隔衣摸自己左臀,似乎摸不到什么伤痕,只是有过两次先例在,不免大有惊弓之意,脸上神色不定。

闵柔微笑道:"我是你亲生的娘,不知给你换过多少屎布尿片,还怕什么丑?好罢,你给你爹爹瞧瞧。"说着转过身子,走开几步。石清道:"孩子,你解下裤子来自己瞧瞧。"

石破天伸手又隔衣摸了一下,觉得确是没有伤疤,这才解开裤带,褪下裤子,回头瞧了一下,只见左臀之上果有一条七八分的伤痕。只是淡淡的极不明显。一时之间,他心中惊骇无限,只觉天地都在旋转,似乎自己突然变成了另一个人,可是自己却又一点也不知道,极度害怕之际,忍不住放声大哭。

闵柔急忙转身。石清向她点了点头,意思说:"他确是玉儿。"

闵柔又是欢喜,又是难过,抢到他的身边,将他搂在怀里,流泪道:"玉儿,玉儿,不用害怕,便有天大的事,也有爹爹妈妈给你作主。"

石破天哭道:"从前的事,我什么都记不起来了。我不知道你是我妈妈,不知道他是我爹爹,不知道我屁股上有这么一条伤疤。我不知道,什么都不知道……"

石清道:"你这深厚的内力,是哪里学来的?"石破天摇头道:"我不知道。"石清又问:"你这毒掌功夫,是这几天中学到的,又是谁教你的?"石破天骇道:"没人教我……我怎么啦?什么都胡涂了。难道我真的便是石破天?石帮主?石……石……我姓石,是你们的儿子?"他吓得脸无人色,双手抓着裤头,只是防裤子掉下去,却忘了系上裤带。

石清夫妇眼见他吓成这个模样,闵柔自是充满了怜惜之情,不住轻抚他的头顶,柔声道:"玉儿,别怕,别怕!"石清也将这几年的恼恨之心抛在一边,寻思:"我曾见有人脑袋上受了重击,或是身染大病之后,将前事忘得干干净净,听说叫做什么'离魂症',极难治愈复原。难道……难道玉儿也是患了这项病症?"他心中的盘算一时不敢对妻子提起,不料闵柔却也是在这般思量。夫妻俩你瞧着我,我瞧着你,不约而同的冲口而出:"离魂症!"

石清知道患上了这种病症之人,若加催逼,反致加深他的疾患,只有引逗诱导,慢慢助他回复记心,当下和颜悦色的道:"今日咱们骨肉重逢,实是不胜之喜,孩子,你肚子想必饿了,咱们到前面去买些酒饭吃。"

石破天却仍是魂不守舍,问道:"我……我到底是谁?"

闵柔伸手去替他将裤腰折好,系上了裤带,柔声道:"孩儿,你有没重重摔过一交,撞痛了脑袋?有没和人动手,头上给人打伤了?"石破天摇头道:"没有,没有!"闵柔又问:"那么这些年中,有没生过重病?发过高烧?"

石破天道:"有啊!早几个月前,我全身发烧,好似在一口大火炉中烧炙一般,后来又全身发冷,那天……那天,在荒山中晕了过去,从此就什么都不知道了。"

石清和闵柔探明了他的病源,心头一喜,同时舒了口气。闵柔缓缓的道:"孩儿,你不用害怕,你发烧发得厉害,把从前的事都忘记啦,慢慢的就会记起来。"

石破天将信将疑,问道:"那么你真是我娘,石……石庄主是我爹爹?"闵柔道:"是啊,孩儿,你爹爹和我到处找你,天可怜见,让我们一家三口,骨肉团圆。你……你怎不叫爹爹?"石破天深信闵柔决不会骗他,自己本来又无父亲,略一迟疑,便向石清叫道:"爹爹!"石清微笑答应,道:"你叫妈妈。"

要他叫闵柔作娘,那可难得多了,他记得清清楚楚,自己的妈妈相貌和闵柔完全不同,数年前妈妈一去不返之时,她头发已经灰白,绝非闵柔这般一头乌丝,他妈妈性情暴戾,动不动张口便骂,伸手便打,哪有闵柔这么温文慈祥?但见闵柔满脸企盼之色,等了一会,不听他叫出声来,眼眶已自红了,不由得心中不忍,低声叫道:"妈妈!"

闵柔大喜,伸臂将他搂在怀里,叫道:"好孩儿,乖儿子!"珠泪滚滚而下。

石清的眼睛也有些湿润，心想：凭这孩子在凌霄城和长乐帮中的作为，实是死有余辜，怎说得上是"好孩儿，乖儿子"？只是念着他身上有病，一时也不便发作，又想"浪子回头金不换"，日后好好教训，说不定有悔改之机，又想从小便让他远离父母，自己有疏教诲，未始不是没有过失，只是玄素双剑一世英名，却生下这样的儿子来贻羞江湖。霎时间思如潮涌，又是欢喜，又是懊恨。

闵柔见到丈夫脸色，便明白他的心事，生怕他追问儿子的过失，说道："清哥，玉儿，我饿得很，咱们快些去找些东西来吃。"一声呼哨，黑白双驹奔了过来。闵柔微笑道："孩儿，你跟妈一起骑这白马。"石清见妻子十余年来极少有今日这般欢喜，微微一笑，纵身上了黑马。石破天和闵柔共乘白马，沿大路向前驰去。

石破天满腹疑团："她真是我妈妈？那么从小养大我的妈妈，难道不是我妈妈？"

三人二骑，行了数里，见道旁有所小庙。闵柔道："咱们到庙里去拜拜菩萨。"下马走进庙门。石清和石破天也跟着进庙。石清素知妻子向来不信神佛，却见她走进佛殿，在一尊如来佛像之前不住磕头。他回头向石破天瞧了一眼，心中突然涌起感激之情："这孩儿虽然不肖，胡作非为，其实我爱他胜过自己性命。若有人要伤害于他，我宁可性命不在，也要护他周全。今日咱们父子团聚，老天菩萨，待我石清实是恩重。"双膝一曲，也磕下头去。

石破天站在一旁，只听得闵柔低声祝告："如来佛保佑，但愿我儿疾病早愈。他小时无知，干下的罪孽，都由为娘的一身抵挡，一切责罚，都由为娘的来承受。千刀万剐，甘受不辞，只求我儿今后重新做人，一生无灾无难，平安喜乐。"

闵柔的祝祷声音极低，只是口唇微动，但石破天内力既强，目明耳聪，自然而然的大胜常人，闵柔这些祝告之辞，每一个字都听入了耳里，胸中登时热血上涌，心想："她若不是亲生我的妈妈，怎会对我如此好法？我一直不肯叫她'妈妈'，当真是胡涂透顶了。"激动之下，扑上前去搂住了她的双臂，叫道："妈妈！妈妈！你真是我的妈妈。"

他先前的称呼出于勉强，闵柔如何听不出来？这时才听到他出自内心的叫唤，回手也抱住了他，叫道："我的苦命孩儿！"

石破天想起在荒山中和自己共处十多年的那个妈妈，虽然待自己不好，但母子俩相依为命了这许多年，总是割舍不下，忍不住又问："那么我从前那个妈妈呢？难道……难道她是骗我的么？"闵柔轻抚他的头发，道："从前那个妈妈怎样的，你说给娘听。"石破天道："她……她头发有些白了，比你矮了半个头。她不会武功，常常自己生气，有时候向我干瞪眼，常常打我骂我。"闵柔道："她说是你妈妈，也叫你'孩儿'？"石破天道："不，她叫我'狗杂种'！"

石清和闵柔心中都是一动："这女人叫玉儿'狗杂种'，自是心中恨极了咱夫妇，莫非……莫非是那个女人？"闵柔忙道："那女子瓜子脸儿，皮肤很白，相貌很美，笑起来脸上有个酒窝儿，是不是？"石破天摇摇头道："不是！我那个妈妈脸蛋胖胖的，有些黄，有些黑，整天板起了脸，很少笑的。酒窝儿是什么？"

闵柔吁了口气，说道："原来不是她。孩儿，那晚在土地庙中，妈的剑尖不小心刺中了你，伤得怎样？"石破天道："伤势很轻，过了几天就好了。"闵柔又问："你又怎样逃脱白万剑的手掌？咱们孩儿当真了不起，连'气寒西北'也拿他不住。"最后这两句话是向石清说的，言下颇为得意。石清和白万剑在土地庙中酣斗千余招，对他剑法之精，心下好生钦佩，听妻子这么说，内心也自赞同，只道："别太夸奖孩子，小心宠坏了他。"

石破天道："不是我自己逃走的，是丁不三爷爷和叮叮当当救我的。"石清夫妇听到丁不三名字，都是一凛，忙问究竟。这件事说来话长，石破天当下源源本本将丁不三和丁珰怎么相救，丁不三怎么要杀他，丁珰又怎么教他擒拿手、怎么将他抛出船去等情说了。

闵柔反问前事，石破天只得又述说如何和丁珰拜天地，如何在长乐帮总舵中为白万剑所擒，回过来再说怎么在长江中遇到史婆婆和阿绣，怎么和丁不四比武，史婆婆怎么在紫烟岛上收他为金乌派的大弟子，怎么见到飞鱼帮的死尸船，怎么和张三李四结拜，直说到大闹铁叉会、误入上清观为止。他当时遇到这些江湖奇士之时，一直便迷迷糊糊，不明其中原因，此时说来，自不免颠三倒四，但石清、闵柔逐项盘问，终于明白了十之八九。夫妇俩越来越是讶异，心头也是越来越是沉重。

石清问到他怎会来到长乐帮。石破天便述说如何在摩天崖上练捉麻雀的功夫，又回述当年如何在烧饼铺外蒙闵柔赠银，如何见到谢烟客抢他夫妇的黑白双剑，如何被谢烟客带上高山。夫妇俩万万料想不到，当年侯监集上所见那个污秽小丐竟然便是自己儿子，闵柔回想当年这小丐的沦落之状，又是一阵心酸。

石清寻思："按时日推算，咱们在侯监集相遇之时，正是这孩子从凌霄城中逃出不久。耿万钟他们怎会不认得？"想到此处，细细又看石中玉的面貌，当年侯监集上所见小丐形貌如何，记忆中已是甚为模糊，只记得他其时衣衫褴褛，满脸泥污，又想："他自凌霄城中逃出来之后，一路乞食，面目污秽，说不定又故意涂上些泥污，以致耿万钟他们对面不识。我夫妇和他分别多年，小孩儿变得好快，自是更加认不出了。"问道："那日在烧饼铺外你见到耿万锺师叔他们，心里怕不怕？"

闵柔本不愿丈夫即提雪山派之事，但既已提到，也已阻止不来，只是秀眉微蹙，生恐石清严辞盘诘爱儿，却听石破天道："耿万锺？他们当真是我师叔么？那时我不知他们要捉我，我自然不怕。"石清道："那时你不知他们要捉你？你……你不知耿万锺是你师叔？"石破天摇头道："不知！"

闵柔见丈夫脸上掠过一层暗云，知他甚为恼怒，只是强自克制，便道："孩儿，人孰无过？知过能改，善莫大焉。从前的事既已做下来，只有设法补过，爹爹妈妈爱你胜于性命，你不须隐瞒，将各种情由都对爹妈说好了。封师父待你怎样？"石破天问道："封师父，哪个封师父？"他记得在那土地庙中曾听父母和白万剑提过封万里的名字，便道："是风火神龙封万里么？我听你们说起过，但我没见过他。"石清夫妇对瞧了一眼，石清又问："白爷爷呢？他老人家脾气非常暴躁，是不是？"石破天摇头道："我不识得什么白爷爷，从来没见过。"石清、闵柔跟着问起凌霄城雪山派中的事物，石破天竟是全然不知。

闵柔道："师哥，这病是从那时起的。"石清点了点头，默不作声。二人已了然于胸："他从凌霄城中逃出来，若不是在雪山下撞伤了头脑，便是害怕过度，吓得将旧事忘了个干干净净。他说在摩天崖和长乐帮中发冷发热，真正的病根却在几年前便种下了。"

闵柔再问他年幼时的事情，石破天说来说去，只是在荒山如何打猎捕雀，如何带了阿黄漫游，再也问不出什么所以然来，似乎从他出生到十几岁之间，便只一片空白。

石清道："玉儿，有一件事很是要紧，和你生死有重大干系。雪山派的武功，你到底学了多少？"石破天一呆，说道："我便是在土地庙中，见到他们练剑，心中记了一些。他们很生气么？是不是因此要杀我？爹爹，那个白师傅硬说我是雪山派弟子，不知是什么道理。但我腿上却当真又有雪山剑法留下疤痕，唉！"

石清向妻子道："师妹，我再试试他的剑法。"拔出长剑，道："你用学到的雪山剑法和爹爹过招，不可隐瞒。"

闵柔将自己长剑交在石破天手中，向他微微一笑，意示激励。石清缓缓挺剑刺去，石破天举剑一挡，使的是雪山剑法中一招"朔风忽起"，剑招似是而非，破绽百出。

石清眉头微皱，不与他长剑相交，随即变招，说道："你只管还招好了！"石破天道："是！"斜劈一剑，却是以剑作刀，更似金乌刀法，显然不是剑法。石清长剑疾刺，渐渐紧迫，心想："这孩子再机灵，也休想在武功上瞒得过我，一个人面临生死关头之际，决不能以剑法作伪。"当下每一招都刺向他的要害。石破天心下微慌，自然而然的又和冲虚、天虚相斗时那般，以剑作刀，自管自的使动金乌刀法。石清出剑如风，越使越快。

石破天知道这是跟爹爹试招，使动金乌刀法时剑上全无内力狠劲，单有招数，自是威力全失。倘若石清的对手不是自己儿子，真要制他死命，在第十一招时已可一剑贯胸而入，到第二十三招时更可横剑将他脑袋削去半边。在第二十八招上，石破天更是门户洞开，前胸、小腹、左肩、右腿，四处同时露出破绽。石清向妻子望了一眼，摇了摇头，长剑中宫直进，指向石破天小腹。

石破天手忙脚乱之下，挥刀乱挡。当的一声响，石清手中长剑立时震飞，胸口塞闷，气也透不过来，登时向后连退四五步，险些站立不定。石破天惊呼："爹爹！你……你怎么？"抛下长剑，抢上前去搀扶。石清脑中一阵晕眩，急忙闭气，挥手命他不可走近。原来石破天和人动手过招，体内剧毒自然而然受内力之逼而散发出来。幸好石清事前得知内情，凝气不吸，才未中毒昏倒，但受到毒气侵袭，也已头昏脑胀。

闵柔关心丈夫，忙上前扶住，转头向石破天道："爹爹试你武功，怎地出手如此没轻没重？"石破天甚是惶恐，道："爹爹，是……是我不好！你……你没受伤么？"

石清见他关切之情甚是真切，大是喜慰，微微一笑，调匀了一下气息，道："没什么。师妹，你不须怪玉儿，他确是没学到雪山派的剑法，倘若他真的能发能收，自然不会对我无礼。这孩子内力真强，武林中能及上他的可还没几个。"

闵柔知道丈夫素来对一般武学之士少所许可，听得他如此称赞爱儿，不由得满脸春风，道："但他武功太也生疏，便请做爹爹的调教一番。"石清笑道："你在那土地庙中早就教过他了，看来教诲顽皮儿子，严父不如慈母。"闵柔嫣然一笑，道："爷儿两个想都饿啦，咱们吃饭去罢。"

三人到了一处镇甸吃饭。闵柔欢喜之余，竟破例多吃了一碗。

饭后来到荒僻的山坳之中。石清便将剑法的精义所在说给儿子听。石破天数月来亲炙高手，于武学之道已领悟了不少，此刻经石清这大行家一加指点，登时豁然贯通。史婆婆虽收他为徒，但相处时日无多，教得七十三招金乌刀法后便即分手，没来得及如石清这般详加指点。何况史婆婆似乎只是志在克制雪山派剑法，别无所求，教刀之时，说来说去，总是不离如何打败雪山剑法。并不似石清那样，所教的是兵刃拳脚中的武学道理。

石清夫妇轮流和他过招，见到他招数中的破绽之处，随时指点，比之当日闵柔在土地庙中默不作声的教招，自是简明快捷得多。石破天遇有疑难，立即询问。石清夫妇听他所问，竟连武学中最粗浅的道理也全然不懂，细加解释之后，于雪山派如此小气藏私，亏待爱儿，均是忍不住十分恼怒。

石破天内力悠长，自午迄晚，专心致志的学剑，竟丝毫不见疲累，练了半天，面不红，气不喘。石清夫妇轮流给他喂招，各人反而都累出了一身大汗。如此教了七八日，石破天进步神速，对父母所授上清观一派的剑法，已领会得着实不少。

这六七天中，石清夫妇每当饮食或是休息之际，总是引逗他述说往事，盼能助他恢复记忆。但石破天只对在长乐帮总舵大病醒转之后的事迹记得清清楚楚，虽是小事细节，亦能叙述明白，一说到幼时在玄素庄的往事，在凌霄城中学艺的经过，便瞠目不知所对。

这日午后，三人吃过饭后，又来到每日练剑的柳树之下，坐着闲谈。闵柔拾起一根小树枝，在地下写了"黑白分明"四字，问道："玉儿，你记得这四个字么？"

石破天摇头道："我不识字。"石清夫妇都是一惊，当这孩子离家之时，闵柔已教他识字逾千，《三字经》、唐诗等都已朗朗上口。怎会此刻说出"我不识字"这句话来？

那"黑白分明"四字，写于玄素庄大厅正中的大匾之上，出于一位武林名宿之手，既合黑白双剑的身份，又誉他夫妇主持公道、伸张正义。当年石破天四岁之时，闵柔将他抱在怀里，指点大匾，教了他这四个字，石破天当时便认得了，石清夫妻俩都赞他聪明。此刻她写此四字，盼他能由此而记起往事，哪知他竟连四岁时便已识得的字也都忘了，当下又用树枝在地下划了个"一"字，笑问："这个字你还记得么？"石破天道："我什么字都不识，没人教过我。"闵柔心下凄楚，泪水已在眼眶中滚来滚去。

石清道："玉儿，你到那边歇歇去。"石破天答应了，却提起长剑，自去练习剑招。

石清劝妻子道："师妹，玉儿染疾不轻，非朝夕之间所能痊可。"他顿了一顿，又道："再说，就算他把前事全忘了，也未始不是美事。这孩子从前轻浮跳脱，此刻虽然有点……有点神不守舍，却是稳重厚实得多。他是大大的长进了。"

闵柔一想丈夫之言不错，登时转悲为喜，心想："不识字有什么打紧？最多我再从头教起，也就是了。"想起当年调儿教字之乐，不由得心下柔情荡漾，虽然此刻孩儿已然长大，但在她心中，儿子还是一般的天真幼稚，越是胡涂不懂事，反而更加可喜可爱。

石清忽道："有一件事我好生不解，这孩子的离魂病，显是在离开凌霄城之时就得下了的，后来一场热病，只不过令他疾患加深而已。可是……可是……"

闵柔听丈夫言语之中似含深忧,不禁担心,问道:"你想到了什么?"

石清道:"玉儿论文才是一字不识,论武功也是毫不高明,徒然内力深厚而已,说到阅历资望、计谋手腕,更是不足一哂。长乐帮是近年来江湖上崛起的一个大帮,八九年间闯下了好大的万儿,怎能……"闵柔点头道:"是啊,怎能奉他这样一个孩子做帮主?"

石清沉吟道:"那日咱们在徐州听鲁东三雄说起,长乐帮始创帮主名叫司徒横,也不是怎么了不起的脚色,倒是做他副手的那'着手成春'贝海石甚是了得。不知怎样,帮主换作了一个少年石破天。鲁东三雄说道长乐帮这少年帮主贪花好色,行事诡诈,武功颇为高强。本来谁也不知他的来历,后来却给雪山派的女弟子花万紫认了出来,竟然是该派的弃徒石中玉,说雪山派正在上门去和他理论。此刻看来,什么'行事诡诈、武功高强',这八个字评语,实在安不到他身上呢。"

闵柔双眉紧锁,道:"当时咱们想玉儿年纪虽轻,心计却是厉害,倘若武功真强,做个什么帮主也非奇事,是以当时毫不怀疑,只是计议如何相救,免遭雪山派的毒手。可是他这个模样……"凝思片刻,突然提高嗓子说道:"师哥,其中定有重大阴谋。你想'着手成春'贝大夫是何等精明能干的脚色……"说到这里,心中害怕起来,话声也颤抖了。

石清双手负在背后,在柳树下踱步转圈,嘴里不住叨念:"叫他做帮主,为了什么?为了什么?"他转到第五个圈子时,心下已自雪亮,种种情事,全合符节,只是这件事实在太过可怕,却不敢说出口来。他转到第七个圈子上,向闵柔瞥了一眼,只见她目光也正向自己射来。两人四目交投,目光中都露出惊怖之极的神色。夫妇俩怔怔的对望片刻,突然同声说道:"赏善罚恶!"

两人这四字说得甚响，石破天在远处也听到了，走近身来，问道："爹，妈，那'赏善罚恶'到底是什么名堂？我听铁叉会的人提到过，上清观的道长们也说起过几次。"

石清不即答他的问话，反问道："张三、李四二人和你结拜之时，知不知道你是长乐帮的帮主？"石破天道："他们没提，多半不知。"石清又道："他们和你赌喝毒酒之时，情状如何？你再详细说给我听。"石破天奇道："那是毒酒么？怎么我却没中毒？"当下将如何遇见张三、李四，如何吃肉喝酒等情，从头详述了一遍。

石清待他说完后，沉吟半晌，才道："玉儿，有一件事须得跟你说明白，好在此刻尚可挽回，你也不用惊慌。"顿了一顿，续道："三十年之前，武林中许多大门派、大帮会的首脑，忽然先后接到请柬，邀他们于十二月初八那日，到南海的侠客岛去喝腊八粥。"

石破天点头道："是了，大家一听得'到侠客岛去喝腊八粥'就非常害怕，不知是什么道理？腊八粥有毒么？"

石清道："那就谁也不知了。这些大门派、大帮会的首脑接到铜牌请柬……"石破天插嘴问道："铜牌请柬？就是那两块铜牌么？"石清道："不错，就是你曾从照虚师伯身上拿来的那两块铜牌。一块牌上刻着一张笑脸，那是'赏善'之意；另一块牌上有发怒的面容，那是'罚恶'。投送铜牌的是一胖一瘦两个少年。"

石破天道："少年？"他已猜到那是张三、李四，但说少年，却又不是。

石清道："那是三十年前的事了，他二人那时尚是少年。各门派帮会的首脑接到铜牌请柬，便问请客的主人是谁，那两个使者说道嘉宾到得侠客岛上，自然知晓；又道，倘若接到请柬之人依约前往，自是无事，否则他这一门派或是帮会不免大祸临头，当时便问：'到底去是不去？'最先接到铜牌请柬的，是川西青城派掌门人旭山道长。他长笑之下，将两块铜牌抓在手中，运用内力，将两块铜牌镕成了两团废铜。这原是震烁当时的独步内功，原盼这两个狂妄少年知难而退。岂知他刚捏毁铜牌，这两个少年突然四掌齐出，击在他前胸，登时将这位川西武林的领袖生生击死！"

石破天"啊"的一声，说道："下手如此狠毒！"

石清道："青城派群道自然群起而攻，当时这两少年的武功，还未到后来这般登峰造极的地步，当下抢过两柄长剑，杀了三名道人，便即逃走。青城派是何等声势，旭山道长又是何等名望，竟给两个无名少年上门杀死，全身而退，这件事半月之内便已轰传武林。二十天后，渝州西蜀镖局的刁老镖头正在大张筵席，庆祝六十大寿，到贺的宾客甚众，这两个少年不速而至，递上铜牌。一众贺客本就正在谈论此事，一见之下，动了公愤，大家上前围攻，不料竟给这两个少年从容逸去。三天之后，西蜀镖局自刁老镖头以下，镖师、趟子手，三十余人个个死于非命，只余下老弱妇孺不杀。镖局大门上，赫然便钉着两块铜牌。"

石破天叹口气，道："我最先看到两块铜牌，是在飞鱼帮死尸船的舱门上，想不到……想不到这竟是阎罗王送来的请客帖子。"

石清道："这件事一传开，大伙儿便想去请少林派掌门人妙谛大师领头对付。哪知到得少林寺，寺中僧人说道方丈大师出外云游未归，言语支吾，说来不尽不实。大伙儿便去武当山，找武当派掌门愚茶道长，不料真武观的道人个个愁眉苦脸，也说掌门人出观去了。众人一琢磨，料想这两位当世武林中顶儿尖儿的高人忽然同时失踪，若不是中了侠客岛使者的毒手，便是躲了起来避祸。当下由五台山善本长老和昆仑派苦柏道长共同出面，邀请武林中各大门派的掌门人，商议对付之策，同时侦骑四出，探查这两个使者的下落。但这两个使者神出鬼没，对方有备之时，到处找不到他二人的人影，但一旦戒备稍疏，便不知从哪里钻了出来，传递这两块拘魂牌。这二人又善于用毒。善本长老和苦柏道人接到铜牌后立即毁去,当时也没什么,隔了月余,却先后染上恶疾而死。众人事后思量,才想到善本长老和苦柏道人武功太高,赏善罚恶二使自知单凭武功斗他们不过,更动摇不了五台、昆仑这两个大派,便在铜牌上下了剧毒,善本长老和苦柏道长沾手后剧毒上身,终于毒发身死。"

石破天只听得毛骨悚然,道:"我那张三、李四两位义兄,难道竟是……竟是这等狠毒之人?他们和这许多门派帮会为难,到底是为了什么?"

石清摇头道:"三十年来,这件大事始终无人索解得透。少林派妙谛方丈、武当派愚茶道长失踪,事隔多年后终于消息先后泄漏,这两位高手果然是给侠客岛强请去的。在少林寺外曾激斗了七日七夜,武当山上却没动手,多半愚茶道长一拔剑便即失手。这一僧一道,武功之高,江湖上罕有匹敌,再加上青城旭山道人,西蜀刁老镖头,五台派善本大师,昆仑派苦柏道人四位先后遭了毒手,其余武林人物自忖武功与这六大高手差得甚远,待得再接到那铜牌请柬,便有人答应去喝腊八粥。这两个使者说道:'阁下惠允光临侠客岛,实是不胜荣幸,某月某日请在某地相候,届时有人来迎接上船。'这一年中,被他二人明打暗袭、行刺下毒而害死的掌门人、帮会帮主,共有一十四人,此外有三十七人应邀赴宴。可是三十七人一去无踪,三十年来更无半点消息。"

石破天道:"侠客岛在南海什么地方?何不邀集人手,去救那三十七人出来?"

石清道:"这侠客岛三字,问遍了老于航海的舵工海师,竟没一人听见过,看来多半并无此岛,只是那两个少年信口胡诌。如此一年又一年的过去,除了那数十家身受其祸的子弟亲人,大家也就渐渐淡忘了。不料过得十年,这两块铜牌请柬又再出现。

"这时那两名使者武功已然大进,只在十余天之内,便将不肯赴宴的三个门派、两个大帮,上下数百人丁杀得干干净净。江湖上自是群相耸动，于是由峨嵋派的三长老出面，邀集三十余名高手，埋伏在河南红枪会总舵之中，静候这两名凶手到来。哪知这两名使者竟便避开了红枪会，甚至不踏进河南省境，铜牌却仍是到处分送。只要接到铜牌的首脑答应赴会，他这门派帮会便太平无事，否则不论如何防备周密，总是先后遭了毒手。

"那一年黑龙帮的沙帮主也接到了铜牌，他当时一口答应，暗中却将上船的时间地点通知了红枪会。那三十余名高手届时赶往，不知如何走漏了风声，到时候竟然无人迎接。

"众人守候数日，却一个接一个的中毒而死。余人害怕起来，登时一哄而散，还没回到家中，道上便已听得讯息，不是全家遭害，便是全帮已被人诛灭。这一来，谁也不敢抗拒，接到铜牌，便即依命前往。这一年中共有四十八人乘船前赴侠客岛，却也都是一去无踪，从此更无半点音讯。那真是武林中的浩劫，思之可怖可叹！"

石破天欲待不信，但飞鱼帮帮众死尸盈船，铁叉会会众尽数就歼，却是亲眼目睹的，而诛灭铁叉会会众之时，自己无意中还作了张三、李四二人的帮凶，想来兀自不寒而栗。

只听石清又道："又过十年，江西无极门首先接到铜牌请柬。早一年之前，各大门派帮会的首脑已经商议定当，大伙儿抱着'不入虎穴，焉得虎子'的打算，决意到侠客岛上去瞧个究竟，人人齐心合力，好歹也要除去这武林中的公敌。是以这一年中铜牌所到之处，竟未伤到一条人命，共有五十三人接到请柬，便有五十三人赴会。这五十三位英雄好汉有的武功卓绝，有的智谋过人，可是一去之后，却又是无影无踪，从此没了音讯。侠客岛这般为祸江湖，令得武林中的精英为之一空。普天下武人竟是束手无策，只有十年一度的听任宰割。我上清观深自隐晦，从来不在江湖招摇，你爹爹妈妈武功出自上清观，在外行道，却只用玄素庄的名头。你众位师伯、师叔武功虽高，但极少与人动手，旁人只道上清观中只是一批修真养性、不会武功的道人罢了……"

石破天问道："那是怕了侠客岛吗？"

石清脸上掠过一丝尴尬之色，略一迟疑，道："众位师伯师叔都是与世无争，出家清修的道士，原本也不慕这武林的虚名。但若说是怕了侠客岛，那也不错。武林之中，任你是多么人多势众，武艺高强的大派大帮，一提起'侠客岛'三字，又有谁不眉头深皱？想不到上清观如此韬光养晦，还是难逃这一劫。"说着长叹一声。

石破天又问："爹爹妈妈要共做上清观的掌门，想去探查侠客岛的虚实。过去那三批大有本领之人没一个能回来，这件事只怕难办得很罢？"石清道："难当然是极难。但我们素以扶危解困为己任，何况事情临到自己师门，岂有袖手之理？我和你娘都想，难道老天爷当真这般没眼，任由恶人横行？你爹娘的武功，比之妙谛、愚茶那些高人，当然颇有不及，但自来邪不胜正，也说不定老天爷要假手于你爹娘，将诛灭侠客岛的关键泄露出来。"

他说到这里，与妻子对望了一眼，两人均想："我们所以甘愿舍命去干这件大事，其实都是为了你。你奸邪淫佚，犯上欺师，实已不容于武林，我夫妻亦已无面目见江湖朋友，我二人上侠客岛去，如所谋不成，自是送了性命，倘能为武林同道立一大功，人人便能见谅，不再追究你的罪愆。"但这番为子拼命的苦心，却也不必对石破天明言。

石破天沉吟半晌，忽道："张三、李四我那两个义兄，就是侠客岛派出来分送铜牌的使者？"石清道："确然无疑。"石破天道："他们既是恶人，为什么肯和我结拜为兄弟？"石清哑然失笑，道："当时你呆头呆脑的一番言语，缠得他们无可推托。何况他们发的都是假誓，当不得真的。"石破天奇道："怎么是假誓？"石清道："张三、李四本是假名，他们说我张三如何如何，我李四怎样怎样,名字都是假的,自然不论说什么都是假的了。"石破天道:"原来如此!"想起两个义兄竟会相欺,不禁愀然不乐;但想爹爹所料未必真是如此,说不定他们真的便叫张三、李四呢,说道:"下次见到他们,倒要问个清楚。"

闵柔一直默不作声,这时忙插嘴道:"玉儿,下次再见到这二人可千万要小心了。这二人杀人不眨眼,明斗不胜,就行暗算,偷袭不得,便使毒药,实是凶狠阴毒到了极处。"

石清道:"玉儿,你要记住娘的话。别说你如此忠厚老实,就是比你机灵百倍之人,遇上了这两个使者也是难逃毒手。说到防范,那是防不胜防的,下次一见到他二人,立刻便使杀招,先下手为强,纵使只杀得一人,也是替武林中除去一个大害,造无穷之福。"石破天迟疑道:"我们是拜把子兄弟,他们是我大哥、二哥,那杀不得的。"石清叹了口气,不再说了,心想定要儿子杀害他的结义兄弟,这种话也不大说得出口。

闵柔笑道:"师哥,连你也说玉儿忠厚老实。咱们的孩儿当真是变乖了,是不是?"

石清点了点头,道:"他是变乖了,正因如此,便有人利用他来挡灾解难。玉儿,你可知长乐帮群雄奉你为帮主,到底有何用意?"

石破天原非蠢笨,只是幼时和母亲僻处荒山,少年时又和谢烟客共居于摩天崖,两人均极少和他说话,是以于世务人情一窍不通,此刻听石清一番讲述,登时省悟,失声道:"他们奉我为帮主,莫非……莫非是要我做替死鬼?"

石清叹了口气,道:"本来嘛,真相尚未大明之前,不该以小人之心,度测江湖上的英雄好汉。但若非如此,长乐帮中英才济济,怎能奉你这不通世务的少年为帮主?推想起来,长乐帮近年好生兴旺,帮中首脑算来侠客岛的铜牌请柬又届重现之期,这一次长乐帮定会接到请柬,他们事先便物色好一个和他们无甚渊源之人来做帮主，事到临头之际，便由这个人来挡过这一劫。"

石破天心下茫然，实难相信人心竟如此险恶。但父亲的推想合情合理，却不由得不信。

闵柔也道："孩子，长乐帮在江湖上名声甚坏，虽非无恶不作，但行凶伤人、恃强抢劫之事，着实做了不少，尤其不禁淫戒，更为武林中所不齿。帮中的舵主香主大都不是好人，他们安排了一个圈套给你钻，那是半点也不希奇的。"

石清哼了一声，道："要找个外人来做帮主，玉儿原是最合适的人选。他忘了往事，于江湖上的风波险恶又是浑浑噩噩，全然不解。只是他们万万没料想到，这个小帮主竟是玄素庄石清、闵柔的儿子。这个如意算盘，打起来也未必如意得很呢。"说到这里，手按剑柄，遥望东方，那正是长乐帮总舵的所在。

闵柔道："咱们既识穿了他们的奸谋，那就不用担心，好在玉儿尚未接到铜牌请柬。师哥，眼下该当怎么办？"石清微一沉吟，道："咱三人自须到长乐帮去，将这件事揭穿了。只是这些人老羞成怒，难免动武，咱三人寡不敌众；再则也得有几位武林中知名之士在旁作个见证，以免他们日后再对玉儿纠缠不清。"闵柔道："江南松江府银戟杨光杨大哥交游广阔，又是咱们至交，不妨由他出面，广邀同道，同到长乐帮去拜山。"石清喜道："此计大佳。江南一带武林朋友，总还得买我夫妇这个小小面子。"

他夫妇在武林中人缘极好，二十年来仗义疏财，扶难解困，只有他夫妇去帮人家的忙，从来不求人做过什么事，一旦需人相助，自必登高一呼，从者云集。

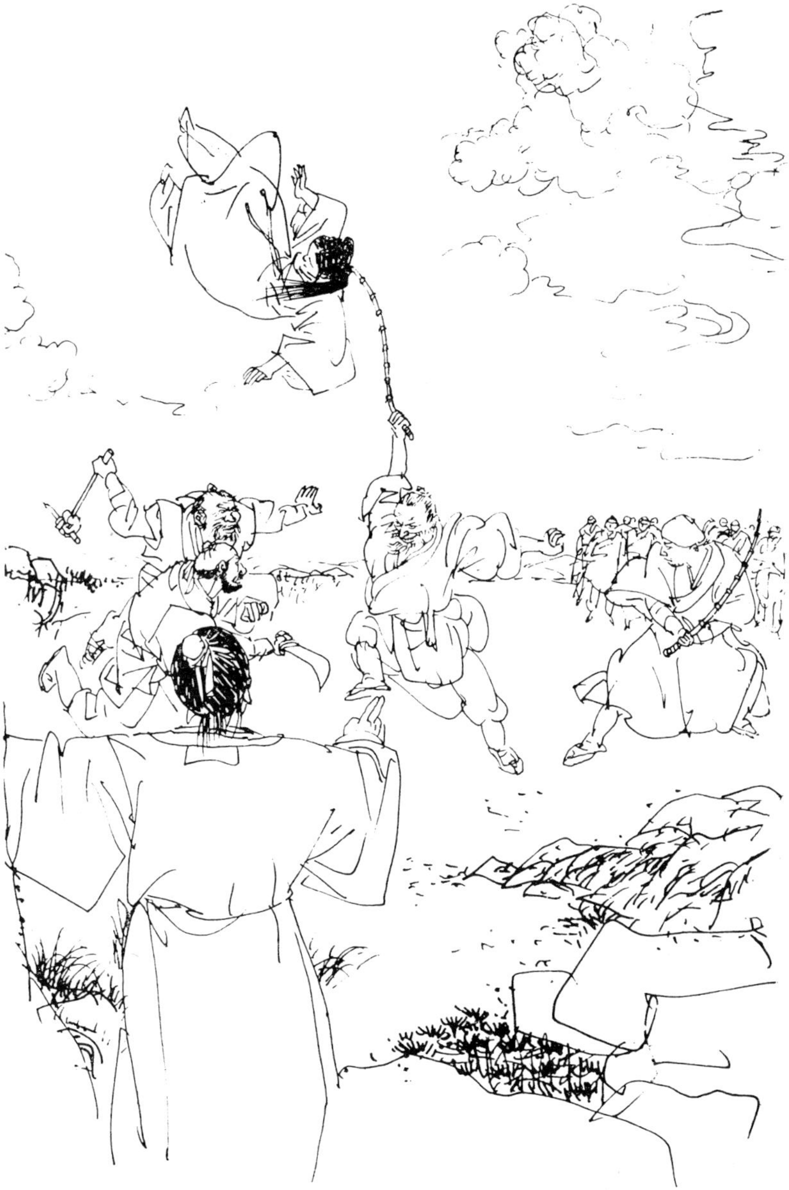

高三娘子弯腰避开软鞭，只听得众人大声惊呼，跟着便是头顶一紧，身不由主的向上空飞去，原来丁不四软鞭的鞭梢已卷住了她发髻，将她提向半空。

十四

关东四大门派

当下一家三口取道向东南松江府行去。在道上走了三日，这一晚到了龙驹镇。三人在一家客店中借宿。石清夫妇住了间上房，石破天在院子的另一端住了间小房。闵柔爱惜儿子，本想在隔房找间宽大上房给他住宿，但上房都住满了，只索罢了。

当晚石破天在床上盘膝而坐，运转内息，只觉全身真气流动，神清气畅，再在灯下看双掌时，掌心中的红云蓝筋已若有若无，褪得极淡。他不知那两葫芦毒酒大半已化作了内力，还道连日用功，已将毒药驱出了十之八九，心下甚喜，便即就枕。

睡到中夜，忽听得窗上剥琢有声。石破天翻身而起，低问："是谁？"只听得窗上又是得得得轻击三下，这敲窗之声甚是熟习，他心中怦的一跳，问道："是叮叮当当么？"窗外丁珰的声音低声道："自然是我，你盼望是谁？"

石破天听到丁珰说话之声，又是欢喜，又是着慌，一时说不出话来。嗤的一声，窗纸穿破，一只手从窗格中伸了进来，扭住他耳朵重重一拧，听得丁珰说道："还不开窗？"

石破天吃痛，却生怕惊动了父母，不敢出声，忙轻轻推开窗格。丁珰跳了进来，格的一笑，道："天哥，你想我不想？"石破天道："我……我……我……"

丁珰嗔道："好啊，你不想我，是不是？你只想着那个新和她拜天地的新娘子。"石破天道："我几时又和人拜天地了？"丁珰笑道："我亲眼瞧见的，还想赖？好罢，我也不怪你，这原是你风流成性，我反而喜欢。那个小姑娘呢？"

石破天道："不见啦，我回到山洞去，再也找不到她了。"想到阿绣的娇羞温雅，瞧着自己时那含情脉脉的眼色，此后却再也见不到她，心下惘然若失。

丁珰嘻嘻一笑，道："菩萨保佑，但愿你永生永世再也找不着她。"

石破天心想："我定要再找到阿绣。"但这话可不能对丁珰说，只得岔开话题，问道："你爷爷呢？他老人家好不好？"丁珰伸手到他手臂上一扭，嗔道："你也不问我好不好？哎唷！死鬼！"原来石破天体内真气发动，将她两根手指猛力向外弹开。

石破天道："叮叮当当，你好不好？那天我给你抛到江中，幸好掉在一艘船上，才没淹死。"随即想到和阿绣同衾共枕的情景，只想："阿绣到哪里去了？她为什么不等我？"这些日来他勤于学武，阿绣的面貌身形只偶尔在脑中一现即去，此刻见到丁珰，不知如何，竟念念不忘的想起了阿绣。

丁珰道："什么幸好掉在一艘船上？是我故意抛你上去的，难道你不知道？"石破天忸怩道："我心中自然知道你待我好，只不过……只不过说起来有些不好意思。"丁珰噗哧一笑，说道："我和你是夫妻，有什么不好意思？"

两人并肩坐在床沿，身侧相接。石破天闻到丁珰身上微微的兰馨之气，不禁有些心猿意马，但想："阿绣要是见到我跟叮叮当当亲热，一定会生气的。"伸出右臂本想去搂丁珰肩头，只轻轻碰了碰，又缩回了手。

丁珰道："天哥，你老实跟我说，是我好看呢？还是你那个新的老婆好看？"

石破天叹道："我哪里有什么新的老婆？就只你……只你一个老婆。"说着又叹了口气，心想："要是阿绣肯做我老婆，那我就开心死了。只不知能不能再见到她？又不知她肯不肯做我老婆？"

丁珰伸臂抱住他头颈，在他嘴上亲了一吻，随即伸手在他头顶凿了一下，说道："只有我一个老婆，嫌太少么？又为什么叹气？"

石破天只道给她识破了自己心事，窘得满脸通红，给她抱住了，不知如何是好，想要推拒，又不舍得这温柔滋味，想伸臂反抱，却又不敢。

丁珰虽然行事大胆任性，究竟是个黄花闺女，情不自禁的吻了石破天一下，好生羞惭，一缩身便躲入床角，抓过被来裹住了身子。

石破天犹豫半响，低声唤道："叮叮当当，叮叮当当！"丁珰却不理睬。石破天心中只是想着阿绣，突然之间，明白了那日在紫烟岛树林中她瞧着自己的眼色，明白了她叫自己作"大哥"的含意，心下大喜若狂："阿绣肯做我老婆的，阿绣肯做我老婆的。"随即又想："却到哪里找她去呢？"叹了口气，坐到椅上，伏案竟自睡了。

丁珰见他不上床来，既感宽慰，又有些失望，心想："我终于找着他啦！"连日奔波，这时心中甜甜地，只觉娇慵无限，过不多时便即沉沉睡去。

睡到天明，只听得有人轻轻打门，闵柔在门外叫道："玉儿，起来了吗？"石破天应了声，道："妈！"站起身来，向丁珰望了一眼，不由得手足无措。闵柔道："你开门，我有话说！"石破天道："是！"略一犹豫，便要去拔门闩。

丁珰大羞，心想自己和石破天深宵同处一室，虽是以礼自持，旁人见了这等情景却焉能相信？何况进来的是婆婆，自必被她大为轻贱，忙从床上跃起，推开窗格，便想纵身逃出，但斜眼见到石破天，心想好容易才找到石郎，这番分手，不知何日又再会面，连打手势，要他别去开门。

石破天低声道："是我妈妈，不要紧的。"双手已碰到了门闩。丁珰大急，心想："是旁人还不要紧，是你妈妈却最是要紧。"再要跃窗而逃，其势已然不及。

她本是个天不怕地不怕的姑娘，但想到要和婆婆见面，且是在如此尴尬的情景下给她撞见，不由得全身发热，眼见石破天便要拔闩开门，情急之下，左手使出"虎爪手"抓住他背心"灵台穴"，右手使"玉女拈针"捏住他"悬枢穴"。石破天只觉两处要穴上微微一阵酸麻，丁珰已将他身子抱起，钻入了床底。

闵柔江湖上阅历甚富，只听得儿子轻噫一声，料知已出了事，她护子心切，肩头撞去，门闩早断，踏进门便见窗户大开，房中却已不见了爱子所在。她纵声叫道："师哥快来！"石清提剑赶到。

闵柔颤声道："玉儿……玉儿给人劫走啦！"说着向窗口一指。两人更不打话，同时右足一登，双双从窗口穿出，一黑一白，犹如两头大鸟一般，姿式极是美妙。丁珰躲在床底见了，不由得暗暗喝一声采。

以石清夫妇这般江湖上的大行家，原不易如此轻易上当，只是关心则乱，闵柔一见爱子失了踪影，心神便即大乱，心中先入为主，料想不是雪山派，便是长乐帮来掳了去。她破门而入之时，距石破天那声惊噫只顷刻间事，算来定可赶上，是以再没在室中多瞧上一眼。

石破天被丁珰拿住了要穴，他内力浑厚，立时便冲开被闭住的穴道，但他身子被丁珰抱着，却也不愿出声呼唤父母，微一迟疑之际，石清夫妇已双双越窗而出。床底下都是灰土，微尘入鼻，石破天连打了三个喷嚏，拉着丁珰的手腕，从床底下钻了出来，只见她兀自满脸通红，娇羞无限。

石破天道："那是我爹爹妈妈。"丁珰道："我早知道啦！昨日下午我听到你叫他们的。"石破天道："等我爹爹妈妈回来，你见见他们好不好？"丁珰将头一侧，道："我不见。你爹娘瞧不起我爷爷，自然也瞧不起我。"

石破天这几日中和父母在一起，多听了二人谈吐，觉得父母侠义为怀，光明正大，和丁不三的行径确是大不相同，沉吟道："那怎么办？"

丁珰心想石清夫妇不久定然复回，便道："你到我房里去，我跟你说一件事。"石破天奇道："你也宿在这客店？"丁珰笑道："是啊，我要半夜里来捉老公，怎不宿在这里？"向石破天一招手，穿窗而出，经过院子，一看四下无人，推门走进一间小房。

石破天跟了进去，不见丁不三，大为宽慰，问道："你爷爷呢？"丁珰道："我一个儿溜啦，没跟爷爷在一起。"石破天问道："为什么？"丁珰哼的一声，说道："我要来找你啊，爷爷不许，我只好独自溜走。"石破天心下感动，说道："叮叮当当，你待我真好。"丁珰笑道："昨儿晚上不好意思说，怎么今天好意思了？"石破天笑道："你说咱们是夫妻，没什么不好意思的。"丁珰脸上又是一红。

只听得院子中人声响动，石清道："这是房饭钱！"马蹄声响，夫妇俩牵马快步出店。

石破天追出两步，又即停步，回头问丁珰道："你可知道松江府在哪里？"丁珰笑道："松江府偌大地方，怎会不知？"石破天道："爹爹妈妈要去松江府，找一个叫做银戟杨光的人，待会咱们赶上去便是。"他乍与丁珰相遇，却也不舍得就此分手。

丁珰心念一动："这呆郎不识得路，此去松江府是向东南，我引他往东北走，他和爹妈越离越远，道上便不怕碰面了。"心下得

· 375 ·

意，不由得笑靥如花，明艳不可方物。石破天目不转睛的瞧着她。

丁珰笑道："你没见过么？这般瞧我干么？"石破天道："叮叮当当，你……你真是好看，比我妈妈还好看。"又想："她和阿绣相比，不知是谁更好看些？"丁珰嘻嘻而笑，道："天哥，你也很好看，比我爷爷还好看。"说着哈哈大笑。

两人说了一会闲话，石破天终是记挂父母，道："我爹娘找我不见，一定好生记挂，咱们这就追上去罢。"丁珰道："好，真是孝顺儿子。"当下算了房饭钱，出店而去。

客店中掌柜和店小二见石破天和石清夫妇同来投店，却和这个单身美貌姑娘在房中相偕而出，无不啧啧称奇，自此一直口沫横飞的谈论了十余日，言词中自然猥亵者有之，香艳者有之，众议纷纭，猜测多端。

石破天和丁珰出得龙驹镇来，即向东行，走了三里，便到了一处三岔路口。丁珰想也不想，径向东北方走去。

石破天料想她识得道路，便和她并肩而行，说道："我爹爹妈妈骑着快马，他们若不在打尖处等我，那是追不上了。"丁珰抿嘴笑道："到了松江府杨家，自然遇上。你爹娘这么大的人，还怕不认得路么？"石破天道："我爹爹妈妈走遍天下，哪有不认得路之理？"

两人一路谈笑。石破天自和父母相聚数日，颇得指点教导，于世务已懂了许多。丁珰见他呆气大减，芳心窃喜，寻思："石郎大病一场之后，许多事情都忘记了，但只须提他一次，他便不再忘。"一路上将诸般江湖规矩、人情好恶，说了许多给他听。

眼见日中，两人来到一处小镇打尖。丁珰寻着了一家饭店，走进大堂，只见三张大白木桌旁都坐满了人。两人便在屋角里一张小桌旁坐下。那饭店本不甚大，店小二忙着给三张大桌上的客人张罗饭菜，没空来理会二人。

丁珰见大桌旁坐着十八九人，内有三个女子，年纪均已不轻，姿色也自平庸，一干人身上各带兵刃，说的都是辽东口音，大碗饮酒、大块吃肉，神情甚是豪迈，心想："这些江湖朋友，不是镖局子的，便是绿林豪客。"看了几眼，也没再理会，心想："我和天哥这般并肩行路，同桌吃饭，就这么过一辈子，也快活得紧了。"店小二不过来招呼，她也不着恼。

忽听得门口有人说道："好啊，有酒有肉，爷爷正饿得很了。"

石破天一听声音好熟，只见一个老者大踏步走了进来，却是丁不四。石破天吃了一惊，暗叫："糟糕！"回过头来，不敢和他相对。丁珰低声道："是我叔公，你别瞧他，我去打扮打扮。"也不等石破天回答，便向后堂溜了进去。

丁不四见四张桌旁都坐满了人，石破天的桌旁虽有空位，桌上却既无碗筷，更没菜肴，当即向中间白木桌旁的一张长凳上坐落，左肩一挨，将身旁一条大汉挤了开去。

那大汉大怒，用力回挤，心想这一挤之下，非将这糟老头摔出门外不可。哪知刚撞到丁不四身上，立时便有一股刚猛之极的力道反逼出来，登时无法坐稳，臀部离凳，便要斜身摔跌。丁不四左手一拉，道："别客气，大家一块儿坐！"那大汉给他这么一拉，才不摔跌，登时紫胀了脸皮，不知如何是好。

丁不四道："请，请！大家别客气。"端起酒碗，仰脖子便即喝干，提起别人用过的筷子，夹了一大块牛肉，吃得津津有味。

三张桌上的人都不识得他是谁。但均知那大汉武功不弱，可是给他这么一挤之下，险些摔跌，这老儿自是来历非小。丁不四自管饮酒吃肉，摇头晃脑的十分高兴。三桌上的十八九个人却个个停箸不食，眼睁睁的瞧着他。

丁不四道："你怎么不喝酒？"抢过一名矮瘦老者面前的一碗

酒，骨嘟骨嘟的喝了一大半碗，一抹胡子，说道："这酒有些酸，不好！"

那瘦老者强忍怒气，问道："尊驾尊姓大名？"丁不四哈哈笑道："你不知我的姓名，本事也好不到哪里去了。"那老者道："我们向在关东营生，少识关内英雄好汉的名号。在下辽东鹤范一飞。"丁不四笑道："瞧你这黑不溜秋的，不像白鹤像乌鸦，倒是改称'辽东鸦'为妙。"

范一飞大怒，拍案而起，大声喝道："咱们素不相识，我敬你一把白胡子，不来跟你计较，却怎地消遣爷爷！"

另一桌上一名高身材的中年汉子忽道："这老儿莫非是长乐帮的？"

石破天听到"长乐帮"三字，心中一凛，只见丁珰头戴毡帽，身穿灰布直裰，打扮成个饭店中店小二的模样，回到桌旁。石破天好生奇怪，不知仓卒之间，她从何处寻来这一身衣服。丁珰微微一笑，在他耳边轻声道："我点倒了店小二，跟他借了衣裳，别让四爷爷认出我来。天哥，我跟你抹抹脸儿。"说着双手在石破天脸上涂抹一遍。她掌心涂满了煤灰，登时将石破天脸蛋抹得污黑不堪，跟着又在自己脸上抹了一阵。饭店中虽然人众，但人人都正瞧着丁不四，谁也没去留意他二人捣鬼。

丁不四向那高身材的汉子侧目斜视，微微冷笑，道："你是锦州青龙门门下，是不是？好小子，缠了一条九节软鞭，大模大样的来到中原，当真活得不耐烦了。"

这汉子正是锦州青龙门的掌门人风良，九节软鞭是他家祖传的武功。他听得丁不四报出自己门户来历，倒是微微一喜："这老儿单凭我腰中一条九节软鞭，便知我的门派。不料我青龙门的名头，在中原倒也着实有人知道。"当下说道："在下锦州风良，忝掌青龙门的门户。老爷子尊姓？"言语中便颇客气。

丁不四将桌子拍得震天价响,大声道:"气死我了!气死我了!气死我了!"他连说三句"气死我了",举碗又自喝酒,脸上却是笑嘻嘻地,殊无生气之状,旁人谁也不知这"气死我了"四字意何所指。只听他大声自言自语:"九节鞭矫夭灵动,向称'兵中之龙',最是难学难使、难用难精。什么长枪大戟,双刀单剑,当之无不披靡。气死我了!气死我了!气死我了!"

风良心中又是一喜:"这老儿说出九节鞭的道理来,看来对本门功夫倒是个知音。"听他接下去连说三句"气死我了",便道:"不知老爷子因何生气?"

丁不四对他全不理睬,仰头瞧着屋梁,仍是自言自语:"你爷爷见到人家舞刀弄棍,都不生气,单是见到有人提一根九节鞭,便怒不可遏。你奶奶的,长沙彭氏兄弟使九节鞭,去年爷爷将他两兄弟双双宰了。四川有个姓章的武官使九节鞭,爷爷把他的脑壳子打了个稀巴烂。安徽凤阳有个女子使九节鞭,爷爷不爱杀女人,只是斩去了她的双手,叫她从此再不能去碰这兵中之龙。"

众人越听越是骇异,看来这老儿乃是冲着风良而来,听他说话虽然疯疯癫癫,却又不似假话。长沙彭氏兄弟彭镇江、彭锁湖都使九节鞭,去年为人所害,他们在辽东也曾有所闻。

风良面色铁青,手按九节鞭的柄子,说道:"尊驾何以对使九节鞭之人如此痛恨?"

丁不四呵呵大笑,说道:"胡说八道!爷爷怎会痛恨使九节鞭之人?"探手入怀,豁喇一声响,手中已多了一条软鞭。这条软鞭金光闪闪,共分九节,显是黄金打成,鞭首是个龙头,鞭身上镶嵌各色宝石,闪闪发光,灿烂辉煌,一展动间,既威猛,又华丽,端的好看。

众人心中一凛:"原来他自己也使九节鞭。"

丁不四道:"小娃娃武功没学到两三成,居然便胆敢动九节软鞭，跟人家动上手，打到后来，不是爬着，便是躺着，很少有站着走回家的，那岂不让人将使九节鞭之人小觑了？爷爷早就听得关东锦州有你这么一个青龙门，他妈的祖传七八代都使九节鞭。我早就想来把你全家杀得干干净净。只是关东太冷，爷爷懒得千里迢迢的赶来杀人，碰巧你这小子腰缠九节鞭，大摇大摆的来到中原，好极，好极！还不快快自己上吊，更等什么？"

风良这才明白，原来这老儿自己使九节鞭，便不许别人使同样的兵刃，当真横蛮之至。他尚未答话，却听西首桌上一个响亮的声音说道："哼！幸好你这老小子不使单刀。"

丁不四向说话之人瞧去，只见他一张西字脸，腮上一部虬髯，将大半脸都遮没了，脸上直是毛多肉少，便问："我使单刀便怎样？"那虬髯汉子道："你爷爷也使单刀，照你老小子这般横法，岂不是要将爷爷杀了？你就算杀得了爷爷，天下使单刀的成千成万，你又怎杀得尽？"说着刷的一声，从腰间拔出单刀，插在桌上。

这口单刀刀身紫金，厚背薄刃，刀柄上挂着一块紫绸，一插到桌上，全桌震动，碗碟撞击作响，良久不绝，足见刀既沉重，这一插之力也是极大。

这汉子是长白山畔快刀门掌门人紫金刀吕正平。

只听得豁啦一响，丁不四收回九节鞭，揣入怀中，左手一弯，已将身旁那汉子腰间的单刀拔在手中，说道："就算爷爷使单刀，却又怎地？啊哟，不对！气死我了！气死我了！气死我了！"

单刀是武林中最寻常的兵器，这一十九人中倒有十一人身上带刀！眼见丁不四抢刀手法之快，心头都是一惊，不由自主的人人都是手按刀把。

只听他又道："爷爷外号叫作'一日不过四'，这里倒有一十一个贼小子使单刀，再加上这个使九节鞭的，爷爷倒要分三日来杀……"众人听他自称"一日不过四"，便有几人脱口而出：

"他……他是丁不四！"

丁不四哈哈大笑，道："爷爷今儿还没杀过人，还有四个小贼好杀。是哪四个？自己报上名来！要不然，除了这个使九节鞭的小子，别的只要乖乖的向我磕十个响头，叫我三声好爷爷，我也可饶了不杀。"

但听得嘿嘿冷笑，四个人霍然站起，大踏步走出店门，在门外一字排开，除了风良、范一飞、吕正平三人外，第四人是个中年女子。

这女子不持兵刃，一到门外便将两幅罗裙往上一翻，系上腰带，腰间明晃晃地露出两排短刀，每把刀半尺来长，少说也有三十几把，整整齐齐的插在腰间一条绣花鸾带之上。

范一飞左手倒持判官双笔，朗声说道："在下辽东鹤范一飞，忝居鹤笔门掌门，会同青龙门掌门人风良风兄弟、快刀门掌门人吕正平吕兄弟、万马庄女庄主飞蝗刀高三娘子，和人有约，率领本派门人自关东来到中原。我关东四门和丁老爷子往日无仇、近日无怨，如此一再戏侮，到底为了什么？"

丁不四对他的话宛若全然不闻，侧头向高三娘子瞧了半晌，说道："不美，不好看！"他说这五个字时眼光对着高三娘子，连连摇头，似是鉴赏字画，看得大大不合意一般。这神情自是人人都知，他在说高三娘子相貌不佳。

那高三娘子性如烈火，平素自高自大，一来她本人确有惊人艺业，二来她父亲、公公、师父三人在关东武林中都极有权势，三来万马庄良田万顷，马场、参场、山林不计其数，是以她虽是个寡妇，在关东却是大大有名，不论白道黑道，官府百姓，人人都让她三分。丁不四如此放肆胡言，实是她生平从未受过的羞辱，何况高三娘子年轻之时，在关东武林中颇有艳名，此时年近四旬，风华亦未老去。关东风俗淳厚，女子大都稳重，旁人当面赞美尚且不可，何况大肆讥弹？她气得脸都白了，叫道："丁不四，你出来！"

丁不四慢慢踱步出店，道："就是你们四人？"突然间白光耀眼，五柄飞刀分从上下左右激射而至。这五柄飞刀来得好快，刀身虽短，劈风之声却浑似长剑大刀发出来一般。

丁不四喝道："人不美，刀美！"右手在怀中一探，抽出九节软鞭，黄光抖动，将四柄飞刀击落，眼见第五柄飞刀射到面门，索性卖弄本领，口一张，咬住了刀头。

风良、范一飞、吕正平一怔之下，各展兵刃，左右攻上。

丁不四斜身闪开吕正平砍来的一刀，飞足踢向范一飞手腕，教他不得不缩回了判官笔，手中黄金软鞭却缠向风良的软鞭。

风良一出店门，便已打点起十二分精神，知道这老儿其实只是冲着自己一人而来，余人都是陪衬，眼见丁不四软鞭卷到，手腕抖处，鞭身挺直，便如一枝长枪般刺向对方胸口。这一招"四夷宾服"本来是长枪的枪法，他以真力贯到软鞭之上，再加上一股巧劲，竟然运鞭如枪。锦州青龙门的鞭法原也着实了得，他知对方实是劲敌，一上来便施展平生绝技。

丁不四吐下飞刀，赞道："贼小子倒有几下子！"伸出右手，硬去抓他鞭头。风良吃了一惊，急忙收臂回鞭，丁不四的手臂却跟着过来，幸好吕正平恰好挥刀往他臂弯砍去，丁不四才缩回手掌。嗤的一声急响，高三娘子又射出一柄飞刀。

四人这一交上手，丁不四登时收起了嬉皮笑脸，凝神接战，九节软鞭舞成一团黄光，护住了全身，心下暗自嘀咕："想不到辽东武功半点也不含糊，爷爷倒小觑他们了。这四个家伙若是一个一个上来，爷爷杀来毫不费力，一起涌上来打群架，倒有点扎手。"

这次关东四大门派齐赴中原，四个掌门人事先曾在万马庄切磋了一月有余，研讨四派武功的得失，临敌之时如何互相救援。这番事先操练的功夫果然没白费，一到江南，便是四人并肩御敌。这时吕正平和范一飞贴身近攻，风良的软鞭寻瑕抵隙，圈打丁不四中盘，高三娘站在远处，每发出一把飞刀，都教丁不四不得不分心闪避。这四人招数以范一飞最为老辣，吕正平则膂力沉雄，每一刀砍出都有八九十斤的力量。

石破天和丁珰站在众人身后观战。看到三四十招后，只见吕正平和范一飞同时抢攻，丁不四挥鞭将二人挡开，风良的软鞭正好往他头上扫去。丁不四头一低，嗤的一声，两柄飞刀从他咽喉边掠过，相去不过数寸。丁不四虽然避过，但颏下的花白胡子却被飞刀削下了数十根，条条银丝，在他脸前飞舞。

站在饭店门边观战的关东四派门人齐声喝采："高三娘子好飞刀！"

丁不四暗暗心惊："这婆娘好生了得，若再不下杀手，只怕丁不四今日要吃大亏！"陡然间一声长啸，九节鞭展了开来，鞭影之中，左手施展擒拿手法，软鞭远打，左手近攻，单是一只左手，竟将吕正平和范一飞二人逼得遮拦多，进击少。

关东四大派的门人喝采之声甫毕，脸上便均现忧色。

石破天却在一旁瞧得眉飞色舞。这些手法丁不四在长江船上都曾传授过他，只是当时他于武学的道理所知太也有限，囫囵吞枣的记在心里，全不知如何运用。这些日子来跟着父母学剑，剑术固是大进，而一法通，万法通，拳脚上的道理也已领会了不少，眼见丁不四一抓一拿，一勾一打，无不巧妙狠辣，只看得又惊又喜。

眼见五人斗到酣处，丁不四突然间左臂一探，手掌已搭向吕正平肩头。吕正平挥刀便削他手臂。石破天大吃一惊，知道这一刀削出，丁不四乘势反掌，必然击中他脸面，以他狠辣的掌力，吕正平性命难保，忍不住脱口呼叫："要打你脸哪！"

他内力充沛，一声叫出，虽在诸般兵刃呼呼风响之中，各人仍是听得清清楚楚。吕正平武艺了得，听得这一声呼喝，立时省悟，百忙中脱手掷刀，卧地急滚，饶是变招迅速，脸上已着了丁不四的掌风，登时气也喘不过来，脸上如被刀削，甚是疼痛。他滚出数丈后这才跃起，心中怦怦乱跳，知道适才生死只相去一线，若非有人提醒，这一掌非打实不可。

吕正平滚出战圈，范一飞随即连遇险着。吕正平吸了口气，叫道："刀来！"他的大弟子立时抛上单刀，吕正平伸手抄住，又攻了上去。却见丁不四的金鞭已和风良的软鞭缠住，一拉之下，竟提起风良身子，向吕正平的刀锋上撞去。吕正平回刀急让。

石破天叫道："姓范的小心，抓你咽喉！"范一飞一怔，不及细想，判官双笔先护住咽喉再说，果然丁不四五根手指同时抓到，擦的一声，在他咽喉边掠过，抓出了五条血痕，当真只有一瞬之差。

石破天连叫两声，先后救了二人性命。关东群豪无不心存感激，回头瞧他，见他脸上搽了煤黑，显是不愿以真面目示人。

丁不四破口大骂："你奶奶的，是哪一个狗杂种在多嘴多舌？有本事便出来和爷爷斗上一斗！"石破天伸了伸舌头，向丁珰道："他……他认出来啦！"丁珰道："谁叫你多口？不过他说'哪一个狗杂种'，未必便知是你。"

这时吕正平和范一飞连续急攻数招，高三娘子连发飞刀相助，风良也已解脱了鞭上的纠缠，五人又斗在一起。丁不四急于要知出言和他为难的人是谁，出手越来越快。石破天不忍见关东四豪无辜丧命，又是少年好事，每逢四人遇到危难，总是事先及时叫破。不到一顿饭之间，救了吕正平三次、范一飞四次、风良三次。

丁不四狂怒之下，忽使险着，金鞭高挥，身子跃起，扑向高三娘子，左掌斗然挥落。这招"天马行空"的落手处甚是怪异，石破天急忙叫破，高三娘子才得躲过，但右肩还是被丁不四手指扫中，右臂再也提不起来。她右手乏劲，立时左手拔刀，嗤嗤嗤三声，又是三柄飞刀向丁不四射去。丁不四软鞭斜卷，裹住两柄飞刀，张口咬住了第三柄，随即抖鞭，将两柄飞刀分射风良与吕正平，同时身子纵起，软鞭从半空中掠将下来。

高三娘子弯腰避开软鞭，只听得众人大声惊呼，跟着便是头顶一紧，身不由主的向上空飞去，原来丁不四软鞭的鞭梢已卷住了她发髻，将她提向半空。风良等三人大惊，四个人联手，已被敌人逼得惊险万状，高三娘子倘若遭难，余下三人也绝难幸免，当下三人奋不顾身的向丁不四扑去。

丁不四运一口真气，噗的一声，将口中衔着的那柄飞刀喷向高三娘子肚腹，左手拿、打、勾、掠，瞬时间连使杀着，将扑来的三人挡了开去。

高三娘子身在半空，这一刀之厄万难躲过，她双目一闪，脑海中掠过一个念头："死在我飞刀之下的胡匪马贼，少说也已有七八十人。今日报应不爽，竟还是毕命于自己刀下。"

说来也真巧，丁不四软鞭上甩出的两柄飞刀分别被风良与吕正平砸开，正好激射而过石破天身旁。他眼见情势危急，便出声提醒也已无用，当即右手一抄，抓住了两柄飞刀，甩了出去。他从未练过暗器，接飞刀时毛手毛脚，掷出时也是乱七八糟，只是内力雄浑，飞刀去势劲急，当的一声响，一刀撞开射向高三娘子肚腹的飞刀，另一刀却割断了她的头发。

高三娘子从数丈高处落下，足尖一点，倒纵数丈，已吓得脸无人色。

这一下连丁不四也是大出意料之外，当即转过身来，喝道："是哪一位朋友在这里碍我的事？有种的便出来斗三百回合，藏头露尾的不是好汉。"双目瞪着石破天，只因他脸上涂满了煤灰，一时没认他出来。他听石破天连番叫破自己杀着，似乎自己每一招、每一式功夫全在对方意料之中，而适才这两柄飞刀将自己发出的飞刀撞开之时，劲道更大得异乎寻常，飞刀竟尔飞出数丈之外，转眼便无影无踪,他虽心下恼怒,却也知这股内劲远非自己所及,说出话来毕竟干净了些,什么"爷爷"、"小子"的,居然尽数收起。

石破天当救人之际,什么都不及细想,双刀一掷,居然奏功,自己也是又惊又喜,只是接刀掷刀之际,飞刀的刀锋将手掌割出了两道口子,鲜血淋漓,一时也还不觉如何疼痛,眼见丁不四如此声势汹汹的向自己说话,早忘了丁珰已将自己脸蛋涂黑,战战兢兢的道:"四爷爷,是……是我……是大粽子!"

丁不四一怔,随即哈哈大笑,笑道:"哈哈!我道是谁,却原来是你大粽子!"心想:"这小子学过我的武功,难怪他能出言点破,那当真半点也不希奇了。"怯意一去,怒气陡生,喝道:"贼小子来多管爷爷的闲事!"呼的一鞭,向他当头击去。

石破天顺着软鞭的劲风,向后纵开,避得虽远,身法却难看之极。

丁不四一击不中,怒气更盛,呼呼呼连环三鞭,招数极尽巧妙,却都给石破天闪跃避开。石破天的内功修为既到此境界,身随心转,无所不可,左右高下,尽皆如意,但在丁不四积威之下,余悸尚在,只是闪避,却不还手。

丁不四暗暗奇怪:"这软鞭功夫我又没教过这小子,他怎么也知道招数?"一条软鞭越使越急,霎时间幻成一团金光闪闪的黄云,将石破天裹在其中。眼见始终奈何他不得,突然想起:"这大粽子在紫烟岛上和白万剑联手,居然将我和老三打得狼狈而逃……不,老三固然败得挺不光采,我丁老四却是不愿和后辈多所计较,潇潇洒洒的飘然引退,扬长而去。这小子怕了爷爷,不敢追赶,可是这小子总有点古怪……"

旁人见石破天在软鞭的横扫直打之间东闪西避,迭遭奇险,往往间不容发,手心中都为他捏一把冷汗。石破天心中却想:"四爷爷为什么不真的打我?他在跟我闹着玩,故意将软鞭在我身旁掠过?"他哪知丁不四已施出了十成功夫,却始终差了少些,扫不到他身上。

丁珰素知这位叔祖父的厉害,眼见他大展神威,似乎每一鞭挥出,都能将石破天打得筋折骨断,越看越担心,叫道:"天哥,快还手啊!你不还手,那就糟了!"

众人听得这几句清脆的女子呼声发自一个店小二口中,当真奇事叠生,层出不穷,但眼看丁不四和石破天一个狂挥金鞭,一个乱闪急避,对于店小二的忽发娇声,那也来不及去惊诧了。

石破天却想:"为什么要糟?是了,那日我缚起左臂和上清观道长们动手,他们十分生气,说我瞧他们不起。我娘说倘若和人动手过招,最忌的就是轻视对手。你打胜了他,倒也罢了,但若言语举止之时稍露轻视之意,对方必当是奇耻大辱,从此结为死仇。我只闪避而不还手,那是轻视四爷爷了。"当即双手齐伸,抓向丁不四胸膛,所用的正是丁珰所授的一十八路擒拿手法。

这是丁家的祖传武功,丁不四如何不识?立即便避开了。可是这一十八路擒拿手在石破天雄浑的内力运使之下,勾、带、锁、拿、戳、击、劈、拗,每一招全是挟着嗤嗤劲风,威猛之极。丁不四大骇,叫道:"见了鬼啦,见了鬼啦!"拆到第十二招上,石破天反手抓去,使出"凤尾手"的第五变招,将金鞭鞭梢抓在手中。丁不四运力回夺,竟然纹丝不动。他大喝一声,奋起平生之力急拉,心想自己不许人家使九节鞭,但若自己的九节鞭却教一个后生小子夺了去,此后还有什么面目来见人?回夺之时,全身骨节格格作响,将功力发挥到了极致。

石破天心想:"你要拉回兵刃,我放手便是了。"手指松开,只听得砰嘭、喀喇几声大响,丁不四身子向后撞去,将饭店的土墙撞坍了半堵,砖坯跌进店中,桌子板凳、碗碟家生也不知压坏了多少。

跟着听得四声惨呼,一名关东子弟、三名闲人俯身扑倒,背心涌出鲜血。

石破天抢过看时,只见四人背上或中破碗,或中竹筷,丁不四已不知去向。却是他自知不敌,急怒而去,一口恶气无处发泄,随手抓起破碗竹筷,打中了四人。

范一飞等忙将四人扶起,只见每人都被打中了要害,已然气绝,眼见丁不四如此凶横,无不骇然,又想若不是石破天仗义出手,此刻尸横就地的不是这四人,而是四个掌门人了,当即齐向石破天拜倒,说道:"少侠高义,恩德难忘,请问少侠高姓大名。"

石破天已得母亲指点江湖上的仪节,当下也即拜倒还礼,说道:"不敢,不敢!小事微劳,何足挂齿?在下姓石,贱名中玉。"跟着又请教四人的姓名门派。范一飞等说了,又问起丁珰姓名。石破天道:"她叫叮叮当当,是我的……我的……我的……"连说了三个"我的",胀红了脸,却说不下去了。

范一飞等阅历广博,心想一对青年男女化了装结伴同行,自不免有些尴尴尬尬的难言之隐,见石破天神色忸怩,当下便不再问。

丁珰道:"咱们走罢!"石破天道:"是,是!"拱手和众人作别。

范一飞等不住道谢,直送出镇外。各人想再请教石破天的师承门派,但见丁珰不住向石破天使眼色,显是不愿旁人多所打扰,只得说道:"石少侠大恩大德,此生难报,日后但有所命,我关东众兄弟赴汤蹈火,在所不辞。"

石破天记起母亲教过他的对答,便道:"大家是武林一脉,义当互助。各位再是这般客气,倒令小可汗颜了。今日结成了朋友,小可实是不胜之喜。"

范一飞等承他救了性命,本已十分感激,见他年纪轻轻,武功高强，偏生又如此谦和，更是钦佩，雅不愿就此和他分手。

丁珰听他谈吐得体，芳心窃喜："谁说我那石郎是白痴？他武功已强过了四爷爷，连脑子也越来越清楚了。"心中高兴，脸上登时露出笑靥。她虽然脸上煤灰涂得一塌胡涂，但众人留心细看之下，都瞧出是个明艳少女，只是头戴破毡帽，穿着一件胸前油腻如镜的市侩直裰，人人不免暗暗好笑。

高三娘子伸手挽住了她手臂，笑道："这样一个美貌的店小二，耳上又戴了一副明珠耳环。江南的店小二，毕竟和我们关东的不同。"众人听了，无不哈哈大笑。丁珰也是噗哧一声，笑了出来，心想："适才一见四爷爷，便慌了手脚，忙着改装，却忘了除下耳环。"

高三娘子见数百名镇上百姓远远站着观看，不敢过来，知道刚才这一场恶战斗得甚凶，丁不四又杀了三名镇人，当地百姓定当自己这干人是打家劫舍的绿林豪客了，说道："此地不可久留，咱们也都走罢。"向丁珰道："小妹子，你这一改装，只怕将里衣也弄脏了，我带的替换衣服甚多，你若不嫌弃，咱们就找家客店，你洗个澡，换上几件。小妹子，像你这样的江南小美人儿，老姊姊可从来没见过，你改了女装之后，这副画儿上美女般的相貌，老姊姊真想瞧瞧，日后回到关东，也好向没见过世面的亲戚朋友们夸夸口。"

高三娘子这般甜嘴蜜舌的称赞，丁珰听在耳中，实是说不出的受用，抿了嘴笑了笑，道："我不会打扮，姊姊你可别笑话我。"

高三娘子听她这么说，知已允诺，左手一挥，道："大伙儿走罢！"众人轰然答应，牵过马来，先请石破天和丁珰上马，然后各人纷纷上马，带了那关东弟子的尸体，疾驰出镇。这一行人论年纪和武功，均以范一飞居首，但此次来到中原，一应使费都由万马庄出货，高三娘子生性豪阔，使钱如流水一般，便成了这行人的首领。

各人所乘的都是辽东健马，顷刻间便驰出数十里。石破天悄悄

·389·

问丁珰道："这是去松江府的道路么？"丁珰笑着点点头。其实松江府是在东南，各人却是驰向西北，和石清夫妇越离越远了。

傍晚时分，到得一处大镇，叫做平阳寨，众人径投当地最大的客店。那死了的汉子是快刀门的，吕正平自和群弟子去料理丧事，拜祭后火化了，收了骨灰。

高三娘子却在房中助丁珰改换女装。她见丁珰虽作少妇装束，但体态举止，却显是个黄花闺女，不由暗暗纳罕。

当晚关东群豪在客店中杀猪屠羊，大张筵席，推石破天坐了首席。丁珰不愿述说丁不四和自己的干连，每当高三娘子和范一飞兜圈子探询石破天和她的师承门派之时，总是支吾以应。群豪见他们不肯说，也就不敢多问。

高三娘子见石破天和丁珰神情亲密，丁珰向他凝睇之时，更是含情脉脉，心想："恩公和这小妹子多半是私奔离家的一对小情人，我们可不能不识趣，阻了他俩的好事。"

范一飞等在关东素来气焰不可一世，这次来到中原，与丁不四一战，险些儿闹了个全军覆没，心中均感老大不是味儿，吕正平死了个得力门人，更是心中郁郁，但在石破天、丁珰面前，只得强打精神，吃了个酒醉饭饱。

筵席散后，高三娘子向范一飞使个眼色，二人分别挽着丁珰和石破天的手臂，送入一间店房。范一飞一笑退开。高三娘子笑道："恩公，你说咱们这个新娘子美不美？"

石破天红着脸向丁珰瞧了一眼，只见她满脸红晕，眼波欲流，不由得心中怦的一跳。两人同时转开了头，各自退后两步，倚墙而立。

高三娘子格格笑道："两位今晚洞房花烛，却怕丑么？这般离得远远的，是不是相敬如宾？"左手去关房门，右手一挥，嗤的一声响，一柄飞刀飞出，将一枝点得明晃晃的蜡烛斩去了半截。那飞刀余势不衰，破窗而出，房中已是黑漆一团。高三娘子笑道："恭祝两位百年好合，白头偕老！"砰的一声，关上了房门。

石破天和丁珰脸上发烧，心中情意荡漾。突然之间，石破天又想起了阿绣："阿绣见到我此刻这副情景，定要生气，只怕她从此不肯做我老婆了。那怎么办？"

忽听得院子中一个男子声音喝道："是英雄好汉，咱们就明刀明枪的来打上一架，偷偷的放一柄飞刀，算是什么狗熊？"

丁珰"嘤"的一声，奔到石破天身前，两人四手相握，都忍不住暗暗好笑："高三娘子这一刀是给咱们灭烛，却教人误会了。"石破天开口待欲分说，只觉一只温软嫩滑的手掌按上了自己嘴巴。

只听院子中那人继续骂道："这飞刀险狠毒辣，多半还是关东那不要脸的贱人所使。听说辽东有个什么万马庄，姓高的寡妇学不好武功，就用这种飞刀暗算人。咱们中原的江湖同道，还真没这差劲的暗器。"

高三娘子这一刀给人误会了，本想多一事不如少一事，由得他骂几句算了，哪知他竟然骂到自己头上来，心想："不知他是认得我的飞刀呢，还是只不过随口说说？"

只听那人越骂越起劲："关东地方穷得到了家，胡匪马贼到处都是，他妈的有个叫什么慢刀门的，刀子使得不快，就专用蒙汗药害人。还有个什么叫青蛇门的，拿几条毒蛇儿沿门讨饭。又有个姓范的叫什么'一飞落水'，使两橛掏粪短棍儿，真叫人笑歪了嘴。"

听这人这般大声叫嚷，关东群豪无不变色，自知此人是冲着自己这伙人而来。

吕正平手提紫金刀，冲进院子，只见一个矮小的汉子指手划脚的正骂得高兴。吕正平喝道："朋友，你在这里胡言乱语，是何用意？"那人道："有什么用意？老子一见到关东的扁脑壳，心中就生气，就想一个个都砍将下来，挂在梁上。"

吕正平道："很好，扁脑壳在这里，你来砍罢！"身形一晃，已欺到他的身侧，横过紫金刀，一刀挥出，登时将他拦腰斩为两截，上半截飞出丈余，满院子都是鲜血。

这时范一飞、风良、高三娘子等都已站在院子中观看，不论这矮小汉子使出如何神奇的武功，甚至将吕正平斩为两截，各人的惊讶都没如此之甚。吕正平更是惊得呆了。这汉子大言炎炎，将关东四大门派的武功说得一钱不值，身上就算没惊人艺业，至少也能和吕正平拆上几招，哪想得到竟是丝毫不会武功。

群豪正在面面相觑之际，忽听得屋顶有人冷冷的道："好功夫啊好功夫，关东快刀门吕大侠，一刀将一个端茶送饭的店小二斩为两截！"

群豪仰头向声音来处瞧去，只见一人身穿灰袍，双手叉腰，站在屋顶。群豪立时省悟，吕正平所杀的乃是这家客店中的店小二，他定是受了此人银子，到院子中来胡骂一番，岂知竟尔送了性命。

高三娘子右手挥处，嗤嗤声响，三柄飞刀势挟劲风，向他射去。

那人左手抄处，抓住了一柄飞刀的刀柄，跟着向左一跃，避开了余下两柄，长笑说道："关东四大门派大驾光临，咱们在镇北十二里的松林相会，倘若不愿来，也就罢了！"不等范一飞等回答，一跃落屋，飞奔而去。

高三娘子问道："去不去？"范一飞道："不管对方是谁，既来叫了阵，咱们非得赴约不可。"高三娘子道："不错，总不能教咱们把关东武林的脸丢得干干净净。"

她走到石破天窗下，朗声说道："石恩公，小妹子，我们跟人家订了约会，须得先行一步，明日在前面镇上再一同喝酒罢。"她顿了一顿，不听石破天回答，又道："此处闹出了人命，不免有些麻烦，两位也请及早动身为是，免受无谓牵累。"她并不邀石丁二人同去赴约,心想日间恶战丁不四,石破天救了他四人性命,倘再邀他同去,变成求他保护一般,显得关东四派太也脓包了。

这时客店中发觉店小二被杀,已然大呼小叫,乱成一团。有的叫嚷:"强人杀了人哪,救命,救命!"有的叫道:"快去报官!"有的低声道:"别作声,强人还没走!"

石破天低声问道:"怎么办?"丁珰叹了口气,道:"反正这里是不能住了,跟在他们后面去瞧瞧热闹罢。"石破天道:"却不知对方是谁,会不会是你四爷爷?"丁珰道:"我也不知。咱二人可别露面,说不定是我爷爷。"石破天"啊"的一声,惊道:"那可糟糕,我……我还是不去了。"丁珰道:"傻子,倘若是我爷爷,咱们不会溜吗?你现下武功这么强,爷爷也杀你不了啦。我不担心,你倒害怕起来。"

说话之间,马蹄声响,关东群豪陆续出店。只听高三娘子大声叫道:"这里二百一十两银子,十两是房饭钱,二百两是那店小二的丧葬和安家费用。杀人的是山东响马王大虎,可别连累了旁人。"

石破天低声问道:"怎么出了个山东响马王大虎?"丁珰道:"那是假的。报起官来,有个推搪就是了。"

两人出了店门,只见门前马桩上系着两匹坐骑,料想是关东群豪留给他们的,当即上马,向北而去。

復旦大學陳尚君

榮春祖使倚碧賀印